Hayakawa
Mystery World

インタヴュー・ウィズ・ザ・プリズナー

皆川博子

早川書房

インタヴュー・ウィズ・ザ・プリズナー

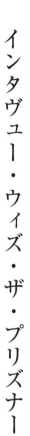

装幀／柳川貴代（Fragment）
装画／佳嶋

登場人物

エドワード（エド）・ターナー……囚人。英本国から派遣された補給隊隊員
クラレンス・スプナー……………英本国から派遣された補給隊隊員。エドの友人
ロデリック（ロディ）・フェアマン……「ニューヨーク・ニューズレター」記者
グレゴリー・アーデン……………コロニストの大地主。準男爵
アシュリー・アーデン……………モホークの母を持つグレゴリーの庶子
ラルフ・ウィルソン………………コロニストの名家の当主
モーリス・ウィルソン……………ラルフの三男。アシュリーの家庭教師で友人
キース・ウィルソン………………ラルフの次男
ベンジャミン・フランクリン……ペンシルヴェイニアの名士
クリフ・ビセット…………………英本国から派遣された補給隊隊長。軍曹
ヘンリー・メイスン………………〈ロイヤル・サヴェイジ号〉の一等航海士
ヒギンズ……………………………〈ロイヤル・サヴェイジ号〉の船長
ジェイコブ（ジェイク）・マクダーモット……大工
シャルレーヌ（C）………………フランス人と先住民族との混血《ミックスト・レイス》の娼婦
ピート・オキーフ…………………アシュリーの従卒
さえずる小鳥《メ・タ・ナ》…………………………アシュリーの母。英名ジェイン
空を舞う鷹《グラ・ダン・ノーチエ》…………………………アシュリーの母の夫。モホークの族長
白い小鳥《ホス・タ セ・カー》…………………………アシュリーの異父弟
美しい湖《ガ・ネ・オ・デイ・ヨ》…………………………アシュリーの母の姉の息子。アシュリーが兄と慕う
骨を咬む者《アー・ナ・レセ・クア》／高い水《ヤ・ラ・ハツツ・セー》…………………………偵察隊のモホーク代表の一人

調査　1

ニューゲイトのような堂々たる建物ではない。建設以来経た歳月もほんの数十年に過ぎない。とはいえ、石積み漆喰塗りの壁が聳《そび》え立つ監獄の陰惨さは本国と同様だ。三年前から建築が始まった新しい監獄は竣工が近づいてはいるが未だ機能するに至らず、旧来の監獄内部は殺人者、掏摸《すり》、掻《か》っ払《ぱら》い、詐欺師、強姦男、小銭を拾って泥棒と見なされた貧しい子供、密輸人、強盗、路上売春婦、ごたまぜに雑居房にぶち込まれ、折り重なって呻いている。新大陸植民地は、本国の重罪人の流刑地でもある。獄吏による囚人の扱いも、本国のやり方に倣《なら》っている。

入り口脇の小部屋では、三人の獄吏が机を囲みカードに熱中していた。外は凍てつく寒さだが、暖炉の火が燃えさかる小部屋はここちよく温《ぬく》もっている。

スペードの王《キング》を出した一人が机上に積まれた小銭を掻っ攫《さら》おうとしたとき、もう一人が、勝利の笑いと共にグレイト・ブリテンの国章をあしらったスペードのエースをかざし、王の上に置いた。

インチキしやがったな。

誰が。

てめえ、くそっ。

罵りあいを壁にもたれて眺めていた若い男が、「失礼」と声をかけた。

「誰だ、おまえ」王のカードを出した獄吏が咎《とが》めた。「勝手に入り込んだのか」

「鍵がかかっていなかった」

「侵入罪でぶち込むぞ」

一通の書状に身分証明書を添えて、男は渡した。身分証明書の方は、相手が目を通すや、すぐに取り戻し、毛皮の外套の内隠しにおさめた。

ロデリック・フェアマンという名前を、相手が辛うじて確認するだけの余裕はあった。

「ここを訪問するのは、たいそう勇気がいる」人好きのする笑顔をロデリック・フェアマンは見せた。「身分証明書を取り上げられ、監獄にぶち込まれる危険をおかすんだから」

書状に目を通す獄吏に、言い添えた。「俺が戻らなければウィルソン氏が事情を調べる」

差出人の名前が、モーリス・ウィルソンである。ウィルソン家の当主ラルフ・ウィルソン氏は植民《コロ》地開拓者《ニスト》として三代目という由緒ある裕福な大農園主で、交易も行い公職に就いてもいる。モーリスは当主の三男である。

「モーリス・ウィルソン……悪魔の牙？」

「そう呼ぶ者もいるな」

獄吏は三人とも読み書きは達者ではないが、王のカードを出した獄吏がたどたどしく読み上げた。

〈この書状を持参するロデリック・フェアマン氏は、印刷業者にして週刊新聞「ニューヨーク・ニューズレター」の発行人であるケヴィン・オコナー氏の甥である。彼は囚人エドワード・ターナーとの

面談を必要としている。便宜を取り計《はか》らうことを期待する。〉

「俺を拘留したとウィルソン氏が知ったら」ロディは不敵な（と相手が感じてくれたらいいのだが）笑いを浮かべてみせた。

その間に、スペード・エースによる勝者は賭け金を掻き集めようとしていた。半ペニー銅貨やファージング銅貨の小銭ばかりだ。

「おい、待て」王が腰を浮かせ、エースの手を押さえる。

口論に肉体の行動が伴い、攻撃にかかる王を左手で防ぎながら、エースの右手は忙しく銭をポケットに流し込む。

どっちが勝利を得ても俺の賭け金は戻ってこない、とふてくされている三人目に、ロディ・フェアマンは六ペンス銀貨を一枚摑ませ、軽くウインクした。

激闘中の二人に気づかれることなく銀貨をポケットにしまいこんだ三人目は、壁のフックから鍵束をはずし、さらに手燭《てしょく》に暖炉の火を移した。その動きがさすがに視野の隅に入った王が、目を向けた。どこへ。その先を続ける前に、エースのパンチが王の顔面を襲った。

地下への階段を下りる。

虫の群れが背中を這い上る感覚を、ロディはおぼえる。踊り場で向きを変えること幾度《いくたび》か――実際は一度なのだが、ロディの意識では、無限の闇の中を十回も折れ曲がって下りたことになる――。

金属の響きが耳を聾《ろう》し――もちろん、ささやかな音だ――、さらに大きい音をたて、手燭の弱い明かりのなかで扉の一つが開いた。

入れ、と、手燭は促した。

「独房か？　エドワード・ターナー氏は、ここにいるのか」

躊躇《ためら》う右足を左足で督励し、ロディは踏み入った。

背後で扉が閉まり、その音、続いて施錠する音が、耳の奥で轟いた。

「灯りを置いていってくれ」

くれ、くれ、くれ、と石壁が声をはじき返した。

「ミスター・ターナー」

闇の中のどこにいるのかわからない相手に、大声で呼びかけた。普通の声では闇に吸い取られる。

「ミスター・ターナー。返事をしてください。僕はロデリック・フェアマンといいます。あなたに話を伺いにきたのです。ミスター・ターナー。ミスター・エドワード・ターナー」

ターナー、ターナーと、壁が応じた。

暗黒の部屋に一人置き去られた、と認めざるを得ない。石の床に腰を落とした。彼の意思に関わりなく、全身が細かくふるえた。波動は心臓から発し手足の指の先端まで伝わった。原因が寒さにあるか、恐怖にあるか、詮索するのはやめた。床に密着した臀《しり》と膝を折って三角を作った両脚の踵《かかと》との三点を動かすことによって、危険を最小限にとどめながら、室内を探索し、闇のゼリーの中に封入された状態であると認識した。四つん這いになってみた。安定度はこの方が高い。伸ばして探る手が、壁に触れた。大いに心強い。左手を壁に触れながら立ち上がり、少しずつ歩を進めてみる。

大農園主にして富商の一族モーリス・ウィルソン氏の紹介状は何の保障にもならなかったか。悪魔の牙の噂も脅しにはならなかったか。

本国との交易で巨利を得てきた富裕層は概《がい》して平和を望む。英本国のやり方はたしかに横暴である。

名目をつけては我々から税金をふんだくる。だが、我々は強硬に反対し、ついに印紙税──あの悪法──を撤回させたではないか。武力を用いて本国に敵対し完全に決別するのは、我々の利益にはならない。フレンチ・インディアン戦争においては、本国の海軍がポルトガル沖においてフランス海軍の出動を抑えた。そのことを忘れるな。話し合いで解決すべきだ。

本国の束縛を断ち切れ！　独立国家を築こう！　と叫ぶのはニューイングランドを中心に広がった連中が多い。

貧しい者たちは無関心だ。その日の食べ物さえあればよいので、国王への忠誠心も、独立への願望もない。

富豪ラルフ・ウィルソン氏は、国王派《ロイヤリスト》だ。

四月、コンコードで、レキシントンで、正規軍と植民地民兵軍の激烈な戦闘が始まった。民兵軍団は愛国者《パトリオット》と自称し、さらに大陸軍《コンティネンタル・アーミー》とも称するようになった。それまでコロニーはそれぞれの自警団は持っていたものの、統合された軍隊はなかった。

先月、国王ジョージ三世の布告が植民地にもたらされた。八月二十三日に発せられたものが、ようやく十一月九日に届いたのだ。本国と大陸植民地の間には、順調な航海でも一カ月はかかる広大な海が存在する。

植民地は明確に叛乱状態にある、と、国王陛下は宣言し給うた。

この布告は、国王派まで独立派に寝返らせる偉大な逆効果があった。独立派が敗北したら、主導者らは叛徒の汚名のもとに極刑、植民地は本国の意のままに服従を強いられる。本国による収奪、課税は、ますます厳しくなるだろう。

正規軍を叩き潰し、独立を勝ち取る以外に大陸軍の選択肢はなくなった。

壁に手を沿わせて歩く。少しずつ、闇に目が馴染んできた。暗黒ではなかった。独房らしい小部屋は半地下で、天井に近いあたりに明かり取りの窓がある。硝子が割れていた。鉄格子は風よけにはならない。採光より、独房にぶち込まれるような重罪人に、より大きい苦痛を与えるため木枯らしを招き入れるのが目的ではないか。そうロディは思った。

石の壁に囲まれた空間には、何も置かれていなかった。机。ない。椅子。ない。棚。ない。ベッド。ない。ただ一つ、古い木の桶が窓の下に置かれていた。継ぎ目は黒く腐り、真鍮《しんちゅう》の箍《たが》によってどうにか形を保っている。中は空だ。他に一物《いちもつ》もないため、石の壁も床も、この桶に奉仕するために存在するような印象だが、用途は見当がついた。人間がここで生きていた、と認識させる物だ。

まさか、俺があの桶を使用する羽目には……。俺が投獄されるいわれはない。叔父ケヴィン・オコナーが週に一度発行する新聞「ニューヨーク・ニューズレター」――他の多くの新聞と同様、一枚の紙を二つ折りにしたもの――の収入源は、これも他紙と同様、広告である。弱小紙「ニューヨーク・ニューズレター」に限らず、「ペンシルヴェイニア・ガゼット」のような有力紙にしても、定期購読者はほとんどいない。ラルフ・ウィルソン氏は貴重な広告主であった。意に反する記事を載せ広告をストップされたら「ニューヨーク・ニューズレター」は立ち行かない。ウィルソン氏の意向に沿うよう、記事は独立派への批判が滲《にじ》んだ。

だが、いまや、独立！　愛国！　を叫ぶ者たちによって、国王派の新聞は襲撃されたり建物に放火されたりし、廃刊に追い込まれつつある。ケヴィン・オコナーの印刷所も襲撃されかけた。

なぁに、大丈夫。獄吏どもは新聞などはまず読まないだろう。まして「ニューヨーク・ニューズレター」のような弱小新聞は。

膨れあがる不安よ、はじけて消えろ。

賄賂を一人だけに渡したのがよくなかったか。机の上に半クラウンくらいぽんと投げだし、三人の納得と合意のもとに事を運ぶべきだったか。

ロディの嚢中《のうちゅう》は決して豊かではない。叔父ケヴィンがくれる週給は一ポンドで、まあ、普通だが、部屋代と食費をさっ引かれる。どうせ空いている部屋なのだし、食事にしたところで、料理人としての給料をこっちが別途もらいたいほどなのだが、ケヴィンはその考えに同調しない。

なぁに、大丈夫。後《あと》でモーリスさんに経費として請求すればいいさ。

扉が開いた。不安は、はじけて消えた。

伴った四人と同席しようとする獄吏に、「二人だけで話させてくれ」ロディは外套のポケットに指を入れ、銀貨をつまみ出した。

「身体検査をするか？　脱獄用の鑢《やすり》を、靴の中に隠しているかも」言いながら、二本の指を顎のあたりで動かす。手燭の灯りを照り返す銀貨を引ったくって出て行く獄吏の背に、「ついでに、椅子を二脚差し入れてくれたら、もう一枚だが」声を投げた。

二脚の椅子を運び入れたのは他の二人であった。分け前は公平に、か。

銀貨を、ロディは開け放たれた扉の向こうに放り投げた。放物線を描く銀貨に引きずられて二人は外に飛び出し、その際、習性のしからしむるところだろう、一人が扉を蹴って閉めた。施錠の音は聞こえなかった。扉が動くことを確かめた。

中庭の馬繋ぎに繋いである馬を思った。ウィルソン家の持ち馬の一頭だ。モーリス・ウィルソン氏が貸してくれた。臀に頭文字と家の紋章を組み合わせた図柄の焼き印を押してあるから、盗まれはしないだろう。

振り向くと、椅子に腰掛けた四人の姿が薄闇のなかに浮かんだ。膝の上の両手首は、手錠で束縛されていた。

硬直した屍体みたいだというのが、ロディが受けた印象であった。彫像のようだ、とも言えるのだが。

高窓から吹き込む風を避けて、ロディは椅子を部屋の隅に寄せた。風の通路とならないかわり、外光も届かない。闇に身を潜めるといったふうだ。四人の顔の半分が、斜めに射し込む外光のなかにあった。立ち上がって傍に行き、「寒いだろう。こっちのほうが幾らかましだ」と壁際を指した。

相手が立ったので、ロディはその椅子を適する場所に運んでやった。

向かい合って腰を下ろし、初めましてと手を差し出し、迂闊《うかつ》であったと、膝の上の束縛された手に軽く触れた。薄闇のなかにある表情は見定められないが、相手が握手を拒む気配は感じられた。

犯行 1

広間のペルシア絨緞《じゅうたん》には、英軍士官が泥酔して嘔吐した痕が拭いきれずに残っている。父は憤懣《ふんまん》を面《おもて》にはあらわさず、軍司令部との取引の好材料にしたそうだ。そのとき五歳か六歳の私は、もちろん取引のことなど何も知らなかった。後に父自身から聞いた話だ。

壁には、篦鹿《へらじか》や赤鹿《あかしか》の角とともに、髪を生やした人間の頭皮が三つ飾られている。黒い長い髪。白髪。栗色の髪。新しい客が訪れるたびに、父は得意げに語る。あのジョージ王戦争に際し、儂が編成したモホークの襲撃隊は、ニューヨークが発したあの条例にきわめて忠実であった。その成果だよ、君。

ニューヨークの条例とは何か。いつ、私はその内容を知ったのだろう。フランスの植民地人及びフランスに協力するインディアンは非戦闘員であろうとも男女老人子供の別なく敵とみなし殺せ。その頭皮を剝いだ者に賞金を与える。

コロニストとして初代の祖父は、ハドソン川の支流モホーク川に沿った土地を安物のビーズ玉やラム酒と交換して手に入れ、父グレゴリー・アーデンはそれを数十倍、数百倍に拡大した。毛皮の取引を仲買を介さずモントリオールやオルバニー、ニューヨークの交易商と直接行うことで莫大な利を得た上、銃や弾薬をインディアンに売るなというニューヨーク行政当局の禁令を無視し、狩猟に欠かせない必需品になっているそれらを売り与え、モホークの信頼を獲得し、広大な土地を格安にあるいは無償で譲り受け、一郭にアーデン・タウンを造成した。祖父はすでに没していた。

父の暮らしは英本国のジェントリーを模倣していた。本国の領主館《マナーハウス》にならった大邸宅——本物の大領主館には比すべくもないが——に居住し、多数の小作人を使い農作物を生産させ、小麦粉は西インドに輸出するほどだ。必要なものをほぼ自給自足できるよう、製粉所、醸造所、燻製小屋、製パン所などを造り、紡績工や織工を雇って布を織らせた。製紙小屋もある。

もとはオランダが開発しニューアムステルダムと呼ばれたニューヨーク・シティとモントリオールを繋ぐ街道の中継所として、馬車宿も設置した。そこにニューヨーク・ガゼットだのペンシルヴェイニア・ガゼットだのボストン・ニューズレターだの、ケベックやモントリオールで発行される新聞だのが、何日も、時には一週間以上遅れたものではあるけれど、運ばれてくる。父の元にも届く。

さらにモホーク居住地に近い場所にアーデン・ホールを建造した。モホークとの集会にしばしば使用されている。私はアーデン・ホールで――ある年齢までは母とともに――育った。

モホークは、父を英本国に対し彼らの利益になるよう代弁してくれる人物と見做《みな》し、ワラギヤギーという名を贈った。モホークの一人として受け入れたのだ。

父グレゴリー・アーデンの数多い相手の一人であった母〈さえずる小鳥《メ・タ・ナ》〉は、アーデン・タウンとモホークの集落を自由に行き来していた。私を伴うことが多かった。父は母をジェインと呼び、アーデン・タウンの人々もそう呼ぶ。

モホークの集落で、幼い頃から私は〈空を舞う鷹《グラ・ダン・ノーチエ》〉に可愛がられた。母〈さえずる小鳥〉はやがて〈空を舞う鷹〉の正式な妻になり、男の子〈白い小鳥《ホス・タセ・カー》〉も生まれた。父は取り立てて咎めはせず、むしろ祝福し、宴に招かれもした。父の関心の対象は次々に移る。正妻は別にいる。嫡子もいる。正妻はモホークと接触するのを嫌い、タウンの中心に建つ豪邸に嫡男とともに居住している。

〈空を舞う鷹〉は私を彼の養子にした。だからといって、父グレゴリー・アーデンの実子ということが消滅したわけではない。私は大地主の庶子アシュリー・アーデンであるとともに、モホークの〈長い翼《アー・ヒセ・ナ・ダ》〉である。

モホークは、面と向かっては相手の名を呼ばない。礼を失することになる。父よ、母よ、兄よ、姉よ、弟よ、妹よ、血族よ、友よ、と呼ぶ。

　モホークの男たちは〈大いなる精霊《オレンダ》〉に感謝し、大地を開墾する。そうして狩りに出る。女たちは玉蜀黍《とうもろこし》の種を蒔く。茎が伸び始めると、同じ盛り土に豆や南瓜を植える。南瓜の若葉を玉蜀黍の葉が、強い日差しから守る。豆の蔓は玉蜀黍に抱きついて伸び、地を這う南瓜の葉は雑草の繁茂を防ぐ。

　楡《にれ》の木材で骨組みを作り壁と屋根に楡の樹皮を張ったモホークの〈長い家〉は、正面の出入り口に幕のように垂れた鹿の皮を片寄せて中に入ると、人がすれ違える幅の通路が真っ直ぐに、どこまでも果てしなく真っ直ぐにのびて、そのはるか遠い先に鹿の皮を垂らした反対側の出入り口がある。両側の壁沿いに設けられた大人の膝までほどの高さの棚は、柔らかい毛皮が敷かれ臥所《ふしど》にもなる。梁から薬草が吊り下がる。一つの〈長い家〉に住む幾つもの家族は、何らかの血縁がある。白人社会と異なり、母系であった。母の母が十一の家族を仕切っていた。通路にはそれぞれの家族の爐《いろり》があり、煮炊きに使われる。煙は天井の穴を上り空に広がる。

　母の姉の一家も同じ〈長い家〉にいる。母の姉の息子〈美しい湖《ガ・ネ・オ・ディ・ヨ》〉は私より三つ年上で、私は彼を兄と呼び、彼は私を弟と呼ぶ。

　同じ造りの家が集落を形成する。

〈長い家〉の壁が北風をさえぎる陽だまりで、母の母は、痩せた背を丸め、玉蜀黍の皮を撚《よ》り合わせ縄を綯《な》う。地を這いずり回るようになった〈白い小鳥〉に目を配りながら、母は玉蜀黍の干した粒を石臼で挽く。母の腕は力強い。

　長槍を持った〈空を舞う鷹〉が、狩りに行く。数人の男たちが一緒だ。〈美しい湖〉ももちろん同行する。

母の母は、綯いあがった縄を〈空を舞う鷹〉に渡す。

彼の二の腕ほどもない息子を抱き上げてあやしてから、〈空を舞う鷹〉は私を誘う。嬉々としてうなずく私を肩に乗せ、川に向かう。二艘のカヌーにわかれて乗り込む。〈美しい湖〉は私とは別のカヌーに乗った。

男たちは鹿のベト場や水飲み場をよく知っている。〈美しい湖〉が乗ったカヌーの男たちは、向こう岸に渡り、鹿を川に追い立てる。私は〈空を舞う鷹〉や漕ぎ手の男たちと一緒に、カヌーで待ち構える。追い詰められた鹿が飛沫《しぶき》をあげて水に駆け入るや、漕ぎ寄る。〈空を舞う鷹〉は長槍を構える。水に濡れた肩の筋肉が盛り上がる。

仕留めた鹿の四肢を縄で結わえ、槍に逆吊りにし二人の男が前後を担いで誇らかに集落に向かう。私は〈美しい湖〉と肩を並べ——私の肩は従兄の脇の下あたりだ——、獲物を得た歌を歌いながら歩く。

帰り着くと、男たちは鹿の解体にかかる。腹を割いて内臓を取り出し、皮を剝ぐ。首は断ち落とし、頭蓋を割って脳味噌を取り出し大きい椀に入れる。

二本の樹の間に木材を上下に二本わたしてある。この四角い枠に、生皮の要所要所に開けた穴に細く裂いた鹿皮を撚り合わせた丈夫な紐を通して結びつけ、ぴんと張る。

生皮の裏にこびりついた脂肪だの肉片だの皮膜などを、特殊な刃物を使って丹念に削ぎ落とす。

その傍《かたわ》らで男の一人が、椀の中の脳味噌を棒で捏《こ》ねまわし擂《す》り潰す。

枠からはずし地にひろげた生皮に、とろとろになった脳をどさっと落とす。数人がかりで擦《こす》りつけ、揉み込む。

立木の根元に長い皮綱の一端を結びつけ、幹の上部にもう一端を結びつける。幹と綱の間に生皮を通し、引っ張ったり扱《しご》いたりする。交替で、根気よく念入りに長時間鞣《なめ》す。〈美しい湖〉はその仲間に入っている。皮は次第に練れてくる。しなやかな鞣し革が完成に近づく。

母は挽き割った玉蜀黍の粒を木の椀に入れ、〈長い家〉の中に入った。母の母は〈白い小鳥〉を抱き、かるく揺すりながら、「一人の少年のもとに」と私に語り始めた。

母の母は、時折、面白い話をしてくれる。私が好きなのは、「天上界に〈満開の花《アウエンハーイ》〉という少女がいた」で始まる話であった。「あるとき、空が裂けて、〈満開の花〉は落ちた。下は、水がひろがっていた。鳥たちが集まって翼を広げ、〈満開の花〉をささえた。海狸が水底の土をすくいあげ、水面に浮かぶ大亀の背中に乗せた。土は大地となり、鳥たちは〈満開の花〉をその上にそっと下ろした。〈満開の花〉はやがて双子を生み、ひとりは月に、もう一人は太陽になった」

少女が一人でみごもったのか？　という疑問を持つには、その時の私は幼すぎた。

私は身を乗りだして、「一人の少年のもとに」の続きを待った。

若い男が近づいてきた。若い男は少年に言った。私と格闘しよう。少年は応じた。若い男が勝った。翌日も、若い男はやってくる。私と格闘しよう。少年は応じ、負ける。次の日も、また次の日も、同じことが繰り返される。ある日、若い男が言った。「お前は私を殺さねばならぬ。屍骸を土に埋めねばならぬ。埋めた場所に気を配らねばならぬ」

――お前は私を殺さねばならぬ。殺さねばならぬ。屍骸を土に埋めねばならぬ。埋めねばならぬ……。祖母の言葉は私の頭蓋の中で幾重にも谺《こだま》した。

少年は命じられたとおりにした。若者の屍骸を埋めたところに、若い芽が生えた。若い芽はすくすく育って、玉蜀黍の実がなった。狩りの獲物が少ないときでも、わたしらは餓えずにすむようになったのだよ。

影が長くなった。

〈長い家〉の幾つもの煙出《けむだ》しの穴から肉を焼く煙が立ちのぼり、拡散して大きいひとつの淡雲になり、夕映えの空にたなびく。

家の中に入り、焼いた鹿肉と挽き割った玉蜀黍の粥《かゆ》を、中央通路の爐を囲んで食べていると、アーデン・ホールから乳母が迎えにきた。私は乳母に引きずられて帰った。

——帰る……。この言葉が自然にでるのは、私自身、私の〈家〉はアーデン・ホールと認識しているからだ。

母のもとを去るとき、幼い私はいつも魂の一部を母にあずけるのだった。そのとき、さまざまな儀式で見覚えた踊りの手振りをした。また訪ねたとき、あずけた魂を返してもらい、私の中にあるものと一つにする。モホークは多様な儀式を行うけれど、魂をわける儀式はない。私だけが一人で決めたものであった。母にも、祖母にも、〈空を舞う鷹〉や〈美しい湖〉にも説明しなかった。私が何か遊びをしていると皆は思っていた。

母のいない、召使いばかりがむやみに多いアーデン・ホールに、この日は父グレゴリー・アーデンがいた。「明日、教会建築の進み具合を見に行く。お前も連れて行ってやろう」なんだか機嫌のいい顔で、父はそう言った。

部屋で眠りについた。

翌朝、目覚めは爽やかではなかった。厭な夢があとをひいていた。重苦しく濁った沼の中に全身があるようで、どこにも行きたくないと思った。そうかといって、アーデン・ホールの自分の部屋にもいたくない。母のいる〈長い家〉に行きたくないのは、なぜなのか。幼い私にとって、母と〈空を舞う鷹〉と〈美しい湖〉がいるモホークの集落は、どこよりも楽しい地であったはずだ。

前日の言葉通り、教会の建築現場に父は私を伴った。森を切り開いた一郭は、生きている樹木に囲まれていた。伐採された切り株の群れが樹液の爽やかなにおいをただよわせる空き地で、木挽《こびき》だの大工だのが大勢立ち働いていた。積み上げられた楡や樫の丸太の切り口には、グレゴリー・アーデンの頭字であるとともにグレイト・アーデンをも意味するG.A.の焼き印が押され、挽き割られ鉋《かんな》で磨かれた木材は別の山を作っていた。父が所有する牛馬、山羊、羊にも奴隷にも同じ焼き印がある。後に思った。新しい木材の好ましいにおいは、殺された木々の死臭ではないか。死してなお、樹木は清冽な香をはなつ。

大人の背丈より高い二つの脚立のあいだに渡した板を、二人がかりで枠鋸で挽く。一人は板の上に立ち、一人は板の下で枠の下端をささえ、呼吸をあわせて挽くさまは、モホークの男たちの鞣し革作りを見るのと同じ面白さがあったが、肩に担いだ材木を軽々と右手で支え歩いてくる若い男が目の隅に入ったとき、私は前夜の悪夢の中に引きずり込まれた。

思い出せなかった夢がよみがえって、若い男と重なった。夢の中の若い男は、彼と同じように左手に斧《おの》を提げていた。お前は私を殺さねばならぬ。四つ裂き八つ裂きにせねばならぬ。肉片の一つ一つをお前は食べねばならぬ。食べねばならぬ食べねばならぬ食べる肉片を食べる私の躰の諸処《しょしょ》から若い芽が生え伸び、赤い縮れ毛を生やした実はびっしり小さい顔で覆われ、私は目覚めたのだった。

材木を担いだ若い男は、私の傍らを通り過ぎた。私が硬直して見つめていたからだろう、一瞥し、そのまま去った。

モホークのような漆黒の髪に眼は榛色《はしばみ》、肌はコロニストの色。私と同じだ。顔立ちは私とはまるで違う。

材木を担ぎ左手に斧を提げた若い男は、私の視野から消えた。視線が引き千切られる痛みを、私は感じた。

ニューヨークのコロニストはピューリタンが大多数だが、アーデン家の初代コロニストである祖父が属したのはイングランド国教会であり、父もそれを引き継いでいた。タウンの中心地には、すでに立派な教会を建てている。この素朴な木造の教会は、モホークにキリスト教を広めるというのが建立趣旨であったが、父自身が教会の説くところに従っているとは、とうてい思えない。

教会建設の進捗を父は楽しみにし、その後もアーデン・ホールにくると必ず視察に行き、時折、気まぐれに私を伴った。

父に逆らうには私は幼すぎた。さらに言えば、遠目に若い男を見るのは、少し苦みのあるジャムを味わうような心地もあった。しかし、彼を見た日の翌朝の目覚めは、必ず不愉快なのだった。度重なる視察の間に、若い男が現場で働いている大工の息子だとわかった。母親がモホークなのだろう……私と同じだ。

建物の骨組みが完成したころ。乳母に手を引かれ小食堂に行くと、父は訪客と晩餐を摂《と》っていた。父は私を引き合わせ、ラルフ・ウィルソン氏だと言った。六歳の子供に客は何の関心も示さなかった。社交辞令としての愛想のいい言葉も口にしなかったのは、母親がモホークと、父が語ったゆえかもしれない。後になってそう思った。当時はまだ私は知らなかった。コロニストが、モホークをどのように見なしているかを。

乳母が用事に取り紛れている間に、私は一人で自室への階段を上った。途中の踊り場に大きい鳥人間の影が伸びていた。踊り場で向きを変え、下りてくる。〈空を舞う鷹〉は人間だけれど、私が出遭ったのは本当の鳥人間であった。

大きい嘴《くちばし》を持った鳥だが、躰と足は人間だった。まじまじと見つめた。踊り場に取り付けられた燭台の明かりを背に下りてくる姿は、弱い逆光の中にあった。

すれ違うとき、思いがけないことに、相手は小さく手を振った。私は精一杯大きく手を振り返した。背中に翼をかくしているのだろうと思ったが、見出せなかった。

翌日の朝食を、いつものように私は乳母と一緒に厨房で摂った。ラルフ・ウィルソン氏はアーデン・ホールに泊まったとみえ、朝食を父と一緒に小食堂で摂っていた。それとは別に、メイドが銀盆に朝食の皿を載せ、どこかに運んでいくのを見た。

建築現場に父は出かけた。ウィルソン氏のほかに、もう一人連れがいた。後ろ姿でも、若い男だとわかる。父と訪客は話を交わしながら大股に歩く。私の歩幅は念頭にない。三人の背中をみつめ、せっせと歩いても距離は開くばかりだ。若い男が歩調を緩《ゆる》め、私が追いつくまで待った。小走りに寄り、見上げた。細く高い鼻梁の半ばから下は、嘴形の金属のマスクに隠れていた。「鳥さん？」私は訊いた。男の目元がやわらかくなった。内隠しから小型の板を出した。蠟引きみたいな薄い紙が板に止めつけてあった。先の尖った鉄筆《てっぴつ》で、蠟紙に文字を記した。私は読み書きを習っていなかった。読めないという意味を込めて首を振ると、困ったように紙の下端をめくって、もう一度板の上に平らにした。文字は消えていた。不思議な手品だ。大きな文字でしっかり書き直した。私は首を振るのみだ。文字を読めないと察したのだろう。男はマスクを顎の下におろした。端正な顔立ちなのに、口元は猫か兎みたいに可愛くて、私は思わず笑顔になった。好意をいっぱいにこめた笑顔であった。男は自分の胸を指し、何か声を出した。木々の間を吹きとおる風のようであった。モーリス・ウィルソンと名前を教えているのだとわかった。私が自分の胸を指し、名乗ろうとすると、君は、アシュリー、とモーリスは言った。そう、そうだよ。ぼく、アシュリー・アーデン。君はアシュリー・アーデン。私はモーリス・ウィルソン。モーリスは先を行く後ろ姿を指し、彼は私の父、と言った。私ももう一人を指し、あれはぼくの父さん、と言った。話を交わせたのが嬉しくて、私は飛び跳ねた。モーリス、モーリス、あなたはモーリス。ぼくはアシュリー。きみはアシュリー。私はモーリス。手品のような紙に、二人の名前を書いて欲しいとねだった。Maurice モーリスは、一字一字、エム、エイ、ユーと指しながら言った。アール、アイ、シー、イー。モーリス。

紙をめくり上げると、文字は消えた。

建築現場に近づくと、モーリスはふたたびマスクをつけた。私は思った。他の人々と異なる口元を、モーリスは誰にも見せないのだ。ぼくだけに見せた。二人の秘密だ。秘密。そのときは、そう思った。若い男は高い梁の上で、ほかの数人とともに下葺《したぶき》の板を打ち付けていた。

目を上げなければ見なくてすむのに、私は見上げずにはいられなかった。そうして硬直した。傍らに人の気配を感じ、肩に手がおかれた。モーリスの指先を私は握った。

その夜、薄気味悪い夢に取り込まれないですんだのは、モーリスのおかげか、それとも母ジェイン〈さえずる小鳥〉の力によるものか、不明だ。

アーデン・ホールに帰ったら、母〈さえずる小鳥〉と〈美しい湖〉が館を出るところだったのだ。

母は小さい弟を抱いていた。父はウィルソン氏と肩を並べ、母に声もかけず邸内に入った。

母と〈美しい湖〉は驚いた目をモーリスに向けた。「鳥！」〈美しい湖〉は畏敬のこもった声で呟いた。モーリスは私に手を振り、父たちに続いた。

「皆、心配しているよ」母が私に言い、「気がかりで、様子を見にきた」〈美しい湖〉が続けた。母の腕の中で小さい弟は機嫌のいい顔をしていた。

〈美しい湖〉の前で理由を明かすのが恥ずかしく、口ごもったが、母にうながされ、殺せと迫る若い男が怖いのだ、と悪夢のことを告げた。夢はたいそう重要なものだ。悪い夢を見た者は、その日の狩りには行かないほどだ。

悪い力がお前に奇妙な恐怖を与えたのだ。母は言い、小さい弟を〈美しい湖〉の腕にあずけた。片手を私の額にあて、片手で後頭部をささえ、〈大いなる精霊〉が悪い力を追い払ってくださるよ、と言った。母の手は冷たくはないのに、清冽な水が額の骨をとおして頭の中に浸透するようで、心地よくなった。悪い力は逃げていったよ。母は言い、〈美しい湖〉の手から赤ん坊を抱き取り、帰って行った。〈大いなる精霊〉から病を癒《い》やす力を授かった者がイロクォイには何人かいる。母はその力を少し持っている。

私は悪夢に悩まされないようになった。以前のように母の元を訪れ、〈空を舞う鷹〉や〈美しい湖〉たちとしばしば狩りに行った。〈空を舞う鷹〉は、やがて族長《サチエム》に選ばれた。

教会が完成したとき、どのような式典が行われたか、おぼえていない。私にとって重要なのは、モーリスがときどき一人でアーデン・ホールにくるようになったことだ。私に読み書きを教えるためであった。モーリスが希望したことである。彼は、家庭教師で稼ぐ必要などまったくなかった。ウィルソン家はアーデン家を凌ぐ名家であり富家だ。

モーリスはいつも馬を駆ってきた。馬上の鳥人間は、私の目にたいそう魅力を持って映ったが、事情を知らない目撃者の間で、奇妙な噂が広まった。

モホークのサチェムとコロニストのモーリス、二人の鷹にそれぞれ可愛がられ、〈美しい湖〉と戯れ、私の幼年期は倖せであった。

聞き知った断片に、後《のち》に得た正確な情報などを交えると、ウィルソン家はアーデン家よりコロニストとしては古く、アーデン家の所有地と境を接する広大な農園を経営し、交易も行い、代々郡治安判事や代議員職をつとめている。所有地は面積においてはアーデン家に劣るが、肥沃《ひよく》さと収穫量ははるかに勝《まさ》る。父が獲得した地は未開拓の部分が多い。その代わり、父はイロクォイの邦々《くにぐに》との毛皮交易をほぼ独占している。モホークを含む六つの邦が、不可侵条約を結び、他からの攻撃に対しては、一致して立ち向かう。国家という言葉も概念も彼らは持たないが、イロクォイは、連邦国家と呼べる形態だ。

ウィルソン家とアーデン家は、隣人としての友好を保ちながらライヴァルの関係にもあった。教会建設の現場視察にウィルソン氏が同行したのは、場所が越境していないかどうか確認の意図もあったと、後に知る。モーリスは口唇裂とそれにともなう発音不全から、他人の前に出るのを嫌っているが、性賢《さがさか》しく、事務処理の能力を買われ、父ラルフ・ウィルソンの仕事の一端を担わされている。視察に同行したのも、それゆえであった。

富を得ると、次に欲するのは世人の尊敬だ。父が教会を設置したのは一つには名声欲からだ。父はさらに学校も創設、経営するようになった。倖せな子供時代が翳《かげ》った。創設者にして経営者であるアーデン氏の息子が——庶子とはいえ——通学しないわけにはいかない。正妻の生んだ嫡男は、正式に家庭教師をつけられているし、居住するタウンの中心地はアーデン・ホールからはるかに離れている。待遇が異なるからといって不満は持たなかった。不満を持つほどの知識もなかった。

学校は教会同様木造の小さい建物で、生徒は労働者や小作農など貧しい階級の子が多く、モホークの子供も混じっていたが、〈美しい湖〉は入学しなかった。カヌーを漕ぎ、鹿を追って木々の間を走る彼にとって、教室は獄舎であろう。生徒の数はごく少なく……何人ぐらいいただろう、思い出せない。十数人か。年齢にかかわらず一つにまとめられた。

その中に、あの若い男がいた。教師がそれぞれの名を呼ぶので、ジェイコブ・マクダーモットと知った。姓はアイルランド系だ。青年と思っていたのだが、十三か四ぐらい、少年と呼ばれてしかるべき年齢なのだった。

私はジェイクを見た。後ろからあるいは横から彼を見つめた。シャツのかぎ裂きが日増しに大きくなるのを、見ていた。完工した教会の礼拝にもジェイクはときどき出席していたが、そのときのシャツはかぎ裂きがない。二枚のシャツを着回していたらしい。学校でも教会でも、ジェイクは裂け目のなかにいた。シャツのかぎ裂きからのぞく素肌を見るとき、そこもまた夜の一部であった。

決して向かい合わないようにしていたが、ジェイクが不意に振り返った。視線があった。私の聴覚は、俺を殺せ、という言葉を聞き取った。声も出ず、私は硬直した。

モーリスによって読み書きや計算の能力が進んでいた私にとっては、授業は退屈だった。

ジェイクは学校にこなくなった。アルファベットの読み書きができるより、大工の息子は鉋や鋸や鉄梃《かなてこ》を使いこなせるほうが重要とされたのだろう。

キリスト教徒ではないから、モホークは日曜だろうがかまわず狩りに出る。安息日に私が〈空を舞う鷹〉たちと行動を共にするのを乳母は嫌い、父がアーデン・ホールにくるたびに告げ口した。父は私を叱らなかった。モホークと関係を密《みつ》にしておきたかったからだろう。

学校より、私にとってはるかに重要なのは、ウィルソン家が新設した図書館であった。ラルフ・ウィルソン氏もまた、世人のさらなる尊敬を得たかったのかもしれない。ペンシルヴェイニアの人望厚い名士ベンジャミン・フランクリン氏の顰《ひそみ》に倣《なら》ったのでもあろう。ウィルソン氏は、知人や交易商を通じて書物を蒐《しゅうしゅう》集し、フランクリン氏の図書館のような会員制ではなく、誰でも読めるように一般に開放した。

植民地会議のペンシルヴェイニア代表であり、アメリカ郵政局長官の任に就いているベンジャミン・フランクリン氏に、私は会ったことがある。最近だ。顔を合わせたのは数分に過ぎない。父を訪ねて、アーデン・ホールにきた。アーデン・タウンの父の本宅をまず、訪問し、父がこちらにいると知って、馬車を走らせてきたという。九年前から、ずっと英本国に滞在していたフランクリン氏は、レキシントンやコンコードで独立派と国王軍の激突が生じてから、帰国した。父とは旧知の間柄らしい。居合わせた私を父は引き合わせたが、見るからにモホークとの混《ミックスト・レイス》血とわかる私に、フランクリン氏が向けた視線はラルフ・ウィルソン氏のそれと変わらなかった。私はすぐに部屋を去った。少し後で扉の前を通ったら、父の大声が漏れ聞こえた。「君はなぜあんな奴の肩を持つんだ。売り飛ばせばいいのに」「知事がまだ、売り飛ばせるほど黒く塗ってくれんのでね」フランクリン氏が応じ、二人の高笑いが続いた。私はなぜか鳥肌が立った。

ウィルソン氏の図書館の責任者はモーリスである。私は入り浸るようになった。利用する者は少なく、私はひとりで書物に囲まれ長い時間を過ごした。私の場所だ。

楽しいモホークの集落に欠けているのは書物であった。モホークは文字を持たない。重大なことは色違いの貝殻ビーズを連ねたワンパムに編み込み記録する。口承でも伝えられる。

紫と白の淡水貝はたいそう貴重なもので、これを綴り合わせたワンパム・ベルトは通貨の代わりになる。かつて、通貨という観念をモホークは持たなかった。モホークのワンパムは、贈り物であり代償である。友好の証として贈る。相手から何かもらったとき、その礼としてワンパムを贈る。また、他の氏族のものに殺されたとき、遺族は、復讐として殺人者あるいはその氏族の一人を殺す権利を持つのだが、殺害者の一族が紫貝のワンパムを二十束贈ることで償えば、権利は行使されない。十束は殺されたもののために。十束は殺害者自身の命を乞うために。殺されたのが女性なら、償いのワンパムは三十束。ワンパムの価値はコロニストの間では通用しない。

族長〈空を舞う鷹〉や〈白い小鳥〉をつれた母〈さえずる小鳥〉がしばしばアーデン・ホールを訪れた。〈美しい湖〉はこなかった。彼がホールにきたのは、あのとき一度だけだ。

〈空を舞う鷹〉の来訪の理由は、多くの場合、モホークに対するコロニストの非道を抑止し、両者の争いを調停してくれと父に申し込むためであった。母は、〈白い小鳥〉をあやす私を笑顔で見ていた。モホーク語と英語双方を母語とする私は、やがて〈空を舞う鷹〉と父の話し合いに同席するようになった。

父はモホーク川のほとりに交易所を設けている。年に一度の交易に私は立ち会い、取引の実務や複式簿記の記載法を身につけた。ポンドやシリングの貨幣は、この交易では意味を持たない。ハドソン湾一帯に交易の独占権を持つハドソン湾会社のやり方に倣い、最高品質の冬毛ビーヴァーの毛皮一枚を1Made Beaver、略して一MBとしている。狐の毛皮は二枚で一MBに相当する。モホークたちがビーヴァーや狐の毛皮の代償に望むのは、銃と弾薬、火打ち石、斧やナイフなど金属製の刃物、これも金属製の鍋、毛布、そうしてラムやブランデー及びブラジル・タバコだ。

ラルフ・ウィルソン氏は、グレゴリー・アーデンがイロクォイとの交易を独占するのを快く思っていない。

しかしモーリスと私の仲は親しさを増した。父の領内にある製紙小屋で作られる粗雑な紙を、私は父に提言してモーリスに格安で譲るようにしたのだ。破れやすい蠟紙を繰り返し使わなくても、書き捨ててかまわない。粗悪紙といえど需要が多く供給が追いつかない状態ではあるのだが。

ハドソン川とモホーク川を利用して英本国からの品々がニューヨーク・シティから交易所に運び込まれる。

モホークのみならず、イロクォイの邦々の男たちが毛皮を山と運んでくる。年に一度の行事だ。彼らは集団で訪れる。交易所から数ヤードまで近づくと、銃を空に向け、数発の礼砲を撃つ。交易所側は旗を掲げ礼砲を返し、酒と煙草で歓待する。天幕を張り酒宴が始まる。交易開始は翌日だ。ラムの大樽が三〇MB、マスケット銃一挺一四MB、上質の毛布地六フィートで八MB……。私はこのとき、父の側《がわ》……コロニストの側に立っている。毛皮を念入りにあらため、毛並みの悪さや傷をみつけて値を低く見積もる。イロクォイも銃の点検は綿密で、目ざとく瑕疵《かし》をみつける。わずかでも不具合があれば、受け取らない。彼らは、一年間の暮らしに必要なものだけを求める。

私は、母の側、〈空を舞う鷹〉の側には、立っていない。……けれど、〈美しい湖〉が担いでくる毛皮には、相場より高い値をつける。つまり、毛皮十枚とマスケット銃一挺を交換する。八枚の毛皮に対し、十フィートの毛布地を渡す。

調査　2

大ブリテン島とアイルランド島を押し分けたアイルランド海の真ん中に存在するマン島のシンボルは、膝を直角に曲げた三本の脚を風車のように組み合わせた図像である。古代から諸処に伝わる三脚巴《トリスケル》だが、マン島人は、一本でアイルランドを蹴っぽり、二本目でスコットランドを蹴っぽり、三本目はイングランドを蹴っぽる意味だと自負している。実情は、スコットランド貴族、イングランド貴族と、所有者が転々とし、ふたたびスコットランド貴族の所有するところとなっていた。

騎馬巡視官ジョン・フェアマンにとっては、マン島の所有者がだれであろうと関係ない。東岸のラムジー港を起点に、南に九マイル、北に八マイル、この沿岸の密輸取り締まりが、彼の任務であった。給料は年に四十ポンド。肉体労働者と大差ない額である。馬の飼料や維持費は自弁だ。給料を運んでくる馬車が強盗に襲われ、届かないという事態も生じる。

密輸犯人を捕縛して裁判にかけ、有罪となれば報奨金二十ポンドを手にできるが、訴追手続きにかかる費用は、巡視官が払わねばならない。弁護士の活躍で被疑者が無罪になったら、報奨金は当然出ないし、自弁した訴追費用は償われない。その上、巡視官は一人かせいぜい二人で見まわるのに、密輸団ときたら、数十人から百人余の団体組織である。密輸を取り締まるより、見逃してやって代わりに分け前を手にする方が、肉体的にも家計上も、命の安否の点においても、はるかに楽だ。

一七六〇年という年は、ジョン・フェアマンにとっても、妻のスーザンおよび息子のロディにとっても、最悪であった。為政者の気まぐれにより、密輸取り締まりが強化された。ブリテン島から強力な警備隊が派遣され、密輸団を引っくくり、処刑した。港を見下ろす高台に並ぶ絞首台に、干し鰊《にしん》のように屍体が吊り下がった。密輸に手を貸した罪人ジョン・フェアマンの躰も、海から吹き上げる風に儚《はかな》く揺れた。

ロデリック・フェアマンは十歳であった。母方の祖父がダグラスで印刷業を営んでいる。母と一緒に祖父のもとに身を寄せることになった。労咳《ろうがい》を病む母親は、荷造りだけで疲れ果て、馬車の旅の途中、マウホルドの馬車宿で休憩しているとき、椅子から立ち上がり歩き出そうとして、自分のスカートの裾を踏んづけて転び、はずみでテーブルの脚に頭をひどくぶつけ、テーブルが揺れ皿が落ち、料理が床に散らばった客たちと店の者たちが責任と弁償について論議している間に、さっさと死んだ。不幸な子供はざらにいる。やがてロディは、母方の祖父に新米徒弟のようにこき使われている自分に気がついた。

こき使うのは祖父ばかりではない。三人の伯父――母の兄――たちも、無給で下男を雇った気分だ。母には弟がひとりいて、そのケヴィンはオコナー家では死刑に値《あたい》する悪党と罵倒されていた。これも下男なみに父や兄たちにこき使われていたケヴィンは、活字の詰まった箱と金を盗み、ロンドン経由で植民地に渡る船に乗った。一七五四年。フレンチ・インディアン戦争が勃発する前年だ。盗んだ活字で印刷業を始め――印刷機も現地で盗んだのだろうと、オコナー家の人々は言う――そこそこやっているらしい。たまに便りがくる。居所が判明したのに祖父が放置しているのは、大西洋の向こうにいる不埒な末息子を捕まえるには費用がかかりすぎるからだ。そういう手があるか。ロディの目の前に新大陸がのびやかに広がった。

やがて祖父が没し一番上の伯父が家業を継ぐと、ロディの処遇はさらに下落した。養う義務もないのに転がり込んだ厄介な存在であることを、伯父夫婦は、犬の餌より劣る食事を与え、箒《ほうき》でひっぱたき、薪雑把《まきざっぽう》でぶん殴って、ロディに教え込んだ。彼が十五の年にマン島はイングランド王室の所有するところとなったが、彼には関係ない。

十九歳になったロディは、果敢な行動を起こした。つまり、逃げた。叔父ケヴィン・オコナーというよき手本がある。活字箱を持ち出すと身軽に行動できないと判断し、金だけにとどめた。これまで無給で働かされた。当然の報酬である。印刷技術を身につけたのは仕事を手伝わされたからだが、恩に着てはいない。純情無垢で世の中やっていけるか。ロンドン経由で新大陸に渡航という、叔父ケヴィンのルートを彼も辿《たど》った。夏であった。

決行の一月《ひとつき》ほど前に、ロディは叔父に宛てた手紙をロンドンから新大陸植民地に渡る船に託している。手紙は当然先に届いていると思ったのだが、二月《ふたつき》近い長旅の果て、汗と垢でよれよれになって小さい印刷屋をたずねあてた初対面の甥に、物乞いか、浮浪者か、という顔を、ケヴィン・オコナーは見せた。そのとき、汗まみれの郵便夫がこれも汗まみれで皺の寄った封筒を渡さなかったら、追い払われるところであった。

雇っていた男が不始末をして逃亡し、人手を求めていたケヴィン・オコナーにとって、印刷技術を持った甥の出現は神からの贈り物にひとしい奇跡であり、その夜、ベッドの脇にひざまずいて感謝の祈りを捧げたほどであったのだが、甥の前ではおくびにも出さず、雇ってやるのだと、恩着せがましい態度を断固つらぬいている。

ケヴィン・オコナーは、週刊の新聞を発行していた。ちゃちな新聞である。一枚の紙を二つ折りにしただけで、縦十三インチ、横八インチ半ぐらい。活字はパイカ（十二ポイント大の活字）のみ。見出しもなく、べったり文字が並んでいる。もっとも、他の新聞も似たり寄ったりだ。新大陸には、ヨーロッパ諸国では当たり前のように存在する活字の鋳造所がない。活字のみならず、インクも印刷機もすべてヨーロッパからの輸入品だ。船賃と関税がかかるから、とんでもなく高価だ。ケヴィン・オコナーは、出奔するときに持ち出した活字を、磨り減ろうが欠けようが、いまだに使うほかはないのだった。

「ニューヨーク・ニューズレター」と名前は堂々としているけれど、大きいニュースは英本国から運ばれてくる——一月から一月半はかかる——新聞記事の面白そうなのをほぼ丸写しにし、あるいは他のコロニーの週刊新聞から転載するのが大半だ。新聞発行人同士の見本紙交換は無料だ。そこにケヴィン・オコナーは、広告主ラルフ・ウィルソン氏の意向に沿うよう国王派《ロイヤリスト》の色づけをする。

汚《きったね》え紙だなあ、というのが、ケヴィンの印刷物を見たときのロディの第一印象だが、そう口にしたら、「どこでも、こういう紙だ」ケヴィンはぶっきらぼうに言ったのだった。

コロニーで作られる紙は、使い古されてぼろぼろになったシャツだの下着だの雑巾だのを原料とし、屑を濾《こ》す篩《ふるい》がないから髪の毛や小さい虫まで混じっているという代物だ。枯れ草色だの灰色だの。真っ白い紙を望むなら本国からの輸入品に頼るほかはないが、とほうもない関税がかけられる。

植字も印刷も、ケヴィンとロディ、二人だけでやる。誤植だらけだがケヴィンは気にしない。

週刊新聞を刷る合間に、チラシなどの小さい仕事も入る。苦労して組み上げた活字は、一仕事終える度に解版して整理しなくてはならない。ケヴィンは次第にずぼらになり、あれもこれもロディに押しつける。印刷は一人ではできないからケヴィンも手伝うが、記事のほとんどはロディが草稿を書くようになった。文章の最後に、ロディは自分の名前を記すことで鬱憤《うっぷん》を晴らす。

そうして六年。

せっかく印刷技術を身につけているのだから、立派な書物を造りたいものだと、ロディは思う。どういう書物をもって立派というのか。外装か、内容か。

「オコナー、出てこい！　本国の犬野郎！」

カーテンの隙間から、ケヴィンは窓の外をのぞき、「奴ら、増える一方だ」声が震える。

「無視したほうがいいよ」

印刷機を据えた部屋で、昨日手に入れた「ボストン・ニューズレター」――数少なくなった国王派の新聞だ――の記事を要約すべく原稿のペンを走らせていた手をとめ、ロディは叔父に忠告した。

窓ガラスがひび割れそうな怒号が飛ぶ。

叔父と並んで、カーテンの隙間に目をあてる。ぎしぎしと人々が押しかけている。

まだ罵声を浴びせているだけだが、だれか一人でも先走ったのが石を投げたら、いっせいに投石に走るだろう。すでに国王派の新聞を発行している印刷所の建物が幾つか、押し寄せた愛国者《パトリオット》に破壊されている。

ケヴィンは熱烈な国王派というわけではなかった。貴重な広告主の意に沿うために独立派を難詰しているだけだったが、独立派が威張り散らすようになると、へそを曲げた。信念というより意地だ。

ロディにしても、国王への忠誠心は微塵《みじん》も持ちあわせていないのだが、民兵団に入り独立のために戦えと、愛国者たちからしきりに勧誘されるのも煩《わずら》わしくてならない。銃を取らねえのか、玉なし野郎。罵った奴もロディも痣《あざ》だらけになったのだった。うかつに酒場には入れなくなった。大半の客が独立派の愛国者だ。なにしろ本国政府がふんだくる税金が馬鹿高い——だからって、なんで俺が命がけの戦闘に駆り出されなくちゃならねえのよ——。

「悪魔の牙だ！」

声が上がった。疾駆してくる蹄《ひづめ》の音。

馬上にあるのが「ニューヨーク・ニューズレター」の貴重なる広告主ラルフ・ウィルソン氏の三男、モーリスであることは、顔の下半分を隠したマスクにより一目でわかる。

生えている悪魔の牙を隠すための仮面だと、誰が言い出したのか。事実を明かす者はいないまま、噂が広まるに従って恐怖度も高まる。悪魔から力を授かっているという説がかなりの信憑性を持って流布されている。モーリスときたら、冗談が好きなのか、そういう趣味なのか、金属製のマスクにわざわざ奇妙な模様を浮き彫りにし目立たせている。辛い思いをしたのを、自らの力で逆転させたのかもしれない、とロディは思う。

群衆は自ずと道を開く。

ケヴィンの印刷所の前で、モーリスは馬を下りた。

「危険ですよ」

扉を細く開け、招き入れて素早く閉め、内鍵をかけながらロディは言った。

まだ手出しをする勇気がないままでいるが、ウィッチと決めつけられリンチが始まったら、手に負えない。マサチューセッツのセイラムで魔女裁判があったのはほんの八十数年前だ。

「ここにくるときなど、ダブルを使ったほうがいいですよ」ケヴィンが口を挟んだ。「替え玉にその仰々しい仮面をつけさせ、あなたは目立たないように布で傷を隠す程度にして行動してはどうですかい」

モーリスは仮面を外《はず》した。口元に苦笑が残っていた。「そうして、従者に危険を負わせろというのか」

叔父のためにロディはモーリスの言葉を繰り返してやった。ロディはモーリスの言葉を聞き分けられる数少ない一人だ。

「君に依頼したいことがある」モーリスはロディに言った。

「君に訊ねたいことがある」

ロディは囚人エドワード・ターナーに言った。

「君がアシュリー・アーデン氏を殺害した理由だ」

初めてエドワード・ターナーは反応を示した。え？　と訊き返し、それから言った。「君は弁護士か」

犯行　2

行き交う怒声が炸裂する砲弾のようだ。開帆の準備がととのうのを埠頭で待つ私は、戦場に出たことはなく、轟く砲声を聞いたこともない。単なる譬喩《ひゆ》だ。仮橋を撓《たわ》ませて荷担ぎたちが行き来する。

セントローレンス川のモントリオール埠頭で、支流リシュリュー川を南に遡行しセントジョン砦に向かう予定の小型武装帆船ウィペット号の荷積みが行われている。

ウィペット号はモントリオール市の交易商組合の持ち船で、船長や掌帆長《しょうはんちょう》、操舵手を始め水夫たちは砲手も含め民間人だ。ヒギンズ船長は昔は私掠船《しりゃくせん》で稼いでいたが、今は酒好きの老いぼれだと父から聞いた。ずっと以前から仕事の関係で父はたびたびモントリオールを訪れており、知人も多い。

仮橋は甲板の前部と後部、二カ所に架かっている。積荷の上げ下ろしに用いる、船倉まで直接通じる大きいハッチの前側と後ろ側に、乗員用の小さいハッチがそれぞれひとつずつある。

埠頭の倉庫の壁から突き出た腕木のロープに吊り下げられた梱《こり》や樽が、ウィペット号に吊り下ろされる。

「慎重に扱え」荷担ぎの頭が怒鳴る。「そいつは、隊長さん宛てだぞ」

隊長さん宛の二梱はことさら厳重に縄を絡げC.P.と黒い塗料で記してある。砦の指揮官チャールズ・プレストン少佐への、モントリオールやニューヨークの富裕層市民からの贈り物だ。

積み荷の大半は火薬と銃弾、砲弾、銃などの武具や小麦粉及び食糧、そして帆布、ロープ、滑車など、帆船の建造、修理に必要な品々である。

リシュリュー川に面したセントジョン砦は、小規模ながら造船所と修理用のドックを持ち、砲艦、浮き砲台、運搬用の平底舟などを建造している。この夏には、武装スクーナー〈ロイヤル・サヴェイジ号〉が完工し、砦の防衛に成果を上げている。木材は地元で入手できるが、造船に不可欠な品々の多くは英本国からの輸入品だ。

叛乱軍はすでに一度、モントリオール奪取を試みロンゲールまで兵を進めたことがある。このときは叛乱軍を潰し、指揮官まで捕虜にする戦果を上げ、モントリオールは無事だった。

しかし、決して楽観できる状態ではない、セントジョン砦が叛乱軍の手に落ちたらモントリオールが危ない。事態は緊迫している、と私は父から聞いているのだが、指揮官プレストン少佐宛の二つの梱に詰まっているのは、贅沢な食品、嗜好品などであった。士官たちはお裾分けにあずかるだろうが、七百人を超える兵たち――その多くは民兵だ――や女も含む下働きたちへの配慮は、ない。

三角錐に固めた砂糖六ポンド、上等粉コーヒー六ポンド、上等バター二〇ポンド、燻製ハム二個、チョコレート六ポンド、グロスターチーズ、極上白ビスケット五〇ポンド、舌肉の干物半ダース、その他。英気を養い、叛乱軍を敗退させ、モントリオールを守ってくれ、という富裕層市民たちの願いからだろう。

もう一つの梱には、ジャマイカ・ラムと古いマディラ酒のボトルがぎっしり詰まっている。これは父グレゴリー・アーデンから少佐への贈り物だ。モントリオールで調えた。

物資補給の船が行くという情報は、騎馬の伝令によって、先に砦に届いている。モントリオール市民及び父からの贈り物の件も、プレストン少佐に伝わっているはずだ。

周囲の喧噪は、英語とフランス語が入り混じる。

ジョージ王戦争の後、旧大陸における英仏の七年にわたる戦争がこの地にも飛び火し英仏コロニー間で激戦が交わされ、このとき父はモホークの戦士を率い英軍の勝利に大いなる貢献をした。英本国のジョージ三世陛下から準男爵の称号を下賜《かし》されたのはその功による。フランスの敗北にともないカナダ一帯のフランス植民地は英領となった。それから八年経つが、モントリオールの辺りはまだフランス系の住人が多い。

乗り込みの順番を待つ私の周囲で交わされるのはモホーク語ばかりだ。モホークたちは羊毛で織った下帯――この布地は父が売ったものだ――を腹に巻き、足首から太腿まで覆う鹿の鞣し革の脚絆《きゃはん》を着けている。上はほとんど裸身の猛者《もさ》もいる。強くあることがモホークの誇りだ。私はモホークを母に持ちながら彼らのような強靱な肌には恵まれていない。

父が調達したモホークの戦士四十三人は、セントジョン砦の防衛軍にとって、指揮官プレストン少佐宛ての梱よりはるかに貴重な贈り物であろう。調達。贈り物。そんな言葉を、私が用いるのか。父による募兵だ。英本国と植民地叛乱軍の戦闘において、モホークが英軍に協力するのを肯定した象徴だ。この先、モホークが植民地叛乱軍――大陸軍《コンティネンタル・アーミー》――に荷担することはないだろう。英軍に戦士として加わらない大多数のモホークも中立を保つだろう。モホークを含む六つの邦《くに》からなるイロクォイ連邦がどちらにつくかは、勝敗に関わる大きな問題だ。

モホークという呼び名そのものが、コロニストによるものであり、彼ら自身は――私も、ときに――カニエンケハカと称する。〈東の扉を守る者〉の意だ。イロクォイ連邦の東端にモホークは位置する。西の扉を守るのは、セネカ――オノドワーガ――だ。敵対する部族が「黒い蛇」と呼んだのを語源とするイロクォイという名称も、コロニストが用いているもので、本来の名称はホデノショーニー〈長い家を建てる者〉だ。

セントジョン砦に向かう四十三人のモホークの大半と私は顔なじみだ。モホーク戦士は、体格がすぐれている。六フィートを超える長身をささえるがっしりした骨を精悍な筋肉が包む。私の旁らには、黒く長い髪を二つに分け三つ編みにし、交易品であるシャツの上に獣皮を纏った〈美しい湖〉が立つ。

隊長宛の梱が下ろされた後、腕木のロープはうずくまる獣みたいな形状の木製の砲架の積み込みにかかった。艦載砲をのせた常備の砲架《ほうか》とは別に、砦で用いるために新造されたものだ。堡塁《ほうるい》に備えた砲架の一基が破損し、新品搬送の要請がきていた。

上甲板の一カ所が、そこだけ異なる世界であるかのように、緊張した雰囲気を漂わせている。緊張感を発しているのは、砲架が吊り下ろされるのを上甲板で待ち構えている男だ。髪の色が漆黒でモホークと見まがうが、服装はモントリオールの民間人のそれだ。

モホークたちをかきわけて、女が三人、前部の仮橋を渡ろうとする。滑稽なほどの厚化粧に、色彩はけばけばしいが布地は惨めな服を身につけている。そのうちの一人は、明らかに混血だ。髪は漆黒ではなく濃い栗色で、肌の色もやや濃い。

「待て！」怒鳴りつけたのは、赤い制服を着けた英軍の下士官だ。その後に同じ赤服の兵士が二人続く。彼らとは面識があった。

乗船日の数日前、私は父およびモホークの戦士たちとともにモントリオールに到着した。セントジョン砦の防衛にモホークを協力させてほしいという英軍司令部の要請に、父は応じたのであった。

モホーク川とシャンプレーン湖を利用すれば、歩行は短距離で、リシュリュー川の西岸に築かれたセントジョン砦に直接行けるのだが、湖の南端、タイコンデロガ砦はすでに叛乱軍の手に落ちている。大回りしてセントローレンス川をモントリオールまで下らねばならなかった。

西へ西へと膨張するコロニーとインディアン居留地を区分する境界線を国王陛下はさだめ、宣言した。一七六三年。十二年前のことだ。父の広大な私有地は、境界線より西に大きくはみ出している。このたび、司令部は、モホークを味方につけてくれれば、はみ出した領地を公認すると確約した。その上、ニューヨークにおける毛皮取引の独占権を国王陛下が認可されるという好条件も出した。

司令部で、そのとき、補給隊隊長である下士官に私は引き合わされた。クリフ・ビセット軍曹。ズボンがはち切れそうに腹が丸い。私とモホークたちを引き渡し、副指揮官と面談を済ませた後、父は乗船開始前に去ったのだった。

父グレゴリー・アーデンの準男爵という地位に、軍曹は深い敬意を持ったが、本国人の常として、この地の本来の住民を同等の人間とは見なしていない。〈美しい湖〉に対する態度でわかる。〈美しい湖〉が昂然と立っているのが気にくわないようだ。準男爵を父としモホークを母とする私を如何に遇するか、軍曹は初対面時からずっと困惑しつづけている。若造とたかをくくって高飛車に出ては、ふいに態度を改めたりする。たいした爵位ではないし、一代限りの称号で私とは関係ない。

英本国から派遣された増援軍のメンバーだという二人の兵には、乗船開始前に顔を合わせている。エドワード・ターナーとクラレンス・スプナー。二人とも瘦せこけて戦力にはなりそうもない。

本国からの増援軍はニューヨークの港で半数を下船させ、残りが東沿岸を北上しケベックに上陸、セントローレンス川を遡行してモントリオールに到着した。モントリオールの総司令官カールトン将軍の持つ正規軍はわずか八百名でその多くをセントジョン砦の防衛にまわしたから、モントリオールやケベックを守備する正規軍はごく少数だ。民兵を募集しているが、十分な人員を確保できないでいた。英本国からの援兵は貴重だ。物資輸送に大人数を割くことはできないのだろう。

本国の軍港ポーツマスを出帆してほどなく輸送船の船内で天然痘が発生したことは聞いていた。高熱を発する病人が出た。乗船前に罹患していたとみえる。たちまち乗員の間にひろがり、十数人の死者を海に投じねばならなかったという。

クラレンス・スプナーが罹患し辛うじて死を免れた者だということは、顔面の痘痕《とうこん》が示している。

エドワード・ターナーのほうは免疫力があったのか、悪疫《あくえき》からは逃れたようだが、二人とも暗鬱な石《いし》塊《くれ》みたいだ。

「貴様らは後だ。退《ど》け」

女たちが三人の補給隊員に先を譲ったのは、軍曹の怒声の効果ではなく天然痘への恐怖からだろう。完治したものは接触してももはや伝染力はないと、経験的に知られてきてはいるのだが。

「威張りくさりやがって」

「船賃はちゃんと払ったんだよ」

近くにいた水夫が「船長に躾でな」とからかった。的を射たらしく、「役立たずだったさ」二人が笑い声をあわせた。一人は笑わなかった。

軍曹は、私に目を留め、「やあ」と軽く手を上げて挨拶し、その後、とってつけたように「アーデン殿」と恭《うやうや》しい態度になった。

ビセット軍曹とその部下二人からなる補給隊が乗船した後、女の一人が「あんた、あのアーデン家の人？」と私に話しかけた。

「ＡＢＣなぞ、相手にしなさんな」出帆を見物にきた暇な野次馬の一人が忠告した。相手にする気はないが、ＡＢＣの意味がわからないので訊ねようとしたら、「アビー」「ビヴァリー」と二人がそれぞれ自己紹介し、笑わなかった一人——混血の娘だ——を指して「シャーリーン」と教えた。シャーリーンが小さく首を振り、口が動いた。ささやくような声を、私は聞き取った。「シャルレーヌ」

父親がフランス人だったのだろう。母親はこのあたりなら、クリーかアシニボインか。モホークはフランスとはほとんど関わりを持たない。フランスはイギリスと違って土地の本来の住民と親しくつきあい、邦々を滅ぼすことはしなかった。

別の野次馬が「モントリオールで客がつかねえで食い詰めたあばずれの淫売だ」と告げた。悪名が行き渡っているようだ。「戦闘中の砦で稼ごうたぁ、さすがABCだ。いい度胸だ」

「金払いの悪い奴が、何か言ってるよ」Aだかだかが嘯《うそぶ》いた。「砦の兵隊さんたちには、あたしたちが必要なんだよ」

「ねえ、あんた、ほんとにアーデン家の御曹司？」

どっちだかが、また訊いた。

私はシャーリーン……シャルレーヌのコルセットで締めあげた細い腰に巻かれたワンパムに目をとめた。腰にベルトを着ける風習を、白人女性は持たない。モホークにしたところで、ワンパムを身の飾りにするものはいない。

このごろはコロニストの社会ででたらめな模様のワンパムを勝手に作り、売るものが現れている。それも安物のガラス玉を用いたりしている。しかし、紫の貝ビーズを連ね白い貝ビーズを編み込んだシャルレーヌのワンパムは、この地の本来の住民なら一目で解する意を象徴的な図柄であらわしていた。父方の母国語で言えばLoveだ。

返事をしない私に、「へ、お高くとまってやがる」Aだかだかは毒づいた。

シャーリーン……シャルレーヌがフランス人との混血であれば、無口なのも理解できる。おそらく英語は不得手なのだろう。

私たちに乗船命令が下りた。

仮橋を渡るとき、頼りない手摺《てすり》に掴まった左の中指の先が、ずきんと痛んだ。布を巻いてあるのだが、傷口が少し開いたようだ。ナイフを持った父の姿が脳裏に浮かんだ。

上甲板に着くと、「インディアンは」前部ハッチの傍に立ったビセット軍曹が指先を下に向けた。「下甲板だ。うろつかせるな。ああ、準男爵様のご子息殿、あんたは行動自由だよ」

モホークたちの先に立って、私は傾斜の急な木製の梯子を下りた。

梯子の裏側に調理用の大きいストーブが据えられ、火気が船の木材に伝わらぬよう煉瓦で囲ってある。上の梁から空の大鍋が吊り下がっていた。陽が落ちる前に目的地に着くはずの短い航程なので、火は入っておらず、調理人もいない。

大ハッチから船倉に荷を積み下ろす四角い空間とは板壁で仕切られ、両側の細い通路が下甲板の後部に通じる。

笑い声を立てながらAとBが、その後からワンパムをつけた笑わないシャルレーヌが、下りてきた。群れているモホークたちに、AとBは露骨に嫌悪の顔を見せた。

ストーブの周辺を彼女たちは根城にさだめ、「アーデン家の若旦那、インジャンたちを、後ろのほうに追っ払ってよ」「おっかないよ」AとBは口々に言った。

一言だけ聞き取った〈美しい湖〉が、「この女たちは、我々の悪口を言っているな」と言った。英語は解さないけれど、〈インジャン〉がひどい蔑みの言葉であることを、〈美しい湖〉も他のモホークたちも知っている。

私は二人の区別がつくようになった。会話の主導権を持つのが背の高いアビー、すぐに追随するのが太り気味のビヴァリー。

「若旦那、あんた、ほんとにアーデン家の息子？　髪が黒いじゃないか。でも、眼は茶色。あの大工みたいだね」アビーが言い、

「そうそう、あの男も黒い髪に茶色の眼」ビヴァリーが相づちを打つ。

「大工？」

「自作の砲架を後生大事に守っている奴、いただろ、上甲板に。あれ、おふくろがインジャン」

「この娘《こ》もおふくろがインジャン」ビヴァリーが口を挟んだ。「インジャンの伯母さんが、砦のわりと近くに住んでるんだってよ。この娘、時々そこに」

「やめな」アビーが言った。

シャルレーヌは、モホークたちに親しみは見せない。むしろ嫌悪あるいは憎悪しているようにすら感じる。

「ふつう、仕上がったら、それで大工の仕事は終わりだろ。砦までついて行ったりしないよね」ＡとＢは口々に言う。

「初めて、いっちょ前に造ったからだろ。〈初めて〉ってのは、気になるもんだ」

「初めての客、おぼえてるかい」

「忘れたいよ」

「彼を知っているのか」

私の問いに、ＡとＢは顔を見合わせ、含み笑いした。

「大工の名前は？」

「ジェイク」

そう言って、ビヴァリーはシャルレーヌの脇腹を軽く小突いた。

私はモホークたちに告げた。「友よ、その通路から後部に行け」

「後ろのほうが広いのか」一人が問うた。

後部にも荷は積まれているだろう。

彼らを納得させる言葉を思いつけない。単に、私がごたごたを起こしたくないだけなのだ。

「ここは、女たちが使う場所で、男の場所は後ろだ」

言いくるめ、胸にいささか重いものを感じながら私は先に立ち、板壁と舷側の間の通路を抜けた。

下甲板後部は水夫たちの居住部分で、ハッチに通じる梯子の近くに長方形のテーブルと長いベンチが置かれ、天井には吊床が巻き上げられている。船尾寄りには砦への補給品の梱や樽が山積みで、司令官チャールズ・プレストン少佐への贈り物である梱は、その山の前に二つだけ重ねて置かれていた。

さらに砲弾や予備の帆布も山をなし、狭苦しいとモホークたちが不満を言う。

「陽が落ちる前に砦に到着する予定だ」私は告げた。「それまで、ここにいてくれ」

昼食用の食べ物は各自持参だ。

私はモホークが狩りに出るときなど携行する干し肉とアーデン・ホールの厨房で料理人が焼いたパンを革袋に入れ腰に提げている。

モホークたちは、砕いた炒り玉蜀黍の袋詰めと干し肉を持参している。

後部ハッチから私は上甲板に出た。碇はすでに巻き上げられ、帆桁に縛り上げられていた帆が解き放たれ、水夫たちがシュラウドを下りてくるところだ。大小六枚の縦帆が寒風にはためき、馬の嘶《いなな》きに似た音をたてる。毛織りの外套を羽織った己が躰を抱きすくめる。掌帆長の指示に従い、水夫たちはそれぞれの持ち場の帆を繊細に動かして風を捉え、ウィペット号は埠頭を離れ始めていた。

船尾楼《せんびろう》の上の高い後甲板にヒギンズ船長の姿が見える。老いぼれだ。寒さのせいか中風の気でもあるのか、細かく震えていた。

一等航海士ヘンリー・メイスンが隣に立つ。父の言うところでは、フレンチ・インディアン戦争で負傷し、除隊してからは密貿易で稼ぎ、逮捕されたが大金を払って重刑を免れた。一等航海士の資格をどうやって取得したのか、父も知らないと言った。

大ハッチの蓋《ふた》が閉ざされ、上甲板前部にいる大工の姿が見てとれる。砲架にもたれ、腰を下ろしていた。近寄った。さほど体格のよいほうではない。幼いころ、どうしてあれほど恐怖をおぼえたのか。記憶と現在の落差に私は途惑《とまど》った。

声をかけた。相手は顔をあげた。

「ジェイク？」

相手は無愛想にうなずいた。

「久しぶりだな。おぼえていないか。アシュリー。アシュリー・アーデンだよ」

アシュリー・アーデン。アシュリー、と口の中で繰り返したようだ。ジェイクは横を向き、甲板に唾《つば》を吐き捨てた。思い直したように表情を和らげ——強引に顔の筋をひっぱったように見えた——「やあ」と言った。

足もとに道具箱がある。

「モントリオールで大工をしていたのか」

「ああ」

「その砲架を作ったって？」

「そうだ」

面倒くさそうにジェイクはうなずいた。

船が大きく針路を変えた。セントローレンス川を流れに沿って東に下っていた船が、注ぎ入る支流リシュリュー川に舳先《へさき》を向けたのだ。南に遡行する。

両岸は覆い被さるように、黄葉した樺《かば》や楓《かえで》の林が迫る。根元から折れた樹の枝が水に浸って揺れる。

上甲板の後ろのほうが騒がしくなった。

狭い下甲板を嫌ってだろう、モホークの半数ほどが後部ハッチから上甲板に出てきた。ジェイクは立ち上がり、道具箱を抱えて前部ハッチを下りていった。体が沈んでいき、没した。

モホークたちに、「下りろ！」ビセット軍曹が怒鳴った。

私が通訳するまでもない。身振りでわかっただろうが、彼らは無視した。

軍曹は私を呼んだ。「こいつらに命じろ。下甲板にいろと。プリーズ」

AとBが上甲板に上がってきた。Bは私に「二人だけにしてやったんだよ」と目配せした。二人は船尾楼の上の後甲板に上り、船長にちょっかいをかけはじめた。

風に笛の音がまじる。木管に五つの穴を開けた素朴な縦笛を〈美しい湖《ガ・ネ・オ・ディ・ヨ》〉が吹いている。

「馬鹿野郎！」

軍曹が怒声を〈美しい湖〉に浴びせた。

怒鳴る前に吸い込んだ息でふくれ上がった軍曹の腹は、ズボンの前布の両隅を留めたボタンを二つともはじき飛ばす威力があった。ずり落ちる醜態には至らなかったが、前布がだらりと垂れ、隠されたものをのぞかせ、モホークの男たちを笑わせる効果を生んだ。軍曹は外套の前をかき合わせたが、丸い腹を覆いきれない。

縦笛を取り上げようとする軍曹に、クラレンス・スプナーが握り拳を突き出し、目の前で開いた。彼は素早くボタンの一つをキャッチしていたのだ。溶岩みたいな痘痕面《あばたづら》が、そのとき悪戯っ子の笑いを浮かべた。

ボタンをさらい取りポケットにしまい、「余計な音を立てるな」軍曹は続けた。「敵に気づかれたらどうする」

「我が英軍は、このあたりまで敵の侵攻を許しているのですか」

エドワード・ターナーの声には、十分に皮肉がこもっていた。

「新兵ども。上官に反抗した場合」

軍曹の言葉の先はわかっている。叛逆罪に問われるぞ。

そう怒鳴る前に、〈美しい湖〉が中断された曲のつづきを縦笛に吹き込んだ。五つの穴の上で、彼の指が巧みに動いた。

他のモホークも〈美しい湖〉に倣った。

音色は帆の鳴る音の間を縫って風に絡まる。

私も帯にさした縦笛を取り出した。金管楽器の音が融《と》けた鉛なら、モホークの木管は風のささやきのようだ。左の中指に布を巻いているので、うまく吹けない。

クラレンス・スプナーが興味ありげな目を縦笛を吹く者たちに向けた。二十二歳の私より幾らか年上に見える。エドワード・ターナーは腕組みして帆柱にもたれ、目を閉じていた。

モホークたちが痘痕兵からやや身を引いているのは、天然痘の怖さを身にしみて知っているからだ。かつてこの地には、天然痘は存在しなかった。チフスもコレラも猩紅熱《しょうこうねつ》もなかった。百年あまり前、大西洋を船でわたり東部沿岸に辿《たど》り着いたコロニストたちが持ち込んだ。全く免疫のないこの地の人々の間に、瞬くうちにひろがり、多くが死んだ。天然痘患者の用いた毛布を故意に渡し、伝染させ死なせたとも伝えられている。絶滅した邦《くに》もある。

東部の一帯には、昔から多くの人々がそれぞれの邦をつくっていた。モホークの年寄りから名前を教えられ私が憶えているだけでも、マヒカン、アスナキ、ペナクック、マサチューセッツ、ワンパノアグ、ナラガンセット、ピクォート、ワッピンガー、モントーク……。どの邦も、怒濤のように押し寄せてくるコロニストによって、みな滅んだ。辛うじて生き残り逃げのびた者たちの口から、惨状が伝わった。

私は、なぜか縦笛をクラレンス・スプナーに手渡していた。行動が思考に先立った。

私の好意にクラレンス・スプナーは笑顔で応えた。毛が抜けて薄くなった眉の下の目は、愛嬌があった。クラレンス・スプナーは受け取った笛に息を吹き込んだ。モホークの縦笛は気難しくはない。吹き込まれる息にやわらかく順応する。帆柱にもたれ瞼《まぶた》を閉じていたエドワード・ターナーが、視線をクラレンス・スプナーに向けた。クラレンス・スプナーは縦笛をエドワード・ターナーに渡した。くちびるに当て何かのメロディを吹こうとして、エドワード・ターナーは薄い苦笑を浮かべ笛をクラレンス・スプナーに返した。この笛では奏でられないメロディなのだろうと私は察した。〈美しい湖〉がメロディを奏でると、クラレンス・スプナーがそれをなぞる。単純なメロディなのですぐにクラレンス・スプナーはおぼえ、一緒に吹きならす。痘痕への怖れは消えたようで、他のモホークたちが、ある者は笛を吹き、他の者は合わせて歌う。私もよく知っている歌だ。ウィチャーチャラ　キン　ヘヤペロ　マカ　キン　レチュラテハン　ユンケロ……年老いた者は言う。大地はひたすら耐えると……。

心地よいときが流れた。

「うるさい。騒ぐな」

またもビセット軍曹が怒鳴りつけたのは、笛を吹き歌うモホークたちではなく、後部ハッチをとおして下甲板から聞こえてくる騒擾《そうじょう》に対してだ。少し前から聞こえていた喚《わめ》き声、叫び声の塊《かたまり》は、耳を聾《ろう》するばかりになっている。

蒸留酒のにおいさえ、ハッチから漂い流れる。

私に向かって、「君は奴らの統率者だ。静かにしろとインディアンどもに命じろ」ボタンを失った前布を片手でおさえながら、軍曹はプリーズと続けた。

「命令を下すのは、軍曹、君だろう」

「そうだ。俺の命令を彼らに伝えろ。隊長すなわち俺の命令に絶対服従しろ、と。俺が静かにしろと言ったら、ただちに静かにするのだ」

「一人の命令に全員が従うという習わしは、モホークには、ない」

「インディアンには族長《チーフ》がいるだろうが。部族を統一し命令する」

「族長《サチエム》という立場は、チーフとは違う」

モホークの言葉で正確に発音すればサッジャマに近いが、難しい音なので、コロニストたちの間ではサチェムと言い習わされている。

サチェムに該当する訳語はない。いわば議会の議長のような取り纏《まと》め役で独裁権は持たないのだ、と最初から理解するつもりのない相手に説いても無駄だ。これまでの経験でわかっている。戦争！となれば、優れた統率者が絶対的な指揮権を持つが、戦争が終わればその権威は消滅する。

「奴ら、飲んでいる」

ぞっとする、と仕草で示し、「下に行って、止めてこい」ビセット軍曹は続け、「プリーズ」と付け加えた。

こちらが下りる前に、ボトルを手にしたモホークたちが後部ハッチから上がってきた。みんな酔っている。素面《しらふ》の者たちにボトルを突きつけ、飲め、と勧める。断る者はいない。理性がアルコールのなかに融けてしまったモホークたちは、私の目にさえ醜悪に映る。

もっとも、コロニストや英軍の泥酔状態にしたところで同じようなものだ。アーデン・ホールを訪れる英軍士官たちは、最初は行儀よく飲んでいるが、じきにろれつがまわらなくなり、放歌放水し絨緞を汚す。英士官らの暴飲を咎める声はないが、モホークたちに関しては、〈ラム酒はインディアンを悪魔に変える〉〈ラム酒は、野蛮人どもを絶滅させるため、神が与えられたものだ〉などと軽蔑的に言われる。

ラム酒も天然痘同様白人が持ち込んだ。はるかに遠い昔からこの地に住んでいた我々の祖は、彼らによって初めて酒を知った。〈空を舞う鷹《グラ・ダン・ノーチェ》〉はそう私に言った。コロニストや交易商人たちは毛皮の代価をラム酒で支払った。その〈空を舞う鷹〉も目の前にラム酒があれば、当然、飲み、当然、酔う。酔った〈空を舞う鷹〉を私は見たくない。〈美しい湖〉は、底なしに強い。

酔いのまわったモホークたちが手にしているのは、ジャマイカ・ラムとマディラ酒のボトルであった。軍曹が大仰に目を剝《む》いた。

「プレストン少佐宛ての梱《こり》が無事かどうか、みてこい」私に命じ、プリーズ、と言ったが、モホークたちが私を護るように取り囲んだので、怯《ひる》んだ。

近くにいる船員に横柄に命じた。「確認してこい」

「俺が帆綱を放したら、船ァきりきり舞いだぜ。なあ、掌帆長」

「ああ」ぶっきらぼうな答えが返る。

「軍曹、インディアンどもを鎮めろ」船尾楼の上の一段高い後甲板から怒鳴ったのはヒギンズ船長だ。

「新兵たち、見てこい」

軍曹は命令の矛先を変えた。

エドワード・ターナーがハッチを下りて行き、クラレンス・スプナーもふてくされた顔で後に従った。

素面だった上甲板のモホークたちが、たちまち酔っ払いの仲間に入る。

「よこせよ」

AとBが後甲板の上から身を乗りだし、手をのべる。

二本のラムが放り上げられる。Aが一本を摑む。Bの手を逸《そ》れたもう一本を、老いぼれ船長が見事に引っ摑んだ。

ヒギンズ船長は摑んだラムを口飲みし始め、船長の行為は他の船員たちを煽《あお》り、モホークから奪《と》ったボトルが、手から手に回された。口から口へ、か。

モホークたちは私には勧めない。私が酒を受けつけない体質であることを彼らは知っている。二、三度飲んだことはある。その度に一口で気分が悪くなり嘔吐した。以後、飲むのを止めた。父は巧みに他人に飲ませる。いい気分にさせて、自分に有利なように商談をまとめる。

武器でも持ち出さなくては鎮圧できない。しかし、剣や短銃などを用いれば、モホークの闘争心を煽り立て、手のつけられない乱闘を引き起こすだろう。筋骨逞《たくま》しいモホークのほうが白人の乗員より数が多い。

素面の私は、硝子を透かし見るように喧噪のさまを眺める。

騒ぎが鎮まってきたのは、酔いつぶれるものが多くなったからだ。

シャルレーヌとジェイクは二人だけで下にいる、と私は思った。

ジェイクはアイルランド訛《なま》りのある英語、フランス系のシャルレーヌが英語はあまり得意としないとなったら、二人の会話はそれぞれの母の邦の言葉でなされているのだろうか。邦によって言葉は異なるけれど、近い邦同士ならさして変わらない。

私は想像する。モントリオールで大工をしていたジェイクは、娼婦シャルレーヌに惹かれる。気持ちを伝えるために、彼女なら解するであろう意味を込めたワンパムを贈る。受け入れたしるしとして、彼女はそれを身につける。あるいは逆に、ジェイクが同船すると知ったシャルレーヌが、気持ちを伝えようと愛をあらわしたワンパムをつける。ほかの者には通じないやり方だ。

まるで青本に載っている安手な恋物語だ。薄っぺらな青い表紙の、せいぜい五十ページぐらいの青本は、謹厳《きんげん》なピューリタンの家庭にはおいてない。英本国から、わざわざ輸入するのか新大陸に移住するとき持ち込む者がいるのか。私は何冊か読んでいる。

安っぽい恋物語にあっては、清純な二人の恋は邪悪な者によって妨げられる。ジェイクが清純？苦笑した。あの薄汚い平凡な……私は認めたくないのだ、自分の内心を。娼婦が清純？　そんなのは青本の中にしか存在しない。娼婦だけじゃない。清純な人間なんて、ジェンダー、年齢にかかわらず、存在しない。存在するのは、〈清純〉という言葉だけだ。

何かが私の中で蠢《うごめ》いている。厭な感情だ。認めたくない。言葉にできない。

すべての記憶を、私は疑いたくなる。悪夢を本当に私は見たのか。見た。そして私はジェイクに何をしたのか。それを思い出すな。私は何もしなかった。たいしたことじゃないさ。ほんの些細なことだ。小さい子供の小さい嘘だ。

二人の新兵が後部ハッチを上ってきた。

報告すべき相手は甲板に平らになり、吐物に顔を浸していた。

「ジン横町だ」

痘痕のクラレンス・スプナーがつぶやいた。

「岩場で憩うトドの群れだな」エドワード・ターナーが応じ、「トド、見たことがあるのか」クラレンス・スプナーが言った。

「版画で」

帆は操る者を失い、勝手気ままに追い風を受け流れに逆らう。

クラレンスと目があった。「やあ」とクラレンスは気軽に挨拶した。やあ。私は返した。

「素面なのか」クラレンス・スプナーが言った。

「飲めない」

「吹きっ曝《さら》しは寒いな」クラレンスは歯を鳴らす。「あそこに入ろう」とエドワード・ターナーが船尾楼をさし、「船長室だろう?」私に確かめた。うなずくと、先《さき》だって入っていった。

天井の高い船長室は、風が吹き通らないだけましだ。頑丈な角テーブルを据え、コーナーにはこの船で唯一のベッドがある。他の者は吊床だ。船窓から陽が射し込みカンテラを使う必要もない。劣悪な船内で一番居心地のよい場所だが、造作は父の使用人たちが住む小屋と大差ない。

この部屋の天井に当たる船尾楼の甲板の上で、船長は飲んだくれている。泥酔すると寒さも感じないのだろうか。

「ミスター」スプナーと言いかけると、「クラレンスでいいよ」相手は言った。「こいつはエドでいい」

英本国から新大陸のコロニーに到着してほどない二人は、準男爵グレゴリー・アーデンの名声をほとんど知らなかった。ビセット軍曹がある程度知識を与えたようだが、二人とも爵位に敬意は抱いていないようで、それは私を気楽にさせた。母がモホークであることを話した。「正妻じゃない。父は女性関係においてはヘンリー八世を凌ぐ」

クラレンスは膝を叩いて笑った。「ピューリタンは男女の関係に峻烈《しゅんれつ》なんじゃないのか」

「父はピューリタンじゃない。イングランド国教会だ」

クラレンスはいっそう笑った。

志願兵か、強制徴募隊《プレス・ギャング》に攫《さら》われたのか、と私は訊いた。士官なら輝かしいが下級水兵《ランズマン》の待遇は劣悪を極め、自ら志願する者は数少ない。補給するために宿無しなどを手当たり次第ひっくくって軍船に乗せる。そんな話を、私も聞き知っていた。

クラレンスがエドに視線を向けた。

「志願した」エドは言った。そっけない口ぶりに私は鼻白んだ。

棚のボトルをクラレンスは見つけた。「これがあるのに積み荷のラムに手を出すなんて、せこい奴だな」飲むか、とエドに訊いた。

「標本用のアルコールを飲んだ方がましだ」

クラレンスは私にボトルを差し出した。

「いらない」

飲めない体質なのだと説明した。

クラレンスはラッパ飲みで一口味わい、顔をしかめた。「ジンより凄え」

こっちじゃ、生《き》で飲むのか、と私に訊いた。

「割っても飲むけれど、モホークは生で飲んでいる」

「西インドに行かされなくてよかった」

私にはわからないことをクラレンスは言った。シャルレーヌのいる下甲板に下りていったジェイクの姿が脳裏から消えず、上の空で聞き流していると、

「オールド・グロッグを知っているか」クラレンスは続けた。

「知らない」

「英海軍のヴァーノン提督のあだ名だ」クラレンスの口調が滑らかになった。「グログラン織りの外

套を愛用していたから、そういうあだ名がついたんだ」

「ラムと関係ないだろう」

「オールド・グロッグは、西インド方面に遠征中、熱病予防のために水割りのラム酒を全乗員に飲ませることにしたんだ。半パイントのラムを四分の一パイントの水で薄めて、一日に二度給与した。割っても強くて、皆、潰れた。そういう状態をグロッギーって呼ぶようになった」

蘊蓄（うんちく）を披露するのが好きなお喋り屋（チャターボックス）だなと私は思った。

「その船に、君も乗ったの？」

「三十年も昔のエピソードだ。俺はまだ生まれてもいない。ポーツマスからこっちにくる船の中で、古顔の水兵から聞いたんだ」

なあ、と、エドに話しかける。エドはちょっと肩をすくめただけであった。

「GはGaieties、飲もうぜ陽気に」クラレンスはメロディをつけて口ずさみ、「HはHead-ache、先生飲み過ぎ」エドが一緒につぶやいた。クラレンスはさらに「IはIlleus、俺たちに任せろ。JはJuice-head、酒樽で溺死」と続けたが、エドは黙り込んだ。

KはKidney stone、役立たずの石ころ……と続けたクラレンスの声は小さくなり、沈黙した。

気を取り直したように、「この船はどこへ行くんだろ」クラレンスは別のことを言った。「水夫がみんな酔っ払っちまって」

エドはほんの少し表情を動かしただけだったが、「そうだな」クラレンスはうなずいた。「海のど真ん中とは違うもんな。一筋道の川だ。現在位置もわからなくなるような漂流じゃないから」

安心だと言いかけた語尾を、衝撃が消した。一度大きく揺れたが、それだけだった。

クラレンスが扉の外をのぞいた。水夫に話しかけている。戻ってきて告げた。

「水面下で何かにぶちあたったらしい。故障箇所がないか、一等航海士の指示で水夫が調べてるって。へべれけ船長に代わって、彼が指揮を執り始めたらしい。嫌だぜ、こんなところで遭難なんて」

「伝書鳩か？」

エドが棚の隅に並んだ二つの籠を指して私に訊いた。

「白いほうは砦からの使者がモントリオールに持ってきたやつだ。灰色のほうはモントリオールのだ」

ノアの箱舟以来連綿と、鳩の帰巣本能は利用され続けている。

「それなら、酔いどれ船が沈没しかけても、救援は頼めるな」眉の薄いクラレンスは、愛嬌のある笑顔を見せ、「大騒ぎになってないから、大丈夫なんだろうが、船はもう、うんざりだ」と腹の底から溜息をついた。「君は、船は慣れているのか」

手漕ぎのカヌーなら乗り慣れている。イロクォイの邦々《くにぐに》があるオンタリオ湖周辺は、大小の湖水が散在し、網の目のようにそれらを川が繋ぐ。木の枠組みに、唐桧《とうひ》の根を糸代わりに楡の樹皮を縫い付け、防水用に樹脂を塗った手漕ぎのカヌーでイロクォイの人々は軽やかに水路を行き来する。

「帆船は初めてだ」

「海に乗り出したことはないんだな。ひでえもんだぜ」クラレンスは手を大きく上下させ、「その上、これが流行ったからな」と頬の痘痕を指で指した。「地獄から生還した」

「君はよく罹患しないですんだね」

また、ぶっきらぼうな対応をされるかと思ったが、「小さい頃、軽い牛痘《ぎゅうとう》にかかった」とエドは言った。「牛ではなく、猫だったけれどな」

「牛痘？」

「牛だのネコ科の動物なんかがかかる天然痘の一種だ」クラレンスが説明した。「動物は重症になってよく死ぬんだが、人間はうつっても軽くすむ。痕もほとんど残らない。そして免疫ができる」蘊蓄をかたむけ、「俺も小さいときに牛の乳搾りでもやっておけばよかった」無理に作ったような明るい声で、冗談交じりにクラレンスは言った。

「後悔しているか」エドが言った。

「牛の乳搾りをやらなかったことを？」

「いや」

「おまえと行動を共にしたことか？　後悔するくらいなら最初からやらない」

クラレンスはポケットから潰れたパンを取り出し、かぶりついた。エドもそれにならった。私も持参のパンと干し肉を食べた。

「オスマン帝国には」とクラレンスは私に話しかけた。「天然痘患者の膿疱《のうほう》から抽出した液を人間に接種する人痘法ってのがあるんだ」さっきの話題の続きだ。

「わざわざ、天然痘に罹患させるのか」

「軽くすませておくと、そのあと、かからない。オスマン帝国駐在のモンタギュー大使の夫人が、自分の娘に現地の医者の人痘接種を受けさせたんだ。成功した。本国に帰ってから、サロンでその話を上流階級のご婦人方に話したもんだから、たちまちお偉方の間で流行した」

やはり、チャタ―ボックスだ。

「そんなに効果があるんなら、国王陛下が勅令を発して全国民に……」

「重症になって死んだ者もいる。安全じゃない。牛痘を接種するほうが安心なんだが、牛の病気をうつしたら角が生えるなんて、本気で信じているのが多いからな」

昔からこの地で生きてきた人々を滅ぼすために、コロニストや英軍が天然痘をどのように使ったか。私は話した。信じられないという顔を二人はした。

「そんな……」と、何度もクラレンスは首を振った。

たぶん、私は図に乗ったのだ。年上の相手が知らないことを教えてやるささやかな、そして馬鹿げた、優越感。

百数十年昔。ピューリタンのコロニストらがピクォートの人々をどのように虐殺したかを私は語った。〈インディアンは悪魔の影響下にある蛮族である〉として、殲滅《せんめつ》戦争を仕掛けたコロニストは、ピクォートと敵対関係にある邦々を利用した。六百人を超えるピクォートが籠もる草葺きの砦を包囲したピューリタン軍は、火を放ち、老人から子供まで男女の別なく生きたまま焼き殺した。辛うじて外に這い出した者は、ピューリタン軍の剣によって炎の中に戻るほかはなかった。〈神が我々のためになされた素晴らしい犠牲である〉とピューリタンは勝利をたたえた。わずかな人数が西に逃れたが、ピクォートはほぼ全滅した。

さらに、メタコメットの蜂起と敗北について、私は喋《しゃべ》った。百年ほど昔。ピクォートと境界を接するワンパノアグの地も、コロニストに蹂躙《じゅうりん》され奪われた。取り返そうとする人々が惨殺されるのを目の当たりにして育った若いメタコメットは、ワンパノアグを率いて蜂起した。凄絶な殺し合いになった。

「メタコメット……メタコム、フィリップ王のことか」と口を挟んだのは、エドワード・ターナーだ。

「白人はそう呼ぶ」

「ノースフィールドでは、インディアンは捕まえた二人のイギリス人の顎《あご》に鉤をかけ、吊した」エドは言った。

　こいつ、よく知っているな、と思いながら、「そうなんだよ」クラレンスの驚きの眼を向けさせたくて、私は続けた。「逆にスプリングフィールドでは、コロニストがワンパノアグの娘を捕らえて犬の群れに投げ与えた。娘はずたずたに噛み割かれた」

　ワンパノアグは敗北し、沼地に隠れたメタコメットは捕らえられ溺死させられた。メタコメットの身体は四つに切り分けられた。ボストンの見世物師が両手を買い受け、見物人から料金を取った。

「君もアイザック・ハーネスを読んだの？」私の問いにエドはうなずき、「俺をおいてかないでよ」

クラレンスが言った。「何の話だよ。ハーネスとかフィリップ王とか」

「ハーネスは、通俗的な小説《ロマンス》の作者だ」エドが言った。

「なんだ、でたらめな話か」

「まるっきりでたらめじゃない。ロジャー・ウィリアムズの著書やその評伝も読んだが、ハーネスは、それらが記す史実をもとにして煽情的な物語にしている」

　鼻っ柱を折られた。

　ウィルソン氏の図書館の蔵書にロジャー・ウィリアムズの名は見かけている。内容が堅苦しく難しそうなので敬遠したのだった。もっぱら、読みやすくて面白い本——、アイザック・ハーネスとか、サミュエル・リチャードスンの『クラリッサ』とか、ホレス・ウォルポールの『オトラント城奇譚』とか――を読みふけった。

知らず知らず、私はエドワード・ターナーと張り合っていた。

「メタコムはインディアンのチーフだ」エドが説明した。

チーフじゃない、サチェムだ、と思ったが、指摘はしなかった。やはり本国人は王制、独裁制と勘違いしているんだな。

「ロジャー・ウィリアムズのようにインディアンを擁護する立場を表明した人物は、珍しいな」

エドは同意を求めるように私を見た。

私は少し口ごもった。ロジャー・ウィリアムズは読んでないと言ったら、軽蔑の眼で見られるだろうか。

「君にとっては、他人事《ひとごと》ではない問題なんだな」クラレンスが言った。

「え？」

他人事だ。十に満たない年であった私は、ぞくぞくしながらハーネスを読んだのだった。百年も昔の話。しかも、父が属するのはイングランド国教会であり、ピューリタンの残虐行為とは関係ない。虐殺されたのはマヒカンでありピクォートでありワンパノアグであって、モホークではない。かつてモホークは隣接するマヒカンと険悪な関係にあり、戦闘が絶えなかったという。マヒカンがコロニストに殲滅されてゆくとき、モホークは助けなかった。その知識は本から得たのではない。だれか、モホークの年寄りから聴いたのだった。マヒカンの生き残りの末裔がこの辺りで細々《ほそぼそ》と暮らしている、とも年寄りは言った。彼らはモホークを宿年の敵と見なしている。モホークへの憎悪のほうがコロニストへの怨恨より強い。マヒカンは滅びたのに、モホークは居留地を保障されて安穏に過ごしている。彼らはそう思い込んで妬んでいる。マヒカンには気をつけろ。年寄りの言葉が記憶にある。

クラレンスは無心に、私の急所を突いた。

思いがけない方向から投げられた言葉が私に突き刺さり、先端は花びらがめくれるように幾つにも割れて私の肉を割きながら広がった。

心の奥底に蟠《わだかま》っていたものが顕《あらわ》れた。

絶対的権威のある者の一声で物事が決まる。そういう慣習を持たないモホークは――モホークに限らずイロクォイの邦々は――常に論議する。その結果をサチェムが取りまとめる。毎年一度、それぞれの邦の代表が集まり、各種の問題を論議し決定する。

父から英軍司令部の要望を伝えられたサチェム〈空を舞う鷹〉は、モホークの男たちを集め、会議を開いた。

その様子を、乗船を待つ間にモホークの仲間たちから聞いた。

セントジョン砦の防衛にモホークが参加すべきか否か。討議は長くかかった。

参加すべきだ。英国王は、コロニストが西に勢力を広げるのを中止させるべく、境界線をさだめてくれた。国王軍とコロニスト叛乱軍の戦争でコロニストが勝利したら、奴らは西に突き進み、我々の土地を奪うだろう。我々を絶滅するべく画策するだろう。東部の邦々を滅ぼしたように。セントジョン砦の防衛が国王軍にとって重要なら、我々も協力すべきだ。これを強く言い張ったのは〈美しい湖〉であった。コロニストに勝利させるな。我々の存続のためだ。

反対する者も少なくない。我々の地を奪った者同士の戦いに、我々が再度血を流すことはない。中立であるべきだ。

ワラギヤギー――グレゴリー・アーデン――は、我々の利益を守るべく英国王と交渉してくれる人物だ。彼の要請を無視するのはよくない、という参戦派に向かって、ワラギヤギーは、本当に我々の代弁者だろうか、と中立派は主張する。かつて彼の指揮の下に戦い死んだ多くの仲間を思い出せ。

参戦、中立、両論の差は縮まらず、結論は、モホークが一団となって国王軍のために戦うことはしないが、希望する者が参加するのは各自の自由だ、となった。

〈空を舞う鷹〉は不参加だが、〈美しい湖〉が参加するのを止めはしなかった。〈空を舞う鷹〉自身が行くと言えばモホークの若者のほとんどが自発的に同行を望んだだろう。

私は思わなかったか。準男爵の爵位を授けられた父の功績の土台は、数多いモホークの男たちの骸《むくろ》であった。それを私は思わなかったのか。父はモホークの信頼に値しない。父は栄誉を得たが、モホークは戦闘で多くの仲間を失った。この地の本来の住民は何の関わりもない英仏の勢力争いに巻き込まれ、分裂した。

私は滅ぼした者の仲間であり、滅ぼされた者の仲間だ。モホークを戦闘に引きずり込み死なせた者の子であり、死んだモホークの仲間の子だ。

モホークは、戦闘となれば徹底的に戦う。誇りをかけて戦い、そうして多くが死ぬ。

今また、モホークは自分たちに関わりのない戦いに巻き込まれている。巻き込んだのは父グレゴリー・アーデンであり、私は父の命令に忠実に従っている。

彼らを輸送するウィペット号に同乗せよと父に命じられたのは、すべてが決まってからであった。

私はセントジョン砦が救援を求めていることすら、そのとき初めて知ったのだった。

それが、父に逆らわなかった弁明になるか。

ならない……だろう。

エドワード・ターナーと視線があった。私は目を逸《そ》らせた。同時に腹の底から異様な嗤《わら》いが湧き起こった。俺はそんな純粋気取りの無垢ぶった奴じゃないぜ。幸い、外に噴出することはなかった。言葉が浮かんだ。耳から聞こえたかのように明瞭に言葉は湧き上がり、自分を苦悩する塊みたいに思っているのか、俺はモホークに優越感を持っていないか、小さい頃は思いもしない感情だった、しかし、今、俺は二つを天秤にかけるようになってはいないか、俺は卑怯な屑じゃないか……とめどなく言葉は続いた。

卑怯な屑。その言葉が、さらに深い底のほうから記憶を引きずり出しそうになった。

クラレンスが話題を変えた。

「あの梱の中身を、インディアンは」

「モホークだ」私は遮った。「インディアンと一まとめに呼ぶな。コロニストがつけた勝手な呼び名だ、それは。滅ぼされたマヒカンやマサチューセッツやワンパノアグやピクォート……それぞれ別の邦だ。モホークも、一つの邦だ」

別の邦だ、と語気に力を込める私を、私が嗤う。卑怯な屑が、と浴びせる。どちらの側に身をおくか決断せねばならないとき、私はおそらく父の姓を名乗る立場を選ぶだろう。その後ろめたさを自分に隠すために、私の母をインディアンと呼ぶな、モホークをインディアンと呼ぶなと、私は強く繰り返す。

突然口調が激しくなった私にクラレンスは呆気《あっけ》にとられた。

「それなら、モホークと呼ぼう」エドが言った。「モホークは、他人の積荷を勝手に開けて中身を飲む、野蛮人なんだな」

野蛮人という言葉は、インディアンより、インジャンより、いっそう侮辱的だ。

モホークは、私有という観念に馴染まない。コロニストが持ち込んだ考え方だ。大地を個人が所有するなど、モホークは考えたこともなかった。土地を売る、買う、ということを知らないままに、そうしてコロニストの文字を読むことも書くことも知らない——当然だ——ままに条約を結ばされ、追い立てられることになったのも、そのためだ。

とはいえ、モホークは、積荷を勝手に開けて中身を取り出すような無法者ではない。

沈黙する私に、「彼らは」とエドは続けた。「あの梱にラムが入っていることを知っていたんだな？」

「わからない」

「中身を知らず闇雲に開けるなら、普通は上の梱から手をつける」

「二つの梱は」とクラレンスが取りなすように言った。「そっくりだけれど、小さい差異があった。縄を断ち切られ、釘を引っこ抜かれた下の梱の横板には、赤黒い染みが三インチほどか、筋を引いていた。あれが目印だとしたら」

目印だ。たしかに。

出航の前日。倉庫で、積荷を監督するフレッチャーという男に「どっちが酒だ」C.P.の印のある二つの梱を指して、父は言った。「こっちですが」フレッチャーが応じると、父の頬がじわじわと赤らんだ。「これは、私からの贈り物だ。なぜ、私の名を書いておかんのだ」「私は梱を受け取っただけで」「責任者は誰だ」「荷を船に積み込ませる責任は私にありますが、その他のことは」「梱に私の名を書かなかった責任者は誰だ」「わかりません」「塗料で記せ」「ここには塗料はありません」「そのナイフをよこせ」フレッチャーの唇がふるえた。父の剣幕におされ、腰のベルトに差したナイフを鞘ごとわたした。

父は無造作に私の左手を片手で掴み、中指の先に刃をあてた。呆気にとられ、私は拳を握って指を守る機知も働かなかった。握れば刃を掴み込む状態になったかもしれないが。すいと切り、梱の横板に無造作に押し当て、横に引いた。そして私に言った。「少佐に会ったら、この目印のあるほうが私、グレゴリー・アーデンからの贈り物だと伝えろ」

倉庫を父は出て行った。私は手布《ハンカチ》をナイフで裂き、指に巻いた。フレッチャーはナイフをひったくり、去った。私を下男とでも思ったのだろう。外貌だけで私が混《ミックスト・レイス》血だとわかる。父はフレッチャーに私を息子だと紹介はしなかった。本来ならフレッチャーの指を傷つけたいところだろうが、自制する理性を——計算高さを——父は持っている。

父は、他人には温厚な顔を見せるが、目下の者には冷酷非情な態度を取る。奴隷は労働力以外のものではない。監督役をおいているが、自ら鞭をふるうこともある。樵夫《きこり》が大樹の幹に斧《おの》を打ち込むように、渾身の力を込めるが感情は動いていない。

モホークの集落では……と、私は思った。小さい切り傷や擦り傷には、玉蜀黍《とうもろこし》の実の新鮮でやわらかい皮を巻く。玉蜀黍の命が傷口から体の中に流れ入る。玉蜀黍は、祖母の昔語りと悪夢のせいで、異様な感情を私に与えたのだったが、さすがにその感情は消えた。幼いころ母や祖母が傷口に巻いてくれたときの、懐かしさだけがよみがえる。

私をモホークの集落におかず、アーデン・ホールで育てた父の意図がわかる。モホークの言葉とイギリスの言葉。二つを母語とする者を身近におくためだ。私は成長し、父にとって便利な存在となった。

心の一部が霜と化しさらに硬く氷結していくのを、指を切られた時すぐに自覚はしなかった。あまりに強い衝撃は、感覚を麻痺させる。

「目印だとしたら？」

私は突っかかるような声をクラレンスに投げていた。

「そいつがモホークたちに教えたってことだろ」クラレンスは言い返した。

私は目印をつけた。いや、父がつけた。

あの場にいたのは、私と父のほかに、倉庫の積荷監督フレッチャーだ。あいつが、モホークのだれかに洩らしたのか。疑うに足《た》る理由はある。フレッチャーが独立派だとしたら。今のところ、モントリオールは一応本国の駐屯軍が抑えているが、独立派にシンパシーを持つ市民も多いという。もとはといえばフランスの植民地だった土地だ。フランスはイギリスのコロニーが英本国から離れることを歓迎するだろう。貿易の利をフランスが獲得できる。

この小型武装帆船ウィペット号の水夫は民間人だ。全員が国王派《ロイヤリスト》とはかぎらないのだ。コロニーの住民は今のところ、国王派と独立派に画然と二分されているわけではない、無関心な者も多いが、水夫の中に独立派がいてもおかしくはない。フレッチャーが無関心派だったとして、水夫らのだれかに、目印のある梱の中身がラムだと、格別悪意もなく告げたら、その水夫が愛国者《パトリオット》であれば、そうして頭の回る奴であれば、さりげなく、目印のある梱はモホーク用だ、彼らが好きなようにしてよいのだなど噂話のように流し、それが確定的なこととして伝わったら。

事情を説明するのを、私は躊躇《ためら》った。相手がすんなり聞き入れてくれるかどうか。目印をつけたというだけで、私は疑わしき存在となる。父親が息子の指を傷つけて塗料の代わりにしたなど、下手な嘘と思うほうが普通だろう。

私が実は愛国者であり、父を裏切ってモホークに酒を飲ませ、船の運航を困難にした。そう邪推されるかもしれない。

〈美しい湖〉に訊ねれば、成り行きはわかるだろうが、モホークの失態を質《ただ》す言葉を〈美しい湖〉に投げるのは、辛い。〈空を舞う鷹〉に対して期待するのと同様、〈美しい湖〉にも私は、無謬《むびゅう》であってほしかった。そして、モホーク全体に対しても。〈美しい湖〉を含む何人かは、梱が開けられる前に上甲板に上がってきている。それでも、仲間たちから事情を聞いただろう。

シャルレーヌに訊いても、わかるだろう、と思い当たった。彼女はずっと下甲板にいる。AとBは、ラムの梱が開けられる前に上甲板に上がってきている。もっとも、下甲板の前部と後部は大ハッチの板壁で仕切られ、細い通路があるだけだから、騒ぎが大きくなるまで気がついていなかったかもしれない。

気にかかるなら、逡巡《しゅんじゅん》していないでさっさと訊ねればいいのだ。自分がいかに臆病であるか、このとき自覚した。真実というのは、きわめて不愉快なものかもしれない。そうであれば、私は真実に直面したくない。否応なしに、私は――私と限らず誰しも――無知な子供ではいられなくなる。私の上に翼を広げ、風雨からまもり、心地よい空間を与えてくれた〈空を舞う鷹〉と鳥人間モーリス。私は自ら翼を持たねばならぬ年になっていた。

扉越し、壁越しにつたわる騒ぎの質が、変化したように感じられた。ハッチを慌ただしく下りる足音も聞こえた。私は船長室の扉を開け上甲板に出た。クラレンスとエドも出てきた。

水夫の一人が砲丸を二つ抱えハッチから上ってくるところだ。続いてもう一人が折りたたんだ帆布を担いで上ってきた。彼らは船尾楼の上まで上って行った。

上甲板からはよく見えないが、帆布を広げ、何かしている気配だ。

船尾楼に突っ立ったヘンリー・メイスン一等航海士が「全員、聞け！」と大声を上げた。「ヒギンズ船長は、神に召された。船乗りの慣わしにより、水葬する。船長のために祈りを捧げよ」

神妙に両手を組み目を閉じたのは白人ばかりで、モホークはきょとんとしている。

私は手は組み合わせたものの、薄目をあけていた。人間とほぼ等しい大きさの布包みが落下し、盛大な飛沫をあげて水中に没した。

木乃伊《ミイラ》の水葬、と言葉が浮かんだ。木版画で見たエジプトの木乃伊は、布でくるまれていた。目の前で突然行われた水葬に呆気にとられている私に、「船長がくたばってるって、あたしが教えたんだよ」「そしたら、みんなくたばってるぜ、って、どの野郎だかが返しやがってさ」上甲板に下りてきていたアビーとビヴァリーが口々に教えた。

ビヴァリーは続けた。「息してないよ、ってアビーが言ったら、そいつだか、ほかの奴だか、酔っ払って息するのを忘れてるだけだ、って。酒の気《け》が抜けたら思い出さあな、だって。それでさ、顔に水ぶっかけろっていう奴がいてさ。蛙みたいな野郎だなって、あんたが言い返したんだよね」ねえ、とアビーに言う。アビーがうなずくと、ビヴァリーはさらに喋くる。「子供んときにさ、道ばたで干涸らびて平べったくなってるやつに小便かけたら、ぶっくり膨らんで跳ねてった。船長も蛙なみかって」

「そんでよ」と、傍にいた水夫の一人が口を挟む。「わざわざ、そら、そこにあるポンプ漕いで船倉のタンクからパイプで水汲み上げてよ、ぶっかけたんだがぴくりともしなかった」

船長の水葬は、皆に変な興奮と沈鬱さを与えていた。やけに陽気に喋る奴らと、うなだれてふさぎ込んでいる奴ら。

反吐に顔を突っ込んでのびていたビセット軍曹は、少し酔いが醒めたようでメインマストに背をもたせかけ床に両脚を投げ出し、事態がよく飲み込めない顔つきだ。

冷静な一等航海士メイスンの指図によって、小型武装帆船ウィペット号は無事にリシュリュー川を遡行し続けている。何か毅然とした力を私はメイスンに感じた。水を、光を、そうして風を、彼は統合して帆に伝える。いや、帆を操る水夫らに伝える。幾種類もの楽器奏者を統合して一つの楽音にする者を思わせた。敢えていうなら、〈大いなる精霊《オレンダ》〉が人の姿を取ったかのようであった。父が属するイングランド国教会の聖職者が説く神を私は感じたことはないが、モホークの〈大いなる精霊〉を、幾度か仄《ほの》かに感じてはいる。この地は、もともと〈大いなる精霊〉とともにあった。たかだか百数十年前にコロニストが運び込んだ〈GOD〉はよそ者に過ぎない。〈大いなる精霊〉は遍在する。

いや、メイスンはキリスト教徒だ。信仰心など持っていなくても、どれかの宗派には属する。この地、この地の空、この地の太陽、月、森林、湖、川、それらのすべてである〈大いなる精霊〉とメイスンを同一視するなど、途方もない冒瀆だ。

イングランドとこの地は海で分かたれるが、イングランドにも、空はあり、太陽も月もある。彼《か》の地の空がこの地の空に続き、彼の地の太陽も月もこの地を照らす太陽、月と同じものだと感じるのは難しい。

モホークの太陽はリシュリュー川の西岸の森に近づく。梢《こずえ》の先端にかかる雲が赤みを帯びる。〈空を舞う鷹〉にこそ、〈大いなる精霊〉を感じてしかるべきであろうに、思いもしなかったのは、あまりに身近にいるせいか。

〈美しい湖〉に目をやった。頬の色が少し濃くなった程度で、ほとんど酔いは見せず、帆の動きと水夫の操作を見つめている。手漕ぎのカヌーしか操ったことがないから、操帆が珍しいのだろう。

大きな存在に包まれたいという願望が、私の中にある。ふいにそう思い、しかし深く思索する前に別の思いが湧きひろがった。ジェイクとシャルレーヌがまだ上がってこない。船長の水葬はちょっとした騒ぎであった。下甲板には声が届かないのだろうか。

「砲弾は……何のために」と口にしたら、「重石《おもし》に使ったんだろう」クラレンスが言った。「船乗りの慣わしだそうだ」痘痕をさし、「これのせいで、おれたちの乗った船は死人が続出した。同じやり方で水葬していた」クラレンスは続けた。「でも、帆布も砲弾も貴重だから、じきに剝き出しで放り込むようになった」襟首についた虫を払い落とすようにクラレンスは首を振った。

「それにしても船長、ずいぶんあっさり、水葬にされたな」クラレンスはつぶやき、「誰も死因とか調べないのか」旁らの水夫に言った。

「いつ、おっ死《ち》んだっておかしかぁねえ爺さんだったよ」他の者が口を挟んだ。

「砦に運んで、きちんと調べるとか」

「戦闘中だぜ。そんなとこに、よけいな屍骸を持ち込んでみろ」

「でも、他殺」クラレンスが言いかけると、泥酔の底から這い上がった眼のビセット軍曹が、「他殺？」と声を投げた。

「誰が誰を」

「あんたが船長を」水夫の一人が応じた。冗談は通じず、ビセットはクラレンスの胸ぐらを摑んだ。

「おい、船長を誰が殺したって」

「あんたかもね」

振り払って、クラレンスは応じた。はずみでビセットはすっ転げ、気分の高揚している者は歓声を上げ、沈滞している者は陰気な顔で眺めている。

正気づいた掌帆士に操帆の指揮を任せ、船尾楼の上に立ったメイスン一等航海士は声を上げた。

「聞け！」

はためく帆の音にも消されない声であった。

「ヒギンズ船長に代わり、これからは俺が船の総指揮を執る。反対する者はいるか」

「いねえ！」と、そこここから声があがった。

「まだ酔いの醒めない奴は、川に放り込め。ウィペット号に乗船している正規軍はわずか三名。しかもその隊長は」ようやく起き直ったビセット軍曹をメイスンは見下ろした。「この体《てい》たらくだ。戦闘地区に赴く我々は、民間人ではあるが、兵士と同様の心構えをせよ。あるいは」言葉を切ってメイスンは薄笑いを浮かべ、「私掠《しりゃく》船乗員の心構えをな」と、水夫たちをくつろがせた。

「インディアンの言葉を解する通訳がいると聞いたが」

この体たらくと罵倒されたビセット軍曹が、非難された自覚はないらしく、私を指さした。「彼だ。グレゴリー・アーデン準男爵のご子息、アシュリー・アーデン氏」

メイスンは私を見下ろした。わずかな表情の動きから、母の種族《レイス》への蔑視を私は感じ取った。彼に対する私の評価は途端に激しく落ちた。瞬時にせよ、この男と〈大いなる精霊〉を重ねた自分をも責めた。——だが、私は片足をモホークの立場に置きながら、もう一方の足はコロニストに置いている……。どうしても一方にとなったら、おそらく強い立場のほうに両足を置くだろう。弱い者を踏みにじる強者の背後に、そっと身を隠すだろう。そう予測できて、私は自分を嫌悪する。指を巻いた布に、目が行く。必要とあれば平然と息子の指を傷つける父。

私の鷹の一人、モーリスが浮かぶ。幼いときはわからなかったが、今は、モーリスがどれほど残酷な宿命を与えられたか、察しがつく。モーリスには、兄が二人いる。長男スティーヴは農場の経営を担い、次男キースは交易に携わりモントリオールやニューヨーク・シティを行き来し、精力的に活動している。モーリスは事務的な仕事と図書館運営をしているが、兄たちのような責任と権限を持つ仕事を任されてはいない。図書館は私のほかに利用者はほとんどいない。そうして、モーリス以外に、私に親しみを見せるものはウィルソン家にはいない。

モーリスが父や兄たちから疎んじられていると感じる。顔面の傷のために。母親はいない。いつ誰が私に教えたのか記憶していないのだが、モーリスに仮面をつけさせたのは父親ラルフ・ウィルソンだと、私は知っている。後に、自分の意志で行動できるようになってから、モーリスはことさら仰々しい装飾の入ったのをつけるようになった。

モーリスは自力で克服した。私は彼の親しみを受けるに値しない。〈空を舞う鷹〉、母〈さえずる小鳥《メ・タ・ナ》〉弟〈白い小鳥《ホス・タセ・カー》〉そして〈美しい湖〉。彼らを私は裏切ることができるのか。できる、と内心の声が言い、私はたじろぐ。なぜ、突然こんなことを……。

「ミスター・アーデン、インディアンどもに彼らの言葉で伝えろ。プレストン少佐宛ての梱を勝手に開け、ラムを盗み、あげく泥酔したことは、許すべからざる大罪だ。率先して梱を開けたのは誰か。名乗り出よ。厳罰を与える。それを以て、インディアン全員の処罰に替える」

〈美しい湖〉は腕組みをし、メイスンを凝視し続けている。英語は解さないが、何を糾弾《きゅうだん》しているかは感じているようだ。

私も腕を組み、メイスンを見つめた。

「モホークは、許可なくして他人の梱を開けることはない」言い返す自分の声を、不思議に感じた。反射的に言葉を発していたのだ。「中身を飲んでかまわないと、彼らに告げた者がいるはずだ。それをまず質《ただ》すべきだ」

モホーク四十三人全員の処罰など、できるわけがない。一人二人であろうと、仲間が鞭打たれることを彼らは看過《かんか》しない。水夫たちに立ち向かう。

できるかぎり毅然とした態度をとった……つもりだ。が、私はこれまで他人に刃向かったことがほとんどなかった。父の言葉には従順であり、モホークの集落では反抗する必要がなかった。ジェイクのような恐ろしい存在には、父の力を借りて……いきなり記憶の蓋が開いた。通学を渋る私に、休むなと父は強制し、ジェイクがぼくを力尽くでいたぶると、私は……そう言った。嘘だ。ジェイクは何もしなかった。俺を殺せ。恐ろしい声を私が聞いただけだ。彼はそんなことを言いはしない。でも、私は聞き取った。たまたま、私は額に小さい傷を作っていた。原因は憶えていない。何かにぶつかったのだろう。私に冷淡な父だが、彼の息子に暴力をふるう行為は彼自身への侮辱だ。父の激怒を浴びた校長は、ジェイクの父親を呼び出し、退学を命じた。父は校長を馘首《かくしゅ》する権限を持つ。学校を閉鎖することとすらできる。グレイト・アーデンの逆鱗に触れたら、アーデンの領内で暮らせない。ジェイクの父親は息子を放逐《ほうちく》した。私は、記憶を閉じ込め改変した。ジェイクは甲板に唾を吐いた。当然だ。重い石が背にのしかかった。跪《ひざまず》け。ジェイクの前に跪け。私の顔に吐きかけられて当然な唾であった。

私が放った矢を、メイスンは軽くへし折った。

「俺が船長の代理を務めることに、君は反対しなかったな、ミスター・アーデン。航行中の船において、船長は絶対的な権限を持つ。反論は許されない。俺の言葉を、正確にインディアンどもに告げろ」

耳元で、エドがささやいた。「誰が許可したのか、イン……失礼、モホークに君が直接訊いてみろ。船長代行には、君が何を話しているのかわからない」

〈美しい湖〉に、私は訊ねた。

「知らない」〈美しい湖〉は言った。

知らないのは当然だ。〈美しい湖〉は、先に上甲板に出てきた者たちの一人であった。後から酔っ払って上がってきた仲間たちが、飲めとラムを渡した。彼は飲んだ。格別、悪びれてはいない。いつだって、酒があれば彼らは飲む。

モホークの言葉とイングランドの言葉、二つを解するのはこの船で私だけだ。モホークを〈美しい湖〉の傍に呼び集め、私は質問した。

「知らない」

返ってくる言葉はそれのみであった。

アビーとビヴァリーに訊いてみた。

「知らない。上にいたもの」

アビーは断言し、ビヴァリーがそれを保証するように大きくうなずいた。

「シャルレーヌも、知らない？」

「あの娘《こ》に訊いてみな」

「ジェイクとシャルレーヌは親しいのか」

「へえ、興味あるの？」

いいようにあしらわれていると感じた。

モホークが他人の物を勝手に飲む野蛮人と見なされるのは耐えがたい。しかし、どのような疑いがかけられているのか、〈美しい湖〉たちに告げたら、彼らは激怒するだろう。

独立派の意を受けた回し者がモホークの中にいるとは思えない。独立派が勝利したら、国王陛下がさだめた境界線は無視され、モホークは土地を奪われる。モホークを個人的に買収するのも難しい。彼らは暮らしに必要なものしか欲さない。交易に当たっても、銃や弾薬や衣服などを必要以上に求めることはしない。財産の私有という観念も、十分に理解してはいない。

やはり乗員の誰かが、愛国者なのか。

いずれにせよ、この事態の報告を受けたら、砦の指揮官はモホークを信用しなくなるだろう。冷酷な扱いを受けたら、モホークは砦を捨て自分の住まいに帰るだろう。それこそが愛国者の目的だ。戦闘に参加したものの、苛酷に侮蔑的に扱われたこの地の者たちが、戦線を離脱し帰郷した前例は幾つかある。英軍は――叛乱軍もだろうが――モホークらこの地の者たちを牛馬と同様にみなしている。

誇り高い彼らは、だれにも屈しない。そもそも高飛車に命令されることに彼らは慣れていない。命令系統の存在も階級制度も彼らの関知しないものだ。

ああ、今、自分はモホークに両足を置いている。嬉しいことだ。だが、任務を終え帰宅して事態を告げたら、父は怒りを私にぶつけるだろう。私が終始モホークたちと一緒にいたら、こんな事態は生じなかった――父は、そう思う。必ず。

指に巻いた布。冷淡ではあったが、父は私に体罰を与えたことはなかった。奴隷や下僕に鞭を振う父の姿が浮かんだ。もし、鞭打たれても、私は父に逆らわないだろう。私の暮らしは父の財力と名声によって保障されている。それのない私は、羽をむしられたひよこのようなものだ。過度な贅沢を私は必要としないが、モホークの暮らしには、文字がない。書物がない。文字と書物を知ってしまった今は、それのない日々には耐えられないだろう。文字と書物は、父の側にいることによって、得た。モホークの文字を作ろうか。しかし、私が欲するのは、すでに書かれている多くの書物を読むことだ。

「彼らは、何と言っているのだ、ミスター・アーデン」メイスンが問いかけた。

「知らないと言っている」

「知らない！　そんな返答があるか」

メイスンは上甲板に下り、私に歩み寄った。初めて間近に相手の顔を見た。思ったより長身ではなく、見つめ合った目の位置は同じ高さだ。

「そいつが指揮官か」

指先だけ、〈美しい湖〉に向けた。

「モホークには、指揮官はいない」

「屑の寄せ集めか」

私の隣に立つ〈美しい湖〉とそのまわりをかこむモホークたちは、いっせいに険しい目を向けた。言葉は通じなくても、表情や態度で相手が高圧的であることはわかる。

水夫たちがメイスンの側に集まってきて自ずから二つの群れにわかれた。エドとクラレンスは私のそばにいたため、本意か不本意か、こちらの側にならざるを得ず、ビセット軍曹は水夫たちの中にいる。三名からなる補給隊は二人と一人に分断された。アビーとビヴァリーは二つの中間、やや水夫寄りにいる。

「穏やかに話を進めよう」メイスンは両手で宥《なだ》める仕草をした。「この事態がなぜ生じたか、船長代理として俺は突き止めねばならん。ミスター・アーデン、君の父君アーデン準男爵閣下は、インディアンの代理人だと聞き及んでいる」

「イロクォイ連邦の代理人として、政府と交渉する権限を父はイロクォイから与えられ、政府もそれを承認している」私は訂正してやった。

シャルレーヌがハッチから出てきて、アビーに何か言った。小声なので聴き取れない。ビヴァリーが耳を寄せた。

「ちゃんと英語で喋りなよ。あんたのフランス訛り、わかりにくいったら」苛立たしげにビヴァリーは言った。

「船長代理さん」アビーが大声を上げた。「この船、水漏れしてるってよ。ジェイクが修理し始めたけれど、一人じゃ無理だって」

調査　2（承前）

「事務弁護士の資格は持っていない。まして、法廷弁護士ではない」

法廷に立って被告のために弁を振るう法廷弁護士は、被告と直接会って話を聞いたりはしない。それは事務弁護士の仕事だ。

「モーリス・ウィルソン氏の依頼で、アシュリー・アーデン氏の死について調べている」

自分には関係ないというふうに、エドワード・ターナーは表情を動かさない。モーリス・ウィルソンという名は、彼には未知であるはずだ。

「もっとも手っ取り早いのは、犯人と見なされる君自身の口から詳細を聞くことだ。ウィルソン氏が知りたいのは、〈なぜ?〉だ。どういう理由で君はアシュリー・アーデンを殺害した」

返事はない。

「法廷で、裁判長はまず、君に問う。有罪か。無罪か。被告は答えなければならない」

無言。

「被告は、無罪です、と言うのが慣例だ」

ほんのわずか、エドワード・ターナーは好奇心を持ったようだ。

「有罪です、と言ってはいけないのか」

「被告が有罪ですと言えば、裁判はそれで終わる。殺人なら否応なしに死刑だ。無罪です、と言えば、証人喚問などいろいろの手順を踏んだ後、陪審員が審議する」

そんなことはわかっている、という表情だ。

「まあ、法廷で君が何を言おうと、弁護士がどう詭弁を弄《ろう》そうと、陪審員は有罪と断じるけれどね」

「買収されているのか」

「検察官と裁判官は国王陛下に任命されるが、陪審は全員、独立派の愛国者《パトリオット》だ。君が英本国から送られてきた兵士というだけで有罪だ」

「そんな理由で死刑というのは受け入れがたい」

「なぜ、アシュリー・アーデンを殺した」

「君の名前をまだ聞いていない」

「失礼した。ロデリック・フェアマン」

もう一度手を延べ、束縛されて膝の上にあるエドワード・ターナーの手に触れたが、相手は無視した。

「ニューヨーク・ニューズレターという週刊新聞を発行している。正確に言えば発行人は叔父のケヴィン・オコナーなんだが、記事はほとんど俺が書いている。いや、新聞種にするつもりじゃない。これは別の仕事だ」

相手が相づちも打たないので、勢い、ロディはひとりで喋りまくることになる。

犯行　3

リシュリュー川に停泊する小型帆船を数多く見かけるようになった。中にひときわ目立つ武装スクーナーを「あれが、ロイヤル・サヴェイジだな」「間違いない」と水夫たちが話し合っている。セントジョン砦の造船所で建造され武勲をあげたロイヤル・サヴェイジ号の名は私でさえ知っている。あれがそうか。

川岸に築かれた造船所の向こうに、落日の名残に縁取られた砦が黒々と聳《そび》える。砦の外にも小さい明かりが点在する。集落があるらしい。

水圧との闘いが先で、モホークの糾明どころではなかった。浸水箇所は下甲板、調理場に近い舷側であった。船体が衝撃を受けたときの調査が不完全だったようだ。ウィペット号は古いぼろ船だそうだ。

接岸し、皆が下船すると、ウィペット号はそのまま造船所のドックに入った。運んできた帆船修理用の品々が早速役に立つ。皮肉な成り行きだ。

砦とモントリオールそれぞれに鳩を飛ばし、泥酔事件と船の故障に関する報告を送ってある。

川の西岸から六百フィートほど離れて建つセントジョン砦は、川水を引き入れた幅八フィートほどの掘割に囲まれている。

壁の両端に、砲を備えた鋭角の稜堡《りょうほ》が突き出ている。反対側を含め四つの稜堡のどれかに、ジェイクの砲架は設置されるのだろう。砲架を定位置に据えるまでが自分の責務と思っているようで、ジェイクは我々と共に砦に向かった。迎えた兵士たちに引率され、二つの円塔がそびえる正門を通る。

幾つかの棟が内壁に沿って並ぶ。

奥正面の一番大きい二階建てが兵卒宿舎で、その隣の棟が士官宿舎だと教えられた。薄闇の中に窓が明るく赤い。突き出た煙突から煙が上っている。広い中庭に人影はなく、私は突然空腹をおぼえた。昼にパンと干し肉を食ったきりだ。腹がへっていることを自覚する余裕もなかったのだ。モホークたちに夕食の配慮はあるのだろうか。

兵舎の前で、私たちは三つのグループに分けられた。ビセット軍曹とメイスン一等航海士及び〈美しい湖《ガ・ネ・オ・ディ・ヨ》〉と私の四人が一つの塊——傍目《はため》には〈美しい湖〉がモホークの統率者のように見えるのだろう。年は私と三つしか違わないのだが——。モホークの一隊。水夫たちと三人の娼婦。ジェイクは水夫たちと共にいた。

補給隊員エドワード・ターナーとクラレンス・スプナーは、物資を倉庫に運び入れる指揮を執っている。ジェイクは堡塁に運ばれる砲架に付き添って行った。彼らはまだ休めない。

私たち四人は士官宿舎の中央の入り口から階段を上った。建物内部の壁には、ところどころ灯をともした燭台《しょくだい》が取り付けられている。それでも足もとは暗い。一室に導かれた。

暖炉の火が盛大に燃えていた。暖気に包まれ、腹の底の氷が溶けた。デスクの前の椅子に腰掛け脚を組んだまま、砦の総指揮官プレストン少佐は我々を迎えた。数人の兵が戸口に立つ。

ビセット軍曹が緊張した手つきで渡した目録を一瞥した。

ビセットのズボンの前布は、ビヴァリーが一端を簡単に縫い止め、クラレンスの機転で紛失を免れたボタンを他の端に縫い付けてやったから、無様《ぶざま》ではなくなったが、半開きにしかならない。玉茎は出入りに窮屈な思いをするだろうと、クラレンスがくすくす笑ったのだった。

「武器弾薬は」

「私の部下二名が指図し、火薬庫に搬入しました」

「注意して扱え。モントリオール市民から私への贈り物は」

「将校用厨房に運ばせました」

控えている兵の一人を少佐は指をあげて呼び、「グレゴリー・アーデン氏から私に贈られたラムの梱《こり》は、この部屋に」と命じた。

「報告書を鳩で送りましたが」ビセット軍曹がうろたえる。「ご披見はまだなのでありますか」

「私のラムを、インディアンどもが飲んだという途方もない報告は事実であったのか。冗談だと思ったが」

嫌みの連打をビセットはまともに受け止めた。

「事実であります」

プレストン少佐は〈美しい湖〉に目を据え「野蛮人！」と言い捨て、「君が、アーデン氏の子息か」薄い笑いを私に向けた。私の母が白人ではなく正妻でもないと察知したことを示していた。

「ミスター・アーデン、今の私の言葉をそいつに伝えろ」

「私が父から託された役目は、国王軍に協力する意志のあるモホーク戦士をこの砦に送り届けることです。任務は完了した。私は帰ります」

帰れないのだ。船の修理が完了するまでは。船体の破損がなくても、この状況下でモホークをおいてはいかれない。

「インディアンどものやらかしたことは、重大な背信行為だ。全員処刑に値する」

ウィペット号の甲板上でのメイスンとのやりとりが繰り返されようとしている。

「全員処刑。それはモホーク全体を、それどころかイロクォイ連邦のすべてを敵に回すことになります」

「なるほど、君は半分インディアンだな。残る半分で国王陛下への忠誠を示せ」

「ノー」

反射的に口をついた。

危ない！　気をつけろ、アシュリー・アーデン。お前は無力だ。国王の軍隊に逆らったら、叛逆者の烙印を押される。死刑にだってなりかねない。

プレストン少佐もまた、激昂しながらも自制しているのは態度でわかる。彼も分別はあると見える。私を懲罰にかけ国王派《ロイヤリスト》である父を敵に回すことが、英軍にとってどれほど大きい損失になるか。ジェイクの一件で明らかなように、父は自分の息子への侮蔑は、自分への敬意を欠くものと捉える。――いや、父は事件の責任をすべて私に負わせるかもしれない。父と国王陛下との、そして英本国との信頼関係にいささかたりと傷をつけぬため、私を切り捨てるかもしれない……。

プレストン少佐は冷徹な声で続けた。

「だれが首謀者だ」

「すでに、彼らに質問しました」私は言った。「彼らは許可があったと言っています」

「誰が許可した」

「知らないそうです」

「そんな弁明が通用するか。彼に糺《ただ》せ」少佐は〈美しい湖〉を指した。

「彼は、上甲板にいた。無関係です」

「だが、飲んだのだろう」

「船長も水夫たちも、ビセット軍曹も、みんな飲みました」

少佐の灰緑色の目に射すくめられ、ビセット軍曹の背丈が一インチ縮んだ。

「船長でありながら、君も飲んだくれたのか」矛先はメイスンに転じた。

「私は船長ではありません」平然と、メイスンは応じた。「一等航海士です」

「名前は」

「ヘンリー・メイスン」

「船長を呼べと私は命じたのだ。なぜ、船長がこぬ」

「ヒギンズ船長は飲み過ぎで頓死しました」

少佐の顔が間延びし、無防備に驚きの表情を晒した。この件は、鳩に託した報告書に記されていなかったと見える。

「おそらく卒中でしょう。やむを得ず、水夫たちの同意の下に、私が船長代理を務めています」

「船長の遺体は」

「船乗りのしきたりに従い、水葬しました」

「この事件の責任を、誰がとるのだ。船長代理の貴様か。インディアンのチーフであるそいつか」

モホークにチーフはいない。また説明しなくてはならないのかと、うんざりする。王も首長もいない、合議ですべてを決定する邦《くに》を、彼らは想像できないのだ。合議は結論が出るまでに時間がかかることもある。迅速な決断が必要な場合、機を逸する場合もあろうと、私は危惧もするのだが。

「船員に関しては、責任をとるべき者は亡き船長ですな」メイスンは言った。「彼は率先して飲んだ。それで他の者も飲んだ。お断りしておくが、私は飲んでいない」

「だが、君は制止はせず、放任した」

「私の責任範囲外です。また、制止できる状態ではなかった。補給物資の管理という点においては」メイスンはビセット軍曹を親指で指した。

ビセットが船上で如何なる状態であったか、拭っても残る服の染みがあらわしている。

「俺だって、船長が飲まなければ飲まない」ビセットは必死に弁明する。「あれでみんな、箍《たが》がはずれたんだ」

「補給隊の泥酔も、船長の責任か」メイスンは冷笑した。

「泥酔はビセット隊長だけだ」私は口を挟んだ。「隊員二人は、飲んでいない」

「すべて、死人の責任。なるほど、それはよい」メイスンは冷笑を消さずに言った。「少佐殿、そういうことで決着をつけたら如何です」

「結構な忠告に感謝しよう。インディアンどもの責任も、我々の同国人である船長に押しつけるのだな」

時折聞き取れるインディアンという言葉に、〈美しい湖〉の表情が次第に険しくなるのを私は感じる。

〈美しい湖〉はずいぶん冷静なほうではあるけれど、〈空を舞う鷹《グラ・ダン・ノーチエ》〉ほど老練ではない。〈空を舞う鷹〉はコロニストの侮辱的な言動に一々激昂せず、一瞬たりとも卑屈にはならず、粘り強く堂々と交渉を続けることに慣れている。

兄よ、激情に駆られるな。

少佐もかっとなって前後を忘れるたちではないことを、私は願った。モホークを、そしてイロクォイを敵に回す愚を、わかっているだろう。

だが、すでに、砦側とモホークの戦士たちの信頼関係は壊れた。水夫たちの中にひそむ独立派の愛国者の企みは功を奏したのだ。

船が航行に耐えるものなら、すぐにも、モホークたちと共に砦を去りたい。

国王のさだめたラインを保持させるために、モホークの一部が敢えて戦闘に参加した。彼らを重んじてくれ。

そう、私は声に出して少佐に言うべきなのだ。これは私の問題だ。私はモホークなのだ。モホークの正当な要求を、伝えられるのは私だけだ。

「私はこれ以上口出しはしませんよ、少佐殿」メイスンが言った。「ウィペット号の修理が終われば直ちにモントリオールに戻る身です。ただ、モントリオール市民の一人として――海上にいるほうが多いのですが、一応市民です――砦の防衛が堅固であることを願っています。少佐殿は、たかが私物の酒のことでインディアンといざこざを起こすような狭量な方ではないとお見受けする」

「そうか、君は船長が死んだおかげで、船長に昇格したのだったな。まだ正式ではなくとも、インディアンどもの愚行によって、船を一艘手に入れるわけだ」

「ぼろ船ですよ。頼まれてもあんな船の船長には」

冗談めかして棘を含んだ応酬に、少佐はけりをつけた。

「ミスター・アーデン。問題を起こしたのはインディアンだ。彼らの間で最初に梱を開けた犯人をあぶり出し、軍に引き渡すよう、チーフに伝えてもらおう」

去れ、と少佐は手振りで示し、「ああ、君」と私を呼び止めた。「このような事態になり、きわめて残念だが、グレゴリー・アーデン氏の好意には感謝する、と父君に伝えてくれ」

生還できたらの話だ。敵の攻撃がないので、ここが戦闘中であることをつい忘れる。叛乱軍がどのような規模でどのあたりにいるのか、私は何も知らない。敵が対岸のどこかに砲台を構築中だとは聞いている。砲撃戦が始まる前に船の修理が完了するよう願うしかない。誰に願う。キリスト教徒であるなら神に。モホークであるなら〈大いなる精霊《オレンダ》〉に。個々の願いに応える存在はない。〈大いなる精霊〉はコロニストに蹂躙《じゅうりん》されるこの地の者たちを救わなかった。

ビセット軍曹、メイスン一等航海士は、兵士の一人に導かれ階段を下りる。

私は、二階の一室に案内された。〈美しい湖〉は私と一緒にきた。士官用だろうか。指揮官の部屋よりやや狭くはあるが、ベッドが一基置かれても窮屈とは感じないほどの広さがある。少佐の部屋にはベッドがなかった。居室と寝室、二室を用いているのだろう。

ここの暖炉にも火が入っていた。たいそうなもてなしだ。準男爵グレゴリー・アーデンへの敬意だ。ラムとマデラ酒への返礼の意思表示でもあろう。贈り物が届かなかったからといって待遇を落とすことはしなかった。酒はともかく、市民からのコーヒーだのチーズだの、贅沢な嗜好品は届いたのだ。

父の地位が、私の楯になっている。せいぜい利用しよう。その楯をモホークのためにも用いよう。

私を案内してきた兵は、室内の燭台や壁付燭台の蠟燭《ろうそく》、机上のランプなどに、次々に火を移した。

〈美しい湖〉を招じ入れようとすると、兵がとめた。「インディアンは仲間のところに」

「プレストン少佐の言葉を君も聞いただろう。飲酒の問題について、私は彼と話し合わねばならないのだ。その用件が済むまで彼はこの部屋にいる。モホークの仲間たちのいる場所はどこだ。話が終わり次第、彼はそこに行く」

精一杯虚勢をはり、高飛車に出た。〈空を舞う鷹〉のような身についた威厳など持たない。ひ弱だと自覚している。

あなたが彼と一緒にモホークのところに行けばいいじゃないですか。そう返答されては困る。この居心地のよい部屋で、〈美しい湖〉と話し合いたい。

「わかりました」命令されることに慣れているらしい若い兵は、上官に対する態度をとった。「私はあなたの世話をする役に任じられています」

従卒付きの待遇を受けるのか。それとも監視か。

「モホークは、兵卒宿舎の一階に、民兵たちと一緒にいます」

正規の軍隊だけでは人員が不足なので、一般の市民から募集した兵たちだ。叛乱軍はほとんど民兵から成るが、国王軍のもとに参じた市民も少なからずいる。

「モホークたちに食事は出たのか」

「私は知りません」

「我々はまだ夕食を摂《と》っていない。二人分をここへ。そうしてモホークにも人数分を」

水夫たちと補給隊については、メイスン一等航海士とビセット軍曹がそれぞれ何らかの措置を講じているだろう。私が口出しすることではない。

「わかりました」

椅子はデスクの前に一脚あるだけだ。〈美しい湖〉は床に腰を下ろした。私もそれに倣《なら》い、大きい吐息をついた。偉そうに振る舞うのはくたびれる。

「弟よ」〈美しい湖〉は私の肩に軽く手を置いた。「ラムの件で、我々は咎《とが》められているのか」

「そうだ」

「俺も、あらためて仲間に訊いた。〈大いなる精霊〉から、汝らのものだと告げられた、と答えた者が大勢いる」短い沈黙の後、〈美しい湖〉は続けた。「俺が仲間を庇って虚偽を述べていると思うか」

私の返答は一瞬遅れた。

「思わない」

「〈大いなる精霊〉のお告げを聴いた者たちの名前を、俺はお前には告げない。俺が告げれば、お前はそれを彼奴に言わざるを得ないだろう。あるいは、俺たちを庇って彼奴に虚偽を伝えねばならないだろう。俺は彼らの名をお前に告げない」

〈大いなる精霊〉の意思を受け取る能力を持つ者は、どの集落にも一人はいる。病を癒やす力を授けられ、夢の意味を解読することができる。力は、本人の意思に関わりなく、突如、与えられる。力を恵まれるとき、何か言葉にはあらわせない啓示を幻視する——あるいは感じる——のだそうだ。そういう霊力を持つものを、コロニストはメディスンマンと呼ぶ。私の母〈さえずる小鳥《メ・タ・ナ》〉は癒やす力を少し持つけれど、啓示は受けていない。だから母はメディスンマンとは呼ばれないし、認められてもいない。

ウィペット号にメディスンマンは乗っていなかった。

示し合わせて嘘をついたか。あるいは、〈大いなる精霊〉の声と錯覚させるような方法で、誰かが――独立派の愛国者が――告げたか。

「おれは決して告げ口はしない。けれど名前は聞かないほうがいいな」

従卒が二人分の皿を載せた盆を運んできた。コールドビーフに茹でた馬鈴薯《ばれいしょ》を添えてあった。デスクの上に置いた。

〈美しい湖〉は皿を取り、床に腰を落として、モホークのやり方で食べ始めた。

私は白人のやり方で、椅子に腰掛け、ナイフとフォークを手にした。

ありがとう、と笑顔を向けると、兵卒は少し口ごもってから、自分は四分の一マヒカンなのだと言った。マヒカンの特徴は外観にほとんど現れていない。褐色の髪はやや赤みを帯び、虹彩も褐色だ。

私の外貌からミックスト・レイスと察し、親しみを持ったのだろう。

「祖父がアイリッシュ、祖母がマヒカン、そして、母はフレンチです」

マヒカンの末裔はモホークを恨んでいるというのは、単なる言い伝えかもしれない。遠い昔のこととして、従卒は格別気にしてはいないようだ。この土地の本来の住人という点で、モホークにも親近感を持っているのだろう。

「名前は？」

「兵卒ピート・オキーフ」

「よろしく」と私は手を延べた。「ピートと呼んでもいいか」

私は初対面の他人に気安く親しめないのだが、時たま、ひどく無防備になることがある。幼いときモーリス――金の嘴《くちばし》を持った私の鷹――に対してそうであったように。

「もちろん、どうぞ。ミスター・アーデン」

「俺のモホークとしての名前は〈長い翼《アー・ヒセ・ナ・ダ》〉。ただし、面と向かってはそう呼ばない。モホークの礼儀だ。知っている？」

　アー・ヒセ・ナ・ダという言葉を聞き取ったとみえ、〈美しい湖〉が何を話しているのか、というふうに視線を向けた。

「知りませんでした。祖母のマヒカンの名も知らない」

〈美しい湖〉に会話の内容を伝え、「彼はモホークに何の敵意も持っていない」と告げた。〈美しい湖〉の表情が和らいだ。

「アシュリーと、呼んでくれていいよ」

「呼びにくいですよ、兵卒としては」そう言ったが、「アシュリー」と口にしてピートは無邪気な笑みを浮かべた。

「砲架を造って砦に運んできた大工も、父親がアイリッシュ、母親がモホークだ」

私が喋っている間に、〈美しい湖〉はさっさと食べ終え、「仲間のところに行く」と立ち上がった。

「彼をモホークたちのいる部屋に案内してくれ。本国からきた補給隊三名はどの部屋？」

「民兵、モホークと同室のはずです」

「補給隊員のエドワード・ターナー君とクラレンス・スプナー君が食事が済んでいたらここに。任務はないはずだ。ああ、補給隊隊長のビセットというのは」顔をしかめ、首を振って見せた。「ついでに訊いておこう。ウィペット号の乗員は？　そして大工と三人の女たちは」

「水夫たちは倉庫の棟に。大工と女たちに関しては何も知りません」

エドとクラレンスは、入ってくるなり、薪が炎を上げる暖炉の前に立って両手をかざした。

部屋の隅に立つ従卒ピートに、休んでいいよと声をかけると、棚におかれた箱を指し、蠟燭はその中にあります、と言って出て行った。蠟燭はどれもまだ十分な長さを持っているし、ランプの油も足りている。蠟燭箱の隣に、鵞ペンとインク壺が並んでいた。この部屋を使っていた士官の私物か。士官は私に部屋を明け渡し、別の部屋に移ったのか、あるいは任期を終え除隊したか、あるいは戦傷、あるいは戦死……。鵞ペンの先端はまだ十分使用に耐え、インクも容器の口元近くまで満たされていた。

「やっと血液が循環しだした」両手をこすり合わせながら、クラレンスが言った。「血管まで凍っちまっていた」

「君たちの部屋には、暖炉はないのか？」

「不細工な鉄のストーヴが一つあるけれど、民兵がまわりを占拠していて、近づけない」向きを変え背中を焙《あぶ》り始めた。

「何の用だ」エドがぶっきらぼうに訊いた。

「用事は何もない」

なぜ呼んだのか。自分でも不明だ。おそらく心細かったのだ。〈美しい湖〉は仲間のところに行った。私は、自分をモホークだと言いながら、彼らのもとに行こうとはしなかった。士官用の部屋の居心地よさを捨てられない。

ウィルソン家の図書館で独り過ごす〈時〉は、楽しさに充ちているのに、この部屋の孤独は堪え難い。恐怖と不安。私は怖い。いつ砲撃が始まるともしれない。ウィルソン家の図書館は、鷹の嘴を持った私のモーリスの影に優しく包まれる場所でもあった。淋しい。怖い。こんな言葉を口にしたら、どれほど嘲笑されることか。私は二十二歳の男性にふさわしい仮面をつけなくてはいけない。仮面。

「話し相手がほしいのか」

エドに言われ、ああ、たぶん、と私は肯定した。エドワード・ターナーは、私にとっていささか苦手な相手だ。彼も仮面をつけていると感じた。分厚く堅固な。クラレンスがちょうどよいメディウムになっている。潤滑剤と表現すべきか。

「あのストーヴさ」クラレンスが言った。「フランクリン氏が考案したんだってな。民兵から聞いた」

「フランクリン氏を知っているのか？」

「直接は知らないけれど、緊密な関係はある」

謎めいた言葉をクラレンスは口にし、なあ、と、エドに目を向ける。エドはうなずいた。

モーリスの仮面は顔の損傷を隠す。エドは、なぜ、表情を隠すのか。私は、顔の仮面どころか、鎧《よろい》で全身を覆う。砦の将兵の前では強いふりをし、エドとクラレンスの前では人好きのする明るい男のふりをする。父の前では従順なふりをする。毛皮の交易では、抜け目ない商人の顔を作る。〈美しい湖〉が相手の時だけは、違う顔になるけれど。

何種類の仮面と鎧が必要なことか。素顔を見せられるのは、モーリスと二人のときだけだ。鳥さん？　と訊いたあのとき以来、モーリスの前では私は私のままでいられる。虚勢をはることも、無理に明るく振る舞うことも要らない。

〈空を舞う鷹〉と一緒にいるときは勇気のあるしっかりした男みたいに振る舞う。彼の前では自然にそれができる。不思議だ。

「早く除隊して、アンディやレイたちと一緒になりたいよ」クラレンスは言った。

私には分からない話なので、黙っていた。

クラレンスは力のない笑い声で、「そう、あっさり除隊させちゃくれないよな」としめくくった。

「せいぜい手柄を立てて、その勲功として除隊というのはありうるぞ」気のない声でエドが返した。

「やだよ。手柄を立てるには命がけだ。あんな」国王と言いかけてクラレンスは口をつぐんだ。

「叛乱軍は」と私は割り込んだ。「おそらく、年内に弱体化する」

「戦況に詳しいのか」

「詳しくはないけれど、あっちが募集した民兵の軍務期限は、今年の十二月三十一日だそうだから、いっせいに除隊する」

モントリオールで耳にした話であった。

クラレンスは嬉しさを露わにした。エドワード・ターナーが表情を緩めるのを初めて見た。

「だから、それまで、砦にもちこたえてほしいよ。その前に、船の修理がすむだろうけど」

「まったく、インディアンが酔っ払わなければ」クラレンスは言い、私を見て微妙な表情をした。コロニストの残虐を知った後ろめたさと、だけどさ、あいつら、現に野蛮なことをやらかしたじゃないか、と言い返したくなる、二つの感情が入り交じったのだろう。

この地に〈大いなる精霊〉が在ることを、どう説明したら彼らが理解するか。

「キリスト教徒が〈GOD〉を信じるように、モホークは〈大いなる精霊〉に包まれている」

〈美しい湖〉から聞いたことを私は語り、すぐに、付け加えた。

「もちろん、そんなはずはないんだ」

水夫の中にいる独立派が、何か細工をして、と私は自分の考えを語った。

そいつは、目的を果たした。砦の将兵とモホークの信頼関係は、完全に壊れた。

船の修理が完成したら、私は帰る。モホークもおそらく、砦を離れるだろう。彼らは侮辱的な扱いを受け入れない。

「民兵も、モホークが一緒の部屋にいるのを、あからさまに嫌がっていたな」クラレンスが言った。インディアンとは呼ばなかった。「モホークを別の部屋にするよう、交渉するとか、話し合っていた」

「君は叛乱軍側か」

突然エドが私に言った。

「とんでもない。なぜ」

「モホークは、〈大いなる精霊〉の言葉を聞いた。〈大いなる精霊〉はどこの国の言葉で語る？」

私は返事に窮した。

「君のほかに、モホークの言葉を喋れる水夫はいるのか。それが、偶然にも叛乱軍側だったのか」

私の知る限りでは、モホーク語を解する水夫はいない。だが、水夫以外なら、いる。ジェイクだ。

そして、娼婦のシャルレーヌ。

あの二人は、下甲板の前部にいた。

どちらかが、モホーク語で〈大いなる精霊〉の言葉を語る。

前甲板と後甲板の間は倉庫で隔てられているが、両舷側の通路の傍で語れば、声はとおるだろう。姿を見られることなく。

どっちが叛乱軍側なのか。ジェイク、あるいはシャルレーヌは、どうして目印のことを知ったのか。中指に巻いた布に私は目を向けた。積荷監督のフレッチャーが、ジェイクかシャルレーヌに伝えたのか。あるいは、フレッチャーが水夫の誰かに告げ、水夫が二人のどちらかに命じたか。

そのとき、二つの考えが同時に浮かび、私は慄然とした。

ふつう、仕上がったらそれで大工の仕事は終わりだろ。砦までついて行ったりはしないよね。Aだか B だかが、そう言ったのだ。初めていっちょ前に造ったからだろ。〈初めて〉ってのは、気になるもんだ。

ジェイクが船に乗り込んだのは、自作の砲架が気になるからではなく、〈大いなる精霊〉の声をモホークたちに聞かせるためか。

そのようなことをする必然性がジェイクにあるか。

子供のときの彼しか知らない。そのときにしても、私がおかしな理由から一方的に恐怖感を持っただけで、顔しか知らないといってもいいほどだ。彼が独立派の愛国者なのか否か。

あるいは、誰かから指令を受けたか。誰に命じられた。命じたものは誰だ。

私は思い返した。ジェイクが下甲板に下りていったのは、モホークの半数ほどが上甲板に上がってきたのとほぼ入れ違いだった。AとBも上がってきて、Bが私に、「二人だけにしてやったんだよ」と目配せしたのだった。

同時に、思い出していたのだ。ベンジャミン・フランクリン氏が父を訪ねてきたことを。

フランクリン氏は長期間イギリスに滞在していたが、レキシントンとコンコードで戦闘が始まった報が本国に届いた後、五月、ペンシルヴェイニアに帰ってきた。国際的に有名なフランクリン氏は、到着した埠頭で新聞編集者のインタヴューを受けた。ニューヨーク・シティの新聞はいっせいにその記事を載せ、半月ほど遅れてだが、父の元にも届いた。私も読んでいる。国王陛下とも親しく、国王派と見なされていたフランクリン氏だが、記事によれば、彼は熱烈な愛国者に変貌していた。

「我々アメリカ人は、断固とした覚悟で、これからの闘争に備えねばならぬ。本国政府に甘い期待を持つな。我々が膝を屈するまで、彼らは満足せぬ。我々は力の限りを尽くして抵抗せねば、きわめて惨めな隷従と破壊から逃れられぬと覚悟せよ」

そんな内容だったと思う。コロニーに対する本国政府の強い意志を、国王陛下や政府要人の身近にいて、フランクリン氏は痛感したのだろう。

私は政治にも国際情勢にもほとんど関心を持っていなかった。フランクリン氏の声明も自分には遠いことと読み流した。

しかし、父にとっては他人事ではない。年末に軍務期限がくるから民兵団――彼らの自称に従えば大陸軍《コンティネンタル・アーミー》――は弱体化するというのは、ウィペット号の出航直前にモントリオールで耳にした噂だ。エドたちにひけらかしたくて、不確実なことを決定事項のように喋ってしまったが。フランクリン氏がアーデン・ホールを訪れたとき、父はまだこの噂は知らなかった。

国王軍が絶対に勝利する、という保証はないのだ。

父がモホークを募兵し砦防衛に参戦させたのは、国王陛下への忠誠心からではない。陛下が定められた境界線より西に大きくはみ出した父の私有地の公認と、ニューヨークにおける毛皮取引の独占権を陛下が認可されるという確たる利益を得るためだ。

同じ条件を、フランクリン氏を介して叛乱軍側が父に提示し、協力を要請したら……。

父が二股をかけたということは、あり得る。

皮膚に異様な感覚をおぼえた。腕の毛穴が収縮し、細かく慄《ふる》える。きっぱりと否定したいのに、私の目は中指を巻いた布をみつめる。

エドとクラレンスが不審そうな表情を交わすのが、視野の隅に入る。

傍からみれば、私は突然沈黙し、唇が白くなり、細かく慄えている、という奇妙な状態だったのだろう、と、これを書きながら思い返す。

彼らに悟らせてはならない。私の父親が国王陛下を裏切ったかもしれないということを。そう警戒しながらも、私はふいに思いついてしまったこの考えから離れられない。

突き詰めて考えねば。そのためには、エドとクラレンスが邪魔だ。しかし、一人きりになるのも恐ろしい。この部屋に一人になったら、私は冷静に思考するより恐怖と不安にいたたまれなくなりそうだ。

フランクリン氏が来訪したとき、父はすでに、モホークに出兵を要請していた。それを急に中止することなどできない。英軍司令部の要請を断れば、国王陛下に叛逆心を持つと見なされる。国王軍が勝利し、コロニーの独立願望が叩き潰された後、どのような刑が科せられるか。命の保証すらない。

だが、万が一、叛乱軍——彼らが自称する大陸軍——が勝利しコロニーが独立を獲得したら、国王に味方した者はすべて罪人となるだろう。私有地は取り上げられ追放か。最悪の場合は処刑か。

どちらも、差し出している利益は同じだ。

双方に、できる限り協力したと思わせねばならない。

その思案の結果が、ラム事件ではないのか。

私の躰は、私の意思に関わりなく大きく慄えだした。下の歯が上の歯にぶち当たり音を立てる。

そんなに反応するほどのことじゃないのだ。冷静になれ。躰に命じる。

私の中の冷静な部分が、まずいぞ、と私に警告する。このままでは、私がエドたちに疑われてしまう。君は叛乱軍側か、とエドが不意に問いかけた。モホークの言葉を話せる者が君のほかにいるのか。

それに答える前に、私は凝固し、慄えだしたのだ。

ジェイクとシャルレーヌがモホーク語を解する。そう告げれば、私への疑惑は分散される。だが、告げてはならないのだ。その背後に、父が……。

父が操ったという確証はない。父は無関係だという確証を得るまで、二人のことはエドたちに告げられない。

そう考えられる自分はかなり冷静だと思うのに、なぜか呼吸が荒い。長距離を疾駆した馬みたいに、はずんでいる。心臓の鼓動は普通だし、苦しいわけではない。呼吸のはずみはとまらず、躰が勝手に横倒れになる。腕がこわばり、指先が痺《しび》れてくる。

誰かの指先が手首の内側に触れた。

「脈は正常だ」クラレンスの声だ。「ベンのときと同じだ」

「ベンがどうした？」

「ああ、君は壁の中だったからな。五年前のあのネイサンの事件のとき、ボウ・ストリート・ランナーズが踏み込んできただろ。あのとき、ベンがこういうふうになったんだ」

「あれか。後で、ベンからも先生からも聞いた。こういうふうだったのか、ベンは」

「苦しそうに喘《あえ》ぐんだけど、脈は正常だった。ダニエル先生に、心配ない、そこに寝かせておけって言われて、そうしたら、ほんとに、けろりとおさまった。心臓とか肺とかには関係ない。おかげでボウ・ストリートのやつらは退散したけど。彼も、しばらくしたら落ち着くだろ」

「君の診断を尊重するよ」

「俺のじゃない。ダニエル先生のだ」

「それなら絶対的な信頼をおける」

立ち去ろうとする気配に、「待ってくれ」私は声を絞りだした。「俺は、モホークの言葉を話せる」瀕死の病人のようなしゃべり方しかできない。「だけど、関係ない」

「わかった」エドが素っ気なく言い、クラレンスは燭台を一つとり、「借りていく」と断って、二人は去った。

ダニエル先生というのは、医者か。あの二人、医者の弟子だったのか。それなら、なぜ、衛生隊に配属されず、ただの新兵なのか。

思考力はある。しかし喘ぎがとまらない。

躰を少しずつずらし、こわばり痺れた指を無理に動かしてベッドの脚を掴み、半身を起こし、ベッドに倒れ込んだ。

彼らの言によれば、ベンという人物は私と同じ症状になった。医者の診断のままに放っておいたらけろりとおさまった。信頼しよう。おさまる。必ず。ショックで、躰の中の何かの箍がはずれたのだ。

暖炉に目をやる。火勢が弱くなってきた。寒い。ベッドを火熨斗《ひのし》で暖めておいてくれる召使いは、呰にはいない。モホークの〈長い家〉を思う。通路のところどころに爐《いろり》の火が燃え、煤《すす》けていがらっぽくはあるけれど、暖かかった。

炎の中に混じった灰のかけらが、羽のように舞う。暖炉の脇に布を縒《よ》った太い紐が下がっている。鈴紐だろう。

呼吸がおさまっているのに気がついた。ゆっくりとベッドを下りる。大丈夫だ。歩くこともできる。躊躇《ためら》ってから、鈴紐を引いた。扉を開けたのが従卒ピートであったので、胸を締めつける不安が消えた。誰を呼ぶことになるのか、確信が持てなかったのだ。鈴紐を引いたとき、鎮まった喘ぎが再発することはなかった。呼吸の異常は不安と関係ないのだろうか。

「薪をくべ足してくれ」

「わかりました」

きびきびと、ピートは応じた。親切なことに、木の桶に入れてある薪も追加しておくから、安心して休んでくださいと申し出た。

「もう一つ頼みがある」

紙が必要だ、と私は言った。

「紙……ですか」

きょとんとして聞き返す。

「手紙を書きたいのだ。長い、長い手紙を」

「郵便馬車はきませんよ、ここまでは。いま、特別な軍務連絡などは伝令を出しますが、私信を出すのは不可能です」

「送るのは後でもいい。いま、書きとめておきたい」

「紙……。酒保にあるかなあ。倉庫かな」

「司令官に、こう伝えてくれ。砦の防衛に成功した後、私は、この輝かしい勝利を文章にし、出版しようと思っている。そのために、今からメモを取っておくことが必要なのだ、と。きっと、喜んで筆記具を提供してくれると思う」

「手紙を書くんじゃなかったのですか」

「今、思いついたんだ。手紙より、リポートを書くべきだと。プレストン少佐がいかにすぐれた指揮官であるか。少佐の談話をとってもいいな。『セントジョン砦の勝利』『英雄プレストン少佐』『栄光の砦』」

思いつくままにでたらめなタイトルを並べ立てた。

「もちろん紙の代金は払う」

ピートの手に銀貨を握らせた。「できるだけ沢山」

もう一枚その半額の銀貨を握らせた。暖炉の火を、銀貨は一瞬赤く照り返した。「これは君の手数料」

お釣りは要らないと言えば生じるであろう、取り分を増やしたい欲望と良心の葛藤を除去してやった。わかりました、と威勢よく答え、出て行ったピートが厚み一インチほどの紙の束を持って戻ってくるまで、さほど時間はかからなかった。銀貨はかなりの確率で不可能を可能にする。

「酒保の奴に、じかに話をつけました。一兵卒が少佐殿に面会するのは難しいので」

慎重な手つきで机上に筆記用具を配置し、残っている薪を暖炉にくべ足し、空の木桶を提げて飛び出した。もう一度入ってきたときは、木桶は溢れんばかりの薪で満たされていた。

「ありがとう。もう、今夜は呼び出さない。ゆっくりお休み」

とびきりの笑顔を見せて、ピートは去った。

ランプを手元に引き寄せた。

あり合わせの紙をかき集めたのだろう、白い輸入品とコロニーで作られる質の悪い紙が入り混じっていた。

帳付けのほかには、筆記用具を用いることはほとんどなかった。長い文章を書いた経験もない。

しかし、私は書いた。広間のペルシア絨緞には、英軍士官が泥酔して嘔吐した痕が……。

なぜ、突然、書き記したくなったのか。

モーリス、貴方に話しかけるかわりだ、たぶん。僕はおそろしく淋しいんだよ、モーリス。淋しくて不安だ。

貴方の図書館で僕が読みふけったアイザック・ハーネスのロマンスは、強い男が悪と戦い勝利する話ばかりだった。絶対的な正義が絶対的な悪を滅ぼす。正と邪は確然と別《わか》たれている。僕自身が強かったら、あんな物語は不要だ。

英本国からのコロニストが、フランスからきた人々のようにこの地の本来の住民と対等につきあっているのだったら、どんなによかったか。コロニストの残忍は、クラレンスに言われて思い当たったけど、他人事じゃなかった。僕は母の息子だ。けれど、父の息子でもある。そして、コロニストの鷹とモホークの鷹に慈しまれている。それぞれの翼を、僕はまるで自分の翼みたいに錯覚して、モーリス、貴方とは知識の森を逍遙し、〈空を舞う鷹〉とは〈大いなる精霊〉に満たされた森で狩りをし…

……。

モーリス、貴方と一緒だったら。貴方が力強く、君の父上が二股かけて画策するなんてことは、あり得ない、と言ってくれたら。

貴方はいない。僕は一人で考え、決断しなくてはならない。身の処し方を決めなくてはならない。

この文章を、僕は父の国の言葉で記している。母の邦の言葉では表現できないのだ。父の国の言葉では語れないこともある。父の国の言葉で、どのようにしたら〈大いなる精霊〉のことを正確に語れよう。

ああ、でもモーリス、貴方はモホークを対等の存在とは思っていない。ひどいあしらいをするわけではないが、眼中にないというふうだ。

僕にしても、もっと年がいってから貴方に出会ったら、仮面を奇妙に感じたかもしれない。そして、貴方の口の傷を愛らしいとは感じず、貴方が幼いころ周囲から浴びせられたであろう視線と同じ目で見たかもしれない。〈かもしれない〉ではない。確実に、そうであったろう。そうして貴方も、僕を野蛮な種族《レイス》とのミックスという目で見ただろう。貴方の父やフランクリン氏がそうであったように。

ともあれ、私は書き続けるだろう。

調査 2（承前）

「それで」と、ようやくエドワード・ターナーが問いかけた。

「モーリス・ウィルソン氏とは、何者なのだ」

「さっき言っただろう。アシュリー・アーデン氏の親しい友人だ」ロディは言った。

「俺が聞いているのは、素性のことだ」

「ウィルソン家は、アーデン家と所領を接する大地主で交易も行っている富豪だ。モーリスはその三男だ」

「なぜ、ここに彼がきて直接俺に訊ねないのだ」

「二つ、理由がある。彼は生まれつき上唇に裂け目がある。そのため、喋り方が聞き取りにくい」

「口唇裂か」冷静にエドワード・ターナーは言った。「格別珍しくはないが、困難が多いだろうな」

生きる上で、と独り言めいた言葉を続けた。

「医者か？」

「まあな」

「本国の正規軍は、医者を新兵にして使い捨てるのか。もったいない。衛生隊に所属させれば腕を生かせるのに。で、仮面で傷を隠しているのだが、ど派手な仮面なんで行動が非常に目立つ」

「もう一つの理由は」

「負傷した」

犯行　4

冷たいベッドに縮こまり、それでも、本国から植民地まで運び込まれる地獄船の中よりはましなんだ、とクラレンスは自分をなだめる。アル、と信頼篤き友人アルバート・ウッドに心の中で語りかける。

元気か。

ロンドンを離れてから、長い歳月……ではない。ほんの数カ月だな。

心配しているだろう。四人のことを。

だが、今のところ伝えるすべがない。

船で天然痘が流行ってさ、ひどい目に遭った。同行したことを後悔しているか、と一度だけ、エドが言った。格好《かっこ》つけてノーと言ったけど、船ん中で死にかけてたときは、ちょっと——いや、大いに——悔やんだ。内緒だ。エドは察しているだろうけどな。

なぜ、同行したかって？　俺、殺人の共犯者だぜ。サー・ジョンの傍にはいられないじゃないか。

それに、アル、君ならわかると思うけど、エドをひとり新大陸に行かせるわけにはいかないだろう。ナイジェルを死なせたのは自分だ、とエドは思っている。

人間の——人間だけじゃない、犬だって馬だって、蟻《あり》や芋虫だって——生きていたいという願望は、おそろしく強いもんだな。……って、話が飛ぶけどさ。あれは、生まれつき備わっているのかな。でも、赤ん坊には、まだ意志はないよな。いつから、死にたくない、と思うようになるんだろう。エドが志願兵を選んだのは、死刑になるのを避けるためだ。二つの事件を経て、エドは変わった、と俺は感じる。彼が何を考え、どう感じているのか、わからない。

でも、と、もう一度言う。天然痘で死にかけていたとき、エドはずっと俺を看《み》ていた。溲瓶《しびん》を扱ってくれたのもエドだ。そして熱がひき、大丈夫、切り抜けた、とわかったときのエドの表情を、俺は今後も信じる。

アル、とクラレンスは訴える。

エドも俺も、新大陸アメリカの実情や戦況を知らなすぎた。

二組の恋人たちを託す予定だったベンジャミン・フランクリン氏が、今や叛乱軍の指導者で、連絡を取ることさえ不可能だと知らされたとき、だれよりもショックを受けたのは、この計画を立てたエドだった。くちびるが死人のようになるのを、初めて見た。フランクリン氏は、十三のコロニーが一致団結し、アメリカ人としてイギリスから分離独立すべきだと、主張しているそうだ。ころっと変わったもんだな。自分はイギリス人ではない、アメリカ人だ。フランクリン氏は、声高にそう主張しているそうだ。コロニーからの請願を片端からはねつける国王陛下と議会のやり口をロンドンで身近に知ったからだって。議会のやり口は、自分に対する侮辱だと、彼は感じたんだって。イギリス軍の仮借《か しゃく》ない攻撃で、コロニーの港湾都市が打撃を受けている。フランクリン氏の財産は主として港湾部にある。これも、彼が本国に反感を持つ理由になっているそうだ。公憤と私憤が入り混じっているんだな。

でか鼻野郎ダッシュウッド逓信大臣の添え状があるので、軍のほうでも四人を放り出すのは憚《はばか》られ、策を講じた。フランクリン氏の息子、ウィリアム・フランクリンという人物が、国王から任命されニュージャージーの総督を務めている。父親とは正反対に、ゆるぎなき国王派《ロイヤリスト》だそうだ。父親のほうが突然変節したんだから、息子は面食らっただろう。

四人を総督の庇護下におくことにした。とはいえ、貴重な人手を割くわけにはいかず、司令官の手紙と司令官に宛てたダッシュウッドの添え状を持って、四人だけでニュージャージーに向け旅立った。ベンジャミン・フランクリン氏と違って、息子のほうは、アルモニカとは何の関わりもない。こころよく引き受けてくれるだろうか。このままニューヨークで暮らすってのも一案だけれど、何の後ろ楯も資金もない。住むところだって、ない。ニュージャージーまでエドと俺が付き添いたかったんだが、許可は下りなかった。強引に軍を抜け出して彼らと同行したら、脱走兵となって、かえって追っ手を引きつけてしまう。エドと俺は身動きが取れない。

知らぬ土地ではあるけれど、イギリスの植民地だ。同じ言葉を用いるし、風習も本国とほとんど変わらない。大丈夫だと、四人は言った。レイ・ブルースは、人目を惹く。侮辱的なあしらいを周囲から受けるだろうが、彼はタフだ。俺は四人の幸運を祈るほかはない。ウィリアム・フランクリン総督のもとに着きさえすれば、あとは何とかなるだろうけれど、戦争がおさまるまで消息を知ることはできない。

ナイジェルが死んだだけでも潰れそうなのに、今度の計画もうまくいかなくて、エドはもう立ち直れないんじゃないかと、俺まで潰れそうだ。

アル、君がいてくれたらなと思う。君はダニエル先生をささえるだけで手一杯か。

エドと俺は、いま、戦争の最前線にいる。何だか変な戦争だ。敵は、いわば同国人だぜ。憎悪とか敵愾心《てきがいしん》とか、生じないんだ。向こうは大いに戦意昂揚しているらしい。独立という彼らにしてみればわくわくするような目的がある。

あの国王陛下やお偉い連中のために命を賭すなんてとんでもないが、アメリカ人ってのも、俺の知ったこっちゃない。

独立派はフランスを味方につけるつもりだと、同室の民兵たちが噂している。

話は変わるが、俺、インディアンというのを初めて見たよ。すげえ体格がいいの。インディアンというと怒る奴がいて、モホークと呼べっていうから、言い争うのも面倒なのでそうしたが。そいつ、アシュリー・アーデンというんだが、コロニストとインディアンのハーフだ。俺、ちょっと……いや、凄く、ショックだったのは、コロニストたちが入植地を獲得するためにインディアンたちを虐殺したって話だ。インディアンが残忍でコロニストの家を襲ったり、女や子供を攫《さら》ったりするって話は聞いたことがあるけれど、イギリス人が、天然痘をインディアンにわざと感染させて絶滅をはかったとか、集落を包囲して女も子供も焼き殺したとか、初めて聞いたぜ。イギリス人が、そんなことをやるか。とうてい信じられないけれど、エドは何か本で読んで、ある程度知っていたみたいだ。本に書いてあるからって、事実とは限らないよな。アシュリー・アーデンの話だって、どこまで信用できるんだか。そりゃあ、ダッシュウッドやオーマンやロッターみたいなとんでもない腐れ野郎もいるけどさ、あれは、それぞれ、個人が非道《ひど》いので、イギリス人のコロニスト全体が、組織的に卑劣な行動をとるなんて……あり得ないよな。

インディアンは実際野蛮だ。やつら、他人宛の船荷を勝手に開けて中身のラムで酔っぱらって、大騒ぎになったんだ。おかげで、船が故障して、エドと俺は砦に足止《あしど》めだ。荷を届けたらすぐにモントリオールに駐留する本隊に戻るところだったのに。まあ、新大陸のどこにいても、エドにも俺にも、同じことだけれどな。

　エドがそのアシュリーってのに、「君は叛乱軍側か」って一言言ったら、図星をさされたようで黙り込んでしまった。そして、ベンみたいな症状を呈して、エドの追及を逃れた。あれ、仮病を使おうと思えば誰でもなれる状態なんだな。

　ラムの件だけじゃない。モントリオールから砦に向かう船の船長が死んだんだが、もともと飲んだくれのよぼよぼ爺が飲み過ぎでおっ死《ち》んだということで、さっさと水葬にしてしまった。ダニエル先生があの場にいたら、ちょっと待て、そんな勿体ないことを、と、腕を振り回して抗議しただろうな。そのことをエドに持ち出したんだけど、まるで興味を持たなかった。どのみち、解剖用具もないし、砒素の検査装置もないし、検屍はできなかったな。

　俺も寝付けないけれど、エドも眠ってはいないらしい。寝息は聞こえない。あの事件以来、熟睡するエドを見たことがない。俺が眠っているとき、エドがどんなふうかわからないけれど。

　心の中にわき出す言葉が、クラレンスの眠りを妨げる。

　ふと、三人の娼婦の顔が浮かんだ。いつか夢に移り、娼婦の一人――混血《ミックスト・レイス》であることが明らかな――がクラレンスの傍にいた。肌が異様に冷たくて、目が覚めてしまった。室内が氷室《ひむろ》のようであるためだ。大事な兵隊だろうに。クラレンスは腹の中で毒づいた。戦闘開始の前に凍死させる気かよ。

　戦闘。嫌な言葉を思い浮かべてしまった。せっかく忘れていたのに。エド、俺たち、生きてロンドンに帰ろうな。

調査　2（承前）

「君に依頼したいことがある」モーリスはロディに言ったのだった。

「アシュリーが殺された」

アーデン家当主がモホークの娘に産ませた息子に、ロディは面識はない。モーリスが時折名前を口に出すので聞き知っただけだが、二人がたいそう親しい仲であることは感じられた。

「戦死？」

イギリス軍の要請を受けた当主グレゴリー・アーデン氏の指示により、アシュリーがモホークとともにセントジョン砦に赴いたことは、先にモーリスから聞いていた。

セントジョン砦は十一月三日に陥落した。その報はとうに伝わっている。モントリオールも叛乱軍に占領された。

「それとも、叛乱軍に捕まって死刑に？」

「そうではないらしい。詳しいことはわからない」

モーリスは所持した革袋をロディに渡した。「これがその手記だ。アシュリーの従卒だという若い男が届けにきた」さらに、ポケットから一通の書状を出した。監獄の責任者にロディの身元を紹介し、囚人エドワード・ターナーとの面会を要請する内容を読ませてから封緘《ふうかん》し、渡した。

「アシュリーの従卒だという若い男が届けにきた。私はあいにく外出しており、召使いが受け取った。帰宅したら、召使いが、届け物があったことを告げ、お留守だったのでキースさまにお渡ししました、と言った。召使いは届けにきた男に立ち入った質問などしなかったから、私が得たのは、紙の束のほかには、従卒からの簡単な情報――アシュリー・アーデンが死んだ。エドワード・ターナーというイギリス正規軍の兵士が犯人として逮捕され、コロニーの監獄に投獄された――、それだけだった。手記を読み終えるや、私は馬を駆り、アーデン・ホールを訪《おとな》った。グレゴリー・アーデン氏はきていないという。本宅に行った。アーデン氏はコロニー行政府の会議に出席中で、数日帰らない予定だという。本妻に面会を強要した」

素顔を見せれば、軽蔑と憫笑《びんしょう》だろうな、とロディは思う。仮面は彼女を怯えさせた。

「先に用意しておいた質問事項を書き記した紙を渡したが、受け取りもせず部屋から逃げ出した。執事らしいのが、慇懃無礼と恐怖をない交ぜにした態度で、立ち去るように私を促した。執事に紙を読ませたが、ご主人様がインディアン女に産ませた子供のことは、当館ではご主人様のほかには誰も気にかけていません、と素っ気なく言い捨てた。あげくのはてに、ご主人様も、たいして関心をお持ちではありませんよ、と言いやがった。砦で、孤独感と寂寥の中で、アシュリーは私に話しかけるように書いた。そう記されている。この手記によると、エドワード・ターナーという男は、アシュリーを叛乱者一味と誤解したようだ。彼に読ませ、そうして、問いただしてくれ。なぜ、アシュリーを殺したのか」

モーリスの口調は、異様に静かだった。感情の爆発を重い蓋で押さえ込んでいる、とロディは感じた。

「犯人が事実を話すとは思えないが、事件の輪郭だけでも私は知りたいのだ」

窓の外の群衆の騒擾《そうじょう》は、波のように強弱がある。飽きてほかに移動したのかと思うほど鎮まったかと思うと、再び、誰が指図するのか罵声が高まる。

独立派が暴動を起こせば保安官《シェリフ》が取り締まるべきなのだが、すでに幾つかの国王派の新聞発行所が焼き討ちに遭っている。

シェリフは総督によって任命され、総督は国王によって任命される。当然、シェリフは国王派のはずだが、あてにはならない。

場合によっては国王軍の騎馬隊が鎮圧にかかるだろうが、この程度では出兵してくれないだろうな。思案しながら、手記を収めた革袋を腰に着け、毛皮の外套を羽織り、ロディは書状を内隠しにおさめた。

カーテンの隙間から外をのぞくケヴィンに、「奴らは武器を持っているか」モーリスは確かめた。

「無腰が大半だが、拳銃を持った奴が何人かいる」

拳銃を取り出し、モーリスは弾薬を装填した。

ケヴィンも壁際に立てかけてある古いマスケット銃を取り、薬包を破り、銃口に弾丸を入れ、火薬を包み紙ごと槊杖《さくじょう》で押し込んだ。

「私の馬を使え」

「俺も拳銃を持ったほうがいいかな」

「武器を持っていたら、監獄で没収されるだろう」

外では、誰かが朗々と演説を始めた。

「イギリスはアメリカの保護者ではない！　我々を束縛し、戦争に巻き込む鎖だ。フランスとの戦争も、我々が望んだことではなかった。我々が独立すれば、フランスを始めヨーロッパの各国は、我々との交易を望む。我々は豊かになる」

カーテンの隙間からのぞくと、毛皮の外套を着込んだ男が馬上にあって声を張り上げている。

「我々の正当な要求をジョージは突っぱねた」国王の名を、男は呼び捨てにした。

「そうだ」他の誰かが声を上げた。「俺たちを叛徒と決めつけやがった」

集まっているのは叛逆に賛成するものばかりだ。ここでなら、本国をどれほど罵倒しようと、安全だ。国王派の集まっているところでぶち上げたら、私刑《リンチ》にあうだろう。

「ジョージは武力で俺たちを弾圧し、本国の人間はみなそれを支持している。本国との和解が可能だと思うか」

「思わねえよ！」

「そうだ。もはや、和解は不可能な段階にきている」

「だいたい、俺たちが稼いだ金で本国を養うのがおかしいんだ」群衆の一人が大声を上げた。馬上の男は微笑して、声の主に軽い拍手を送り、演説を続けた。

「ジョージの祖父は、ドイツ人だ。英語も喋れないくせに、グレイト・ブリテンの王位についた。そんな奴の孫に忠誠を尽くす必要があるか」

「ねえ！」多数の声が湧き起こる。

「ジョージの軍隊は、意気地なしだ」馬上の演説者は煽り立てた。「みんな、知っているだろう。セントジョン砦の指揮官は、あっさり降伏した。モントリオールも我々は陥落させた。カールトンは」

「カールトンって、だれだ」

「ケベックの知事でケベック駐在軍の総司令官だ」

敵の将軍の名も知らない愛国者《パトリオット》もいるのだな、と、ロディは叔父と顔を見合わせた。

「あの男は、モントリオールを捨てて逃げ出し、ケベック市に入って、防衛軍を指揮している。我々は、ケベック市を包囲中だ」

我々？　制服は着ていない。民兵の指導者か。

「愛国者の諸君、君たちも加われ。ケベック市を落とせ。銃は支給する。応募した者には、給料はもちろん支給される」

「誰が払ってくれるんだ」

「大陸会議だ。さらに、戦勝の暁には、ジョージがさだめた境界線より西の、広大な土地が与えられる。諸君は、大地主になれるのだ。ワシントン閣下が約束されたぞ」

駆けてくる蹄の音が近づく。

カーテンの隙間をケヴィンが少し広げた。

伝令は、新聞を演説者に渡した。

広げて目を通し、演説者は叫んだ。

「おお、素晴らしいニュースだ！　今、本部が手に入れた『ヴァージニア・ガゼット』だ」

新聞を伝令に戻す。

伝令は窓に近づいた。

ケヴィンとロディは首を引っ込めた。

震動が伝わる。窓枠の木に、伝令が新聞を打ちつけているのだ。釘の頭を拳銃の柄で打《ぶ》っ叩く。俺の家に勝手に傷をつけるな。ケヴィンがぶつくさ言う。

「字は読めねえ。読んでくれ」の声に演説者は応じた。

「ヴァージニアのグレイト・ブリッジで大陸軍が大勝利した!」

どよめきと歓声が起きる。

「我々も勝利の栄光を手にしよう」演説者はここぞとばかり煽る。「真の愛国者よ、起《た》て! ケベックを落とそう! 愛国者は手を上げよ! よし。共に戦おう! 威張りかえって税金をふんだくるジョージの軍隊を、アメリカ全土から追い出そう。報酬は西の土地だ」

男は馬首を返し、群衆が続いた。

「ここからケベックまで突っ走るつもりか」

呆れるケヴィンに、

「どこか近くの民兵募集所に連れ込んで、サインさせるんだろう」ロディは言った。

「今だ」モーリスが言う。「行け!」

ロディが繋いだ馬の手綱を解こうとしているとき、愛国者のひとりが駆け戻ってきた。

「その馬は大陸軍が徴発する。よこせ」

かまわず鐙《あぶみ》に足をかける。

相手は、腰の拳銃を引き抜こうとしてもたついた。扱いは不慣れと見える。

脚を大きく回し、そいつのこめかみを蹴飛ばした。

くずおれた相手にかまわず、鞍《くら》にまたがった。

モーリスが戸口に出てきた。

地べたに転がった奴は、手にした拳銃を闇雲に撃った。モーリスが膝をつくのをロディは見た。ケヴィンがモーリスを屋内に引きずり入れ、扉を閉めた。次いで窓ぎわに現れたケヴィンは、マスケットの銃口を馬泥棒未満に向けた。弾丸の入っていない拳銃をそいつは地に落とし、両手をあげ後じさりし、走り去った。

窓から室内をロディはのぞいた。モーリスは暖炉の前に足を投げ出し、ナイフの刃先を火で炙っていた。銃を壁際に戻しながら、「入れ」とケヴィンはロディに身振りで示したが、「行け」モーリスが顎をしゃくった。

ケヴィンの顔が引っ込み、窓は閉ざされ、扉と共に施錠された。

烈風に首をすくめ、ロディは手綱を煽った。


その事情をエドに説明しながら、ロディはモーリスの負傷の程度が気になった。

馬を駆って監獄に向かい、獄吏を懐柔しエドワード・ターナーとの面談が叶い、その間、モーリスの身を案じるゆとりはなかった。

負傷箇所はおそらく脚だろう。ナイフの刃先を炙っていたのは、肉に喰いこんだ銃弾を摘出するためだろう。あの近距離で弾が貫通しなかったのは、古物の拳銃がよほど軟弱だったのか。

盲管銃創だけでも堪え難かろうに、灼熱した刃で肉を抉り弾を取り出すのは、俺なら悶絶するとロディは思うのだが、その苦痛を実感しきれなかった。自分はモーリスを超人視している、と自覚した。

悪魔の牙など生えていない。人の目には無惨あるいは醜と映る傷を持つのみだと承知しているのに。禍々しくさえ見える仮面のせいか。あのとき、仮面をはずしていた。ろくに狙いも定めず撃った銃弾が彼の脚に命中したのは、そのせいではないか。そんな思いがふと兆《きざ》し、馬鹿げていると苦笑した。何が可笑《おか》しいのか、というふうにエドワード・ターナーが目を向けた。

ずかずかと獄吏が三人揃って入ってきた。

「いつまで喋っている。出ろ」

賄賂の効き目が薄れたか。

こいつらが揃ってやってきたのは、金目当てだ。一人だけいい思いをしないように、雁首揃えてきやがった。なけなしの銀貨を一摑み出し、

「蠟燭《ろうそく》が必要だ」

ロディは高飛車に出た。経費はすべてモーリス・ウィルソン氏に請求する。

獄吏に金を払って飲食物を差し入れるのは、違法ではない。通常の数倍の額を要求されるが。本国の獄吏のやり方に倣った仕来《しきた》りだ。火災を引き起こす可能性のある蠟燭は許されないのだが、建前を崩壊させるのは常に金だ。

「たっぷり持ってこい。そうしたら、金を渡す。その前に、彼の手錠をはずせ」

こいつらが金を奪おうといっせいに襲ってきたら、三対一だ。勝ち目はない。怖じ気づいた顔は見せるな。

獄吏どもは顔を見合わせ、一人が決心した顔つきで小さい鍵を出し、囚人の手首にかけた手錠をはずした。一人だけ監視に残り、二人が枝付き燭台と蠟燭の束を携えて戻ってきた。

燭台を床に据え蠟燭を灯し、予備をその脇に置き、三人揃って手を突き出した。

金ならいくらでもあるのだぞ、と堂々たる態度を崩さず、ロディは目の前の掌《てのひら》になけなしの銀貨をざらざらと落とした。「分配しろ」

気が滅入る施錠の音を聞いた。

灯りは、これほどまでに頼もしいものか。

しかし、床に置いた燭台の灯りは手元に届かない。洗ってあることを願いながら、桶をロディはひっくり返し、底板の上に燭台を載せた。

外套の下に忍ばせておいた革袋から紙の束を取り出し、四人に渡した。

「アシュリー・アーデン氏の手記だ。俺はまだ読んでない。君が読んだら、一枚ずつ俺に渡してくれ」

犯行　5

砦の中が緊迫しているのか悠長なのか、クラレンスにはよくわからない。砦の広い中庭では、始終、民兵の調練が行われている。大陸軍《コンティネンタル・アーミー》と称する叛乱軍は、自前の軍隊を持たない植民地が急遽民間人を徴集して作り上げたのだが、英軍も正規の兵だけでは足りず、民間人を集めている。砦内の正規軍はおよそ七五〇名。民兵は一二〇名ほど。ほかに、雑役の男や女、家族ぐるみの子供連れもいる。

モホークは民兵たちと一緒に調練をさせられている。隊列を組み、行進する。最前列にモホークは配されている。アシュリーは一緒にいて、隊長の英語の指示をモホーク語で伝える。規律正しい団体行動にモホークたちは馴染まず、勝手に動きまわって指揮官に怒鳴られ、鉄拳制裁に及びそうになることもしばしばだ。そのたびに、アシュリー・アーデンは体を張って制止する。

軍に志願してから船に乗るまでの間に、クラレンスもエドと共に新兵として調練を受けた。隊列を組み、前進し、「構え銃！」で弾込めした銃を構え、「撃て！」で一斉射撃。再び前進。構え！　撃て！　この繰り返しだ。敵も同じ隊形で進軍してくる。互いに射程内にいる。最前列のやつは、敵の的じゃないか。そうエドに話したら、軍は馬鹿だ、とエドは言い捨てたのだった。セントジョン砦の調練を見ながら、まったく馬鹿だと、クラレンスも思った。砦の攻防戦に、隊列は不要だろ。

クラレンスが気になるのは、三人の娼婦だ。砦の外で商売をはじめたと聞いている。名前はアビー、ビヴァリー、そしてシャーリーンだかシャルレーヌだか。アビーとビヴァリーはシャーリーンと呼ぶのだが、アシュリーがシャルレーヌと呼んでいるのを聞いた。顔立ちはインディアンとの混血をあらわしている。

「病気持ちじゃないと確認されているのか」

昼飯の後、食堂で休憩している民兵の一人に訊ねた。天然痘だけで十分だ。女の躰は欲しいけれど、この上フランス病まで抱え込むのはまっぴらだ。

「大丈夫だろうよ」

モントリオールで仕立屋をしていたというその民兵は、事情通であった——仕立屋というだけで、クラレンスは肥満体《ファッティ》ベンを思い出してしまう。この男は中肉中背だが——。

「せっかく砦に提供した女が黴毒《ばいどく》だったら、ウィルソン氏が責められる。悪くすると、愛国者側に寝返ってわざとやった、なんて疑われちまう」

「ウィルソン氏って？」

「アーデン氏と並ぶ大富豪だ。でけえ農園を持っていて、その上、貿易でも稼いでいる」

「アーデンって、あの」クラレンスは思わず振り返った。

アシュリー・アーデンとモホークの一団は、少し離れたところに集まっている。声は届いていないようだ。モホークたちと同じように、アシュリーは床に腰を落として、手づかみで肉を食べていた。

アシュリーの隣にいるのは、ひときわ精悍な体軀の青年だ。モホーク語の名前をクラレンスは覚えられないのだが、美しい湖《ビューティフル・レイク》という意味だと教えられ、レイク、と呼ぶことにしている。

「彼の家も大富豪なのか」

「そうだ」と言ってアシュリーに目をやり、元仕立屋は少し声を低めた。「アーデン氏——あの若造じゃない、父親のグレゴリー・アーデン氏だ——がインジャンをイギリス軍の味方に引き込んで、息子があいつらを砦に連れてきただろう。ウィルソン氏のほうでも、負けじと、女を差し出したんだろうと、俺は思うね。だが、インジャンを味方につけた功績のほうが、軍にとってはでけえだろうな」

「女たちが自発的にきたんじゃないのか」

「軍から、ウィルソン氏に要望があったのかもな。兵隊にとって必需品だ。砦の外に淫売屋はすでに二軒あるんだが、足りない。ウィルソン家はこれまでも軍に必要な物資を納入して儲けている。一番年増《としま》のアビーってのがモントリオールの淫売屋の女主人だが、雇われだ。経営しているのはウィルソン氏の息子だ」

「よく知っているな」

「大農園主にして大貿易商のウィルソン家の息子が淫売屋の経営をしているってなァ人聞きが悪いから、あまり表には出てこないが、公然の秘密ってやつだ。俺も、ビヴァリーってのを買ったことがある。だけどよ」元仕立屋はいっそう声をひそめた。「ウィルソン家ってのは、ちょっと変なのがいるんだぜ。長男のスティーヴはまともに農園を経営しているし、淫売屋をやっているキースって次男も、切れ者で商売上手な上に、立派な本なんか出している学者様でもあるんだが」

淫売屋も経営する商売上手な学者というのは、クラレンスには想像がつかない。立派な本というのはどんな代物だか。

「一番下の奴が、問題なんだ」

悪魔なんだ、と元仕立屋は物々しく告げた。

「でっかい牙が生えている。幸い所領地にいてモントリオールにくることは少ないんだが、俺は一度見たことがある。仰々しい仮面をつけて馬を乗り回すから、いやでも目立つ」

「牙？　八重歯《ダブル・トゥース》かな」

「そんな生やさしい代物じゃない。ダブル・トゥースぐらいなら、仮面で隠す必要はないだろう。凄え仮面だぜ。悪魔の黄金の嘴だ」

「おい、新大陸は中世かよ。悪魔がいるのか」

「神様がいなさるからには、悪魔もいる。当たり前だ」

かたわらのエドに目をやると、皺だらけの古新聞をひろげ、目を落としていた。酒保の屑の山から拾ってきた代物だ。

「デイリー・ガゼッティアか。懐かしいな」

本国からの輸送品の詰め物にでもしていたのか。ロンドンで発行されている日刊紙だ。

表情の動きの少なくなったエドが珍しくウィンクして、三面の記事を指した。日付は当然古い。クラレンスは黙読した。

〈ダッシュウッド卿の休職は、悩乱によるものである。さる筋によれば、深夜、ダッシュウッド卿の寝室に、血まみれの亡霊が出現したという。亡霊は卿の枕頭《ちんとう》に立ち、その手で火の文字を綴った。《呪われてあれ》《生命にて生命を償え》宙に火花が走り、奇妙に甲高い音楽が室内に渦巻き、黒衣の悪魔がめまぐるしく走りまわり、その走る後に炎が燃え上がり、卿はついに失神した。……〉

思わず、吹き出した。

元仕立屋が新聞を取り上げ、たどたどしく音読した。「なんだ、これは。どこの話だ」ロンドンだ、とクラレンスが教えると、「そら見ろ。ロンドンにも悪魔はいるじゃねえか」自分の説が立証されたと言わんばかりに胸をそらせた。「ウィルソン家の末息子は、悪魔だ」

「角と尾のある悪魔の絵は見たことがあるが、牙を持った悪魔なんているのかな」

「いる。現に、ウィルソン氏の末息子がそうじゃないか」

言い争うのは面倒だ。

「わかった、わかった」

椅子に背をもたせかけたエドは、目を閉じていた。その唇の端がわずかにふるえているのを、クラレンスは見た。笑いを抑えているのではない、慟哭を押し殺しているのだと感じた。

ウィペット号が運び入れた武器弾薬、食糧は、セントジョン砦の防衛軍にとって、この上なく貴重であった。先に、陸路をとって物資を運び込もうとした荷馬車隊が、敵の分遣隊によって全滅させられ、荷を奪われている。砦内に製パン所が設けられ、毎日焼きたてのパンを供給するのだが、肝心の小麦粉が不足しがちだ。このあたりに人家はまばらなので、現地調達もままならない。弾薬と食糧の欠乏は防御陣にとって致命的だ。早く決着をつけねばと、総指揮官プレストン少佐はいささか焦りを見せている。

リシュリュー川の水源であるシャンプレーン湖の南端に建つタイコンデロガ砦は、そもそもはフランスが建造したものであった。フレンチ・インディアン戦争で勝利したイギリスの所有するところとなったが、イギリスはこの砦を重視せず、駐屯する守備隊士は四十数人であった。五月、叛乱軍の民兵隊に急襲され、あっけなく陥落した。英軍は、砦に備えてあった大砲七十八門と備蓄していた貴重な武器弾薬を、敵に与えてしまった。

目下、タイコンデロガ砦は、カナダに侵攻しようという叛乱軍の重要な基地になっている。セントジョン砦を狙う砲台構築も、タイコンデロガ砦に駐留する叛乱軍によってなされている。

構築妨害のために、ロイヤル・サヴェイジ号が活躍している。砲台近くまで川を上り、甲板砲をぶっ放す。

いつまでも貼りついているわけにはいかずセントジョン砦に戻れば、直ちに敵は工事を再開する。

しかし、偵察に出た斥候兵の報告によれば、砲台構築地のあたりは湿地帯で、壕を掘っても水が湧いて使い物にならず、民兵による工事は難航しているという。天幕を張っているが、病人が続出しタイコンデロガ砦に後送《こうそう》され、兵力は減少している。

これらの情報は、セントジョン砦の守備隊士らを大いに楽観的な気分にさせた。


守備隊のどの分隊にも、クラレンスは属していない。命令系統からはずれているのをいいことに、女と遊ばないかとエドを誘った。そっけなく断られ、一人だけで補給隊隊長ビセット軍曹に外出許可を願い出た。特に禁じる理由をビセットは持たなかった。補給物資搬送の任務は、ともあれ果たしたのだ。船の修理が終えるまで、まあ、特別休暇中のようなものだと、ビセットは、ついでに自分自身の許可証にもサインし、守備隊の士官に一応ことわりは入れ、士官の渋い顔は無視し、クラレンスの渋い顔も無視して同行した。

その痘痕面《あばたづら》では、商売女しか相手にしてくれないだろうなと、ビセットは同情深く言った。嫌みではなく、心から憐れんでいるのが伝わり、いっそう不愉快になった。機会があったら、ダッシュウッドみたいな目にあわせてやる。もっとも、ここでは必要な薬品が手に入らない。

ほかにも非番なのが数人、道案内してやるといって同行した。

川とは反対側、砦の西の、黄葉した楓の林が斜面を埋める傾斜地に、樵夫《きこり》の住まいみたいな丸太小屋が、積もった落ち葉に屋根を彩られて飛び飛びに三軒建っている。

「新しくきた女たちの店は、あれだ」小屋の一つを指した。「ほかの二つは、前から経営している」

「ここが娼婦街か」

「セントジョン砦の将兵専用のな」

からかわれているのではないかと思ったが、兵たちは〈ほかの二つ〉に向かった。

ビセットは先に立って扉を叩き、返答を待たず押し開け、土間のテーブルの前に立ったアビーに、

「会いたかったぜ」といい加減な言葉を投げた。

「豪勢な娼館だな」

「前金だよ」

お前が払えというふうに、ビセットはクラレンスを目で促したが、態度で拒否した。

ビセットが渋々銀貨を出すと、「ビヴァリー」アビーは声を張り上げた。「お客だよ」

古い帆布を利用したらしいカーテンを開けて、ビヴァリーが棚から下りてきた。柱と壁の間に板を張り、藁を敷いて布をかぶせた棚がベッドの代わりだと、クラレンスは知った。

「どっちがわたしの客?」

ビセットはさっそくビヴァリーの腰に手をまわし、ぐいと引き寄せてから、棚によじのぼった。続いて上ったビヴァリーは、嫌な客だという表情をアビーに見せ、肩をすくめてカーテンをひいた。

「あっちは先客があってね」

板を横に渡した隙間だらけの間仕切りの反対側にも棚が作り付けられているようで、引かれたままのカーテンがわずかに動いている。

物音はしない。多少の音は、ビセット軍曹の荒い鼻息と唸り声に消される。

ロンドンで娼婦は経験済みだけれど、ここまでひどい女郎屋は初めてで、クラレンスの闘志は完全に消失したが、カーテンの向こうにシャルレーヌがいるのだと、あらためて思った。そのときクラレンスは、なぜ自分がここにきたのか、思い当たった。女と遊びたいんじゃない。女ならだれでもいい

のではない。いつからシャルレーヌに惹かれるようになったのか。今、自覚したのだ。何か、きっかけは？　格別思い当たらなかった。――今じゃないのか……。たった今、シャルレーヌに惹かれていることを自覚したんじゃないのか。

「とっくに時間だよ。超過しているよ」

閉ざされたカーテンにアビーは呼びかけた。

カーテンを開け、下りてきた男に見覚えがあった。ウィペット号に同船していた、砲架を作ったという大工だ。名前はジェイクと聞き知っている。シャルレーヌが続いて棚から下りた。

ズボンをずり上げながら、ジェイクは娼館を出て行った。

あらためてクラレンスは認識した。あの大工も、混血だ。

アビーに前金を渡し、ベッド代わりの棚に横になりながら、余計なことを思い出してしまった。

女たち三人は、乗船時から下甲板にいた。モホークたちの一部が後部ハッチから上甲板に出てきた。彼らは素面《しらふ》だった。縦笛を彼らは吹き、クラレンスも笛を借りて吹いた。笛を貸してくれたのは、アシュリーだった。その前にジェイクは前部ハッチから下りていった。その姿が記憶の隅からあらわれた。女たちはどうしていたか。アビーとビヴァリーが、上がってきて、船長のいる船尾楼《せんびろう》の後甲板にのぼっていった。シャルレーヌの姿はそのとき見ていない。彼女は下甲板にいた。ジェイクもそのとき、下甲板にいた。

藁をおおった布の上で、クラレンスの剝き出しになった腿はシャルレーヌの両腿に挟まれていた。

商売の後始末を終えて、シャルレーヌはベッド――とはとても呼べない棚――に戻ってきていた。

布をとおして藁の先端が肌を刺す。目の前にあるシャルレーヌの眉のはしに赤い小さい点が動く。

蚤《のみ》だ。一飛びして、消えた。蚤と虱《しらみ》はロンドンでも珍しくなかった。シャルレーヌの頭はクラレンスの腕の上にある。二人の髪の間を虱どもは交流しているのだろう。肉体の交流はうまくいっていない。

素面のものたちが笛を吹き歌っているとき、下甲板が騒がしくなり、クラレンスとエドは、下に行って止めてこい、とビセット軍曹に命じられた。後部ハッチから泥酔したモホークたちが酒瓶を手に上ってきた。エドとクラレンスは後部ハッチから下甲板に下りた。

モホークの一部が上甲板に出てきた。時間をおいて、酔っぱらいたちが上がってきた。〈大いなる精霊〉がモホーク語でお告げを授けたのは、その間だ。

グレイト・スピリッツを意味する〈大いなる精霊《オレンダ》〉という言葉は覚えやすい。クラレンスが唯一喋れるようになったモホーク語だ。

アシュリーはずっと上甲板にいた。

エドは、モホーク語を母語とするアシュリーに、「〈大いなる精霊〉はどこの国の言葉で語る？」と、疑問を突きつけた。とたんに、アシュリーが仮病に逃げ込んだから、クラレンスもアシュリーが叛乱軍側かもと疑ったのだが。

モホークが〈大いなる精霊〉のお告げを聞いたとき、アシュリーは上甲板にいた。前もってアシュリーがモホークに酒の入った梱《こり》がどれか教えていたとしたら、全員、泥酔するはずだ。一部——およそ半数ぐらい——が、素面で上甲板にきている。その後だ、下甲板にいたモホークがお告げを聞いたのは。

モホークを泥酔させる理由は？

アシュリー・アーデンが自ら推察したことを語っている。モホークと砦の将兵との信頼関係を壊すために、水夫の中にいる独立派が何か細工をした、と。

エドは、モホーク語を話せるという一点から、アシュリーへの疑惑を口にしたし、クラレンスも同じように思ったけれど、そうであれば、アシュリーがわざわざ、独立派がどうとか、などと言うはずはない。

アシュリーは無実だ。

思わず、声を上げそうになった。俺、エドを論破しているじゃないか。初めてだ。凄え。俺、エドより賢いんだ。

腕に頭をあずけたシャルレーヌが、気怠《けだる》く目を上げた。商売女の中には、さっさと事を終わらせ数を稼ごうと、やたら急《せ》きたてるのもいるけれど、シャルレーヌはどうでもいいというふうだ。終わったんだろ、さっさと帰んな。ビヴァリーの声と、まだ時間は残っている、と応じるビセット軍曹のくたびれた声が、薄い板仕切り越しに耳に届くが、意味のない雑音としかクラレンスには感じられなかった。

アシュリーにあやまらなくちゃな。

しかし、と、また考える。アシュリー・アーデンがモホークの泥酔事件に無関係だとしたら、あの仮病は、何だろう。仮病ではなく、本当に発作が起きたのか。何かの病気か。あの後、アシュリー・アーデンは普通に過ごしている。一過性の病気か。

国王陛下にもダッシュウッドら政府高官にも反感と敵意しか持たないクラレンスだが、一応、イギリス正規軍の兵士だ、コロニーの叛徒に共感など抱きようがない。

〈大いなる精霊〉のふりをしたのは、下甲板前部にいたジェイクかシャルレーヌに限られる。

二人は、叛乱軍側なのか。
この娘は敵なのか。

調査　2（承前）

エドワード・ターナーの読む速度が速いので、ロディの膝の上に未読の紙が溜まる。短くなった蠟燭に、新しいのを継ぎ足した。

紙の増加と比例して、腹の底に冷気が溜まる。こんな仕事はさっさとけりを付けて、暖炉のある部屋で熱いスープでも飲みたい。かじかんだ指で、読み終わった紙を燭台の脇に置く。

ロディが半ばまで読み進んだとき、エドが最後の紙を渡して寄こし、燭台の脇に積んだ既読分をとって、再読し始めた。

「で？」と、エドは訊いた。ロディが通読を終え、エドも再読を終えたときであった。

「モーリス・ウィルソン氏だったな、依頼主は。彼は、なぜ、俺がこれを読むことを望んだのだ」

「俺にはわからない。さっき話したように、愛国派に包囲され、緊急事態だった。詳しく問いただす暇などなかった。モーリス・ウィルソン氏自身、言っていた。犯人が事実を話すとは思えないが、事件の輪郭だけでも知りたいと。今、これを読んで思ったんだが、モーリスはまず、君の誤解をときたいと思ったのかもしれないな。この手記によると、君とその友人は、アシュリーが叛乱軍側についたと誤解した。そのときアシュリーは体に不調をきたした。だが君も読んでわかったように、アシュリーは、叛乱軍側ではない。誤解に基づいてアシュリーを殺害したのなら、君は後悔して、すべてをありのままに話そうという気になる。そう、モーリス・ウィルソン氏は期待したんじゃないかな」

「アシュリー・アーデン氏が〈大いなる精霊〉をよそおったのではないことは、わかっている。アシュリー・アーデン氏は、あのとき上甲板にいた。あの後すぐに俺の間違いに気がついた。重要な問題でもないと思って放置していたが、後日、友人――それに名前の出ているクラレンス・スプナーだ――が、アシュリーに謝ろうと言うので、従った。アシュリーと我々の関係は、元に戻った」

「どういう関係だ」

「それに書いてあるとおりだ」

「君はかなり嫌な奴だな」

不用意な言葉が口から飛び出してしまった。

「そうだ」というのがエドワード・ターナーの返事であった。

「獄吏どもは買収されたがっているようだ」と囚人は続けた。「たっぷり摑ませ、今夜一晩、俺をこの独房に入れておくこと、蠟燭をもっと追加することを要求してくれ。じっくり読む。雑居房では読めない。明日、もう一度きてくれ」

「公判はいつなんだ」

「俺が知るか」

何だか不愉快で不安定な気分で、ロディは獄吏たちと交渉し、賄賂と引き替えにエドワード・ターナーの要求を容れさせた。独房に蠟燭を運び入れるところまで確認してから、馬に乗った。

日没に近い。凍てついた泥道に落ち葉が貼りついている。ちらほらと建つ木造の家々の窓に灯影が揺れる。

妙な不快感は、エドワード・ターナーがどういう人物なのか、不明なせいかもしれない。殺人者に共通したイメージなどなくて当然だが、ロディは、凶暴な雰囲気を漂わせる人物を漠然と思い描いていた。だが、あの男が犯罪を犯すなら、知能犯のほうがふさわしい。

アシュリー・アーデンがどういう理由で、どのようなやり方で殺されたのか、いっさい不明なままということが不快さの根底にあるのか、とも思う。

アシュリーの手記の一部が浮かぶ。エドは仮面をつけている。アシュリーはそう感じたと記している。モーリスも、アシュリー自身も、仮面をつけている。そんな意味のことが書かれていたな。アシュリーは仮面どころか鎧で全身を覆う。〈モーリスの前では私は私のままでいられる〉という一文が心に残っている。あまりにも、ロディの理解を超えているからだ。相手によって一々仮面を付け替えるのか。面倒なことだ。

奇妙な苛立たしさを、ロディはもてあます。

さっぱり、わからない。呟く。

婆さんの昔話を聞いただけで、玉蜀黍《とうもろこし》が怖くなるのかよ。

まるで無関係な大工の息子が、どうして悪夢と結びつくのかよ。

これまで、ロディの身辺には、こんな変な野郎はいなかった。死んでしまったのだからどうでもいいが、俺の前だったら、どんな仮面をつけたのだろうか。

モーリスが仮面をつける理由は、理解の範疇《はんちゆう》にある。隠したくなるだろうさ。相手を威圧したくもなるだろうさ。弱みを見せれば、軽蔑したり嘲笑したりする奴らばかりだろうからな。

幾つかの集落を過ぎ、家並みが繁くなり、街に入る。

叛乱が生じている最中とは思えないほど、あたりは平穏だ。独立、と騒いでいるのは一部の連中だけだ。そう思いながらロディは馬を駆る。乗り慣れないから尻《けつ》が痛い。たかが鞍擦《くらず》れでこの痛さだ。盲管銃創がどれほどのものか、まして、灼けたナイフで抉り出す、想像がつかない。片足が役に立たなくなるなんてことはないよな。生まれつきハンディキャップがあるのに、その上さらに、となったら。とりたてて同情心が深いわけではないし信仰も持たないが、初めて神に願った。あんまり酷い目にはあわせるなよ。こんな祈り方はない。もっと謙虚に。神よ、モーリス・ウィルソンに慈悲を垂れ給え。余計な重荷じゃありませんかね。だいたい、神様はなぜ、気まぐれに、ある者には悲惨な状況を、ある者にはありあまる富を与え給うのだ。なぜ、という言葉からの連想か、モーリスは、なぜ、アシュリーの手記を殺害犯人に読ませることを望んだのだ、と疑問が湧く。――俺は一応、理由らしいことを考えたけれど、犯人がそう易々と改心するものか。

もっと問いただすべきだった。なぜ、アシュリー・アーデンの手記を、殺人犯であるエドワード・ターナーに？

無辜《むこ》の人間を殺したと気づき、罪の重みにうちひしがれて、犯行を洗いざらい話す。そんなタイプにはとても思えなかった。

腹が減った。居酒屋に寄る暇はない。モーリスの傷が気になる。

ケヴィン・オコナーの印刷所の前は静かだ。騒ぎの痕跡は窓枠に残る小さい釘の穴だけであった。

ロディのノックに、ケヴィンは用心深く窓の隙間からのぞき、扉を開けた。

モーリスはケヴィンのベッドに横になっていた。

「医者は呼んだ。発熱しているが、骨に異常はないから大丈夫らしい。手持ちの鎮痛剤をくれて、処方箋をおいていった。薬の効果で今は眠っている。一休みしたら薬局に行ってくれ」

「あの薬局の店主は独立派じゃないか。買えるかな」

往診してくれた懇意な医者は中立なのだが、旗幟《きし》を鮮明にしないとどちらの側からも敵視されるという厄介な状況になってきている。医者は、独立派に目をつけられないよう、国王派であるケヴィンの家への出入りは、ずいぶん注意していたそうだ。

「モーリスを撃った奴を、傷害罪で告訴しよう」

ロディの言葉に、ケヴィンは肩をすくめた。

陪審員はみな愛国者だ、とロディ自身がエドワード・ターナーに告げたのだった。英軍兵士は、英軍というだけで有罪になる。国王派が愛国者を告訴したって、受理されるかどうか。裁判になれば、愛国者は無罪だ。裁判の費用は全額、こっちが持たなくてはならない。

「馬を中庭に繋いでおけ。掻っ払われないように」

「治安が悪くなったな」

「内戦状態だ」

明日までにモーリスが目覚めてくれることを、ロディは願った。獄吏買収用の軍資金をたっぷり貰わなくてはならない。

犯行　6

星のわずかな明るみは地にはほとんど届かず、水と草地の見分けもつき難い。

ビセット軍曹を除く全員——七名——で小舟を岸から川に押し出す。クラレンスの足は水がしみ込んだ靴の中で凍る。十月半ばでこの寒さだ。真冬になったら全身氷と化すだろう。〈美しい湖《レイク》〉を含む三人のモホークは毛皮や厚手の布を身にまとい、銃のほかに弓矢も携帯し、そうして、素敵な靴を履いている。ウィペット号に乗っていたときは、裸足の者もいたし、鹿の一枚皮を足にあわせて形づくった、やわらかい〈靴〉を用いる者もいた。今、〈美しい湖〉たち三人のモホークが履いているのは、厚手の毛皮の毛を内側にした〈靴〉だ。穴熊の皮で、脂気が多く耐水性があるのだと、アシュリーから聞いた。アシュリーもそれを履いている。用意周到に持参してきていたのだ。コロニストとモホークと両方の知恵と知識を持っているのだなと、クラレンスは感心する。

「暖かそうだな」「君たちのより、ずっとましだ。それでも、寒いよ」こだわりのない会話を交わせるのがクラレンスには嬉しい。

アシュリーとの仲を修復しておいてよかった、とクラレンスは思う。刺々しいまま狭い舟で顔を突き合わせるのは気まずい。誤解していたとアシュリーに謝るべきだ。そう勧告すると、エドは意外なほど素直に従ったのだった。クラレンスが指摘する前に気づきながら、放置していたようだ。二人が謝罪したときのアシュリーの様子は、少しおかしかったな、とクラレンスは思い返す。最終的には嬉しそうな笑顔を見せたが。

ビセット軍曹はひとり舳先《へさき》近くに腰を据え、外套の前をかき合わせている。くそ野郎。

少し上流に、舳先を川下に向けて碇泊したウィペット号が、黒い岩塊のように見える。

急ごしらえで編成された偵察隊は、ビセット軍曹を隊長に、エドとクラレンス、〈美しい湖〉を含めたモホーク三人、アシュリー・アーデン、その従卒ピート・オキーフ。

この野郎のせいで、余計な、しかも危険きわまりない任務を押しつけられている、とクラレンスは憤懣《ふんまん》のこもった視線をビセット軍曹に投げるが、表情は互いに薄闇の中だ。

数日前、頭に布を巻き、妙な歩き方をするビヴァリーを引き連れて、アビーが砦に乗り込んできたのだった。よく知った仲だから、門衛は通した。将校をつかまえ、ビセット軍曹の蛮行によりビヴァリーが大切な商売道具を傷つけられたと、アビーは訴えたのである。クラレンスと同行したとき相手をしたビヴァリーをビセット軍曹はいたく気に入り、再訪した。ところがビセット二世が軟弱で役に立たない。ビセットは三本の太い指を添え木にして二世を押し込もうと試み、損傷させた。ビヴァリーが抵抗すると、髪を摑んで頭をベッドに叩きつけ、後頭部にも傷を与えた。アビーはことを荒立てないようにつとめたが、傷は悪化するばかりだ。商売ができない。損害賠償を求める。さらに、軍医の診察治療を要求する。砦の外に医者はいない。代金は傷害犯ビセット軍曹から徴集せよ。ビセット軍曹を軍法会議にかけ、厳重な処分を科すべし。

厳然と、アビーは告げたのだそうだ。

淫売風情が何をぬかす。出て行け。

モントリオールの司令官が、女が足りないから行ってくれと言うからきてやったんだがね。

そんなやりとりがあったと、クラレンスは、民兵たちの雑談から知った。真偽はさだかではない。司令官が兵の性欲まで配慮するとは思えない。アビーのはったりだろう。

誰とかが口利きし、アビーとビヴァリーが納得する形で落着した、らしい。〈誰とか〉が誰なのか、噂は明瞭ではなかった。副官だ、とか、士官の誰それだとか、いや、違う、別の誰それだ、とか、メイスン一等航海士まで候補にあがり、とんでもない名前としては、死んだはずのヒギンズ老いぼれ船長が噂にのぼっていた。船長の幽霊がビセット軍曹と軍の上官を脅しつけ、女たちが困らないようにしてやったんだ。船長は、実は死んではいなかった、という噂もある。あのとき、二つの鼻孔の間の薄い肉に針を刺して生死を確認する仕来りを怠った。船長は水の中で息を吹き返し、身につけていたナイフで帆布とロープを断ち切り、脱出した。その珍説は、さすがに誰も真に受けなかったが、幽霊説を気に入った者は多く、真実みたいに流布された。

査問委員会にかけられたビセット軍曹は、買った淫売を俺がどう扱おうと問題はない、売春婦には客を満足させる義務があると反論したが、罪を重くする効果しかなく、厳罰に値すると決まったものの、兵の数が不足している現在、砦内の懲罰房に閉じ込め無駄飯を食わせるより危険な任務に就かせるほうがよいと、上層部は判断した。

その結果が、敵の砲台建設の進捗状況を探る偵察行である。ロンドンの法廷だったら、とクラレンスは思ったのだった。金次第で、被告は無罪になるだろうな。売春婦というだけでビヴァリーは最初から不利なポジションだしな。ビセット軍曹を有罪とした軍の査問委員会のほうが、本国よりましか。

ビセットの部下であるエドワード・ターナーとクラレンス・スプナーは、当然の如く隊員に指名され——不当だ、とクラレンスは思う。何で俺たちが彼奴《あいつ》の尻ぬぐいを手伝わされるのよ——、森林地帯の歩行に慣れているという理由でモホークが三名参加させられ、通訳のためにアシュリー・アーデンが必要とされ、ピート・オキーフはアシュリーの従卒であるから、必然的に同行した。ピート・オキーフは、以前、偵察の任に就いたことがあるので、地形に幾らかの知識がある。

船尾はまだ浅瀬に食い込んでいるが、たまりかね、エドを促して舟に飛び乗った。

真っ先に乗ったので、舳先のビセット軍曹と顔を突き合わせる位置になった。

靴を脱ぎ、逆さにして溜まった水を出し、ぐしょ濡れの靴下を脱ぎ、用意周到に外套のポケットに入れておいた乾いた靴下を履き、足の指を擦りまくってから、嫌々ながら氷みたいな靴を履く。

並んだエドが、同じ動作をする。

アシュリーとピート・オキーフが直ぐ後の座を占め、モホークたちが続いた。〈美しい湖〉は艫《とも》だ。

アシュリーは腹に肉がついたみたいだな、とクラレンスは思った。砦ではろくなものは食えないのに、贅肉がつくのか。中年のおっさんみたいに。

皆が櫂《かい》をのばして浅瀬を突き、舟が岸から離れようとしたとき、艫のほうが大きく揺れた。

「何だ、貴様たちは」

腰を浮かせてビセット軍曹が怒鳴った。

振り向いて、クラレンスは、見た。二つの人影が船尾に乗り込んだところだ。〈美しい湖〉が手を貸している。

「ジェイク、どうして?」アシュリーの驚いた声。

薄闇をすかして、もう一人がシャルレーヌであるとクラレンスは認めた。どきりとした。

何事にも無関心なエドも、振り向いている。

ジェイクが切迫した声で〈美しい湖〉に話しているのだが、モホーク語らしくクラレンスはまったくわからない。シャルレーヌの腰につけたワンパムの貝が、かすかな星明かりを映した。

〈美しい湖〉はうなずき、二人のモホークに何か言った。アシュリーはピートに「漕ごう」と言った。

「彼らは対岸に行くことを望んでいる」

モホークたちはすでに漕ぎ出している。

アシュリーが後からクラレンスにも声をかけてきた。「漕いでくれ。彼らは命がけで脱出してきた。対岸につけば、シャルレーヌの伯母さんの家があるそうだ」

「どのみち、この舟の目的地は対岸だからな」うなずきながら、クラレンスはエドの表情をうかがった。エドワード・ターナーは、腕に力をこめ漕ぎ始めていた。

ビセットは怒鳴りつけるために立ち上がろうとし、バランスを崩し、あわてて腰を下ろし船縁にしがみつく。

「シャルレーヌがアビーの女郎屋から逃げるのを、ジェイクが手伝った」

そう、アシュリーは説明し、「君たちの隊長が」と声を大きくした。「ビヴァリーを使い物にならなくしてしまっただろう」

ビセット軍曹の目玉が落ち着きなく動いた。

「おかげで、シャルレーヌが客を全部こなさなくてはならず」

「そうなんだ」と、ジェイクが声を投げた。「このままじゃ、シャルレーヌが壊れてしまう。使い潰されて死んじまう。頼む。対岸まで一緒に乗せてくれ」

「もう、乗せている」クラレンスは気軽に応じた。

「頼む。みんな、力を貸してくれ。俺も漕ぐ」

そう言って、ジェイクはシャルレーヌを〈美しい湖〉に託し、アシュリーの漕ぎ座まできた。

「代わろう。俺が漕ぐ。やわな坊ちゃんは休んでいろ」

アシュリーをピート・オキーフのほうに押しやり、空いた隙間にジェイクは臀《しり》を割り込ませた。絞りだされるように漕ぎ座からはみ出したアシュリーは、艫のほうに行った。

「俺は許可しておらんぞ」

猛るビセット軍曹に、エドが冷静に話しかけた。

「この偵察行は、隊長殿、貴方の不名誉な行為の結果であります。我々は全員、貴方の名誉回復のために身を挺しています。シャルレーヌ嬢が危険を冒して脱出せねばならなくなったのも、もとはといえば」

「黙れ！」

怒鳴るビセット軍曹のズボンの前ボタンをクラレンスは注視した。酒保で手に入れたのか、制式のボタンが二つ、きちんと留めつけられている。よほど丈夫な糸を用いたのだろう、期待通りにはならず、クラレンスは遺憾に思いつつ櫂を漕ぐ。

櫂が川水をすくう微かな音が、実際以上に大きく耳に響く。

このまま脱走しちまいたいよ、とクラレンスは思うが、実行したら追っ手がかかって逮捕、死刑だ。海に隔てられたロンドンは遠い。くそっ。アル、元気か。ダニエル先生、元気か。ベンはどうしてる。

「貴様ら、任務を終えて帰隊したら、全員懲罰ものだぞ」

味方は一人もいないビセット軍曹がわめく。

「大工は兵士どころか軍属ですらない」

エドが明瞭な声で言い放った。

「彼はすでに、砲架を運ぶという任務を終了している。どこに行こうと自由です」

「そうだ、そうだ」とクラレンスは賛意を表した。アシュリーがモホークたちに通訳している。

「シャルレーヌ嬢の行動は、軍が関与するところではない」エドは続ける。「彼女が脱走したのは、自衛のためであります」

エドがこんな演説をぶちあげるのを初めて聞いたと思いながら、クラレンスは言葉を添えた。

「隊長殿、シャルレーヌを助けることは、貴方の苦しみを癒やすことにもなりますよ。ビヴァリーに酷い傷をあたえたことで、貴方の心も傷ついています」

俺、聖職者みたいな喋り方をしている、とクラレンスは吹き出しそうになる。

「俺は少しも傷ついてはおらん」

厚かましくて鈍感だからですね、と応じたいのを抑え、

「じゃあ、こうしたら如何ですか」

バートンズの間で饒舌《チャターボックス》と呼ばれた頃の自分を取り戻したように、クラレンスは続けた。

「ジェイクとシャルレーヌを、貴方は見ていないことにしましょう。いいですか。貴方には、二人は見えないのです。舟に二人分の負荷がかかったのですが、それを貴方に気づかせないよう、我々は力をこめて漕ぎます。舟の速度は変わりません。見えないのですから、隊長殿、貴方には何の責任もあ

りません。対岸に着いたら我々も、二人については一切忘れます。この舟に乗っているのは、我々偵察隊員のみであります」

漕ぎながらこれだけ喋るのだから息が切れる。

クラレンスは思う。〈大いなる精霊《オレンダ》〉のお告げの件は、アシュリーから聞いた。アシュリーは〈美しい湖〉から聞いた。エドがジェイクの肩を持つ発言をしたから俺も同じ趣旨の言葉を添えたけれど、ジェイクとシャルレーヌは叛乱軍のスパイじゃないのか。その疑いを持つのは、エドと俺だけだ。

偵察隊が編成され対岸に舟で渡ることは砦内では秘密ではない。ジェイクが知ってもおかしくはない。砦の状況を叛乱軍に伝える好機だと思ったのではないか。シャルレーヌとは、お告げの件で共謀している――どっちが首謀者なのか。ジェイクだろうな――。モホークと砦の将兵との信頼関係を壊す。その目的は達せられた。しかし、あんな騒ぎを起こさなくても、もともと両者の間に信頼関係など存在しないんじゃないか。主因は、将兵側のインディアン蔑視にある。正規軍も民兵も、モホークをどう思っているか、よそ目にもわかる。モホークたちも感じている。――なんで、俺が一人でこんなことを考えなくちゃならないんだ。俺には関係ないだろ……。エドを横目で見る。黙々と漕いでいる。エドはどこか壊れてしまったのかな。不安になる。壊れて当然だとも思う。一人で何もかも背負うから、潰れるんだ。もうちょっと、打ち解けてよ。気楽にさ、喋りあいたいじゃないか。俺、嫌なんだよ、重苦しいの。アル、俺の手には負えないよ。君がいてくれたらな。

そもそも、軍隊ってのがギスギスしているよ。軽口や冗談が通じないんだ。上官の命令は絶対。エドは俺以上に、軍隊の締めつけが耐えられないんだ。でも、それを俺に言うわけにはいかない。エドが自分で選んだんだからな。

思わず呻いた。背中に何かが触れた。エドが櫂から片手を離し、クラレンスの背にまわし、抱き寄せるように力を入れた。一瞬のことだった。手はすぐに櫂を握った。読まれた、と思った。それとも、俺、独り言を口にしていたんだろうか。

一瞬の力に、多くのことをクラレンスは感じ取った。

対岸の砲台は砦を一望する高台に構築中だ。偵察隊の舟は着岸できる地点を探した。

艫にいる〈美しい湖〉がモホーク語であれこれ指図するのをアシュリーが伝える。モホークたちにとっても初めての場所のはずだが、勘が働くらしいとクラレンスは思う。ビセット軍曹は、疑わしげな顔つきだ。舟は砲台の位置から遠ざかりつつある。裏切って出鱈目を言っているのではないか。しかし、接岸しようにも、急な斜面に樹木が密生し、上陸は難しい。

〈美しい湖〉は傍らのシャルレーヌと話を交わし、シャルレーヌが対岸を指さし何か言う。

「シャルレーヌは、このあたりを知っている」アシュリーが言う。

伯母さんの家があると言っていたな、とクラレンスは納得する。

細い支流が流れ込む手前で、〈美しい湖〉が手を上げ、その言葉をアシュリーが伝えた。

「支流に入れ。少し漕ぎのぼると、獣の水飲み場があるはずだ。そこで上陸し、獣道《けものみち》をたどる」

どこへ連れて行かれるんだ。クラレンスの不安は募る。エドがいるから、大丈夫さ。エドが落ち着いているのは、心が潰れきっているからかもしれないが。

誰より不安でいたたまれない様子なのはビセット軍曹で、ピート・オキーフも振り向いてはアシュリーの様子を窺《うかが》う。あまり剛胆には見えないアシュリーが、思いのほか平然としている。〈美しい湖〉に全幅の信頼を寄せている様子は、砦内の日々でも見てとれた。

樹木が途切れ、狭小ではあるが片側の岸に空き地がのぞめた。

〈美しい湖〉の指示をアシュリーが伝える。「止めろ。ここで舟を下りる」

行動の指揮権はほとんど〈美しい湖〉に移っている。モホークにチーフはいないといっても、やはりリーダーの素質を持つ者はいる。

ジェイクが艫に急ぎ、船縁をまたぐシャルレーヌを助ける。〈美しい湖〉とアシュリー、モホークたちが続く。クラレンスたちも下りた。

泥濘地であった。動物の足跡が入り乱れている。闇を透かしてみれば、水飲み場に集まる野獣たちの下草を踏みしだいた跡が見分けられる。

ビセットは「おい、手を貸せ」だの「先に行くな」だのと騒いでいる。

モホークとアシュリーは、立ち枯れた葦や小枝を折り取り、刃物で樹皮を剥ぎ、束ねて、火打ち石で火をつけた。即席の松明《たいまつ》を皆に配る。ビセットは真っ先に引ったくって、自分のを確保した。

三人のモホークは松明を用いない。星明かりで充分見えるという。火明かりに眼が慣れると、暗いところが見づらくなるのだそうだ。

道を知るシャルレーヌが松明をかざして先に立つ。時々、小枝に布きれを結びつける。

「帰り道の目印」とシャルレーヌは言った。「私とジェイクは伯母さんの家に行くから、あんたたち道案内なしで砦に帰らなくてはならないでしょ」

道とはとうてい言えないほど獣の踏み跡は細くなり、覆い被さる下草の陰に隠れる。

「道は確かなのか。これで砲台の様子が探れるのか。だいぶ下流だぞ」

「敵の見張りがこの辺りにもいるかもしれませんよ」クラレンスは囁いた。「あまり大声を出さないほうがよろしいのでは」

ズボンのボタンのためにもな、としつっこくクラレンスは思う。ほかに気の紛らせようがない。

水辺から遠ざかると、泥濘ではなくなったが、歩きやすいわけではない。

短くなった松明に、アシュリーは枯れ枝を折り取って足しながら進む。クラレンスたちもそれに倣う。松明の明かりの中を、影がよぎる。黄葉が舞い散る。梢から梢に、栗鼠《りす》が飛び移ったのだ。

樹皮の下の方が剝げているのは、餌となる草の乏しくなった兎が齧《かじ》りとった痕跡だ。

松明が燃え尽きる前に、モホークたちが新たに枯れ草や小枝などを折り取って足してくれる。

声はひそめながら、道は確かかと何度も繰り返していたビセットの、二十何回目かの確認の語尾は悲鳴に変わった。

仰向けに転んだビセットの左脚を、平たい石が潰している。

三人のモホークはまわりに立って見下ろす。

「どうする？」と、アシュリーがクラレンスに訊いた。「君たちの隊長だ。放置するか。助けるか」

「助けないわけにはいかないだろう？」クラレンスはエドに視線を向けた。

「ああ」

二人の短いやりとりを耳にとめたアシュリーは、それを〈美しい湖〉に伝え、二人のモホークが石を持ち上げ、どけた。その程度の重量だが、人間の脛には堪え難い打撃を与えたようだ。

ビセットの喚き声が呻き声に変わったのは、大声をあげることすらできない激痛のためだ。エドはビセットの傍らに腰を落とし、左脚のズボンを刃物で切り裂いた。松明の明かりが集中する。

裂き取った布をクラレンスが受け取る。

「折れているか？」クラレンスの問いに、エドはうなずいた。

アシュリーに、「モホークに言ってくれ。添え木になるものを探して、と」そうクラレンスは伝えた。

真っ直ぐな枝が差し出される。脛にあてがい、切り裂いたズボンの布で巻きつけながら、

「親戚の家というのは、ここから近いのか」エドはシャルレーヌに訊いた。

突然話しかけられ、シャルレーヌはジェイクの陰に身を隠すようにして、小さくうなずいた。

「この怪我人を運び入れてもいいか」

「砦に連れ帰るのは難しいから」クラレンスは言葉を添えた。

「伯母さんは嫌がると思うけれど……」

煮え切らない返事であったが、二人のモホークは丈夫な枝を二本切り落とし——刃物で切れ目を入れ、ぶら下がって折り取ったのだ——、細い枝を払って棒状にする。ちょっと姿を消していた〈美しい湖〉が兎を二羽ぶら下げてきた。一羽には矢が突き立っていた。その場で四本の脚の皮膚にぐるりと切り込みを入れ、皮を引き下ろした。兎の形を保ったまま、服を脱ぐようにすっぽりと皮膚は剝がれた。二人のモホークももう一羽を同じようにして剝がした。兎の皮剝ぎはロンドンの肉屋でもやることだろうが、その先が違った。

眼の穴のへりに切り込みを入れ、螺旋状に切り裂いていく。一羽の兎の皮は、たちまち十四、五フィートはある紐に変わる。二本あわせれば三十フィートだ。

二本の棒の間に撚《よ》りあわせた紐をジグザグに引っかけ結んでいくと、即席の担架ができあがる。

吐息のような哀しい呻きをあげているビセットを乗せ、三人のモホークにジェイクも加わって先棒

と後棒につき、持ち上げた。

シャルレーヌが、クラレンスにはわからない言葉で〈美しい湖〉に何か言い、〈美しい湖〉は二羽の赤裸の兎を担架の上に乗せた。

眺めているクラレンスに、アシュリーが言った。

「兎の肉は、伯母さんへのお礼にしてと、シャルレーヌが〈美しい湖〉に頼んだんだ。モホークは承知した。皮を担架に使ったあと、肉は自分たちで食べるつもりだったんだけど」

「〈美しい湖〉は、どうやって兎を手に入れたんだ。一羽は弓矢を使ったようだけれど、もう一羽は？　簡単に捕まえられるものなのか」

「罠にかかっていたそうだ」

「そんな、おあつらえ向きに？」

「ビセットが引っかかったのも、兎罠だ。このあたりに幾つか仕掛けてあるようだ」

「あれが罠？」

「平たい大きい石の片側だけ持ち上げて、両方の先端を尖らせた棒で支える罠だ。棒の根元近くから紐を二本斜めに伸ばして、石の両端に絡げる」アシュリーは指で絵を描いて示した。「紐に餌を取り付けておく。きわどいところでバランスを保っているから、ちょっと触れただけで石が落ちる。暗いからビセットは紐に足を引っかけてしまったんだろう」

ジェイクのわきにシャルレーヌが寄り添い、道を指図する。

こんなところに集落があるのだろうか。クラレンスは不安が募る。罠に引っかかったらと思うと足がすくむ。

行く手がぼうっと明るんだ。木々を伐採した空き地に、草葺きの丸太小屋が一軒あり、屋根の中央から煙が立ちのぼっていた。

火だ！

周囲は耕され、玉蜀黍《とうもろこし》の茎が立ち枯れていた。丸太小屋の他に、屋根にあたる部分から壁まですべて枯れ草の束で覆われた、ほぼ円錐形の小さい奇妙な小屋——と呼べるのだろうか——が、空き地に三つ四つ、立ち腐れていた。

「伯母さんは、モホークではないんだな」

アシュリーがシャルレーヌに問いかけた。

シャルレーヌは警戒するような態度を見せた。

「マヒカンだが」ジェイクが庇うように言った。「それが何だってんだ」

「家の建て方が違うから、訊いただけだ」

「マヒカンか」ピート・オキーフが、親しみを見せた。「俺のばあちゃんもマヒカン。でも俺はマヒカンの言葉、知らないけど」

「モホークとほとんど同じ」シャルレーヌは言って〈美しい湖〉に視線を投げた。「まるっきり同じといってもいいくらい」

「だから」とジェイクが言った。「シャルレーヌと俺は話が通じる」

「俺、モホークの言葉も知らないな」ピートは呟いた。

丸太小屋は、アビーの娼館が立派に思えるほど、粗雑な造りであった。アビーの小屋は粗末ではあるけれど、大きさと材質の揃った丸太を丁寧に組み上げ、内側には壁板を張り、硝子窓もついていた

――ロンドンみたいな窓税はないのかな――が、この小屋の窓は単なる四角い穴で、内側から板をあてである。取り外しがきくように、ただ立てかけてあるらしい。不用心なことだが、こんなところまで空き巣狙いがくることもないのだろう。

とにかく、火だ。

扉が開くや否や、クラレンスは飛びこんだ。岩壁のように立ちふさがった〈シャルレーヌの伯母さん〉であろう雄大な女にぶち当たらないだけの配慮はした。

土が剝き出しの床の中央は丸く掘りくぼめられ、焚き火が燃えさかっている。煙は屋根の穴から排出されるが、煤《すす》が舞い、クラレンスは咳き込んだ。煤は冬のロンドンの名物だけれど、こんなに直《じか》に喉を攻撃されたことはなかった。

足を穴に入れて床に腰を下ろすと、椅子に腰掛けたような案配で、たいそう具合がいい。焚き火の熱は足を暖め、全身を暖める。

中央で赤々と火が燃える丸い穴のへりに、薄闇がもっこり固まったようなものがいた。顔も手も皺の寄せ集めという爺さんだ。

伯母さんの夫か父親か、クラレンスには見当が付かないが、相手と目が合ったので、とりあえず笑顔を見せた。相手も、邪気のない笑顔を返した。俄然、クラレンスは相手に好意を持った。何か話しかけてくるのだが、まったくわからない。やはり、とりあえず、何か言わねばなるまい。「やあ、今日は」クラレンスの挨拶に、相手は自分の耳を指さし、首を振って何か言った。異国の言葉がわからないというのか、耳が聞こえないことを示す仕草か。たぶん後者だろう。

燃える火に手をかざし、凍っていた血液が流れ始めるときの痺れを心強く感じる。

戸口では言い争いが酣《たけなわ》だ。声はクラレンスの耳にも届く。〈シャルレーヌの背後では偵察隊〈クラレンスを除く〉全員が応援している。シャルレーヌの伯母さん〉対〈シャルレーヌとジェイク〉。

担架は土の上に置かれ、ビセットは啜り泣きみたいな声をあげている。

その傍に立ったエドが、〈美しい湖〉と並んだアシュリーに声をかけた。「シャルレーヌの伯母さんに言ってくれ。怪我人の手当をするために、すまないが、中に入れてくれと」

「シャルレーヌとジェイクが今、さんざんそう言っている最中だ」アシュリーは答えた。「だが伯母さんは、白人をもモホークをも憎んでいる。伯母さんはマヒカンだから」

マヒカン。さっきから何度か聞いた言葉だが、何のことだ、とクラレンスは怪訝《けげん》に思ったが、「コロニストに滅ぼされたという邦《くに》の一つだったな」とエドが応じたので、ウィペット号の船長室での会話を思い出した。滅ぼされた邦々の名前をアシュリーは並べ立てたのだった。一つ一つの名などクラレンスは憶えていないのだが、書物で読んだこともあるエドは、記憶にとめていたようだ。

「白人を憎むのはわかる」エドはつづけた。「だが、なぜ、モホークまで？」

「隣りあうマヒカンとモホークは、昔から仲が悪かった。マヒカンが白人に迫害され絶滅に追いやられたとき、モホークは助けなかった……んだそうだ。俺は、モホークの年寄りから聞いた。マヒカンの生き残りが少しいると言っていた。集落を作れないほど散り散りになって、隠れ住んでいる。マヒカンは滅びたのに、モホークは居留地を保障されて安穏に過ごしている。彼らはそう思い込みモホークを妬んでいる。マヒカンには気をつけろと年寄りは言っていた」

アシュリーは続けた。

「伯母さんはシャルレーヌに、お前だけはわたしの可愛い姪だから入れてやる。他の者は勝手にくたばれ、と言っている」

シャルレーヌは腰を飾るワンパムをはずして、伯母さんに差し出した。

岩のような伯母さんは首を振り、受け取るのを拒んだ。

「ワンパムは、ここでは何の役にも立たない。そう、伯母さんは言っている」アシュリーがエドに言った。

「ワンパム？」聞き返すエドに、「あの貝を連ねたベルトは、モホークの間では白人の概念でいう〈通貨〉に相当する」アシュリーは説明した。「厳密に言えば、通貨とは違うな。モホークは売買という観念を持たなかった。コロニストがくるまでは。交換であり、謝礼であり、償いにも使われた。でも、このごろは、そういう意味ではあまり機能しなくなってきている。文字を持たないモホークの、記録ノートの代わりに用いられるほうが多い」

クラレンスは、〈貝〉が通貨であるためには使用するものの間にある共通の……などと考えかけ、伯母さんの注意が行き届かないのをいいことに一人だけ火の傍にいる自分に、後ろめたさを感じ始めていた。躰が温もって、余裕ができたのだ。

エドは立ち腐れの奇妙なものを指して、「せめて、あの中で憩《やす》むことを許可してもらえないか、彼女に頼んでくれ」とアシュリーに言った。「あれでも、吹き曝しの外よりはましだ。宿代は払う。彼が」エドの指先は足もとに横たわるビセットに向けられた。

「隊長殿、よろしいですな」エドは屈んで、ビセットのポケットから財布を取り出した。「状況はおわかりと思いますが、あなたの手当をするために、彼女に妥当な金額を支払う必要があります」

返事は呻き声だけであった。

エドが伯母さんに交渉するにあたり、アシュリーが通訳をつとめた。

「白人の金も使い道がない。あいつら、わたしたちに物を売らない。わたしたちがあいつらの金を持っていると、盗っ人扱いされる。暮らしの役に立つものを寄こしな」

自給自足を主とし、自給できないものを物々交換で補う暮らしであるらしい。

ビセットの足もとに置かれた皮のない兎二羽を、シャルレーヌが、伯母さんに差し出し、何か言った。

アシュリーがエドたちのために通訳した。

お金も受け取ったほうがいいよ。わたしがまた何か買ってくる。

「シャルレーヌはモントリオールで、稼いだ金で伯母さんが必要な物を買って、届けてやることがあったそうだ」ジェイクがクラレンスたちにそう告げた。「稼いだ金」と口にしたとき、ちょっと気まずい顔になった。

「何によって稼いでいるか、伯母さんは知らない。下女として働いているとシャルレーヌは言いつくろっているそうだ」アシュリーが小声で言い添えた。

モントリオールは、いま、どういう状況なのか。上層部には情報が入っているのだろうが、新兵にまでは伝わらない。砦の総指揮官はモントリオールの総司令官に伝令を送り援軍と物資の補給を要請しているが、いっこうに送られてこない。伝令が無事にモントリオールに到着できたかどうかも不明だ。

伯母さんはシャルレーヌの忠告を入れ、赤裸の兎とともにビセットの財布も引ったくるように手にし、さらに「その皮紐も」と急造担架を指した。

土の床に、目の粗い織物が丸めておいてある。材料は兎の皮を切り割いたらしい紐と布端や麻紐だ。擦り切れて穴が開いている。壁に手作りらしい粗雑な織機がたてかけてある。全面に経糸――というよりは経紐――を張り、下のほう三分の一ぐらいが同じような材料で織り上げられていた。皮紐はシリング銀貨よりはるかに貴重な代物であるようだ。シャルレーヌの〈稼ぎ〉は、伯母さんと爺さんに毛布を買ってやれるほどではないのだろう。

「毛布一枚織り上げるのに、兎が百羽ぐらいいるの」と、シャルレーヌは説明し、「どうする？」とエドに訊く。

「皮紐は、モホークのものだ。〈美しい湖〉に訊いてくれ。その前に、怪我人を移さなくては」

シャルレーヌが伝えた伯母さんの言葉は、「地べたに転がしておけ」であった。

〈美しい湖〉と伯母さんの話し合いは簡単にはまとまらないらしく、語気荒いやりとりが続いている。シャルレーヌがエドに説明しているところによれば、罵りあいの結果、モホークたちは、マヒカンの世話にはならないと言い出した。

俺たちは木々の間に穴を掘り、その底に火を焚き、足を暖め、鹿や兎を捕ってきて焼いて喰う。白人の始末は、マヒカンが好きなようにすればいい。

「鹿」の一言に、伯母さんの態度が豹変した。

「あんたたちが」と伯母さんはモホークに言った。「鹿を一頭仕留めてきて、皮と脳味噌をくれれば、この家に泊まらせるだけじゃない、鹿の肉を料理して、皆に喰わせてやるよ」

アシュリーが通訳する言葉を聞きながら、素敵な展開になってきたとクラレンスはにんまりしたが、鹿なんて、簡単に獲れるのか？　まして陽が落ちたのに。

兎を二羽、ほとんど瞬時に捕らえてきた〈美しい湖〉の技量を信頼しよう。

〈美しい湖〉が言った。「明日、あんたのために、俺たちが鞣《なめ》してやろう」

モホークに対するマヒカンの伯母さんの積もりに積もった憎悪は、一頭の鹿（まだ手に入っていない）によって溶け消えたようだ。

伯母さんはモホークたちに、身に纏っている毛布や毛皮をまず火で暖めてから出発するように、と最大の好意を見せた。

「その前に怪我人を」

エドの言葉を、シャルレーヌが伯母さんに伝える。

「俺たちは鹿を射止めることはできない」エドは言った。「怪我人をここで手当てさせて貰う代償に、俺たちは何をあなたに」支払えば、と言いかけて、言い直した。「贈ればいい？」

「わたしらから奪った土地を、わたしらに返すことだね。昔、わたしらの祖は、大きな集落を幾つもつくり、獣を獲り、玉蜀黍を育て」

アシュリーは、通訳するのを止めてしまった。コロニストに対する罵倒が続いているのだろう。

アシュリーに変わり、ジェイクが通訳を続けた。

「モホークがマヒカンを見捨てたのは、遠い昔だ。今のモホークを許すことはできる。しかし、白人は、今もなお我々を迫害している。ますます酷くなる。怪我人？　我々の祖は虐殺された。白い兵隊は勝手に死ぬがいい」

爺さんは、戸口にいる者たちに、焚き火をさして、何か言う。入れ、入れ、来い、火のそばに来い。

そう言っているのだとクラレンスは思う。

よろよろと立って、爺さんは伯母さんの傍に行った。皆を入れてやりなと勧めている様子だ。戸口を塞いで立っていた伯母さんは、少し躰をずらせ、通り道を開けた。

担架は火のそばに置かれた。

クラレンスは穴から足を抜き出し、エドの傍に行った。エドは目もくれない。怒っているんだろうな。俺、一人で火にかじりついていたものな。

目があったが、エドは格別憤激しているようではなかった。伯母さんを説得するのに夢中で、クラレンスがどこで何をしているか、気に留めもしなかったのだろう。ずっと傍にいると思っていたのかも知れない。クラレンスはますます恥じ入るのだが、ともあれ、エドに手を貸す。

爺さんが伯母さんに何か訊ねている。伯母さんは、爺さんの耳もとで一言、大声を発した。そうして、鹿の角の形にした指を両耳の上に突き出して見せた。

手当をするといっても、ここには外科の器具は何もない。眠りをもたらすエーテルも苦痛を忘れさせる鴉片《アヘン》チンキもない。

エドは、左脚に巻いた切れ端をとりのぞき仮の添え木をはずす。脛は赤黒く腫れあがり、擦り傷だらけだ。

「ラッキーだな。単純骨折だ」エドは言い、「酒はないか」とアシュリーを介して伯母さんに言った。化膿を防ぐ消毒剤代わりなのだが、飲むためと誤解したのか、伯母さんはおっそろしい形相になり、首を振った。

骨折に肉の化膿が重なったら、切断もやむなしとなる。切断するにも、器具がない。骨ごと鋸で挽き切って切断面を縫合する。その針と糸もなさそうだ。外科医の優秀な弟子であったにもかかわらず、有効な治療は何もできない。

「せめて水を頼む。水と清潔な布を。擦り傷を拭いたいのだ」

小川でも近くにあるのか、水はすぐにととのった。無骨な桶になみなみと水を張ったのを、伯母さんは運んできたが、布はないと言った。

ビセットのズボンの脚の、残ったもう片方を犠牲にするほかはないのだが、泥まみれで、とても清潔とは言いがたい。

汚れているのは誰も同じだ。濯いだら桶の中はたちまち泥水になる。

「拭うのなら、紙でも役に立つか」

アシュリーがエドに確認した。

「ないよりはましだ」

アシュリーは奇妙な仕草をした。上着の裾の下に両手を入れ、ごそごそ動かしたのだ。数枚の紙を取り出した。

腹を太く見せていたのは、贅肉ではなく紙の束らしい。

妙なところに妙なものをしまい込んでいるのだなとクラレンスは思ったが、なんとなく気がひけて黙っていた。

粗悪な紙だが、上質なものより吸水性は高い。エドは水を含ませ、擦り傷の汚れを拭った。もっとも雑菌はとっくに侵入しているだろうから、手遅れだ。気休めみたいなものだが、できる限りのことはしないと気が済まないのだろう。エドはもっとずぼらに生きるべきだ、とクラレンスは思う。

「これは何か書いてあるが、いいのか」

何枚目かの紙を手にしたエドが言った。

アシュリーは、紙を取り戻し、上着の下に入れ、「使える紙は、これでおしまいだ」と告げた。腹回りは、さして変わらない。まだたくさん腹に巻きつけているようだ。それらには文字が記されているのか。好奇心を持ったが、口は挟めない。

すすり泣くようなビセットの呻きは絶えないが、これ以上手の尽くしようがない。棒を添え、もう一度ズボンの端切れで巻き直そうとしながら、あまりの汚さに躊躇《ためら》うエドに、伯母さんは憤懣を滾《たぎ》らせた顔つきで、黄ばんだ布を突き出した。使い古しだが、洗ってはあるようだ。エドが逡巡している間に、伯母さんは細枝を編んだ籠から出していたのだった。伯母さんの内心の葛藤を、クラレンスは思った。

エドが深い感謝を口にし、シャルレーヌがマヒカンの言葉に換えて伝えた。

伯母さんの返事は「そいつの口に石を詰めて、おかしな泣き声を黙らせろ」であった。

添え木をあてて布を巻く。あとは、安静にし、自然に治癒するのを待つほかはない。

モホークたちが戻ってきた。三人がかりで鹿を運んでいる。腰には兎をぶら下げていた。

伯母さんの表情が一変した。岩が笑み割れた、とクラレンスは思った。

鹿も兎も、たちまち皮を剝ぎ取られ赤裸になる。切り離した頭部の頭骨を割り、大切な脳味噌を器に入れる。モホークたちが肉を解体している間に、伯母さんは大きい鍋で脳味噌を茹で、擂り潰した。どろどろになったのを、茹で汁に戻す。あれを喰うのか、とクラレンスは怖じ気づいたが、きれいに剝ぎ取られた鹿の皮がその中に浸けこまれた。兎からすっぽり脱がせた皮は、伯母さんがくるくると紐にしていく。

「皮を鞣すには、脳味噌が一番向いているんだ」アシュリーがクラレンスに教えた。「あれは、表の毛も全部抜いてしまうときのやり方だな」

伯母さんとモホークたち、ジェイクとシャルレーヌは、モホーク語だかマヒカン語だか知らないが、話を交わし、和《なご》んでいる。耳の聞こえない爺さんは、皆が笑うと、一緒になって笑う。

幾つにも切り分けた肉を串に刺し、焚き火に焙って焼く。臭くて固いとクラレンスは思ったが、空腹だからけっこう食えた。

皮鞣しに使ったのとは別の大鍋に、こそげた肉の残りがくっついている骨を入れ、水を張り、さらに干した玉蜀黍をぶち込んで煮込む。

うまそうな匂いが漂う。多少の什器があるのは、シャルレーヌがモントリオールで買ってきてやったのだろうが、皿もスプーンも二、三人分しかない。鍋に口をつけて犬のように啜るのか。

爺さんがたいそう嬉しそうな笑顔になって、隅の籠から一摑み何か取り出し、一人一人に配った。ごく細い枝か、それとも草の一種か、撥水性のある厚手の葉か、クラレンスにはわからない植物を目の詰まった組み編みや三つ編みで大きい匙の形にしたものであった。

「マヒカンはこういう匙を使うのか?」ピート・オキーフが怪訝そうに訊いた。「俺のばあちゃんはマヒカンだったけど、これは初めて見た」

「伯父さんの独創」シャルレーヌが言った。「伯父さん、暇だからね。幾つも作って遊んでいる。でも、すぐに駄目になるの。使い捨てね。みんながきてくれて、使ってくれるのを、伯父さん嬉しがっている」

肉を囓り、鍋の粥を独特なスプーンで掬《すく》い、ビセットの口にも誰かが時々入れてやり、ずいぶん豪勢な宴であった。植物を編んで作ったスプーンは、鍋が空になるころにはすべて役に立たなくなっていた。材料を集めてまた作ってやると、伯父さんは外に出て行った。

「もう、みんな食べ終わったのに、伯父さんったら」

シャルレーヌが誰にともなく言い、英語だからエドと俺に言ったんだ、とクラレンスは決め——ピート・オキーフだって英語しか知らないのに、存在を忘れ——、その表情が特別魅力的だと思った。

調査 3

一夜をケヴィン・オコナーのベッドで過ごしたモーリスの傷は、医者の処置と売薬の効果か悪化することはなく、熱も下がっていた。独立派の薬局店主は、主義より金を尊重した。倍額払うというロディの誘惑に屈したのである。実に多くのことが金で解決できる。これも立て替えたから、ロディの財布に残るのは、六ペンス貨が二枚と三ファージングのみになった。現金の蓄えなど、ない。余裕がないのはケヴィンも同様だ。

エドワード・ターナーと面会した模様をモーリスに詳細に話した。

ロディの財布の悲惨な状態と、さらなる軍資金の要を知ったモーリスは、いま持ち合わせが少ないから、いったん帰宅すると言った。家に帰れば充分な資金を用意できる。歩行は不可能だが馬を御すことはできる。もっとも左脚はほとんど動かせないので、馬腹を蹴って馬に意を伝えることはできない。ロディは後ろに跨《また》がりモーリスの腰に手をまわしていた。愛国者《パトリオット》の目を避けるために外した仮面はロディが外套の下に隠し持ち、口元は布で覆った。

往復し慣れているからだろう、二人分の重量に耐えながら、モーリスの愛馬は足取りは遅いが迷いなくウィルソン邸への道を歩んだ。モーリスはロディの軟弱な尻は、痛みを増した。

住まいの近くにくると、ロディから仮面を受け取り、つけた。家族にも召使いたちにも素顔は晒したくないのか。

門番が鉄扉を開け、身なりで従僕とわかる男たちが寄ってきて下馬を手伝い、両側から支えた。むやみに使用人が多い。

出迎えた執事らしいのが、驚きの声をあげた。

「すぐに、医者を手配いたします。旦那様は早くから会議にお出ましになりました。使者を出して、お怪我のことを旦那様にお伝えします」

「必要ない」

「キース様にご指示を伺って参ります」

必要ない、と再度言うモーリスの言葉を聞き流して、半白髪の痩せた執事は、ゆるやかな曲線を描く階段を足早に上る。

従僕たちに担がれてゆっくり上るモーリスの後にロディは従った。上りきったところは小さめのホールだ。先に上り着いた執事が扉の一つを軽くノックした。

出てきた男は、モーリスよりやや年上に見える。顔立ちはよく似ていた。

「暴徒に撃たれた」モーリスは簡単に言い、「次兄のキースだ。初対面だな。『ニューヨーク・ニューズレター』のミスター・ロデリック・フェアマン」と引き合わせた。

キースは医者を呼べと執事に命じてから、「どうしてまた。暴徒……。愛国者か」と訊ねた。

「そうだ」

「国王派《ロイヤリスト》とも独立派とも、関わるな。物騒だ」

「ウィルソン家は国王派だろう」モーリスは言い返した。

事情を問う目をキースが向けたので、ロディは暴行を受けた事態を簡単に告げた。

「早く休みたい」

兄を追い払うようにモーリスは言い、従僕たちを促して向かい合った部屋に入った。ソファやテーブルを置いたくつろぎの間で、寝室が隣接する。

寝室のベッドに腰を下ろし、従僕らを下がらせ、ロディには、そこで待っていてくれとソファを指した。「間のドアを閉めてくれ」

ロディはソファに身を沈めた。豪勢な部屋に入るのは初めてだから、物珍しく見まわした。知識がないので、金がかかっているんだろうな、ぐらいの感想しかない。絨緞に靴の跡が残りそうで、歩き回れない。座ったまま首を巡らす。書棚には普段ロディが見かけることのない革装の立派な本が並び、金の箔押しが眩い。著者の名前やタイトルを眺めていたら、K. Wilsonの文字が目に入った。モーリスと同姓だが、名前の頭文字が違う。ウィルソンという姓は珍しくはない。どんな内容かと、手に取るため立ち上がったら「入ってくれ」とドア越しにモーリスの声がした。

ベッドに腰を下ろしたモーリスは、小さい革袋を手にしていた。

棚に伏せて置いてあるのは、予備の仮面か。

「さしあたり、これで足りるか」

渡された革袋の重みから充分だと思ったが、口が開いていたので、中を確かめた。

「充分です。最上級に充分です。ただ、もう少し小銭のほうが使いやすい。獄吏の買収にギニー金貨なんて多すぎます。一度沢山やると、癖になる」

「崩すのは、そっちでやってくれ。靴を脱がせてくれないか」

持ち重りのする革袋を内隠しに大切にしまってから、屈みこんで靴を脱がせてやり、動かないほうの脚をそっと持ち上げて、ベッドに横たわるのを手伝った。

金庫から出し入れするのを、他人である俺に見られないよう用心したのだな。まあ、金持ちがみだりに他人を信用しないのは、当然か。金持ちでなくたって当然だ。

「今日、また、面会に行ってくれるのだったな。頼む。終わったら報告にきてくれ」

執事が医者を案内してきたのと入れ違いに、寝室を出た。

「あの馬は疲労しているので、他のをお貸しします」

追ってきた執事が言った。慇懃に無礼のつく態度であった。服装が紳士じゃないからな。

厩舎への道案内は、執事から下僕に引き継がれた。

貸与された馬は前のと同様茶褐色で、ロディには区別がつかなかった。

門を出ようとしたとき、一頭の馬が走り込んできた。汚れた身なりの少年が、鞍の上に身を屈め、手綱を握りしめている。咎める門番に、「キースさんに用事、大事な用事」と叫んだ。

「取り次がないと、あとでキースさんにクビにされるぞ」

ロディは手綱を煽り、豪壮な邸宅を後に、監獄への道をとる。心弾む場所ではない。轍《わだち》や蹄《ひづめ》の踏み跡で凹凸《おうとつ》の激しい道を行く。鞍擦《くらず》れした臀《しり》が痛い。

蹄の音が近づき、ロディの脇を馬が一頭、追い越していった。みるみる走り去る。乗り手は、「キースさんに用事！」と喚いていた少年だ。ロディは常足《なみあし》で馬を進める。くぼみに溜った水は凍り、馬の蹄が滑る。

しばらく時をおいて、ロディはまたも次なる馬に追い抜かれた。手綱をとるのは、キース・ウィルソンだ。軽い好奇心は持ったけれど、後を追うほどでもない。道が折れ曲がり、姿は見えなくなった。

家並みが建て込み、その一郭の横道からさっきの少年が出てきた。のんびりした歩きぶりだ。ロディを見向きもせず、歩み去った。

横道をのぞくと、突き出たコーヒーハウスの看板が目に入った。昨日監獄との往来に同じ道を通っているのだが、横道までは気に留めなかった。いま心に引っかかったのは、二頭の馬が入り口の脇に繋がれていることだ。鹿毛や栗毛の馬はざらにいるけれど、さっき立て続けに二頭の馬に追い越されたことと、一頭を御していた少年が徒歩で出てきたことを考え合わせると、一頭はキースの馬、もう一頭は少年が用いた馬であろうと思われる。おそらく、キースに用事がある人物が自分の馬を少年に使わせたのだ。使い走りでわずかな銭を稼いでいる貧しい子供たちの一人なのだろう。

キースに用事のある人物とキース自身が、この店にいる。ロディには何の関係もないことだが、空腹を自覚した。朝、モーリスと共に出発する前に簡単な食事は済ませたけれど、もはや昼だ。この先に、旨いもの——極上でなくてもいいが——を供する店があるだろうか、なさそうだ、とあれこれ考えている間に躰のほうが勝手に動いて、彼の足は地上にあり、手綱を杭に絡めていた。鞍擦ればかりではない。歩き始めたら、踵《かかと》から足首の後側にかけてもひりつく痛みを感じた。靴擦れだ。履き慣れた靴なのだが、鐙《あぶみ》にかけた足に、無理な動きがあったらしい。前に借りた馬は慣れた道を素直に歩んでくれたが、今度貸してくれた奴は、いささか手こずった。手綱さばきだけでは意が通じなくて、足まで使った。妙な靴擦れはそのせいか。

店内に一足踏み入ると、ほんのり暖かい。長いテーブルが二基、中央に並ぶ。

火が燃えさかる暖炉を背にした席は、キースともう一人の男が占めていた。板壁とカーテンで仕切られた一角は、重要な商談にでも用いるのだろう。カーテンは開け放されており、空《から》だ。二人の他に客はいなかった。

〈キースに用事のある男〉は聾唖《ろうあ》なのだろうかとロディは思った。二人の前には紙の束が置かれ、ロディが店に入ったとき、目を通し終わった紙をキースが背後の暖炉に投げ入れ、向き直った所であった。インク壺が二人の間に置かれ、二人とも鵞ペンを持っていた。

声をかけては邪魔になるか。出入り口に近いテーブルに着こうとすると、「やあ」キースが声をかけてきた。「さっき会ったな。ニューヨーク・ニューズレターの、フェアマン君……だったたな。こっちにこないか。火のそばのほうがいいだろう」

好意をありがたく受けて、席を移した。背中が快く暖まる。

「あんた、ニューヨーク・ニューズレターか」カウンターの向こうから店主らしいのが声をかけた。

「国王派《ロイヤリスト》だな。うちも置いている。大歓迎だ。ビールか。コーヒーか」

「コーヒー」というと、湯気を立てているポットの中身を大きいカップに注いで、ロディの前に置いた。

　ロンドンで大流行のコーヒーハウスがコロニーにも飛び火して、商談や社交の場所になっている。新聞を備え置き、客は自由に読める。郵便物の取り次ぎもする。ニューヨークの都市部には本国に引けをとらない立派な店があるらしいが、この店は小体《こてい》な木造だ。そしてコーヒーの淹れ方は大雑把《おおざっぱ》だ。

　大富豪の息子が、こんな店を使うのか。いや、この辺りにはこんな店しかないのか。

「俺の店には、叛徒は一足も踏み込ませない」店主は分厚い胸を反らせた。

　そうか。もっとましな店は独立派か。

「ボストンで奴らが騒いだおかげで、紅茶好きもコーヒーに鞍替えだ。こっちは儲かる」

　そう言う割には閑散としているじゃないか。ロディは思ったけれど、口にしない分別はある。

　二年前、「自由の息子たち」を名乗る過激派がボストン港に碇泊する本国からの船を襲撃し、積荷の紅茶を海中に放擲《ほうてき》した。それ以来、愛国者《パトリオット》なら本国が押しつける紅茶など飲むな、の風潮がひろまっているのは確かだけれど、国王派を標榜する店に愛国者連中はもともとこないだろうし、国王派だろうと独立派だろうと、昼前のこんな時間にコーヒーハウスでくつろぐ暇のある者は少ないだろう。志を同じくするものが集まって演説をぶち上げたりするのは昼過ぎからだ。

「あと、何か、腹の足しになるものを」

「生薑《しょうが》パンとシチューがある」

「モーリスが銃弾を受けた件だが」とキースはペンを置き、話し込む態度になった。

「ごく簡単なことしか私は聞いていない。昨日、オコナー氏の印刷所が叛徒どもに襲われた。たまたま訪れたモーリスが、巻き添えをくらって撃たれた。医者を呼び応急手当をし、昨夜は君の所に休ませた。君が私に告げたのはそれだけだ。兄としては、もっと詳細に知りたい」

キースに対するモーリスの素っ気ない態度をロディは思い出していた。

「私はモーリスに拒まれているのだ。私ばかりではない。父とも長兄ともモーリスは打ち解けない。父や長兄が与えた仕打ちを思えば、無理もないが」

「モーリスさんは、家族から疎まれているのですか」

「難産で母が死んだ。よくある話だが、父としては、母の死の原因となった赤ん坊を愛するのは困難だった。その上」とキースは上唇に指をあて、傷を示した。「父も兄も大きなショックを受けた。私は、珍しい生き物を見るように、見た。父や兄ほど嫌悪感を持たなかったのは、幼かったから、人間の顔はこうあるべきという固定観念にまだ縛られていなかったせいだろう。醜いとも感じなかった」

隣の席に他人がいるのに、内情をキースは口にする。〈キースに用事のある男〉はやはり聾なのか。キースとロディの会話に、さして関心がない様子だ。

運ばれてきた生薑パンを食べながら、クリスマスが近いな、とロディは思った。マン島で暮らしていた子供のころ、冬になると母親がときどき焼いてくれた。シチューは昨日の残り物だろう。煮詰まっていた。

「それなのに、モーリスはあなたにも親しみは持っていない？」

「積極的に彼の味方にはならなかった。味方とならない者は、傍観者も含めて敵なのだろう。ところで昨日の暴動はどれほどの規模だった？　奴らは武装していたのか」

「武器携行者は少数だったな」

話が耳に入ったらしい店主が、壁にかけた銃を指し、にやりと笑った。来るなら来い、ぶち殺してやる、という笑顔だが、実際に銃撃戦となったら、ちびるぜ、とロディは思う。多数の群れがいっせいに一つの方向にむかったとき、その力は一人や二人で抗しきれるものではない。

「昨日、モーリスは何のために君の所に行ったんだ？　広告の件か」

広告料の支払いなど金銭面の実務は執事が受け持ち、最終的な決定権はラルフ・ウィルソン氏にあるが、常の連絡などは、モーリスが担当している。居心地がよいとみえ、格別な用事がなくても立ち寄ることが珍しくはなかった。

積んである紙を一枚取り、〈情勢によっては広告を取りやめねば〉とキースは記した。熱烈な国王派らしい店主の耳を憚《はばか》ったのだろう。

〈物騒だ〉そう記した。

ウィルソン家が広告から手を引いたら、「ニューヨーク・ニューズレター」は立ち行かない。

「それは、叔父と……ケヴィンと話し合ってもらわないと」

「話し合う前に、状況を知りたいのだ。のんびりしてはいられない」

「用件は広告とは関係ないことです」

「どういうことだ」

「モーリスさんの許可を得てから話します」

「よほど重大な秘密なのか。兄である私にも打ち明けられないほどの？　君は弟からずいぶん信頼を得ているようだな」少し間があき、「ああ、あれか」とつぶやいて、キースはペンをインクに浸し、記した。〈アシュリー・アーデンが殺害された件に関することか〉

ロディはうなずいた。

信じがたいというふうにキースは首を振り、書き続けた。

〈アシュリーの手記というのを君は読んだか〉

「はい」

〈私は内容は読んでないのだが、従卒からの伝言は、手記を受け取った召使いを通して聞いている。アシュリー・アーデンが、正規軍の兵士、名は何と言ったか……兵士に殺された、犯人は逮捕されコロニーの監獄に収監されたということだった。その辺りは、君もモーリスから聞いていると思うが〉

うなずく動作で応える。

〈アシュリーがモーリスと親しくなって、ときどき訊ねてくるようになったのは、十……何年前だったか。ほんの子供だったが、好青年に成長していくのを目にしていた〉

「歳月が及ぼす影響は、幼いほど大きいな」と年寄りめいたことを壮年のキースは口にした。

好青年とは、ロディには思えなかった。モーリスとの会話で断片的に語られることには特異な点はなく、軽く聞き流していたが、手記を読んで得た印象は〈変な奴〉である。昔話に出てくる若者を初めて見かけた大工の少年に重ねて、怯える。父親に嘘をついて大工の子を退校させる。まともじゃない。手記に正直に記しただけ、ましか。

〈正規軍の兵士に殺された。どういうことだ。アシュリーは叛乱軍と通じていたのか。しかし……それなら、犯人が民間の獄に投じられるはずはない〉

裏切り者を殺したのなら、正規軍はその兵士を称賛こそすれ、逮捕する理由はない。そのくらいのことは法律関係、軍関係に疎いロディでもわかる。

「便所を借りる」キースの相手の男はそう言って席を立った。唖者ではないとわかった。「裏庭ですませな」と店主は裏口を指さした。男は杖をつき、片足を引きずっていた。モーリスがこういうふうにならないですめばいいが、とロディは思った。

〈叛乱軍が逮捕した場合でも、民間の獄には投じないだろう。なぜ〉と記して、キースは男が使っていたペンを寄こした。インクに浸して、〈私にはわかりませんよ〉とロディは綴った。面倒くせえな、と思いながら。

口で喋れば二秒とかからないことも、書くとなるとその何倍も手間を食う。

〈手記には、その事情がわかるようなことは記されていなかったのか〉

〈エドワード・ターナーがどうしてアシュリー・アーデン氏を殺害したのか、その理由も手記からは読み取れなかったです〉

〈私なら、まず、アーデン家を訪れて、アシュリーの死の状況を訊ねるが〉

〈モーリスも、手記を読むなりアーデン・ホールを訪ねたと言っていました。グレゴリー・アーデン氏は不在なので、本宅まで行った。アーデン氏は行政府の会議に出席中、当分帰らない予定。アーデン家の人々はインディアンとの混血である庶子にまるで無関心だったそうです〉

「ひどいものだな」キースはつぶやき、〈保安官には?〉と綴った。

〈いいえ、それはまだ〉

〈逮捕され投獄されたというのだから、保安官が取り調べただろう〉

〈そうですね〉と書くのが面倒で、「たぶん」と声に出した。

〈手記というのを、私も読んでみたいものだ。モーリスは承知しないだろうな。私の容喙《ようかい》は、おそらく彼には不愉快だろう。内容のあらましを教えてくれないか。秘密を要する内容か〉

〈いえ、そんなことはないです。幼いころからモホークの集落とアーデン・ホールを行き来していたとか、長じて毛皮の交易に従事したとか、そして物資を運ぶ船に乗って、セントジョン砦に行ったとか〉

〈その程度のことを記したものを、わざわざ従卒に託してモーリスに届けたのか〉

〈さっと読んだだけなので、細部までおぼえてはいないのですが、アシュリーはたいそう孤独であったようです。モーリスに話しかけるかわりに書き綴っている、というような文章があったと記憶します。それが従卒に託した理由の一つではないでしょうか〉

話題が途切れ、二人がペンを休めたとき男が戻ってきて、まだいるのか、というふうに無愛想な目をロディに投げた。

パンの最後の欠片《かけら》でシチューの最後の少量をさらい、不味いコーヒーを一滴も余さず飲み、代金を払おうとすると、「勘定は私が持つ」と、キースは店主を呼び、幾らか渡した。

チップの額が充分だったのだろう、店主はとびきりの笑顔になり、「国王陛下萬歳!」の言葉をキースに贈った。キースは注意を促すようにくちびるの前に指を立て、わずかに首を振った。

「どうして。この新顔、ニューヨーク・ニューズレターならバリバリの国王派じゃないですか」

「あまり旗幟《きし》を鮮明にすると、襲撃される怖れがある。ニューヨーク・ニューズレターのように。この場はいいが、ほかであまりあからさまな態度は見せないほうがいい」

モントリオールは陥落したし、ケベックも包囲されている状態だ。このあたりだって、いつ戦場になるかわからない、とロディも思う。モントリオールが敵の手に落ちたことは、交易で稼いでいるキースには——ひいてはウィルソン家には——痛手だろうな。

「へ、見損なったぜ。ウィルソンさん。あんた、オポチュニストだったのか。ヘンリー、あんたはどうなんだよ。やはり日和見《ひよりみ》か。叛徒側に寝返るんなら、俺の店に一足も入るなよ」

「俺の店と言っても、ウィルソン氏の地所に建ったウィルソン氏の持ち家を借りているだけだろう」

男は言った。

耳も聞こえるんだな。この店の常連か。筆談は、単に店主の耳を憚《はばか》っただけか。密談をするなら、他人に聞かれる心配のない場所を使えよ。

「きちんと借り賃は払っているぜ」店主は言い返した。

店を出るロディの背に、「状況がわかったら、私にも話してくれ」キースの声がとどいた。

濡れたぼろ布みたいな空の下で馬たちは胴震いしていた。鞍が湿っぽいのはまた雪になる前兆か。地に盛り上がった馬糞が、かすかな暖かみを漂わせていた。

鞍に跨がり、外套の前をかき合わせた。あの黒い氷みたいな監獄に行くのだな。うう、と声が出る。エドワード・ターナーはあの火の気のない独房に、いま、このときも閉じ込められているのだな。

暖炉の火とコーヒーで暖まった躰は、烈風に吹きさらされてたちまち冷えた。

犯行　6（承前）

に出て行く。

〈美しい湖《レイク》〉が突然聞き耳を立てる様子を見せた。他の二人と顔を見合わせる。うなずきあって、外に出て行く。

爺さんの声が聞こえた。

岩みたいな伯母さんと華奢なシャルレーヌ、アシュリー、ジェイク。爺さんの言葉を解する者たちが出て行く。従卒ピート・オキーフはアシュリーに従う。アシュリーが振り返り、エドとクラレンスに「みんな、来い、見ろ、と爺さんは言っている」と伝えた。

取り残されたビセットの心細げな声を背後に聞いた。どこへ行くんだ。俺を置き去りにするな。

闇だ。

星明かりにようやく目が馴染む。聳《そび》える木々の上のほうから爺さんの声は降っていた。

モホークたちの姿は見えない。すでに樹上なのだろうか。

クラレンスも挑戦した。樹木には恵まれない環境で育ったが、塀登りや屋根登りの経験は充分に積んでいる。隣の木の枝にエドが飛びついた。半回転して足をかけ、さらに上の枝に移る。

シャルレーヌの伯母さんの小屋は、意外なほど高台にあるのだった。思い返せば、川岸から辿った道は、ゆるい、あるいは突如として急な、上り坂であった。下り坂の部分もかなりあったから、どれほどの高みに達したのかわからなかったのだ。

樹上から見下ろすとかすかに川が遠望され、対岸の一隅が赤い。

「砦の方角じゃないか、おい」隣の木のエドに声をかけた。「砲台から砲撃が始まったみたいだ」

「陽が落ちてからは、やらないだろう」エドの声が返った。「続く砲声もないし、反撃の様子もない」

クラレンスは何だかほっとした。エドがまともに応答したからだ。日に日にエドが外殻を厚く固くしていくように感じていた。自分をナイジェルの墓にしているみたいだ。あれはもう、事故みたいなもんだよ。お前が責任負うことじゃないだろ。そう口にすることはできない。わかっている。墓窖《ぼこう》に他人は踏み込めない。

「そうだな。照準を定められないな、この暗さでは」

盛大に燃えている。

人家はアビーの家とほかに二軒の娼家があるだけだ。どれかが失火したとしても、小屋だけならあんな大火にはならない、背後の森に燃え移ったか。いや、風は冷たいけれど火を運ぶほど激しくはない。

砦が火事？　厨房の火の不始末か何かで、砦が火災を起こしたのか？

爺さんが呼ぶ前にモホークたちは小屋を出た、とクラレンスは思う。爺さんに先んじて火事の気配を察したのか。まさか。遠すぎる。

しばらく眺めていたが、状況は何もわからない。樹幹を伝い下りるエドに続いた。

「俺たちの任務はどうなるんだろうな」

枝々の間の黒い塊にしか見えないエドに話しかけた。

エドが黙っているので、クラレンスは自ら答を出した。

「お前たちだけで偵察してこい。あいつはそう命じるだろうな」

トップが斃《たお》れたら、二番目が指揮を執るのだろう。誰が二番目か。エドと俺は階級は同じだ。エドが指揮を執ることに俺はまったく異議を唱えないが、エド自身が拒むだろうな。上からの絶対的な命令がない限り、こんな任務の責任者となるのはごめんだ。モホークたちだって、もともと喜んで任務に就いているわけじゃない。彼らはまだ給料も支給されていないし、額も示されていないみたいだ。

モホーク……。いないな。どこに消えたんだ。シャルレーヌとジェイクもいない。アシュリーはどこだ。すぐ傍にいるのかもしれないが、闇がすべてを隠す。

板で塞いだ窓の隙間から火明かりが微かに漏れて、伯母さんの小屋の位置を示している。エドと肩を触れあうようにして足もとを確かめながら小屋に戻る。すぐそこなのに、ずいぶん遠く感じられた。闇の底から他の者たちが湧きだして、小屋に戻ってくる。焚き火の明かりと暖かみが嬉しい。同時に、異様なにおいが鼻孔を刺激した。糞溜が燃える臭いを嗅いだことはないが、おそらくこういう悪臭だろう。

皆が火のそばに急ぎ、そして、声を上げた。

穴の壁面と焚き火の隙間に男が倒れている。躰は半ば火に覆い被さっている。うつぶせになっていても、体つきと服装からビセットとわかる。

身動きしたはずみに、穴に落ち込んだのか。

声をかけたが返答はない。

直属の隊長殿である。エドと二人がかりで引きずり上げ、仰向けに寝かせた。

「背中はレアだが前のほうは」ウエルダンだ、という言葉は飲み込んだ。

五年前に見た焼死体が浮かんでしまった。あのときは背中がウエルダンで、ひっくり返したら前面はレアだった。エドの前では口に出せない。エドもたぶん思い出してますます暗鬱な気分になっているだろう。

軍曹殿は、命の欠片も残っていなかった。顔面は額ぎわまで焼け爛《ただ》れ、火に直《じか》に接していた腹部は、ズボンや上着どころか肉も炭化し、やがて排出されるはずであった内容が腸とともに焦げ、これが悪臭の発生源になっている。金属ボタンの行方は知れない。炭の破片みたいになって燃える薪の下にあるのかもしれない。はじけ飛ぶのを鑑賞する機会はついに失われたが、そこまで不謹慎な考えは浮かばず、嫌な奴ではあったけれどこんな死に方は酷すぎると、クラレンスは惻隠の情を持った。片脚打《ぶ》っ折《ちょ》れただけでも災難なのに。

「どういうこと?」

シャルレーヌの心細げな声は、誰に向けられたともないが、英語だったからクラレンスはしっかり聞き取った。心配するな、と力強く慰めたかったが、シャルレーヌの手はジェイクの手の中にあった。

モホークの三人が小屋に入ってきたのは、そのときだった。

〈美しい湖〉にアシュリーがモホークの言葉で状況を説明しているようだ。

伯母さんも話に加わった。ジェイクも聞き入っている。参加できないのは、言葉を解さないクラレンスとエド、そしてピート・オキーフだ。耳の聞こえない爺さんは、どっちの仲間にも入れない。不安と困惑の混じった笑い顔だ。

穴の深さは三フィートぐらいだ。片足が動かなくても、脱出不能ではない。

「身動きして落ちた途端に頭をぶつけるか何かして、気絶したのかな」クラレンスはエドに言った。

しかし、何だか不自然だなとクラレンスは思うのだ。身動きして転げ落ちることは充分にあり得る。けれど、失神するほどの衝撃を受ける深さではない。

エドが死骸の頭部や頸骨のあたりに指を触れ探っている。同じ疑問を持ったようだ。

「打撲の痕はあるか」

「頭部に挫傷無し。頸骨も折れてはいない」

屍体が目の前にあると半ば本能的に死因を究めたくなるのは、ダニエル先生の薫陶《くんとう》の賜物《たまもの》だ。

「殺してから、痕跡を消すために焚き火の上に転がした、っての、ありだよな」

「ある」

エドの返事は短いがきっぱりしていた。

「待ってよ。それって、この中に殺人者がいるってことだぜ」

「この中かどうか、わからない。殺されたのか事故か、それもわからない。断言できることは何一つない」

うん、うん、そうだよな、とクラレンスは大きくうなずく。エドと会話が成り立っているじゃないか。

「扼殺《やくさつ》。撲殺。刺殺。圧殺」並べ立てるクラレンスに、

「饒舌《チヤターボックス》」

エドが微かに笑みを見せた。「刺殺はなさそうだ。よほど焼き尽くさなければ、傷痕は見分けがつく」

「解剖できれば多少わかることがあるかもしれないけれど……器具がない」

言いながら笑顔を返そうとして、クラレンスは奇妙な表情を作ってしまった。バートンズの面々が解剖ソングを口ずさみつつ器具を用意した日々が浮かんだためだ。

伯母さんが何か大声を出し、アシュリーが小声で英語にした。「〈大《オ》い《レ》な《ン》る精霊《ダ》〉は邪悪な白人を

許さない。それを早く私の家から運び出してくれって」

伯母さんが立て続けに喚く言葉を、アシュリーは同時通訳する。「早く小屋から運び出せ。白人は、白人のやり方で、死者が安らかになるように始末しろ」

「その空き地に埋葬していいのか」

伯母さんは、だめだと言った。

空き地がだめなら森の中だが、太い根がはびこる地面を掘り返すのは容易ではない。伯母さんの祖たちは、一族がコロニストに滅ぼされてから、無住の地に逃れてきて、樹木を伐り倒し根を掘り起こし、ようやく拓《ひら》いた空き地に小屋を建て、営々と荒れ地を耕してきたのだとクラレンスは思いあたり、白人は埋めさせない、というのも当然だなと納得してしまう。

〈美しい湖〉がアシュリーに話しかけた。アシュリーはそれをエドとクラレンスに伝えた。

「白人は死者をどうするのか」

「教会の墓地に埋葬し、牧師と列席者が祈りを捧げる」エドが答えた。「砦で死者が出たら、適当な場所に埋葬し、従軍牧師と我々が彼のために祈り、十字形の墓標を立てるだろう」

「明日、役目が終わったら砦に連れ帰ろう」〈美しい湖〉は言った。「お前たちのやり方で死者を安らかにさせろ」

運搬用の担架を作るためには、伯母さんに進呈した皮紐を返してもらうか新たに兎を狩るかの二者択一以外にない。伯母さんは金銭より現物を尊重する。買い取ると言っても貴重な皮紐を手放しはしないだろう。

兎狩りだな。モホークたちが兎を仕留めるところを傍で見られるのかな。砲台偵察よりはるかに楽しそうだ。任務完遂の報償が兎狩りか。狩りなどで無駄な時間を費やさず、さっさと帰隊して報告せよ。上官はそう譴責《けんせき》するかな。だけどさ、遺体を森に放置するのは、餓狼に献呈することですよ。生来のお喋《チャターボックス》りは、口に出さないだけで心中で発揮されている。いや、その前に、モホークは伯母さんに、鹿の皮を鞣《なめ》してやると約束している。なかなか多忙な一日になりそうだ。

兎罠にかかるというビセットのドジがなかったら、今ごろは任務を終え砦に戻って報告を済ませているはずだった。

あの炎が気にかかる。帰隊したら砦がなくなっていた……なんてことは、まさか、ないよな。

「隊長が死んでも、任務は続行なんだな」

エドの意見を確かめる。

「任務放棄は査問委員会にかけられて、厳罰だ」だよなあ。

「女を傷つけたってことで偵察隊だ」クラレンスの口は軽くなった。「もっと厳しい処分を受けるだろうな。敵の砲台に爆薬を仕掛けろとか」

エドの言葉はアシュリーに向けられた。

「外にあるあの円錐形の、小屋……というのか、あの中に今夜一晩、そして、明日の任務完遂まで、遺体を置かせてもらえないだろうか。伯母さんに頼んでくれないか」

クラレンスはさらに和《なご》んだ。俺には関係ない、とばかりに放置するかと思っていたのだ。そのとき、思い出した。天然痘に罹患し高熱に喘ぐ俺のかたわらで、エドは、確かに神に祈っていた。ひたすら。普段は神の存在に懐疑的な言動を示すエドワード・ターナーだが、あのときは、神に一縷《いちる》の望みを託していた。神が存在するとして、おびただしい人間の一人一人に目を向け祈りを聞き届けるなんてことはないと、冷静なときなら言うだろう。……俺だってエドが死にかけたら祈る。祈らずにはいられないだろう。モホークたちの〈大いなる精霊〉にだって、祈る。

伯母さんの仏頂面はいっそう度を高めたが、そっぽを向いたまま承諾した。

「物置として使っているんだそうだ」アシュリーは告げた。「爺さんと伯母さんの手造りだって」

早く始末しろと騒ぐ伯母さんの要望に応えて、エドとクラレンスが死骸の頭部と脚をそれぞれ持ち、アシュリーが燃えている薪を二、三本焚き火から引き抜いた。忠実な従卒ピート・オキーフも同行した。外に出てから枯れ枝などを集め、火を移して松明にし、足もとを照らした。

焚き火に焙られていたからだろう、ビセット軍曹はまだ硬直が始まらず、運搬に適さない状態であった。

三つある小屋の、二つまでは中に雑多なものが置かれていたが、一つだけ、死者を迎え入れる余地があった。

クラレンスは物珍しく小屋を眺めた。柔軟な細い樹木――柳の類いか――を十数本、円錐形を作るように立て、輪形の枠を数カ所まわし交点を紐で結び、藁や枯れ草を厚手の筵《むしろ》のように編んだものを取り付けて壁にしてある。

アシュリーは地面に置かれた屍体から目を背けていた。

小屋の中に入ったからといって冷気が和らぐことはない。かじかむ指に息を吐きかけたら、軍曹殿の移り香が鼻をついた。

ダニエル先生の解剖教室で馴染みきった悪臭だが、久しぶりに嗅ぐと、嫌なもんだな。あのころ、親父やおふくろも、俺が帰宅すると臭いと顔を顰《しか》めたのだった。エドと共に志願兵として新大陸に渡ると告げたときの親父をも思い出してしまった。おふくろが生きていたら、絶対容認しなかっただろう。親父は男気を出して、俺に協力してくれた。さまざまな記憶が沸きたつのを、クラレンスは強いて押さえつけた。

この戦争が終わって除隊になったら、帰ろうな、エド。ロンドンに。志願兵となったことで罪は帳消しになったと思うぜ……法的には。心の問題は……わからない。

〈美しい湖〉が入ってきた。近寄るまで、足音も気配も感じさせない。獣を狩る習性からだろう。

アシュリーが〈美しい湖〉の言葉を訳した。通訳は難しいらしい。互いに、相手の概念にない言葉がある。「隊長」という概念も言葉もモホークにはない。そもそも軍隊組織を持たない。英兵に倣《なら》って〈美しい湖〉はモホーク語の間にcaptainという英語を交ぜる。

「誰かの気配を聴いた、と従兄は言っている。それで、外に出てみたそうだ」

モホークの五感がきわめて鋭敏であることを、砦でいっしょに過ごしている間にクラレンスは痛感した。今度の偵察行でも、視力と聴力の強さに驚嘆した。俺たちには聴こえない音も彼らは聴くのかもしれない。夜が贈る旋律、星が語る言葉も彼らは解するのかもしれない。

「このあたりにはマヒカンがほかに住んでいるのか」エドが訊いた。「兎罠を作ったのは、マヒカンか？」

「ヒューロンの集落があるはずだ。罠はたぶん、ヒューロンが作ったのだろう」

〈美しい湖〉の言葉を伝えてから、アシュリーと〈美しい湖〉は、何か冗談を言い合い、笑ったが、軽く笑い飛ばせる話題ではなかったようだ。

「ヒューロンが作った罠の獲物を、モホークが手に入れた。ヒューロンが知ったら、激昂するだろう」そう〈美しい湖〉は言ったのだそうだ。

「邦同士《くに》の戦闘にさえなりかねない。もっともいまは、邦同士で争う余裕はない。ヒューロンはフランス人のコロニストと親しかったが、前の戦争でフランスがイギリスに敗れ撤退してしまったから、困難な状況にある」

「そのヒューロンが、獲物を横取りした奴に復讐しようと、ここにきたということは？」

「〈美しい湖〉は伯母さんに確かめている。ヒューロンたちと伯母さんの仲は、平穏だったそうだ。爺さんと二人暮らしの伯母さんに、獲ってきた兎をわけてくれることもある。伯母さんは紐を作ったり、小さいものを編んでやったりして、交換している。ヒューロンは彼らの集落にきてもいいと誘ったのだが、伯母さんは頑固で、自分はマヒカンだ、ヒューロンじゃないと言い張っているんだそうだ」

〈美しい湖〉の言葉を英語に換えながら、アシュリーは驚いた顔つきになり、モホーク語で〈美しい湖〉と話を交わした。そしてエドとクラレンスに概要を伝えた。

「気配は白人だと、従兄は言っている」

「姿を見たのか」エドの問いに、「見てはいないそうだ」アシュリーは言った。「モホークなら――モホークに限らずイロクォイの他の邦々でもマヒカンでもヒューロンでもおそらく――ああいう足音はたてない。狩りで獲物に接近する場合は足音をしのばせるが、普段は普通に歩く。音は消さないけれどああいう音ではない」

履き物が違うせいか。身のこなしが違うせいか。クラレンスには見当がつかない。盲目の判事サー

•ジョンを思い出す。彼は声で相手の言葉の虚実を聞き分けた。

「そいつが、隊長を殺した？」クラレンスの問いに、「それはわからない」〈美しい湖〉は言い「隊長が殺されたと判明したら、捕まえて償わせるか」と問い返した。

「保安官の仕事だ」エドは言った。

「モホークは仲間が他の邦の者に殺されたら、復讐としてその邦の者を一人殺す権利を持つ」

権利という言葉もモホーク語にはないが、概念は共通しているようだ。

「ワンパムを二十束贈ることによって、罪は許される」

シャルレーヌが腰につけている貝細工の帯を、クラレンスは思い浮かべた。ワンパムって凄い威力を持つのだな。人の命はあれ二十束分か。もっとも、あのワンパムは偽物だとアシュリーから聞いている。用いられた貝は本物だそうだが。

「砦の指揮官閣下は、貝殻細工の帯を百本もらっても喜ばないだろうな」クラレンスは慎重につけ加えた。「軍曹殿が殺されたと仮定してのことだが」

事故であってほしいよ。我々の中に殺人者がいるなんて思いたくない——エドは殺人者であり、俺は共犯者であったけれど……。今回は、まったく関わりはないよな。エドはずっと俺のそばの樹上にいたんだし、ビセットを殺さねばならない切迫した事情もない。その点は、大丈夫だ。

そうだ、と心の中でうなずく。エド、ここでは、一人で背負い込むなよ、何があっても。ダニエル先生もアルたち仲間もいないけれど、バートンズだからな、お前と俺。

「砲台建設のために叛乱軍の将兵が陣営をはっているはずだろ」エドに話しかけた。「その斥候とかが、このあたりをうろついていた可能性はないかな」

そう言ってから、クラレンスは自分で打ち消した。小屋の中をのぞいてビセットに見咎められたとしても、わざわざ入り込んで殺す必要はない。

伯母さんの小屋は、出入り口は一つだが、窓が戸口側と反対側に二つずつあり、いずれも窓ガラスはなく、内側から板を立てかけてある。戸口から出入りすれば目につくが、裏窓なら、板をそっと脇によけて密かに出入りできる。だれが、そんなことをする？

目的はさておいて、無人だと思って窓から入り込んだら、思いがけなく一人いた。やばいから殺した？

あるいは、最初からビセットを殺す必要があり、一人取り残されているのを見計らい、入り込んで殺した？

二つの説をエドに話してみた。

「寒い。小屋に戻ろう」というのがエドの返事であった。従卒ピートが真っ先に賛成した。

遺骸にとっては寒いほど好ましい。腐敗を防げる。が、生身の人間には耐えがたい。

皆すでに横になっていた。爺さんと伯母さんはそれぞれぼろ毛布を引っ被っている。シャルレーヌとジェイクが一枚の毛布――と呼べる代物ではない、ぼろの綴《つづ》れ――の中で身体を寄せ合っている。〈美しい湖〉は二人の仲間と並んで横たわり、その傍らの隙間にエドとクラレンスは割り込んだ。薪がくべ足され、焚き火は盛大に燃えていた。

半ば眠りかけているときは、あり得ない妄想が蔓延《はびこ》りがちだ。モホークが気配を感じたという何者かが忍び込んできて、眠っている者たちを一人一人焚き火に放り込む。不可能だ。鴉片《アヘン》チンキでも飲まされていない限り、誰かが目覚め、皆を起こし、取り押さえるさ。そう判断する理性はすでに眠り、半醒半睡の厭な気分のまま夜が深まった。

調査　4

「監視が厳しくなった」と、獄吏たちは口々に言った。つまり、賄賂の増額を要求しているのだ。厳しくなるどころか、情勢不安で綱紀など緩みっぱなしだろうが。

「誰が監視するんだ」

「お偉い連中」

与えすぎないよう、あまり気前がよいところを見せないよう、しかし、相手が満足するよう、加減が難しい。

独房にストーブをおくことをロディは提案した。「あそこに十分もいたら凍死する」

「どのみち死刑になる奴だ。問題ない」

「未決囚だろう」

「判決は有罪に決まっている」

「コーヒーを二杯。それから蠟燭だ」

独房の中の囚人は、固い椅子に腰掛けたまま眠っていた。ひっくり返した桶の上に置かれた燭台の蠟燭はすべて燃え尽き、紙の束は燭台の脇にきちんと揃えて積まれていた。

高窓からのぞく溝鼠《どぶねずみ》色の空は採光の役には立たない。燭台に蠟燭を立て手燭の火を移し、囚人の手にそっと触れてみた。冷えた手がひくりと動き、ロディの手を振り払うように動いた。

給されたコーヒーはさっきの店よりひどい代物だが、腹を温める効果はあった。

仄かに揺らぐ蠟燭の明かりのなかで、白鑞《しろめ》のカップを口に運ぶエドワード・ターナーの眼に力がよみがえってきた。

「朝食も昼飯も、まだ支給していないのか」

難詰するロディに、「朝飯は出したぜ」獄吏は囚人の足もとの皿を示した。どれほど空腹であろうと食えなかったのであろう黴《かび》だらけの石みたいなパンが残っていた。

「まず、人間の食い物を持ってこい」

モーリスの依頼から逸脱した行動をとっているなと自認した。エドワード・ターナーが、どういう理由で、どのような状況の下に、如何にしてアシュリー・アーデンを殺害したのか。それを聞き出してくれというのが、モーリス・ウィルソンの依頼であった。殺人犯であろう男の待遇をよくすることなど、モーリスの念頭にはないだろう。託された権限を超えた行動をしているのだが、後ろめたさは生じなかった。

囚人の目の前で、ロディは獄吏に確約させた。「この囚人に、今後もよい食べ物とよい飲み物——〈よい〉は期待はできないが——を出すんだぞ。金だけ取って待遇を改善していないと判明したら」効果的な言葉をロディは思案した。「ウィルソン家は、行政に影響する力を持っている。この囚人との面会を望んだのがウィルソン家だということを忘れるな」権威を笠に着て脅しつけるのはロディはやったことがないのだが——それほどの権威を持ったこともない——精一杯その役割を演じた。

「料金が支払われれば、それに見合ったことはする」

「充分すぎるほど払った。お前たちが半年は食っていけるほどだ」

獄吏が運んできた白いパンと肉入りのスープを、囚人は貪《むさぼ》った。

まったく、どうして……と、ロディも自分の心の動きが不思議だ。どうして、俺は囚人の待遇を気にかけるのだ。殺人者である囚人の。

モーリスの指示も、思い返せば奇妙ではあった。キースが口にしたように、殺人の状況を知りたいなら、まず保安官に……、いや、保安官がどのくらい実情を把握しているか。本人に訊いたほうが手っ取り早いか。いや、赤の他人に殺人者が何を話すよ。一瞬の間に思考が堂々巡りをした。

皿を空にしてから「飢えと寒さは」人を、と言いかけ、俺を、とエドワード・ターナーは言い直した。「卑しくする」

「率直に訊くが、君は、アシュリー・アーデンを殺害したのか」

「君はそう思っていないようだな」

囚人の声音にやわらかさをロディは感じた。

その後に続こうとした言葉を押さえたようで、沈黙が続いた。

モーリスの負傷という重大事が突発したため、ロディは思考の整理ができていなかった。今ごろになって、考える。アシュリーの手記に書かれたこと以外、基礎となるべき情報を何も持っていない。

目印にするため、息子の指を傷つけその血をなすりつけるとは、アーデン氏というのは酷い奴だな、というのが、もっとも強い読後感であった。もっとも、世の中、ひでえ奴ばかりだよな。よきひとばかりであれば、モーリスは仮面――ことさら煌《きら》びやかな――をつける必要はなかったのだ。キースの言によれば、モーリスは生まれたときから父親からも兄からも疎まれていた。

セントジョン砦の防衛軍が叛乱軍に降伏したのは、十一月三日だった、とロディは思い返す。その十日後にモントリオールが陥落した。

降伏したら、砦の全将兵は捕虜になるはずだ。軍事捕虜は一箇所に収容される。

降伏する以前に、殺害者エドワード・ターナーと殺されたアシュリー・アーデン、そうしてアシュリーの手記をモーリスに届けに来た従卒ピート・オキーフは、砦の外にいたことになる。

アシュリーの従卒と名乗る男がアシュリーの手記をモーリスに届けに来たのが、昨日――十二月二十二日――である。

砦陥落から昨日まで、アシュリーとエドワード・ターナーは、どこでどう過ごしていたのだ。

「この手記には、他人の手が加わっているな」

とっさに意味がわからず、聞き返した。

「上質な紙と粗雑な紙が入り混じっている」エドワード・ターナーは言った。

「そのことは、アシュリーが手記に書いているだろう」やや興醒めして、ロディは指摘した。「従卒が紙をかき集めてきた。だから、質のよいのと悪いのが混じっている」

「君が何か書きとめるとする。目の前に、ペンの滑りが良い上質の紙とペン先が引っかかりがちな粗悪な紙、両方があったら、どうする。まず、上質の紙を使い、それが尽きたら、やむを得ず粗悪紙を使うんじゃないか」

うなずかざるを得ない。

紙の束をとり、囚人が言うとおりであることをロディは確認した。昨日目を通したときは、内容を把握するのに集中していた。

エドワード・ターナーは、偵察隊として砦を出たときの様子をロディに語った。戦闘に参加したことのないロディは、聞き入った。相手の口調は感情の動きをまじえず、事実の要点のみを箇条書きに並べるといったふうだった。

手記を、アシュリーは腹に巻きつけて括っていたこと。ビセット軍曹の傷を拭うのに、粗悪紙を提供したこと。

「なぜ、アシュリーはそれを持ち出したんだ」

「部屋に放置して他人に読まれるのを忌避したんだな」

「さっき、他人の手が加わっていると言ったけれど、砦の中の人物か。外か」

「砦内では、アシュリーに気づかれず手を加えるのはおそらく不可能だった」

「偵察に出てから、砦が陥落する前に帰隊したのか」

「尋問されている気分だ」

囚人は苦笑を見せた。

翌日。隊長とモホーク一人を欠いた偵察隊は、本来の任務を遂行すべく出立した。冷気が毛穴から体内にしみ入る。

夜の間に少し雪が降って、地は薄い紗《しゃ》を敷いたようだ。十月の半ばに雪とは珍しい、とアシュリーとピートが口々に言った。

モホークは偵察隊員なのだから全員同行すべきなのだが、伯母さんが、一人は残ってわたしたちを護れと言い張ったのだ。白人の隊長が穏やかならぬ死に方をした。得体の知れない白人が外をうろついていた。薄気味悪い。

「白い奴らは、私たちを追い出した上に、白同士で戦争までおっ始《ぱじ》めやがって」伯母さんの呪わしげな言葉をアシュリーが忠実に通訳する。

屈強なモホークを護衛にと言うのだが、伯母さんが一番屈強じゃないのかとクラレンスは思う。

残ることになったモホーク〈アー・ナ・レセ・クア〉は、偵察隊が帰ってくるまでの間に、浸けこんである鹿の皮を鞣《なめ》してやると言い、伯母さんを上機嫌にさせた。名前は〈骨を咬《か》む者〉という意味だそうで、おぼえられないからクラレンスは〈骨《ボーン》〉と呼ぶことにしている。伯母さんは〈骨〉に古びたレイパーを渡した。汚い色のそれは、爺さんがまだ若かったころ、鞣した皮の毛をそぎ取るために作ったもので、鹿の肋骨一本の湾曲した内側を鋭く削り形を整えてある。

気をよくした伯母さんに、「あれをご馳走したら」とシャルレーヌがすすめた。伯母さんはうなずいて、雪をかき集めて窪みを作り、それから大きな壺を持ち出してきた。おいで、と誘われて〈骨〉は偵察隊と一緒に外に出てきた。爺さん特製の大匙で中身を一掬《ひとすく》いし、伯母さんは雪の窪みに垂らした。とろりとした中身はたちまち凍る。お前にやるよ。飴色の塊を〈骨〉は嬉々として口に入れたのだった。

壺の中身は楓《かえで》のシロップだと、アシュリーがクラレンスたちに教えた。シロップはモホークも毎年作る。酷寒の冬を過ぎ、梢《こずえ》に粟粒ほどの新芽がのぞくころ、楓の幹に傷をつけ、木片を差し込む。樹液が木片を伝って容器に溜まる。それを煮詰めたのが、これだ。この壺一つ分を作るのに、壺三十個ぐらいの樹液が要る。アシュリーはちょっと得意げに説明した。クラレンスがひどく感心したのをみて、伯母さんは彼のためにも一匙、雪に垂らし、他の者にも一つずつ作ってくれたのだった。冷え固まった蜜の雫は、舌の上でとろけた。

偵察に同行するもう一人のモホークの名は〈ヤ・ラ・ハッツ・セー〉で、これは〈高い水〉を意味する。〈高い木〉ならわかるが、〈高い水〉は意味不明だ。ともあれクラレンスがもちいる呼称は〈水《ウォーター》〉だ。もっとも、アシュリーから聞いたところでは、モホークたちは面と向かって名前を呼ぶことはしないのだそうだ。クラレンスには不可解なマナーだ。

〈水〉は偵察のついでに兎を捕ってくると、調子よく伯母さんに約束していた。

危険な偵察行動をモホークたちは兎狩りと同じ程度に考えているのではないかとクラレンスは案じた。緊張感がまったく感じられない。

木の根や生い茂る灌木に足を取られながら、岸辺に下り、川沿いに北に向かう。

〈美しい湖《レイク》〉が先頭に立ち、アシュリーとピート、エドとクラレンスが続き、〈水〉がしんがりをつとめる。

小屋に残ったのは、爺さん、伯母さん、シャルレーヌ、ジェイク、〈骨〉。そうして奇妙な物置に

ビセット軍曹殿。

ダニエル先生の解剖教室では遺体を前にふざけた解剖ソングを歌ったものだったけれど、ビセットの骸《むくろ》に対しては、「SはScalpel（外科用メス）、刺殺に有能／TはTourniquet（止血帯）、絞殺に有用」などと歌う気にはなれなかった。

鹿の水飲み場から伯母さんの小屋に向かったときよりいっそう苛酷な歩みだ。獣道《けものみち》すらない。砲台は伯母さんの小屋から北西の方角にある。

ビセットが持っていた磁石は、嚢中《のうちゅう》にあり無事だったので、エドはそれを〈美しい湖〉に渡した。見たことはあるけれど所持したことはない〈美しい湖〉は、たいそう興味を持ち、方角を見定めては歩を進めた。伯母さんの家からリシュリュー川に面した砲台に向かうのは、大まかに言えば、リシュリュー川を一辺とし伯母さんの小屋を鋭角の一つとする直角三角形の斜辺を進むことになるが、遮蔽物が多いから始終曲折せざるを得ない。

クラレンスは不安が募る。道、大丈夫なのか。ビセットの死は事故か他殺か。殺人だとしたら目的は何？　我々も狙われているのか。いったんぐしょ濡れになったのを焚き火で乾かした革靴は、妙な形に強張《こわば》って歩きづらい。

きわめて珍しいことに、クラレンスは何だか虚しい気分になっている。何のための苦労だよ。我らが輝かしきグレイト・ブリテンのために、なんていう勇ましい気持ちにはなれないのである。〈戦争〉は、国の偉い連中が始める。だが、命の吹っ飛ぶ〈戦闘〉をやるのは、俺たちだぜ。関係ねえのにな。

風に梢が揺れ音を立てるたびに足がすくむ。兎罠は仕掛けてないだろうな。

硬直した。突然、轟音とともに周囲が揺れたのだ。地割れするかと思った。

始まった！　偵察行動は無意味だ。砲台は完成していたのだ。二発目が続く。何基備えているのか。〈美しい湖〉が木に登りはじめた。〈水〉も続く。クラレンスは逡巡する。砦だって応戦するだろう。ここに着弾しないか。避難すべきではないか。エドに目を向ける。エドの表情は読み取れない。

下りてきた〈美しい湖〉が、アシュリーに何か言い、その身振りや行動から「戻ろう」と言ったのだとクラレンスは察した。

揃って伯母さんの家に向かう。

全身に衝撃を受けた。見通せないあたりに着弾したらしい。砦が反撃に出たのだ。恐怖のあまりか遮二無二《しゃにむに》走り出すピートを〈美しい湖〉が抱き留めた。闇雲に突っ走ったら道に迷う。

砲台からの轟音は続くが、砦の反撃は、音から判断すれば乏しい。

戦闘の全貌はまったくわからず、不安がクラレンスを縛りつける。梢の間にのぞく空の破片は、また雪を降りこぼしてやるぞという色合いだ。

楽しいことを考えて不安を消そうとする。伯母さんの小屋に帰り着いたら、まず火で暖まって、蜜の雫をご馳走して貰おう。ダニエル先生のもとにいたときは、「飲もうぜ陽気に」だったが、今は伯母さんのシロップ・ドロップがむやみに欲しい。

楓らしい樹々の幹につけられた傷口を、クラレンスは指でなぞる。古いのは木肌が盛り上がって自ら癒《い》やしている。見上げるほど高いところにも傷痕がある。切り目を入れられた後、成長したのだろう。

太い根が地表にまであらわれ蔓延《はびこ》る森を抜けようとするとき、異臭が異変を告げた。肌に触れる空気に熱を感じた。

切り拓かれた空き地のまん中で、伯母さんの小屋は焼け崩れていた。

調査 4（承前）

「上質紙の間にまじっている粗悪紙の部分だが、共通点が二つある」とエドワード・ターナーは話題を戻した。

「どういう？」聞き返すロディに、「一つは、上質紙は一度濡れたのを乾かした形跡があるのに、混じっている粗悪紙にはそれがない、ということだ」エドは言い、自分の言葉に納得したようにうなずいて、「あれが、これなのだ」と、ロディには意味不明なことを言った。「アシュリーが身につけていたのが、これなんだ。あのとき、彼は濡れた紙を焚き火で乾かしていた」

ロディは紙を見直した。注意深く見れば、多少波打ったり染みが残ったりしているのに気づく。

「混じっている粗悪紙には、濡れた形跡はない」

「もう一つの共通点は？」

「読めばわかる」エドは素っ気なく言い、壁に頭をもたせかけ、瞼を閉ざした。蠟燭《ろうそく》の弱い灯りは、その顔を死者に似せた。

熱いコーヒーの効果はすぐに失せた。天井も床も壁も、氷より冷たい何かで構築されているとしか思えない。野宿のほうがまだましだ。かじかんだ指で紙をめくり、合間に蠟燭の火に手をかざす。

注意深く読み進める。

粗悪紙に書かれた部分は他人の偽筆だとエドワード・ターナーは示唆したのだが、ロディには同じように見える。

アシュリー・アーデンの字は、手本で学んだとみえる几帳面な筆記体で、きわだった特徴のない模倣しやすい筆跡だ。一つだけ癖がある。筆記体の中に小文字のrだけブロック体がまじっている。斜めに少し崩しているので、筆記体と見まがう。偽筆とエドワード・ターナーが疑う粗悪紙の文字も、その癖を踏襲している。一見偽筆と気づかないのは、そのせいもあろう。

あらためて眺めると、粗悪紙の文章は行間が不揃いだ。ひろかったり、詰め込んであったりする。

「前後のページの文章とうまく繫がるよう、行間の調節が必要だったんだな」

返事はなかった。眠っているのか、疲労か。夜を徹して手記を再読三読したのだろう。ろくな食い物も与えられず、躰を暖めるものは何一つなく。

獄吏をロディは呼びつけた。偉大なる金の力を頼りに、暖まるものを何とか工面しろと命じた。燃える薪を数本ピラミッド形に組んで入れたブリキの桶が運び入れられた。下部に幾つかの空気孔があけてある。日頃、火種の運搬などに使用している器具なのだろう。——ああ、俺は拝金主義者になりそうだ……。

暖かみを感じたのか囚人が身じろぎしたので、ロディは忠告した。

「気をつけろよ。ちょっとでも触ったら、骨まで火傷するぞ」

作業机がないのでやりにくいが、粗悪紙だけを抜き出した。上質紙はその都度《つど》束にして、間を離し慎重に床に置いた。ペイパーウエイトの代用になるものがない。ページにナンバーはふってないのだ。獄吏どもがどかどかと入って来たら蹴散らされるだろう。出入り口からは極力遠いところに並べた。

粗悪紙は、始めのほう、子供のころを追憶した部分に多く使われている。たしかに不自然だ。書きやすい上質紙から使うのが当然だと、エドワード・ターナーの言葉に同意する。

粗悪紙が最初に使われたのは、七、八枚目、祖母が幼いアシュリーに玉蜀黍《とうもろこし》の由来を話して聞かせるあたりだ。さらに数枚、粗悪紙がつづく。上質紙。そしてまた粗悪紙。

読み直していると、覗きこんだ囚人が、目配せするような表情をみせた。な、おかしいだろう、というふうに。

「アシュリー・アーデンは」とロディは訊いた。「よほど変な奴か」

昨日、手記を読んでロディが第一に受けた印象が〈変な奴〉であった。好青年に成長していくのを目にしたとキース・ウィルソンは言ったのだが、ロディにはとてもそうは思えなかった。昔話に出てくる若者を初めて見かけた大工の少年に重ねて、怯える。父親に嘘をついてその少年を退校させる。まともじゃない。そう、ロディは思ったのだった。粗悪紙の部分を読み繋げると、そのあたりが際立つ。

「〈変な奴〉の定義がわからないが」エドワード・ターナーは言った。「自分を基準にすれば他人の多くは〈変な奴〉だし、他から見たら俺が〈変な奴〉だろう」

エドワード・ターナーを、ロディは〈めんどくさい奴〉に分類した。そして、言い返した。

「遠い昔話を聞いただけで、悪夢を見るほど動揺する。変な奴と思うのは、俺だけじゃないだろう」

エドワード・ターナーはロディの手から粗悪紙の最初の一枚をとり、蠟燭の明かりが届くようにして、一箇所を指した。

〈――お前は私を殺さねばならぬ。殺さねばならぬ。屍骸を土に埋めねばならぬ。埋めねばならぬ……。祖母の言葉は私の頭蓋の中で幾重にも谺《こだま》した。〉

「死骸から植物が発生するという伝承は、他国にもある。珍しい話じゃない」エドワード・ターナーは言った。「それでも、この一文によれば幼いアシュリー・アーデンにとっては悪夢を見るほどの大きな衝撃だった。しかし」

指が動いて数行後を指した。

〈家の中に入り、焼いた鹿肉と挽き割った玉蜀黍の粥を、中央通路の爐を囲んで食べていると、アーデン・ホールから乳母が迎えにきた。私は乳母に引きずられて帰った。〉

「玉蜀黍の粥を、平然と食べている」エドワード・ターナーは指摘した。

「挽き割りにすれば、形がなくなるから……」

「味は変わらない。さらに、俺を殺せ、という若者と玉蜀黍が、アシュリーの心の中で結びついているとするなら、挽き割りの玉蜀黍に、むしろ挽きつぶされた若者を連想して当然じゃないか」

きわめて常識的なロディには、ちょっと想像がつかない感覚の飛躍だ。

「偽筆者は矛盾に気づかず、粥の部分は原文をそのまま書き写したと俺は推測する。他人の筆跡を真似て書くのは、難業だ。ただフレーズを書き加えるだけではない。そのページ全体を書き写し、しかも前後のページと文章が繫がるようにしなくてはならないのだから、大変な作業だ」

まったくな、とロディはうなずく。「ご苦労なこった」

「〈お前は私を殺さねばならぬ〉から〈頭蓋の中で幾重にも谺した。〉までの部分と、〈翌朝、目覚めは爽やかではなかった。〉から〈どこよりも楽しい地であったはずだ。〉までのパラグラフを削っても、文章は不自然ではない。次の日、アシュリーは父親に連れられ、教会の建築現場に行く。そうして、立ち働く男たちの一人が、悪夢の内容を思い出させた、とある。ここだ。〈思い出せなかった悪夢がよみがえって、若い男と重なった。夢の中の若い男は、彼と同じように左手に斧《おの》を提げていた。お前は私を殺さねばならぬ。四つ裂き八つ裂きにせねばならぬ。肉片の一つ一つをお前は食べねばならぬ。食べねばならぬ食べねばならぬ食べる肉片を食べる私の躰の諸処《しょしょ》から若い芽が生え伸び、赤い縮れ毛を生やした実はびっしり小さい顔で覆われ、私は目覚めたのだった。〉」

ロディを見つめ「これは、あり得ない」エドワード・ターナーは断言した。

「夢は、覚醒した途端に、ほぼ忘れるものだが、きわめて印象深い夢は、目覚めてもなお記憶に残る。それを反芻することで記憶に定着する。だが、目覚めたときには憶えていなかった内容が後によみがえることは、ない」

悪夢に魘《うな》された経験のないロディには判断できない。

手記によれば、工事現場で若い男を見かける度に、アシュリーは悪夢を見る。

母親のまじないのおかげか、モーリス・ウィルソンとの親交が救いとなったのか、アシュリーは悪夢から解き放たれる。父グレゴリー・アーデンが創設した学校で、アシュリーは若い男と再会する。青年と思っていたが、ジェイコブ・マクダーモットの実年齢は十三、四であった。

〈決して向かい合わないようにしていたが、ジェイクが不意に振り返った。視線があった。私の聴覚は、俺を殺せ、という言葉を聞き取った。声も出ず、私は硬直した。〉

変な奴だ。アシュリー・アーデンは。

やがて、ジェイクは学校を去る。

その後、成人したアシュリーがセントジョン砦に弾薬や物資、モホークたち、そして女たちを運ぶ船に乗る辺りが上質紙に記されるが、〈上甲板の一箇所が、そこだけ異なる世界であるかのように、緊張した雰囲気を漂わせている。

緊張感を発しているのは、砲架が吊り下ろされるのを上甲板で待ち構えている男だ。髪の色が漆黒でモホークと見まがうが、服装はモントリオールの民間人のそれだ。〉と綴られた部分とその前後は粗悪紙だ。

「粗悪紙には、かならずジェイクに関する記述があるな」

ロディが言うと、正解を出した生徒を前にしたように、エドワード・ターナーは大きくうなずいた。

再び上質紙が続く。女たちが、砲架を作ったら大工の仕事はそれで終わりなのに砦までついていくのは初めて完成した自作だからだ、という意味の会話を交わしている。「この部分は」とエドワード・ターナーが示す。「上質紙だ。つまり、アシュリーは女たちの言葉をそのまま記している」数枚上質紙が続いた後に、アシュリーがジェイクに声をかける部分がある。粗悪紙だ。

〈大ハッチの蓋《ふた》が閉ざされ、上甲板前部にいる大工の姿が見てとれる。砲架にもたれ、腰を下ろしていた。近寄った。さほど体格のよいほうではない。幼いころ、どうしてあれほど恐怖をおぼえたのか。記憶と現在の落差に私は途惑った。

声をかけた。相手は顔をあげた。

「ジェイク？」

相手は無愛想にうなずいた。

「久しぶりだな。おぼえていないか。アシュリー。アシュリー・アーデンだよ」

アシュリー・アーデン。アシュリー、と口の中で繰り返したようだ。ジェイクは横を向き、甲板に唾を吐き捨てた。思い直したように表情を和らげ――強引に顔の筋をひっぱったように見えた――「やあ」と言った。

足もとに道具箱がある。

「モントリオールで大工をしていたのか」

「ああ」

「その砲架を作ったって？」

「そうだ」

面倒くさそうにジェイクはうなずいた。〉

船は大きく針路を変え、リシュリュー川に入り、モホークの半数ほどが上甲板にでてくる。そうしてジェイクは〈立ち上がり、道具箱を抱えて前部ハッチを下りていった。体が沈んでいき、没した。〉

「これも推測だが」エドワード・ターナーは言った。「父親のつくった学校に通うようになったとき、アシュリーは、見覚えのある少年が生徒の中にいることに気づいた。以前、これも父親が設立した教会の工事現場で働いているのを何度も見かけている。〈ジェイクは学校にこなくなった。アルファベットと知る。やがて、少年は学校にこなくなる。名前もジェイク――ジェイコブ・マクダーモットの読み書きができるより、大工の息子は鉋《かんな》や鋸《のこぎり》や鉄梃《かなてこ》を使いこなせるほうが重要とされたのだろう。〉これは原文のままなのではないかと思う。幾つかの事実を、虚偽でつなぎ合わせて、アシュリーが異常なこだわりをジェイクに対して持っているというストーリーを創り出した。こだわりの原因として、子供のころの出来事が創作される」

三人の女たちのうち二人が上甲板に上ってくる。

上質紙になって、モホークたちが笛を吹き、歌を歌う和やかな場面、続いて、泥酔したモホークたちが全員ラム酒を持って上甲板にあがってきたことや、隊長ビセット軍曹の命令でエドワード・ターナーとクラレンス・スプナーが後部下甲板に下りていったこと、船長までラムをがぶ飲みし、船員たちも飲んだくれたことなどが記される。

〈シャルレーヌとジェイクは二人だけで下にいる、と私は思った。〉上質紙だ。ジェイクという名が書かれているにもかかわらず。〈ジェイクはアイルランド訛りのある英語、フランス系のシャルレーヌが英語はあまり得意としないとなったら、二人の会話はそれぞれの母の邦《くに》の言葉でなされているのだろうか。邦によって言葉は異なるけれど、近い邦同士ならさして変わらない。

私は想像する。モントリオールで大工をしていたジェイクは、娼婦シャルレーヌに惹かれる。気持ちを伝えるために、彼女なら解するであろう意味を込めたワンパムを贈る。受け入れたしるしとして、彼女はそれを身につける。あるいは逆に、ジェイクが同船すると知ったシャルレーヌが、気持ちを伝えようと愛をあらわしたワンパムをつける。ほかの者には通じないやり方だ。〉

そのパラグラフの途中から粗悪紙になり、先に続く。

〈まるで青本に載っている安手な恋物語だ。薄っぺらな青い表紙のせいぜい五十ページぐらいの青本は、謹厳《きんげん》なピューリタンの家庭にはおいてない。英本国から、わざわざ輸入するのか新大陸に移住するとき持ち込む者がいるのか。私は何冊か読んでいる。

安っぽい恋物語にあっては、清純な二人の恋は邪悪な者によって妨げられる。ジェイクが清純？　苦笑した。あの薄汚い平凡な……私は認めたくないのだ、自分の内心を。娼婦が清純？　そんなのは青本の中にしか存在しない。娼婦だけじゃない。清純な人間なんて、ジェンダー、年齢にかかわらず、存在しない。存在するのは、〈清純〉という言葉だけだ。

何かが私の中で蠢《うごめ》いている。厭な感情だ。認めたくない。言葉にできない。すべての記憶を、私は疑いたくなる。悪夢を本当に私は見たのか。見た。そして私はジェイクに何をしたのか。それを思い出すな。私は何もしなかった。たいしたことじゃないさ。ほんの些細なことだ。小さい子供の小さい嘘だ。

二人の新兵が後部ハッチを上ってきた。

報告すべき相手は甲板に平らになり、吐物に顔を浸していた。

「ジン横町だ」

痘痕のクラレンス・スプナーがつぶやいた。

「岩場で憩うトドの群れだな」エドワード・ターナーが応じ、「トド、見たことがあるのか」クラレンス・スプナーが言った。

「版画で」

帆は操る者を失い、勝手気ままに追い風を受け流れに逆らう。〉

粗悪紙はそこまでで、上質紙になる。

〈クラレンスと目があった。「やあ」とクラレンスは気軽に挨拶した。やあ。私は返した。〉そのあと、上質紙にアシュリーと二人の国王軍兵士エドワード・ターナー、クラレンス・スプナーが船長室で話を交わす場面が記される。中に一枚粗悪紙が混じっていた。

「このセンテンスが、意味深い」エドワード・ターナーは一カ所を指した。〈卑怯な屑。その言葉が、さらに深い底のほうから記憶を引きずり出しそうになった。〉このセンテンスを書き入れるために、このページは粗悪紙でしかも行間がつまっている。

続くのは上質紙で、父親グレゴリー・アーデンがアシュリーの指に切り傷をつけたことが記される。〈父はフレッチャーに〉で上質紙が終わり、粗悪紙に〈私を息子だと紹介はしなかった。〉と続く。

ここに注意しろ、というふうにエドワード・ターナーは指で文字をたどった。

「〈モホークの集落では……と、私は思った。小さい切り傷や擦り傷には、玉蜀黍の実の新鮮でやわらかい皮を巻く。玉蜀黍の命が傷口から体の中に流れ入る。〉ここまではいい。その次だ。〈玉蜀黍は、祖母の昔語りと悪夢のせいで、アンビバレンツな感情を私に与えたのだったが、さすがにその感情は消えた。〉の部分は、弁解じみている。続く〈幼いころ母や祖母が傷口に巻いてくれたときの、懐かしさだけがよみがえる。〉の、〈だけ〉を削除する。この二つの部分がなくても文章は繋がる」

その少し先から上質紙が続く。船長の頓死、水葬の件《くだり》も上質紙だ。改竄の痕はない。水夫たちが下甲板から帆布と砲弾を運び上げ、砲弾を重石《おもし》代わりにして遺体をくるみ水中に投じたというのは事実なのだろう。

エドワード・ターナーに確かめたら、「その記述のとおりだ」と肯定した。

このあたりの記述から窺えるアシュリー・アーデンは、〈変な奴〉ではない。内省的というか、自分の弱点にこだわったり、優越感を持ちたがったり、それを自覚していたり、あまりつきあいたくはないが、変人というほどではない。

船長に代わって指揮を執ることになったメイスン一等航海士が、後部下甲板で梱《こり》を勝手に開けラムを盗んだモホークを厳しく糾弾したとき、アシュリー・アーデンは、精一杯モホークのために弁護している。その途中に粗悪紙が挟まる。ジェイクの名が見られる。

〈できるかぎり毅然とした態度をとった……つもりだ。が、私はこれまで他人に刃向かったことがほとんどなかった。父の言葉には従順であり、モホークの集落では反抗する必要がなかった。ジェイクのような恐ろしい存在には、父の力を借りて……いきなり記憶の蓋が開いた。通学を渋る私に、休むなと父は強制し、ジェイクがぼくを力尽くでいたぶると、私は……そう言った。嘘だ。ジェイクは何もしなかった。俺を殺せ。恐ろしい声を私が聞いただけだ。彼はそんなことを言いはしない。でも、私は聞き取った。たまたま、私は額に小さい傷を作っていた。原因は憶えていない。何かにぶつかったのだろう。私に冷淡な父だが、彼の息子に暴力をふるう行為は彼自身への侮辱だ。父の激怒を浴びた校長は、ジェイクの父親を呼び出し、退学を命じた。父は校長を馘首《かくしゅ》する権限を持つ。学校を閉鎖することとすらできる。グレイト・アーデンの逆鱗に触れたら、アーデンの領内で暮らせない。ジェイクの父親は息子を放逐《ほうちく》した。私は、記憶を閉じ込め改変した。ジェイクは甲板に唾を吐いた。当然だ。重い石が背にのしかかった。跪《ひざまず》け。ジェイクの前に跪け。私の顔に吐きかけられて当然な唾であった。〉

「ここを読んだとき、とんでもない野郎だと思ったんだが、偽筆者の創作か」

船体が破損し、ジェイクが修理する。このあたりから、砦に到着したこと、クラレンス・スプナーとエドワード・ターナーを部屋に呼び入れ、話し込むあたりまで、ジェイクの名も時折記されるが上質紙のままだ。

〈そのようなことをする必然性がジェイクにあるか。〉というフレーズから最後まではすべて粗悪紙だ。ジェイクの名は数カ所でてくるが、ことさら加筆したふうではない。上質紙が切れたと見える。
下甲板後部にいたモホークたちに〈大いなる精霊《オレンダ》〉の声をモホーク語で語れるのは、下甲板前部にいたシャルレーヌとジェイクの他にはいない。アシュリーはそう思いつき、父の指示によるものではないかと悩む。

「君はその場に居合わせたんだったな」

「そうだ。クラレンス――俺の親友――といっしょに。アシュリーが呼吸困難のような状態になったのは事実だ。モホーク語を解するアシュリーが彼らの神の代弁をしたのかと一瞬俺は思ったが、泥酔事件のとき、アシュリーは俺たちと一緒にいたのだから無関係だと気づいた。すぐにアシュリーに謝らなかったのは俺の落ち度だ。父親の一件は、手記で初めて知った。アシュリーは確かに指に布を巻いていた」

「砲架を作った大工が乗船したのは、泥酔事件を起こすためだったのか。シャルレーヌという女は恋人に協力したわけか」ワンパムがどうとかいう件《くだり》をロディは思い返した。

「確実なことはわからない」エドワード・ターナーの口調はあいかわらず素っ気ない。「が、ベンジャミン・フランクリン氏がグレゴリー・アーデン氏に好餌と引き替えに叛乱軍――彼らの自称によれば大陸軍《コンティネンタル・アーミー》だな――への協力を要請し、グレゴリー・アーデン氏が二股をかけたというアシュリーの推測は、きわめて説得力がある」

〈国王軍が絶対に勝利する、という保証はないのだ。
父がモホークを募兵し砦防衛に参戦させたのは、国王陛下への忠誠心からではない。陛下が定められた境界線より西に大きくはみ出した父の私有地の公認と、ニューヨークにおける毛皮取引の独占権を陛下が認可されるという確たる利益を得るためだ。

同じ条件を、フランクリン氏を介して叛乱軍側が父に提示し、協力を要請したら……。

父が二股をかけたということは、あり得る。〉

「だが」とエドワード・ターナーは続けた。「モホークを戦力として砦に送るのは、国王派という明瞭な旗幟《きし》を掲げることだ。大陸軍側への協力の証がモホークを泥酔させるだけ、というのは弱い。バランスを欠く」

「船長が急死しているよな。さっさと水葬にしている」ロディは応じた。

「船乗りのやり方に従った埋葬だそうだ」エドワード・ターナーが言う。

「死因を見極めもせず」

「そうだった」

「あれがグレゴリー・アーデン氏の指示を受けた者による殺人だとしたら……叛乱軍側に協力した証明にならないか」ロディは言いながら、思った。──あれ、俺は何のためにエドワード・ターナーに面会しているのだ？　彼がなぜ、どういう事情でアシュリー・アーデンを殺害したのか。その糾明をモーリスに依頼されたからじゃないか。関係ないほうに寄り道しているぞ……。途惑《とまど》ったが、続けた。

「ジェイクは下にいたから犯人ではないな。絞殺。扼殺。刺殺。どれも一目でわかる。毒殺。ラム酒に毒……。だが、手記のとおりなら、毒入りが確実に船長の手に渡るとは限らない状況だったな」

「船長が死んでも、航行には何の障害も生じなかった。メイスン一等航海士が代わって的確な指示を出した。水漏れという事故が起きなかったら、船は支障なく砦に到着していただろう」

「メイスンってのが、船を手に入れたくて船長を殺したってのは……。頼まれたってあんなぼろ船の船長にはならないと砦の総指揮官の前で言う場面があったな。ぼろ船だったか？」

「かなり」

「一等航海士は、船長殺害の容疑者からはずしていいかな」

「殺人かどうかもわかっていない」

「殺人であったらと、仮定して」

「話が混乱する。今、我々が問題にしているのは、グレゴリー・アーデン氏がフランクリン氏の要請に応じたという仮定のもとに、アーデン氏がどのような策を講じたか、ということだ。国王軍側が勝利し、植民地の叛乱を制圧したときは、モホークを味方につけた功績のみが称揚され、泥酔事件の真相など誰も気にかけなくなるだろう。成功しても失敗しても、彼が首謀者だと国王軍側に悟られてはならない。明らかにするのは、大陸軍が勝利し、この植民地が独立国家となったときだ。フランクリン氏はアーデン氏の功績をたたえ多くの見返りを与えるだろう。だが、さっきも言ったように、モホークを泥酔させただけでは功績として弱い。船長が殺されたとしても、グレゴリー・アーデンの意図によるものではないのなら、我々の問題とは無関係だ」

　しかし、とエドワード・ターナーは言った。

「船の水漏れが不慮の事故ではなく、故意によるものであったとしたら、船長の急死は、大いに関係する……かもしれない」

　ロディは返す言葉を探した。

「破損を試みたのは、もちろんジェイコブ・マクダーモット。ジェイクだ」エドワード・ターナーが続けるのを、「手記を読み返せよ」ロディは遮った。

頭のよさそうな奴なのに、こんな部分を読み落としているのか。意外だ。もっとも、モホークの言葉を母語の一つとしているというだけでアシュリーを疑ったこともある。早とちりする奴なのかな。

犯行　7（承前）

地にうずたかく盛り上がった草屋根や板壁、柱の残骸を、逆さにした銃でかきわける。灰はまだぬくもりを持っている。火傷しそうに熱い部分もある。

屋根が焼け落ちて床に覆い被さり、壁も柱も焼け崩れ燃えさかる薪の山になったのだから、遺体は黒く焦げ縮み、焼け棒杭《ぼっくい》みたいで、炭化した柱と咄嗟《とっさ》には見分けがつかない状態だ。大がかりな焚き火の残骸だ。

円錐形の物置も二つまで焼け落ち、ビセット軍曹は二度焼かれる羽目になっていた。燃えさしが物置の周囲に散っている。

砦からの砲弾がここまで届いたのか？

射程外だろう。小屋を直撃するのは不可能だろう。クラレンスは自問自答する。

遺体の数はわかる。ビセット軍曹を別として、三体だ。

五人いたはずだ、とクラレンスは思う。爺さん、伯母さん、シャルレーヌ、ジェイク、そうしてモホークの〈骨〉。

触れたらかさかさと崩れ落ちそうな焼死体の傍らに、エドとクラレンス、〈美しい湖〉と〈水〉は屈みこんで慎重に調べる。

一つの遺体をそっと裏返しかけたクラレンスは、躰と床の間にあるものに注目した。焦げてはいるが、その凹凸がかつてはワンパムであったことを示していた。

ノー、ノー、と口走っている自分に気づいたが、迸《ほとばし》る声を制《と》められない。

〈美しい湖〉が、遺体の一つを抱きしめた。焦げた部分がかさりと落ちた。〈水〉が傍らに屈み、叫んだ。

身を固くしているアシュリーに、「彼は何と言っているのか」エドが訊ねた。アシュリーはただ慄《ふる》えているだけで、声が出ない様子だ。

エドはアシュリーの肩に手をかけた。びくっとしてアシュリーは身を引きかけたが、すぐに少しくつろいだ顔になった。エドと一緒にいるときのナイジェルを、クラレンスはふと思い出した。

「彼らにはわかったんだ」歯が鳴るほど慄えながら、アシュリーは指さした。「それが〈骨を咬む《アー・ナ・レセ・》者《クア》〉だと」

アー・ナ・レセ・クア。〈骨《ボーン》〉だ。

「仲間を殺した奴を見つけ出して殺す。〈美しい湖《ガ・ネ・オ・ディ・ヨ》〉……ビューティフル・レイクは、そう言っている」

〈水〉が立て続けに叫ぶ言葉の意味を、さらにアシュリーは伝えた。「仲間は白い奴に殺された。白い奴は皆、敵だ。俺たちは白い奴らを殺す。皆、殺す。そう繰り返している」

クラレンスはぞくっとした。

「エドと俺は、〈白い奴〉だ。あいつは、俺たちを敵と見なしているのか」

アシュリーが通訳すると、〈美しい湖〉が「その二人は、敵ではない」と応じた。

英語に直した言葉を聞いて少し安堵した。クラレンスの脳裏には、インディアンは残忍だという風評がしみついている。いつ誰に教えられたともなく、先入観を植えつけられているのだった。一緒に日々を過ごしていると取り立てて残忍なところはない――〈水〉なんてむしろいい奴だと思える。白人コロニストが如何に無慈悲なやり方で開拓地を広げたかをエドやアシュリーから聞いている。しかし……。一抹の警戒心を消しきれない。

ワンパムの燃えがらをつけた遺体はシャルレーヌと認めよう。そうして〈骨〉。もう一人はだれだ。

伯母さん、爺さん、ジェイクのうちのどれか。

体積でいえば爺さんは伯母さんの三分の二ぐらいだったと思うが、焼け縮んだ遺体からは、もとのサイズはわからない。

伯母さんと爺さんは、セットだ。シャルレーヌとジェイクも、一方が他方をおいて脱出するとは思えない。ことに、ジェイクがシャルレーヌを置き去りにすることはあるまい。

すると、残る一つはジェイクの遺体か。伯母さんと爺さんは逃れたか。

エドの考えを聞きたいのだが、何だか声を出すのが躊躇《ためら》われる雰囲気だ。〈骨〉を〈美しい湖〉は肩に抱え上げ、アシュリーに一言投げて歩き出した。〈水〉も従ったが、不意に罵声――らしい言葉――を口にし、左足の〈靴〉を脱いだ。穴熊の毛皮の毛を内側にして作った彼らの〈靴〉は、白人が履く靴のような固い革底はない。毛皮を貫いて刺さった棘のようなものを引き抜いて放り出し、〈美しい湖〉の後を追った。

アシュリーはおろおろした様子でモホークたちに声をかけた。〈美しい湖〉が立ち止まり、険しい表情で言い返した。

「彼らは仲間の遺体を彼らの墓に葬るために連れ帰ると言っている」と、アシュリーは助勢を求めるようにエドとクラレンスに告げた。「勝手に戦線を離脱したら、砦に残るモホーク全員が譴責《けんせき》の対象になる」

――俺たちも責任を問われるな……。

エドは拾い上げたものを見つめている。さっき〈水〉が投げ棄てたやつだ。

「この小屋は」とアシュリーに問いかけた。「鉄釘は使ってなかったな」

「ああ、古い小屋だから」

砦に残るモホーク全員が譴責の対象になる、というアシュリーの言葉が、〈美しい湖〉と〈水〉の足を止めたようだ。

〈美しい湖〉は〈骨〉を〈水〉の肩に移した。

一つ焼け残った円錐形の物置の中を探し、〈美しい湖〉は大鉈を取り出し、〈水〉に渡した。

〈骨〉の遺体を肩に担ぎ、銃と弓矢、それに大鉈まで持って、〈水〉は足早に歩き出した。

〈美しい湖〉の言葉をアシュリーがエドとクラレンスに伝える。

俺たちが――俺が、かな――わかるように、〈骨《ボーン》〉〈水《ウォーター》〉を使ってくれとクラレンスは注文を出した。

「〈骨〉の遺体は、〈水〉が彼らの集落に運び、弔う。〈美しい湖〉は我々とともに砦に戻る。モホークが勝手に戦線離脱をしたのではないことを指揮官に説明する」

「彼らの集落に戻るのに、舟は？」エドが訊いた。

「〈水〉が、川岸の楡の樹皮で作る。そのために大鉈を持った。小型の刃物は身につけている」

砦に行くときはセントローレンス川を下りモントリオールに行き、それから逆戻りして支流リシュリュー川に入るという迂回路をとったが、〈水〉が一人で漕ぐ程度の小舟なら、叛乱軍の手に落ちているタイコンデロガ砦の近くまでリシュリュー川を上り、集落に帰ることは可能だと、アシュリーは二人に説明した。

往路シャルレーヌがつけた目印を頼りに、鹿の水飲み場に辿り着く。

泥濘地は、獣の足跡の他に、クラレンスたち偵察隊がつけた足跡が入り乱れて残っていた。

偵察隊が乗ってきた舟は、切り株にロープで繋がれたままであった。ほっとした。

先に着いていた〈水〉が、木の枝で作った骨組みに樹皮を張り、細いひげ根を糸代わりにして縫いつけ、小舟を作っていた。周囲に聳《そび》える楡の幹は、どれも樹皮をきれいに剝ぎ取られている。その足もとに黒い〈骨〉は横たえられていた。

〈美しい湖〉が手を貸し、舟作りの速度が増した。

「こんな頼りないので大丈夫なのか」

クラレンスの問いに、アシュリーは答えた。「本格的な舟は、もっと頑丈に作る。縫い目の上に樹脂を塗って水漏れを防ぎ、何年も使えるようにする。でも今は短距離を行くだけだし使い捨てだから、何とかなるだろう。目的地に着くころは沈みかけているかもしれないけれど」

使い捨て。爺さんの草の葉の匙と同じだな。

偵察舟のあまった櫂を〈美しい湖〉は〈水〉に渡した。

〈美しい湖〉が艫で指令を出し、エドとクラレンス、アシュリーとピート・オキーフが二列になって漕ぐ。行きより漕ぎ手の数は減ったが、余剰人員を乗せていないので船足はむしろ速い。流れに沿ってもいる。

同じ動作を繰り返しながら、クラレンスの脳内では疑問が渦巻いている。

誰が放火したんだ。

ビセットを焼いたのと同じ人物か。

いや、ビセットが殺されたのか過失か、わかっていないぞ。

犯人は、爺さんと伯母さんを先に逃してから放火したのか。

何のためにシャルレーヌとジェイクを殺す。

櫂を漕ぐクラレンスの目に、必死に追ってくる〈水〉の小舟が映った。大声で叫んでいる。

〈美しい湖〉は振り向き、手を上げてクラレンスたちの櫂の動きを止めさせた。

〈骨〉の遺体と〈水〉をのせた速成の粗末な小舟は、半ば沈みかけながら偵察隊の舟と並んだ。

〈水〉は先ず〈骨〉を〈美しい湖〉に渡し、つづいて自分も、乗り移ってきた。櫂を持つのは忘れなかった。

空の小舟は流れに乗って川下に向かったが、たちまち水中に没した。やはり、あれでは無理だったんだな。

〈水〉と〈美しい湖〉は何か話し合い、アシュリーがエドとクラレンスに説明した。

「砦側に着岸することを優先する。その後、〈水〉はこの舟を使って集落に帰る」

「我々全員、処罰されますよ」ピート・オキーフが言った。「砦の持ち船を勝手に使ったら」

アシュリーもそう忠告したようだが、〈美しい湖〉の断固とした表情は変わらない。

轟音。

舟が大きく揺れた。

二度、三度、砲撃は続いた。

砲撃戦　酣《たけなわ》の中に突っ込んだ状態だ。

「とにかく、岸に着けよう」

エドは直接〈美しい湖〉に語りかけた。左岸を指さしたエドの仕草で、アシュリーを介さなくても意が通じたようだ。〈美しい湖〉はうなずいた。四人の漕ぎ手が気を揃え、左に舳先を向けた。

目の前に水柱が噴き上がり、舟は大きく傾《かし》ぎ、クラレンスの躰は水中にあった。ぐいぐい躰が水中に引きずられるのは、皮紐で肩にかけた銃のせいだ。考える前に躰が動いて肩紐を外し銃を捨てていた。

服が重い。

一瞬にして躰が氷の塊になったようだ。

何かの力が躰を引っぱっているのを感じながら、意識が薄れた。

気がついたら、氷みたいな躰の片側がぼうっと暖かい。

火が燃えていた。

どこにいるのか、理解するまで少し時間がかかった。せせらぎに近い木立の中だ。地面に火が焚かれていた。

焚き火は一つではない。幾つかの焚き火が円周に沿うように燃え、その輪の中にクラレンスたちはいた。

〈美しい湖〉は、服を脱がせたエドのからだを擦っていた。クラレンスは自分の服も脱がされ、〈水〉に擦られているのを知った。

服は二つの焚き火の間に数本立てた枝にひっかけてあった。全員の濡れそぼった衣服が、同じように焚き火の間で乾かされていた。その傍らに〈骨〉は横たえられていた。

銃はすべて川底だ。腰帯につけていた弾薬包を入れた金属製の盒《ごう》は、地面に置いてある。銃がないのでは、無用だな。そんなことをクラレンスはぼんやりと思う。

すでに手当を受けたのか、アシュリーとピートは焚き火を抱きかかえるようにして暖をとっていた。

起き直ったエドが感謝の言葉を口にし手をのべると、白人のやり方に慣れているらしい〈美しい湖〉は、握り返し笑顔を見せた。

焚き火の壁は寒気を完全に遮断することはできず、暖気と冷気がマーブル模様をつくっているのを、素肌は感じる。

少し元気を取り戻したらしいアシュリーは、濡れた紙を一枚一枚丁寧にはがし、火の傍に並べている。

充分に乾き暖まった服を、皆、身につけた。何か大きいやさしいものに包み込まれたようにクラレンスは感じた。

その間も砲撃戦は続く。轟音とともに、幾度か、地面が揺れる。

自分とは関係ない戦闘のように、クラレンスには感じられる。

「十月半ばだから、まだよかった」ピート・オキーフが歯の根のあわない声で言った。「これで真冬だったら、凍死だ」

「真冬だったら川は凍っている」アシュリーが冗談まじりとわかる幾らかくつろいだ声で応じた。

餓えているときの食い物と凍えているときの火ほど、人を活気づけるものはないなあとクラレンスは痛感し、いつもなら、さっそく感想を口にして喋りまくるところだが、寒さに舌が引きつっている。

ようやく人心地がついてきたけれど、それでも饒舌《チャターボックス》ぶりを発揮するにはエネルギーが不足していた。

〈美しい湖〉が〈水〉に何か言い、弓矢をたずさえ二人揃って去って行く。

濡れとおった矢羽根は、乾かす間に丹念に形を整え直したとみえる。

「食い物の調達だ」

アシュリーが説明し、振り返った〈水〉が、そこで待っていろと手振りで示した。

名案だ。朝飯を食ったきりだ。砲撃戦の最中である砦では、落ち着いて食事もとれないだろう。

残った四人、エドとクラレンス、アシュリーとピート・オキーフは、手近なところの枯れ草や枯れ枝を集め、焚き火にくべ足して火勢が衰えないようにする。

前の時より少し時間がかかったのは、砲声に怯えた獣たちが岩穴などに隠れてしまったからだという。

皮を剝ぎ内臓を抜いた兎を小枝で貫き火にかざして焙りながら、塩が欲しいなとクラレンスは思った。飲み物は清冽なせせらぎがある。冷たい水を掬い、喉を潤す。手が痺《しび》れる。

やがて、〈水〉は〈骨〉を担ぎ、繋留してある偵察隊の舟のほうに去った。

「我々の舟は撃沈されたと報告しよう」

クラレンスは言った。

エドがほんのわずか微笑し頷いたので、クラレンスは心強くなり、「な、いいな」アシュリーとピート・オキーフに目交ぜした。

「ばれたら……」

ピートは逡巡する。

「さっきの砲撃で、舟は実際ひっくり返った」エドが言った。珍しいな、とクラレンスは思った。積極的に自説を述べることが少なくなっていたのに。

「モホークの二人が岸に運んでくれなかったら、舟はあのまま沈没した。そうして我々は溺死していた。上官に虚偽を申し述べるときは、堂々とやれ。良心の小さい痛みなど、無視しろ」

エドは実に堂々と、ロンドン・ウエストミンスター地区治安判事を騙しとおしたものな、とクラレンスは思い出してしまう。追憶に浸ってはいかん。腹を満たし、兎の骨はせせらぎに捨てた。においを嗅ぎつけた獣たちが寄ってこないように。

リシュリュー川に沿って砦に向かう。

小舟や帆船の残骸であろう木っ端が川面に漂っている。正門に近づくにつれ、木っ端は夥《おびただ》しくなった。

見慣れた光景と何だか違う。

大きい帆が水面に広がり揺れている。ロイヤル・サヴェイジ号の姿がない。舳先が水面から突き出ている。あれが、武勲を讃えられた武装スクーナーか？

造船所の建物が半壊していた。船底を見せて沈みかけているのはウィペット号らしい。

警備の兵に誰何《すいか》された。顔見知りの民兵たちで、砲台偵察に出た事情も知っていた。中の一人は、モントリオールで仕立屋をしていたという馴染みの深い男だ。口が軽く、いろんな情報をクラレンスは彼から得ている。

ひどいことになっている、と元仕立屋は告げた。

「火薬庫が爆発したんだ」

「直撃弾か？」

「いや、砲撃の始まる前だ。昨日、陽が落ちてから、突然」

思い当たった。昨日、陽が落ちてから。

爺さんに呼ばれ、木に登った。対岸の一隅、砦の方角が赤かった。

その後、小屋に戻ったら、ビセットが焚き火の穴に落ち込んで絶命していたのだった。

「爆発したのは一棟だけだった」

火薬庫は二棟ある。

「敵のスパイが入り込んで放火したんじゃないかと……」元仕立屋は極度に声をひそめ、クラレンスの耳元にささやいた。「上の連中はインジャンを疑っているようだ」

いくら小声でも、「インジャン」の一言は〈美しい湖〉の耳に届いた。険しい目に、元仕立屋は身を竦めた。

話の内容を伝えろと〈美しい湖〉はアシュリーをうながしたようだ。

アシュリーはそれに答えず、元仕立屋に食ってかかった。「モホークは私の父が正規軍のために送ったのだ。彼らを疑うのは、私の父グレゴリー・アーデンを誹《そし》ることだ」

「俺がミスター・アーデンなら、大事な息子をこんな危険な場所に送り込んだりはしねえな」


崩れ落ちた火薬庫の残骸は、激戦の後みたいな硝煙のにおいをまだ漂わせていた。

報告のために士官宿舎に向かう偵察隊は、蓋《ふた》付きの革バケツを持った男の群れとすれ違った。無事だったほうの火薬庫から大砲を据えた稜堡《りょうほ》へ、民兵やモホークたちが火薬を運んでいるのだ。船長代理メイスン一等航海士以下ウィペット号の乗員たちも雑役の男たちも駆り出されている。雑役夫やその家族は、倉庫棟の脇に造られた小屋に雑居している。

バケツの中身は火薬だ。他国の砲兵隊は袋詰火薬《カートリッジ》を使うようになったのに、英軍だけは昔ながらの革バケツを愛用し続けている。火薬庫には、火薬樽の他に、火薬掬い《レードル》だの押し込み具《ラマー》だの、砲口掃除のスポンジ棒だの、火縄の束だの鉄棹《てつざお》だの梃棒《てこぼう》だの螺旋具《らせんぐ》だの四分儀《しぶんぎ》だの、マスケット銃用の弾薬包とそれをおさめる盒《ごう》だの、と、クラレンスには名前も用途もおぼえきれないさまざまな用具が置かれている。

砦に到着してからこの日まで十数日の間に、クラレンスとエドは何度も火薬庫に出入りしている。民兵たちと一緒だった。モホークたちもウィペット号の乗員たちもジェイクも総出で樽転がしに従事させられた。

火薬樽は、横に寝かせておくと比重の重い硝石が下に溜まり、上部の火薬は質が悪くなるため、定期的に転がして均等にしてやらねばならない。

火薬は湿気を嫌うから、床は地面より二十インチほど高く、その下に石塊《いしくれ》が敷き詰めてある。砕けて八方に散った石壁の破片に、その石塊も混じっていた。壁の通気孔には目の詰んだ金網が張られている。他の砦で起きたことだが、敵のスパイが、尾に火を結びつけた鼠を孔《あな》から忍び込ませ爆発させた事例がある。金網はそれを防ぐためだ。

今度の爆発も、それか？　スパイがネットを破り、火鼠を放つとか……。

帰隊した〈美しい湖《レイク》〉に気づき、モホークたちが作業の手を止め、まわりに集まってきた。〈骨《ボーン》〉と〈水《ウォーター》〉がいない事情を、〈美しい湖〉が仲間に説明しているようだ。

「作業を続けろ！」指揮する下士官が怒鳴る。

雑役夫の小屋から、五つぐらいの男の子が中庭に飛び出してきた。急ぎ足で目の前を行き来する大人たちをきょとんとした顔で見上げる。

母親らしい女が駆け寄ったが、摑まる前に走り出した子供は、民兵の一人に衝突した。よろけた民兵はバケツを落とす。蓋が開き、地に火薬がこぼれ散る。

「水だ！　そこに水をかけろ！」喚きながら下士官は、転がっている子供を思いっきり蹴飛ばした。抱きかかえる母親をも足蹴にし、苛立ちの捌《は》け口に数度踏みにじり蹴り飛ばし、後は見向きもせず、「水！　他の者は稜堡に急げ！　急げ！　緊急だぞ」怒鳴りまくる。〈美しい湖〉が、すっと近寄り下士官を殴りつけ、股間を蹴り上げた。下士官は悶絶した。一瞬のことであった。

モホークたちが集まり、バケツは放棄し、一人は子供を抱き上げ、失神している女を二、三人が抱え、雑役夫の小屋に運ぶ。モホーク全員が続く。

釣瓶《つるべ》井戸に民兵たちが走る。木桶の数が足りないと見た者が、火薬バケツの貴重な中身をぶちまけ、汲み上げた水を満たした。「馬鹿野郎！」

民兵らにしても水夫たちにしても、命令外の行動をとったモホークたちを積極的に糾弾《きゅうだん》し制裁する気はない。個々の戦闘能力はモホークのほうがはるかに高い。叩きのめされるのがおちだ。下士官どもの傲慢暴戻《ごうまんぼうれい》な態度に鬱憤《うっぷん》が募ってもいる。とりあえず、こぼれた火薬に桶の水をかけたりバケツを稜堡に運んだりすることに専念している。急げ！　急げ！　倒れている下士官は放置された。緊急だ！

エドとクラレンスはモホークたちと一緒に小屋に入った。

雑役たちの小屋の内部が暖かいのは、煮炊きをする竈《かまど》が壁際に据えてあるからだ。土間の一方に竈、扉の部分をのぞいた三方の壁際にベッドが並ぶ。

パンは支給されるがその他は自炊だ。煙出しはあるけれど竈に近い部分の壁は煤《すす》で真っ黒だ。

小屋の人々の不安げな視線が集まる中で、意識のない女と弱々しい声で泣いている子供をベッドに横たえ、エドは女の、クラレンスは子供の傷を調べた。

「報告は……」

アシュリーが遠慮がちに促した。

砲声。地響き。

「君に頼む」エドは言った。「クラレンスと俺は外科医の心得がある。まず怪我人の手当をする。報告は次のとおりだ。ビセット軍曹が兎罠にかかり、重傷。幸いインディアンの棲む小屋があったので、運び込んだ。軍曹は死亡。それによって偵察活動が一日遅れ、砲撃が始まった。舟で帰参の途中、敵砲台からの砲撃の煽《あお》りを受け、舟は転覆、沈没。モホーク二名が行方不明、おそらく溺死」

堂々とやれよ。クラレンスは声には出さずアシュリーを応援し、ピートに目配せした。ピートは重々しくうなずいた。

「以上だ。もう一つ。雑役婦および彼女の幼い子供が下士官の暴行によって重傷を負ったから、医薬品を必要とすることも報告してくれ。布、鎮痛剤、裂傷縫合に必要な器具」

「〈下士官の暴行によって〉と告げるのは無理だ。兵が上官の所業を訴えたら、こっちが処罰される」

「君は兵ではない。民間人だろう。まあ、いい。適当に省略しろ。とにかく薬品と器具だ。大至急」

エドの強い語気に蹴飛ばされたようにアシュリーは出て行き、ピートが従った。

女が嘔吐の様子を見せたので、エドは急いで横を向かせた。口からあふれ出たのは血であった。

「結核?」クラレンスはまわりに立つ女たちに訊いた。

ノーの答が返る。

「折れた肋骨が肺に刺さっている」脈をとりながら触診しているエドが言った。

血の染みはシーツにじわじわと滲《にじ》み広がる動きを続けているが、女の心臓は動きを止めた。

「子供は打撲傷と擦過傷だけだ」

明るい声を作ってクラレンスは告げた。

女を仰向かせ両手を組ませてから傍らにひざまずき祈る仕草をするエドを、クラレンスは目の隅に見た。

エドは外に出て行った。出がけに傍《かたわ》らの女に声をかけ、布袋をもらった。戻ってきたとき、布袋の中にはぎっしり雪が詰まっていた。

子供の腫れあがった患部に冷たい袋を当てた。

雪はすぐに溶ける。女たちが外に出ては袋に雪を詰めて持ってくる。モホークも手を貸した。

何人かの女は、召された女の枕頭《ちんとう》で祈っていた。

アシュリーとピートが戻ってくる前に、部下数名を率いた士官が入ってきた。

「インディアン、全員外に出ろ」

誰一人動かなかった。

兵たちが、外観で明瞭にわかる者たちの腕を掴み、引きずり出そうとして突き飛ばされた。

「インディアン、外に出ろ」

命令は通じない。

「誰か、こいつらの言葉を解する者はいないのか」

「私ですが」

ちょうど戻ってきたアシュリーが言った。器具や薬品を持ったピートが一緒だ。

受け取って、クラレンスは視線で女の死をアシュリーに伝えた。アシュリーの頬が痙攣《けいれん》した。

エドは器具を調べ、ピンセットを選び出した。

「通訳か」士官が居丈高な声をアシュリーに投げた。「奴らに言え。外に出ろと」

「何のために?」

「懲罰を与える。スミス伍長に暴行を加えたのはインディアンだと、目撃者が証言している。こいつらの所業は銃殺に値する」

アシュリーの表情が、これまでクラレンスが見たことのないものに変わった。

「私は軍に雇われた通訳ではありません。私の大切な友人であるモホークたちが不当な扱いを受けないよう、彼らの言葉を伝えるために、私はここにいます」

よく言った、と思うと同時に、やばい、ともクラレンスは思う。アシュリー・アーデンは、逆上している。ふだん引っ込み思案な奴が切れると、収拾がつかなくなる。

「貴官の言葉をモホークに伝える義務を、私は持ちません」

子供の泣き声に、「うるさい！　黙らせろ」士官の声は甲走《かんばし》った。

擦り傷に深く食い込んだ細かい砂利をピンセットでほじり出す作業をクラレンスに任せ、エドは士官と向き合って立った。

「モホークの行為は当然です。スミス伍長という名ですか。その下士官は、殺人者です。子供の母親を蹴り飛ばし踏みにじり、死に至らしめた。モホークが制《と》めなければ、スミス伍長は子供をも蹴殺していたでしょう」

「黙れ！」

腹に響く砲声が、エドの言葉を消した。小屋が揺れた。

正論が通じる相手じゃないよ。部下がいる前で、士官が非を認めるわけはないだろ。

「軍法会議にかける必要があります。女性を蹴り殺した下士官と、それを制止したモホーク、どちらが処分を受けるべきか」

「貴様をまず処罰する」

「甘んじて受けます。さらにつけ加えます。モホークは、スミス伍長を制《と》めました。しかし、伍長の肉体に暴力を与えたのは、私です」

あ、また……。クラレンスは思った。

お前、そうやって全部引き受けちゃったら、果ては死刑だぜ。せっかく、志願兵となることで切り抜けたのに。

ナイジェルを失ってから、その傾向が顕著になったのだとクラレンスは思う。

アシュリーにやりとりの説明を受けた〈美しい湖〉が、士官に向かって激しい口調で何か言い、アシュリーに訳せというふうな仕草をした。アシュリーは躊躇《ためら》ったが、〈美しい湖〉が促した。

エドは士官に言葉を続けた。「いまは、戦闘中です。戦力は貴重でしょう。敵を撃退した後で、私を裁判にかけるのが順当でしょう」

「官姓名《かんせいめい》を名乗れ」

轟音が耳を聾《ろう》した。

「官姓名を」と、士官は繰り返した。

「陸軍歩兵二等卒エドワード・ターナー」

「そっちは」

「同じく陸軍歩兵二等卒クラレンス・スプナー」

「貴様らの名は、記録しておく。うやむやになると期待するな。二等卒ターナー、二等卒スプナー、作業につけ。火薬庫でバケツに火薬を詰めろ。インディアンどもは火薬を稜堡に運べ。厳罰に処すのは戦闘終了後だ」

無駄な反抗はせず、火薬庫に向かう。

火薬バケツや砲弾を積んだ手押し車を稜堡に運ぶ者たちとすれ違う。

このさまを天空の高みから見下ろしたら、蟻《あり》の行列だろうとクラレンスは思う。そうして何だか可《お》笑《か》しくなる。蟻は餌を運ぶ。俺たちはまるっきり腹の足しにはならないものをせっせと運ぶ。阿呆らしいったら。すべてを放り出したくなる。アル、ベン、みんなどうしてる？　ダニエル先生は？　エド、あんな奴らのために、俺は死にたくはないぜ。お前をも死なせない。お前は、その、首に結びつけた贖罪の重石を取っ払え。お前だってさ、生きていたいんだろ。そのくせ、無茶な行動をとりやがる。中途半端なんだよ、お前は。

頭の中にはそんな言葉が渦巻いているのに、躰は火薬庫に向かって歩いている。アシュリーはしきりに首をモホークたちの歩みは遅い。アシュリーを加え、何か話し合っている。アシュリーに向かって言った。

振り、相手の言葉に応じない様子だ。

「おい、のたのたしていると、また叱責をくらうぞ」アシュリーに忠告するクラレンスに、エドが言葉を挟んだ。「すでに、銃殺の予告を受けている」しかし、とエドはアシュリーに向かって言った。

「任務に励んでいるふりぐらいはしよう」

さっさと歩きながら、「揉めている内容は？」エドは訊いた。

「ここでは話せない」アシュリーは極度に声をひそめた。

「およその察しはつく」エドも囁き声で応じた。「じきに日が暮れる」夜は砲撃が止む。「休息となったら、君の部屋に行く。〈美しい湖〉と一緒に」

エドはさらに、〈美しい湖〉に直接何か言った。たどたどしいモホーク語らしい。アシュリーが言葉を添えた。

火薬庫の中で、樽の火薬を革バケツに移し入れる作業にかかる。

稜堡から空の革バケツを提げてきたのは、メイスンに引率された水夫たちだ。皆、不機嫌丸出しの面《つら》をしている。軍に徴用されたわけではないのに成り行きで戦闘に就かされている。給料は増えない。ただ働きだ。しかも命懸けで。

備蓄の砲弾、火薬は、火薬庫爆発のせいで半減している。

「砲台の様子を偵察に出たと聞いたが」

空のバケツをクラレンスに満たして貰いながら水夫の一人が声をかけてきた。

ああ、と短くクラレンスは応えた。

「無駄な労力だったたな」

「まったくだ」

「砦から逃亡者が出たのを知っているか」メイスン一等航海士が無駄話に加わった。

エドが表情を動かさないのを視野に入れ、「逃亡？」クラレンスは空惚《そらとぼ》けた。

「砲架を作った大工が乗っていただろう、あいつと、女郎だ」

「へえ、そう」

ワンパムをつけた焼死体が眼裏《まなうら》に顕《た》った。

「女は三人いただろう」別の水夫が割り込んだ。「大工と一緒に逃げたのは一番若いのだ」

「無事に逃げおおせたかな」

「いつからそんな仲になっていたんだ？」

関心があるのだろう。水夫たちが手を休め口々に言う。

「モントリオールにいたときからじゃないか。女はモントリオールで商売をしていたし、あの大工もモントリオールだったそうだ」

「二人でモントリオールに逃げ帰るのか」

「モントリオールも安全とはいえないぜ。ここが陥《お》ちたら」

雑談にふけろうとするのを、バケツの蓋を手荒く閉める動作でクラレンスは追い払った。

夜の士官室は、砲撃戦などなかったかのように静かだ。エドとクラレンス、〈美しい湖〉が部屋にきたとき、アシュリーの腹部はすっきりしていた。巻いていた紙の束を、外《はず》してどこかに置いたのだろう。

ピートはいなかった。もう用事はないからと、アシュリーが下がらせたのだという。忠実な従卒としてアシュリーに付き添ってはいるが、本来、正規軍の兵士だ。

アシュリーを介して、エドと〈美しい湖〉は話し合う。クラレンスもやりとりをどうにか理解できる。

この部屋なら他人の耳を憚《はばか》る必要はないが、盗み聞きを警戒し英語で話すときは声をひそめる。

「これ以上白人のために戦うことを、〈美しい湖〉を始め砦の防衛に参加したモホークは皆拒絶している」アシュリーの説明に、「そりゃ、そうだろう」クラレンスはうなずいた。おれだって嫌だ。

「彼らは砦を出ると言っている」

「脱走か」

「堂々と出て行くつもりでいる。……不可能だ」

不可能だ。確実に。

アシュリーから、そして民兵たちからも聞いたことだが、叛乱軍は、独立を勝ち得たら国王がさだめたインディアンとの境界線など無視し、開拓地を西に広げると明言している。モホークたちは、彼らの居留地区を守るために正規軍に加わった。しかし、国王の軍隊は彼らの信頼に値しない。俺だって、ごめんだ。……けれど、砦を脱走してもロンドンに帰れるわけじゃない。自由に行き来できるようになるのは、戦争が終わってからだ。どういう形で終わるのか。

造船所が被弾、半壊し、せっかく修理が進んでいたウィペット号は沈んだが、無事に残っている帆船、手漕ぎ舟は多い。交通手段はあるのだが、四十一人のモホークがこぞって砦を出るのは不可能だ。砦の指揮官プレストン少佐はモホークの離脱を決して許さないだろう。

何らかの手段によって脱走できたとしよう。それは、後日モホークの集落を国王軍が殲滅《せんめつ》する口実を与えることになる。

叛乱軍――大陸軍《コンティネンタル・アーミー》――は、最初からこの地の本来の住民の居住地区保全を認めていないが、本国政府も彼らを安住させたいわけではないのだ。放逐乃至《ないし》は絶滅させたいのが本心だ。

この戦闘の決着がつくまで行動は控えるのが得策だ。そうエドは〈美しい湖〉に言う。

「砦の守備隊が勝利すれば帰郷できる。問題は、守備隊が降伏した場合だ。全員、捕虜になる」

捕虜がどういう扱いを受けるか。予測がつかないとエドは言った。これまでに例のない戦争だ。植民地が本国に牙を剝く。独立を最終目的とする。叛乱軍には本国への強い敵愾心《てきがいしん》がある。しかも彼らの多くは軍隊の経験の無い民兵だ。身代金を払って、あるいは捕虜交換によって、自由になる。そんな慣例が通用するかどうか。

「捕虜処刑も優にあり得る。降伏となったら、脱走する。モホークと共に」

「脱走？　エド、お前も？」

「する」

「先に、俺に言えよ。俺を置いていくつもりだったのか」

「他人の耳がいつも傍にあって、相談する機会がなかった。今から相談する。砦の守備隊が降伏したら俺はモホークと行動を共にするつもりだが、お前はどうする？」

「どうする……って」

そりゃ、行くさ。でもさ、いきなり結論だけ突きつけて、どうする、って、どうよ。そういうのを独断専行っていうんだ。あのときも、そうだったよな。誰にも言わないで、一人で決めて、一人で背負い込んで。

「アシュリー、君はアーデン家に逃れるのか」クラレンスが訊くと、

「その場合、父は俺を受け入れないだろう」アシュリーは言った。

「そんな親がいるか」

「いるのだよ」

アシュリーは左手の指先に眼を投げた。

クラレンスは思い出した。乗船する前から左の中指に布を巻いていたっけな。砦について数日後にははずしていた。

怪訝《けげん》な表情を見せるクラレンスに、「大陸軍が勝利したら、国王軍に協力した者はすべて敵とみなされる」アシュリーは言った。「財産は没収、命さえ危うくなるだろう。俺がアーデン・ホールに逃げ戻ったら、父は、慌てるだろう。匿《かくま》ってしばらく様子を見、モントリオールやケベックまで陥落となったら、モホークを砦に連れて行った責任を俺に押しつけ、大陸軍への忠誠の証として俺を差し出

すだろう」

「息子より財産か」

アシュリーは何か呟き、黙りこんだ。

〈美しい湖〉がアシュリーの肩に手をおき、話しかけた。めったに親愛の情を態度に表さないエドが、アシュリーの手を軽く握った。

エドの父親が冤罪で死刑になったことを、クラレンスは思い出した。同時に、親父を思った。

アシュリーは話題を変え、エドに言った。

「モホークの生活には、一つ欠けているものがある。君は耐えられるか」

「一つどころか、俺たちが馴染んで育ったものの、ほとんどが無いのだろうな」

「書物がない。文字がない」

それは、エドには辛いだろうとクラレンスは思った。貧しかった子供のころ、富裕な家を訪れては雑用をし、駄賃の代わりに蔵書を読ませて貰ったというエドだ。

「文字を、モホークに教えよう」

クラレンスは言った。素敵な考えだと思ったのだが、エドの反応は冷たかった。

「アルファベットをか。それは、俺たちの思考を彼らに押しつけることだ。アルファベットでは表せない発音の言葉と、そうして俺たちの言葉では表現できないサムシングを、彼らは持っている。ブリテンの言葉に言い換えると、違うものになってしまう。逆もある。国王という言葉も、軍隊、将兵という言葉も、彼らは持たない」

アシュリーがうなずいた。たぶん、日頃それを実感しているのだろう、今のやりとりにしても、アシュリーはモホークの言葉に換えるのに苦労しているようだ、とクラレンスは察し、自説を取り下げた。

「アルファベットを彼らが知れば、互いに便利だ」アシュリーは言った。「だが同時に、白人が、モホークの……モホークと限らずこの地の本来の住民の、思考、表現法を知るべきだ」短い沈黙の後に、続けた。「常に……常に、一方的な押しつけなのだ」

砦の守備隊が敗北したら捕虜になる前に共に脱出するという結論に、〈美しい湖〉は納得した様子を見せた。

ビセット軍曹の死は、事故か、殺人か。伯母さんの小屋に放火し、三人を焼死させたのは誰なのか。何のために。火薬庫の爆発もある。大陸軍に内通する者の仕業なんだろうが、それは誰なのか。語り合うには疲れすぎていた。とりあえず休もう。

宿舎に戻る途次《とじ》、雑役婦たちの小屋をのぞいた。女の遺体は仲間たちがすでに小屋の裏に埋葬し、木片を組み合わせた十字架がおぼつかなく立てられていた。女はアイルランド出身でカトリックなのに、従軍しているのは英国国教会の聖職者なので、仲間たちは少し不安がっていた。

眠っている子供の頬は、泣いて濡れた痕が乾きひび割れになっていたが、擦り傷が化膿した様子はなかった。

翌日、朗報が伝わった。それは直ちにセントジョン砦の全将兵に知らされた。

モントリオールにいるケベック駐在軍総司令官カールトン将軍が、ケベック駐在のマクリーン大佐に出動を命じた。大佐は民兵隊を組織し、砦救援に向かっている。

食糧が届く！

しかし、折り重なるように悲報が続いた。

セントジョン砦にほど近いシャンブリー砦が、叛乱軍の攻撃を受けた。二日にわたる砲撃を受け、八十二名の守備隊を率いる指揮官は、降伏し砦を明け渡した。備蓄してあった火薬、砲弾、マスケット銃、弾薬、そして食糧までが敵の手に落ちた。

兵士らは動揺する。

待ち焦がれるマクリーン大佐の民兵隊は、いつになっても到着しない。叛乱軍に阻《はば》まれ潰走《かいそう》したと、だれからともなく噂が伝わった。上層部はその確報を得たのだが、我々には秘しているのだ。噂は真実みを持って広がる。

さらに苛酷な情報がもたらされた。敵情視察に出た偵察隊が、叛乱軍が新しい砲台を構築中であること、叛乱軍側に援軍五百名ほどが到着したことを突き止めたのである。

正規軍の将兵も民兵たちも、モホークをほぼ一塊《ひとかたまり》の量として見ている。際立った存在である〈美しい湖〉が唯一の例外だろう。

塊がなんだか小さくなったとみた下士官が、点呼をかける。整然と横一列に並び命令どおり行動することに、モホークは馴染もうとしない。号令の意味が今ではわかっているのだろうが、素知らぬふうをする。

将校たちもモホークの扱いに困惑している。厳罰を与えれば歯向かう。

砲弾、火薬には限りがある。シャンブリー砦のやつらが、と、将官も下士も憤激する。砦を明け渡すなら、その前に貴重な物資をこっちに移すべきだったのだ。みすみす敵の武器や食糧を増やしやがって。滾《たぎ》る怒りは下の者への八つ当たりで発散される。将校の理不尽な仕打ちを受けた下士官は兵卒を怒鳴り散らす。正規兵は民兵を見下す。民兵より下なのは雑役夫たちだが、この二つの階層は、スミス伍長の一件以来、むしろ結束していた。雑役夫たちとモホークの間にも絆が結ばれた。モホークの脱走に、雑役夫たちはひそかに手を貸す。

正規軍でさえ、兵卒の多くは戦闘の終結を切望している。将校と兵の間には確然たる階級の壁がある。貴族は最初から将校であり、平民はどれほど武勲をたてようと下士官止まりだ。

その上、火薬庫の爆発事件が疑心暗鬼を掻きたてている。

とても持ちこたえられない。降伏すべきだ。民兵の間でその声は高くなった。脱走する民兵も出始めた。捜索捕縛に多くの兵を割く余裕は正規軍にはない。民兵を捜索に出せばそのまま戻ってこない。降伏したら、正規軍の兵は捕虜になるが、民兵は大陸会議に忠誠を誓えば帰宅を許されるそうだ。誰が言い出したのか、確証もないままに噂がひろがる。

〈美しい湖〉はまだ残っている。彼が脱走するのは、仲間のモホークがすべて砦を離れてからだ。そのときは、エドとクラレンス、アシュリーも行動を共にする。鹿革の袋に身の回りのものをおさめ、脱出時に携行する。アシュリーの袋には、紙の束がおさまっている。

陽が落ちて砲撃が止み、極端に貧弱になった食事を摂《と》る。同室の民兵たちがモホークに好意的な態度をとるようになったのは、食い物のおかげもある。モホークたちは、干し肉や、その干し肉を砕き、これも干し砕いた果実と混ぜ合わせ、熱して溶かした脂身を流し入れて腸詰めにしたものなどを携行してきている。脱走するモホークは、帰途に必要とする量を身につけ、残りは仲間のために置いていく。民兵に請われれば気前よく分けてやる。求められたら与えるのが彼らの習性だ。そのかわり、自分たちも欲しいものは遠慮なく要求する。

クラレンスとエドも分け前にあずかっている。際立って旨いとは思えないが、充分腹の足しになる。

アシュリーが二人に告げた。脱出に成功したモホークは、見咎められる危険の少ない川上の岸辺で、あたりの樹皮と枝を用い、〈水〉が即席で作ったような小舟を自身の分だけでなく後続の者たちのためにも作っておく。時間の余裕があるから、念入りに作り縫い目に樹脂を塗り、少なくともリシュリュー川の南端まではたどり着けるようにする。砦の所有する舟を盗むより安全だ。

雑役夫の小屋の背後に聳《そび》える石積みの防壁に、縄梯子が垂れている。最初に脱出したモホークが後の者のために垂らしていったものだ。最初の脱出者は石の凹凸《おうとつ》のみを手がかり足がかりに、よじ登ったのだ。小屋の住人たちの協力がなくては不可能な脱走であった。

夜は雑役夫の小屋に近づくな。スミス伍長に殺された女のゴーストに呪われる。そう言い広めたのも雑役夫や女たちで、そんな噂を流すからには隠したいことがあるのだろうと気を回す余裕を守備隊士たちは持たず、モホークたちは二人、三人と、抜け出る。


大陸軍の使者であることを示す白旗を掲げた者がセントジョン砦にあらわれたのは、十一月の初めであった。

守備隊指揮官プレストン少佐と使者の間にどのようなやりとりがあったのか、公表はされないが、じわじわと伝わってくる。

この使者は正規軍の士官であったが、大陸軍との戦闘で捕虜になった。彼は正規軍がいかに劣勢であるかを少佐に詳細に告げるとともに、降伏を勧告する大陸軍指揮官モントゴメリーの書状を取り次いだ。

交渉の間、砲撃は中止されている。

降伏か、徹底抗戦か。降伏するらしい。安堵と不安が民兵たちの間にひろがる。俺たちはうちに帰れるんだよな。

おい、言葉には気をつけろよ。セントジョン砦は落ちても、モントリオールは健在なんだぞ。

ひそひそと言い交わす。

粗末な夕食が支給される。

うちに帰ったら、もうちっとましなものが食える。

てめえんちの食い物なんか、これとたいした違いはあるまいが。

エドとクラレンスに呼び出しがかかった。

士官用の一室に導かれた。刑を言いわたされるのかと思ったが、名前も知らない士官のほかに、メイスン一等航海士がいた。

「お前たちは、彼に貸与する船に乗船し、モントリオールの本隊に帰隊しろ。指揮官閣下の命令だ」

それだけ告げ、士官は退出を促した。

メイスンも一緒に士官室を出た。

「どういうことだ」

面食らう二人に、「説明してやるから一緒にこい」とメイスンは言った。彼がノックしたのは、アシュリーが居室にしている士官室の扉であった。

「君の従卒をちょっと借りる」とアシュリーに断ってから、メイスンはピートに言った。「ウィペット号の水夫たちに伝えてくれ。上層部が俺の提案を受け入れた。モントリオールに帰る許可が出た。

そう、伝言を頼む」

指令を待つ目をピートはアシュリーに向け、アシュリーがうなずくと、「わかりました」と勢いよく出て行った。

「提案とは何だ？」クラレンスは訊いた。

「船を一艘、使用する許可を得た」

「信じ難いほど気前がいいな」

「俺の正論を、司令官も認めざるを得なかった」と、メイスンは交渉の様子を語った。

娼婦宿のアビーとビヴァリーが砦にきて、モントリオールに帰るから舟を工面してくれと要求した。下士官と揉めているとき、メイスン一等航海士と水夫たちが談判に加わった。

「我々は砦と運命を共にする義務はない」というのがメイスンと水夫たちの主張であった。「俺たちもモントリオールに帰る」

「叛乱軍を潰すのは、我々の義務だ」下士官ははね返した。「兵であろうとなかろうと」

「どのみち、降伏するのだろう」臆せずにメイスンは言い返した。「砦が所有する船は叛乱軍に没収される。敵の持ち船を増やす結果になる。利敵行為だ。一艘でも二艘でも、できる限り、モントリオールに運ぶのが得策だろう。帰着したら、船はケベック駐在軍に返還する。駐在軍にとっても、船は貴重だろう」

メイスンの提案は説得力があった。

下士官は上官に取り次いだ。

一理あると上層部は判断した。

「俺はさらに、エドワード・ターナー、クラレンス・スプナーの二名も同船させ、モントリオールの駐在軍に帰隊させるべきではないかと具申した」

ターナー、スプナーの二名は本来、モントリオールのケベック駐在軍に帰属する。砦にいるのはウィペット号の不慮の事故が原因だ。この際、みすみす捕虜になるよりは、本隊に帰りモントリオール防衛に参加させるほうが、軍としても利がある。

「ずいぶん俺たちの処遇を気にかけてくれるのだな」クラレンスは言った。「俺たちを本隊に返すと、君はどんな利益を得るのだ」

「俺は何の利益も得ないが、ケベックの駐在軍は、兵二名と船を手に入れられる。駐在軍には大いなる利益だ。俺もその尽力を買われ、何かと立場はよくなるだろう」

運んだ船の船長に任じられるとかな、とつけ加えた。軽い冗談のようにも本音のようにも聞こえた。

「セントジョン砦が降伏すれば」エドが言葉を挟んだ。「敵はモントリオールを攻撃する。勝利の確信はあるのか」

「ないね」メイスンは断言した。「確信などというものは、何事においても、ない」

エドは少し表情をゆるめ、うなずいた。

「意見が一致したな」

「モントリオールが陥落したら?」すかさずエドは追及した。

めったに口にできる言葉ではない。上官に聞き咎められたら懲罰ものだ。

「ケベックで反撃するだろう」メイスンは応じた。「だが、俺はケベックまで付き合う気はない。どっちが勝とうと、俺は貿易で稼ぐ」

「俺たちにそんなことをばらしていいのか。エドと俺は、一応正規軍の兵だぞ」

「一応、な」メイスンは薄く笑った。

「どうして」エドが言った。「クラレンスと俺を原隊に復帰させる労を取る気になったのだ」

「余計な口出しか？　君たちにとって最善の方法を俺は考えたのだが」返事を待つように一呼吸置き、メイスンは続けた。「君たちは軍需物資を砦に運ぶためにウィペット号に乗った。君たちの任務は終了した。まして、ビセット隊長が焼死したからには、君たちは砦内のどの命令系統にも属さない。船さえあれば、原隊復帰は当然だ。せっかく船の当てがついたのだ。君たちに知らせもせず帆を上げるのは不人情というものだろう」

アシュリーに目を向け、「君のことも進言しておいた」とメイスンは言った。「君も、モホークを砦に運んだ後は、留まる義務はなかった。グレゴリー・アーデン氏の国王軍に対する忠誠心を減じさせないためにも、息子を無事に帰宅させるべきだと俺は主張し、上層部は了解した」

自分が帰っても父は喜ばない。アシュリーはクラレンスたちにそういう意味のことを言ったのだが、メイスンの前では表情を動かさなかった。

「明日、昼前に出航する。用意をしておきたまえ」言い残してメイスン一等航海士が出て行った後、三人は黙り込んだ。

クラレンスが重苦しい沈黙を破った。

「モホークと共に脱出すれば、脱走兵として逮捕処罰の対象になる。砦に残留すれば捕虜になる」

船で原隊復帰という、第三の選択肢が提示された。

規則に忠実な兵であれば、とるべき道は当然一つだ。

アシュリーにエドが声をかけた。「偵察の報告の件だが、どのように述べた？」

「君が言ったことをほぼそのまま」

「繰り返してくれ」

「一字一句間違わずに復唱は難しいが……。ビセット軍曹が兎罠にかかって重傷を負い、インディアンの——絶対に使いたくない言葉だが、マヒカンと言っても彼らには通じないからな——。インディアンの小屋があったので、そこに運び手当てした。だが、彼は絶命した。ちょうど、我々が外に出て空が紅いの——あれは火薬倉庫の爆発の炎だったんだ——を見ているときだ。小屋に戻ったら死んでいた。それによって、偵察活動が遅れ、敵砲台からの砲撃が始まってしまった。舟で砦に帰ろうとしたとき、砲弾が川に着弾し、煽りを受けて舟は転覆、沈没した。モホーク二名が行方不明。溺死したものと思われる。そういうふうに告げた。君の指示どおりだと思うが」

「俺の言葉よりやや詳細だが、正確だ」エドは言い、弱まった暖炉の火を火掻き棒でつつき、薪を一本放り込んだ。そうして続けた。「ビセットがいてもいなくても、砦の者は誰も気にしないようだな。隊長が戻ってこないがどうしたのだ、と俺に訊く者は一人もいなかった」

「俺も訊かれなかったな」クラレンスが言うと、

「そう言えば将校たちも」アシュリーが相づちを打った。「兎罠にかかって重傷を負い、死んだ。それで納得した。俺もめんどくさいからそれ以上詳しいことは話さなかった」

「人気ないんだな、ビセット軍曹殿」クラレンスは言ったが、ふと不審を持った。あれ、メイスン……。

エドが大きくうなずいた。「あいつは知っていた」

〈ビセット隊長が焼死したからには、君たちは砦内のどの命令系統にも属さない。〉

メイスン一等航海士の言葉を、クラレンスは耳によみがえらせた。

調査 4（承前）

〈「船長代理さん」アビーが大声を上げた。「この船、水漏れしてるってよ。ジェイクが修理し始めたけれど、一人じゃ無理だって」〉

「ぶち壊した奴が、壊れている、って、助勢を求めるか」

「ジェイクは本当に船体に穴を開けるつもりだった、と仮定する」エドワード・ターナーは言った。

「しかし、実行するためには、下甲板にいるモホークたちが邪魔だ」

「だから……だから、彼らの神の託宣をよそおって梱を開けさせ、泥酔事件を起こさせた？　ずいぶん策略家なんだな」

「参謀は別にいるだろう。二股をかけることを考えた人物が、計画を立てた。モホークたちが船荷扱いされ下甲板に押し込まれることは予想がつく。排除計画は前もって立てられていた」

「ジェイクとシャルレーヌは完全にぐるだな」

「そうとしか考えられない……が」エドワード・ターナーは語尾を濁した。間をおいていった。「計画者は、どうやって二人を実行者にしたか」

「グレゴリー・アーデンとジェイク、シャルレーヌの間に、どういう関係があったか、ということだな」

「二つ、考えられる」エドワード・ターナーは言った。「脅迫。そうして買収だ。二人のどちらか、あるいは二人とも、計画者に致命的な秘密を握られている。もう一つは莫大な報酬だ」

「ジェイクが愛の印のワンパムをシャルレーヌに贈ったと書いてあったな」ロディはあれこれ考えを巡らす。「本物の高価な貝で作ったワンパムを。貧しい大工が気軽に買える代物ではない。餌は、それか。グレゴリー・アーデンが代金か現物か、与えてやり、ジェイクはそれを恋人に贈る。……いくら高価なワンパムでも、それだけで危険な行動に身を挺しはしないだろう。それ以外にも金を貰ったか。いや、致命的な秘密をグレゴリー・アーデンに握られていたのなら、ワンパムだけでも儲けものか。……シャルレーヌは、ワンパムを贈ってくれた恋人のために協力したのか」

エドワード・ターナーは自分の説を進めた。

「下甲板にシャルレーヌと二人だけになったので、ジェイクは安心して穴開けの作業を続けた。そこに、船員がおりてきた。水葬に必要な帆布と砲弾を運び上げるために」

「見られた！　とジェイクは思ったのだな」ロディは先を読んだ。「船が沈没し始めたら、自分の仕業と疑われる。だから、計画を放棄して、破損していると自分から騒ぎ立てた。そういうことか」

「推測に過ぎないが、偽筆者がジェイクが自作の砲架に愛着があるように加筆したのも、そのためだ、と思える。砲架が大切なら、船を沈めるようなことはしない」

「ジェイクはたぶん泳げるんだろうな。シャルレーヌも。水夫たちも。モホークも簡単な舟で川を行き来している。水には慣れているんだな。しかし武器弾薬や必要物資は川に沈む。砦の打撃は大きいな」

一つ、解明できた、とロディは思った。明証はないが、一応納得できる。しかし、この囚人がアシュリー・アーデンを殺した件は、どうなんだ。

「だが」エドワード・ターナーの声が割り込んだ。「グレゴリー・アーデンを偽筆者とすると、大きな亀裂が生じる」

ロディは、燃え尽きそうな蠟燭の上に、火を移した新しいのを押しつけ、立てた。

「この手記が君の手に入った経路をもう一度確認しよう」エドワード・ターナーは続けた。「モーリスは君にこういう意味のことを言った。アシュリーの従卒が届けにきた。モーリスは外出していたので、召使いが受け取り、モーリスの兄のキース・ウィルソンに渡した。帰宅したモーリスは召使いからそのことを告げられた。モーリスが得たのは、紙の束と、従卒からの簡単な情報——アシュリー・アーデンが死んだ。エドワード・ターナーというイギリス正規軍の兵士が犯人として逮捕され、コロニーの監獄に投獄された——、それだけだった」

「そうだ」

「グレゴリー・アーデンが偽筆者なら、ウィルソン家に従卒が運ぶ前に、手記を入手していなくてはならない。何のために、改竄したものをモーリスに渡す必要があるのか。しかもアシュリーが正規軍兵士に殺されたという情報と共に」

「俺が知るかよ」

「自分に問うているのだ。何か、俺にはわからない理由があるかもしれない。とりあえず、グレゴリー・アーデンを手記の件からはずしてみよう。手記は従卒からウィルソン家の召使いの手に渡った。召使いはキースはそれをモーリスに渡した。召使いも偽筆者候補から除外していいだろう。すると、数カ所書きかえたのはキースとモーリスのどちらかになる。キースが書きかえたのなら、読ませる対象はモーリスだ。モーリスが偽筆者なら、読ませる対象は俺だ。君の話には、漠然とした部分がある」とエドワード・ターナーはつづけた。「さっき確認したことだが、もう一度整理しよう。アシュリーの従卒が手記をモーリスに届けにきた。モーリスは外出していたので、召使いが受け取り、キースに渡した。帰宅したモーリスは、召使いからそれを告げられた」

「そう、モーリスから俺は聞いている」

「モーリスはキースから手記を受け取った。モーリスが得たのは、手記と従卒からの情報〈アシュリー・アーデンが死んだ、犯人の正規軍兵士エドワード・ターナーが逮捕され、コロニーの監獄に投じられている〉ということだったな」

「そうだ」

「明確に知りたいのは、この部分だ。この情報をモーリスは召使いから直接聞いたのか。それともキースからの又聞きか」

モーリスとのやりとりを、ロディは思い返した。印刷所に馬を飛ばしてきたモーリスは、紐でからげた紙の束をロディの前に置き、言ったのだった。

〈アシュリーの従卒だという若い男が届けにきた。私はあいにく外出しており、召使いが受け取った。帰宅したら、召使いが、届け物があったことを告げ、お留守だったのでキースさまにお渡ししました、と言った。召使いは届けにきた男に立ち入った質問などしなかったから、私が得たのは、紙の束のほかには、従卒からの簡単な情報――アシュリー・アーデンが死んだ。エドワード・ターナーというイギリス正規軍の兵士が犯人として逮捕され、コロニーの監獄に投獄された――、それだけだった。〉

「直接か、又聞きか、俺にはわからない」

殺人犯に対して、おかしな態度を俺はとっているな。自覚しながら、「確認する必要があるのか」ロディは問い返した。

「他人の筆跡を真似るのはたやすくはない」

ロディの問いには関係ないことをエドワード・ターナーは口にし、粗悪紙と上質紙を一枚ずつ取り、短くなった蠟燭《ろうそく》の灯りに近づけた。独り言のようでもあった。さっきも、他人の筆跡を真似て書くのは難業だと言った。話題はそこに戻った。

「署名を真似る程度ならともかく、長文だ。気を緩めれば自分の書き癖が紛れこむ。偽筆者は、キース・ウィルソンか。あるいはモーリス・ウィルソンか。調べるために必要なのは、彼らの自筆の」

「ある！」

思いっきり口笛を吹きたい気分で身を屈め、ロディは靴と踵の間に指を突っ込み、紙片を引っ張り出した。国王派《ロイヤリスト》のコーヒーハウスで、キースと筆談を交わしたときの紙片だ。

「キースの字だ」

靴擦れよ、褒めてやるぞ。踵の痛みを和らげるため、折り畳んだ紙片を去り際に靴との間に挟んだ自分をも褒めた。

〈手記というのを、私も読んでみたいものだ。モーリスは承知しないだろうな。私の容喙《ようかい》は、おそらく彼には不愉快だろう。内容のあらましを教えてくれないか。秘密を要する内容か〉

〈いえ、そんなことはないです。幼いころからモホークの集落とアーデン・ホールを行き来していたとか、長じて毛皮の交易に従事したとか、そして物資を運ぶ船に乗って、セントジョン砦に行ったとか〉

〈その程度のことを記したものを、わざわざ従卒に託してモーリスに届けたのか〉

〈さっと読んだだけなので、細部までおぼえてはいないのですが、アシュリーはたいそう孤独であったようです。モーリスに話しかけるかわりに書き綴っている、というような文章があったと記憶します。それが従卒に託した理由の一つではないでしょうか〉

丹念に見比べながら、「その魔法の靴からモーリス・ウィルソン氏の筆跡のわかる紙も取り出してくれないか」エドワード・ターナーは言った。

へえ、冗談も言うのか。

「ない」

「キース・ウィルソン氏は耳が聞こえないのか」

「いや」

「どうして筆談を」

コーヒーハウスで会ったんだが、その店の主が、とロディは経緯を説明した。

あいつは知っていた。

どうして。

誰から聞いた。

アシュリー、エド、そしてクラレンス自身。今アシュリーの部屋にいるこの三人のほかに、ビセットが焚き火に落ち込み焼け爛《ただ》れた骸《むくろ》になっていたことを知る者は砦の中にはいない……はずだ。

「それは、つまり」一瞬言い淀《よど》み、クラレンスは続けた。「メイスンが犯人か」

「その可能性は高い。が、断言はできない。誰かがメイスンに告げたということも考えられる」

「誰かって、誰だ。砦の中にはいないはずだろ」

「砦の外にはいるかもしれない」

「お前なあ、その焦れったい話しぶり、やめろよ」クラレンスの声は尖った。「自分だけがわかっていてさ」

思いがけないことを言われたというふうに、エドはクラレンスに目を向けた。「何もわかってはいないんだが」

「砦の外に、誰がいる。そいつとメイスンの関係は？　だいたい、メイスンがどうしてビセットを殺さなくてはならないんだ」

俺だけが喚《わめ》き立てているみたいだ。アシュリーはずっと無言だ。くちびるの色が失せ、指先が細かく慄えている。

以前、彼がベンと同じような状態になったのを、クラレンスは思い出した。

喘《あえ》ぎそうになるアシュリーの手を、エドが強く握った。

「あのときは、俺が悪かった。軽率にも君を疑う言葉を投げた。いま、俺は理解している。君は如何なる場合においてもモホークの仲間だ」

握る手にいっそう力がこもった。

「誰か他の者がメイスンに告げた可能性に俺は言及したが、その〈他の者〉は君ではない。ビセットの死が、彼自身の過失によるものか殺害者がいるのか、判然としないが、一応、他殺の場合を考えよう。引きつづいてシャルレーヌの伯母さんの小屋が焼け落ち、三人の人物が焼死していた。二つの件の犯人は、同一人物、あるいは共犯関係、と思う。確信する。君が〈骨《ボーン》〉を殺すわけがない。シャルレーヌの伯母さんの小屋に放火したのは、君ではない。したがって、ビセットを焼死させたのも、君ではない。〈美しい湖《レイク》〉が君を信頼するように、俺は君を信頼している」

アシュリーのくちびるに少し色が戻ったが、不安そうな表情は変わらない。

モホークにノックの習慣はない。〈美しい湖〉はいきなり入ってきた。アシュリーに話しかけた。

熱心に話し込み、そうして出て行った。

アシュリーはエドとクラレンスに説明した。

「まだ公布はされていないものの降伏は決定的だ。〈美しい湖〉は残っているモホークと共に、今夜脱出する。俺に、どう行動するか訊いている」

「君はどう行動する?」エドの問いに、

「〈美しい湖〉と行動を共にする」

アシュリーは言い、短い沈黙の後に続けた。

「俺の半分を捨てる」

さらに沈黙が続いた。

父親の系譜と母親の系譜。異質のそれらが溶け合って一つの存在となる、というふうにはならないのだな。明瞭に二分され半分を捨てなくてはならないのか。なんだか哀しいこととクラレンスには感じられる。俺の知らない懊悩《おうのう》だ。たぶん俺の生半可《なまはんか》な理解を超えている。

「で、君たちは？」アシュリーは硬い声で訊いた。

「俺は」エドは言った。「メイスンの船に乗ろうと思う」

あ、また独断専行。〈美しい湖〉といっしょに脱出すると勝手に決めたじゃないか。あっさり変更するのか。話し合う折がなかったのは、まあ認めざるを得ないけどさ。

メイスンは怪しい。焼死させた犯人かどうか、確かめるつもりか。

〈美しい湖〉に告げれば、すぐにも〈骨〉のために復讐するだろうが、エドは沈黙を保つつもりらしい。少なくとも、あいつが犯人だと確信できるまでは。

誰がビセットを殺そうと、誰がジェイクとシャルレーヌを殺そうと、俺たちには関係ない。と思う一方で、犯人不明のまま放置はできない、ともクラレンスは思う。自分が失言したことに、メイスンは気づいたか。いや、それが失言になるとは思ってもいないだろう。

「エド、ここでなら、他人の耳を気にせずに、話し合えるよな」クラレンスは言った。ほんの少しいやみを込めて。「焼死していたのは、〈骨〉と、シャルレーヌ」

シャルレーヌの名を口にしたとき、あまり痛みを感じない自分にクラレンスは驚いた。ワンパムの痕の残る骸に、ノー！　と口走ったが、取り乱したのはそのときだけだった。どうして俺はこんなに冷静でいられるんだ。〈水《ウォーター》〉は〈骨〉を抱きしめて復讐を誓っていた。俺はそこまで激情に駆られなかった。

「それにジェイク」と、クラレンスは続けた。「犯人はメイスン。俺はそう思うんだが、エド、お前は？」

「あり得る可能性の一つだと思う」

「それ以外、考えられるか。メイスンが伯母さんと爺さんを焼き殺す理由はない。ジェイクとシャルレーヌなら、理由がある。ウィペット号のモホークの泥酔事件。〈大いなる精霊《オレンダ》〉の声を騙ったのはジェイクとシャルレーヌ。これは確定事項だよな」

「そう見ていいだろうな」

「二人は共犯関係にある」

「おそらく」

「メイスン一等航海士は独立派のスパイじゃないかと、俺は思うんだ」エドの表情を視野に入れながら、「ジェイクとシャルレーヌが、自ら進んで叛乱軍に協力するとは思えない」とクラレンスは開陳した。「西に領土を広げ、インディアンを……ごめん、アシュリー、この地に昔から住んでいた者たちを排除しようとするコロニストに、ジェイクもシャルレーヌも共感を持つわけがない。メイスンが、彼らを脅迫あるいは買収して泥酔事件を起こさせた。共犯者は相手を脅迫する立場になり得る。口封じのために小屋に放火し、二人を殺した。〈骨〉は巻き添えを食った」

「俺も、メイスンが首謀者だと思う。独立派のスパイという考えに賛成する。共犯者は脅迫者になり得るというのも、おおいに首肯《しゅこう》する。犯罪はできる限り単独でなすべきだ」

だからって、エド……。独りでお前、勝手にやるなっての。

「メイスンが主犯だとしたら、奴は馬鹿で、共犯者を二人も持った。だが、モホークを泥酔させた、その程度のことで口封じが必要か？」

エドの反問に、

「重大な秘密になるさ」

クラレンスは言った。

「叛乱軍のスパイだと正規軍にばれたら、絞首刑だ」

「その場合、メイスンは情け深くも、シャルレーヌの伯母さんと爺さんを先に小屋から脱出させたのか。あの伯母さんが、自分の小屋をみすみす焼かせるか」

「お前はどう思うんだ、エド」

「国王軍に大きいダメージを与えることを、メイスンは企んだ。自分には絶対疑いがかからない方法でやるつもりだった。遂行するために、モホークたちを泥酔させることが必要だった」

エドは雄弁になった。

「何らかの手段によって、ジェイクとシャルレーヌを共犯者にした。推測だ。証拠が必要だな。高価なワンパムをジェイクはシャルレーヌに贈っている。これはメイスンが金を出しているのではないか。しかし」

自問自答しながら、エドは話を進める。

「俺の推量は、完璧ではない。穴が幾つもある。その一つは、メイスンについて俺が何も知らないということだ。俺の見る限りでは、身の危険を冒してまでコロニーの独立を目指す愛国者《パトリオット》とは思えない。ジェイクとシャルレーヌを買収する金は、どこから出ている。メイスンはそんなに金持ちか」

アシュリーの喉仏が大きく動くのをクラレンスは見た。

「大陸軍《コンティネンタル・アーミー》からってことは」

アシュリーは言った。自分でも信じていないみたいな頼りない声音だと、クラレンスは感じた。

「スパイって、だいたいそういうものだよな」クラレンスは言った。「正義感とか愛国心からではなく、金で動く」

「俺もそう思う。メイスンは、愛国者の誰か——個人か組織かわからないが——から正規軍に損害を与えることを請け負った。小細工をしてモホーク全員を上甲板に行かせたのは、航行中に何かやるつもりだったのだ。おそらくジェイクにやらせるつもりだった。泥酔事件ぐらいでは高価なワンパムに値《あたい》しない。しかし、船体故障で計画は頓挫した。不本意ながら砦に留まった。メイスンはまだ使命を果たしていない。請け負った仕事をやり遂げなければ、契約金の返還だって求められる。メイスンは、受け取った金額に見合うだけの仕事は、義務として果たさねばならない」

それが、火薬庫爆破だ、とエドは言った。「爺さんに誘われて、樹に登って見物した、あれだ」

「火薬庫に放火したのがメイスンなら、ビセットを殺したのは誰なんだ」

「メイスンだ」

「同時に二箇所に存在したのか、メイスンは」

ポケットから、エドは黒焦げになった細いものを取り出した。

「小屋の焼跡で、〈水〉の足に刺さった奴だ。釘に似ているが、伯母さんの木造の小屋は鉄の釘を使っていない。アシュリー、君も『古い小屋だから』と言ったな」

「ああ」

「釘を使った小屋なら、一本だけ残るということはない。焼跡にもっと散らばっているはずだ」

「丹念に調べたら、もっとあったかもしれない」

クラレンスは言ったが、エドはかまわず続けた。

「これが釘だとしたら、頭の平たい部分がない奇妙な形だ。これに似たものを、俺たちは知っている」

導火火縄《どうかひなわ》を先端に取り付ける鉄棹だ、とエドは言った。

細く裂いた綿布を三つ編みにした紐を硝石の溶液に浸して作った火縄は、燃える速度が蝸牛《かたつむり》のようにのろい。

砲弾を発射した際、砲身は反動で激しく後退する。鉄棹を点火口から火薬に突き刺し、その先に取り付けた火縄に火をつけることで、砲手は砲身から身を遠ざけることができる。

「メイスンは、ジェイクを共犯者にした。託された仕事に失敗したメイスンが黒幕に負い目があるように、ジェイクはメイスンに負い目がある。ワンパムを買うほどの金を与えられている。あるいは、ワンパムそのものプラス幾許《いくばく》かの金かも知れない。〈大いなる精霊〉の声をまねる以上の大役を、与えられているはずだ。それを実行できなかった。

メイスンはジェイクに火薬庫爆発の下準備をさせる。やり遂げれば、ワンパムを返せなどとは言わない。さらなる報奨金も与える。

命じられたとおり、ジェイクは火縄の束を盗み出す。火薬庫の通気孔には目の詰んだ金網が張ってあるが、火縄ぐらいなら通る。火薬庫の壁と防壁の狭い間隙《かんげき》にジェイクは身をおき、火縄の先端を通気孔の網目の間から内側に通す。そうして束を防壁越しに外に放る。

火薬庫には、樽の山のほかに火薬袋も積まれている。その一つに鉄棹を突き刺し、火縄の先端を取り付ける。

ジェイクの仕事はそこまでだ。

メイスンは金包みの一つぐらいくれてやったかもしれない。そうして、シャルレーヌがジェイクに助けを求めていることを告げる。漕ぎ出す準備をしている偵察隊の船に、ジェイクはシャルレーヌと一緒に駆けつける。その後の二人については、俺たちが知るとおりだ。

防壁の外に出たメイスンは長い火縄の端に点火する。火縄の通り道は、濡れて消えることのないよう雪を掻き退けるなど心を配ったただろうな。河畔に繋留された小舟の一つに飛び乗り、舫《もやい》を解《と》いてジェイクとシャルレーヌの後を追う。ごく緩《ゆる》やかに燃える火縄の火が通気孔の網目を通り抜け火薬袋に突き刺した鉄棹に達し、火薬庫が大爆発するころ、メイスンは伯母さんの小屋の傍にいた」

「見ていたようにお前は話すけど」クラレンスは口を挟んだ。「証拠は？」

「明証はない。証拠はメイスンの失言と焼跡にあった一本の鉄棹らしいものだけだ」

「鉄棹は火薬庫爆発のために使ったんだろ。それがどうして伯母さんの小屋に」

「別の奴だ。何本か盗み出したんだろう。少なくとも二本以上。俺は思うんだが、シャルレーヌは、メイスンと手を組んでいる。ジェイク殺害についてだ」

「それはない。そんなわけはない」絶対に、というクラレンスの声は揺れる。絶対ない、と言い切れるか。

「メイスンが犯人という仮定のもとに、話を進める。シャルレーヌが手引きしたからこそ、メイスンは伯母さんの小屋に辿り着くことができた」

「一つ、思ったことがある」アシュリーが口を挟んだ。自信なげな口調だ。「シャルレーヌは、マヒカンとの混血《ミックスト・レイス》だ。モホークを殺すことに躊躇《ためら》いはなかったかもしれない。伯母さんと爺さんも、半モホークのジェイクとモホークの〈骨〉を助ける気は」

「ちょっと待ってくれ」クラレンスは遮った。「マヒカンである伯母さんがモホークに強い敵意を持っていることは、最初の応対でわかった。でも、兎を獲ってきたり、鹿を獲ると約束したことなどで、溶け消える程度だ」そして、と一気に苦い塊を吐き出した。「ジェイクとシャルレーヌは特別な関係だろう」

「ジェイクはシャルレーヌに強く惹かれているみたいだけれど、シャルレーヌは」アシュリーは否定的な仕草をした。

「どうしてわかる?」

「どうしてって……態度でわかるじゃないか」

わからなかったな。そうか。ジェイクの一方的な想いか。それでも、シャルレーヌはジェイクに助けを求めたのだな。いや、メイスンがそう画策したのか。

「シャルレーヌは、偵察隊が帰路で迷わないためと言って、道々、目印をつけていた」エドが話を続けた。「これが先ず、疑わしい。従卒ピート・オキーフは、前に偵察の任に就いたことがあるから地形は幾らかわかっていると言っていたし、モホークは土地勘が鋭い。目印は不要だ」

「でも、親切心から」

「真の理由は、後からくるメイスンのためだ。シャルレーヌはジェイクひとりを、伯母さんの小屋に伴うつもりだった。我々は、途中で別れて敵が構築中の砲台に向かうはずだった。ところがビセットのどじのおかげで、全員が伯母さんの小屋に泊まり込む羽目になってしまった。

偵察隊が砦を出発した後、ひとり小舟で対岸に渡ったメイスンは、シャルレーヌがつけた目印を頼りに、伯母さんの小屋にたどり着く。様子をうかがうと、ジェイクとシャルレーヌだけが訪れているはずの小屋に、偵察隊の全員がいる。爺さんに呼ばれて俺たちは外に出、樹に登って対岸の空が紅いのを見た。あれは、火薬庫の爆発だったんだな。メイスンの目的は、ジェイク殺害だ。焚き火の傍に横たわるビセットは邪魔だ。窓から小屋に忍び入り、扼殺《やくさつ》し、その痕跡がわからなくなるよう、骸を焚き火に半ば覆い被さるように置き、いったん、身を隠す。ジェイク殺害は、翌日にまわす」

「どこで夜を過ごしたんだ、メイスンは。深夜、火の気のないところにいたら、凍死する。熊の毛皮にでもくるまっていたのか」

「屋根だ」アシュリーが珍しく断言した。「モホークの〈長い家〉もそうだけれど、天井を張ってないから、室内の焚き火の熱は屋根を葺《ふ》いた藁や枯れ草にじかに伝わる。子供のころ、〈美しい湖〉たちと一緒に屋根にのぼって、葺いた草の間にもぐったことが何度もある。暖かかった。大人に見つかると怒鳴られたけれど」

「そして、翌日、俺たちが偵察にでている間にメイスンが小屋に放火？　昼間だ。誰も気がつかず、おとなしく黒焦げになった。……あり得ない」

「あくまでも、メイスンがジェイクを殺すことを目的とした、という仮説に基づいてのことだが」エドは言った。「俺たちに馴染み深い薬があるよな。手術のときなど使う。俺も使われたっけな、腹の傷を縫うとき。あれは眠くなる」

「ああ、鴉片チンキ。ロンドンなら容易《たやす》く手に入る」

「こっちでも、薬屋でざらに売っている」アシュリーが言った。

砦の中には、傷病兵のための薬品がいろいろ揃っている、とクラレンスは思い当たった。「鴉片チンキの原液は当然、置いてある。それを手に入れたとして、どうやってジェイクに飲ませる？」

「その件でも、シャルレーヌがメイスンに手を貸した」エドは言った。「次の朝、伯母さんがシロップのドロップを作ってくれた。伯母さんの手本がなくても、シャルレーヌは同じやり方で残った者たちに作ってやった。俺たち偵察隊が出発した後、シャルレーヌは最初から、シロップに混ぜるつもりだったかもしれない。雪で冷やし固めるのは伯母さんに倣《なら》ったのかもな。鴉片チンキ入りである点が、伯母さんのと違っていた」

「証拠は？」

「ない」

「メイスンは、前もってシャルレーヌに鴉片チンキを持たせていたのか」

「そういうことになる。シャルレーヌを除く全員が眠ってから、シャルレーヌは自分のワンパムを誰かの躰に着ける。外のメイスンに合図する。火薬庫から盗み出した鉄棹、火縄と、薬包を詰め込んだ盒《ごう》をメイスンは所持している」

薬包は、マスケット銃の発射に用いる、弾丸一個とその発射に必要な量の火薬を詰めた小さい紙袋だ。

「弾丸は不要だから抜いておく。メイスンは幾つかの薬包を窓越しにシャルレーヌに渡す。薬包の一つには火縄を取りつけた鉄棹が突き刺してある。焚き火の傍に薬包を置き、シャルレーヌは外に出、メイスンと合流する」

「エド、それは少し無理がある」クラレンスは言った。「ジェイクだけを殺すつもりだったのなら、鴉片チンキは最初から用意していただろう。ジェイクを眠らせれば、始末しやすくなる。俺たちが小屋まで同行したのは犯人の予定外だ。メイスンはマスケットは持たないが拳銃ぐらいは所持しているだろうから、薬包をおさめた盒は常備していても不思議ではない。けれど長い火縄だの鉄棹だのは持ち歩かない。最初から小屋爆破を計画していたのでなければ」

——俺、エドと対等にやり合っているじゃないか。時にはやり込めたりして……。

「最初から計画していたかも」エドは言った。

「あんな大袈裟なやり方を？」

「大袈裟だが、確実なやり方だ。ジェイク一人を殺すより楽だし後腐れがない」

「一人を確実に殺すために、他の者まで。そんな無慈悲で冷酷なやりかたするか、普通」

「普通はやらなくても、やる人間もいる」

エドは殺人者なのだ、とクラレンスは改めて思い、目を伏せた。でも、あれとこれは違う……。結果は、違わないんだ。だが俺には何も言う資格はない。エドは俺たちが背負うべき分まで背負い込んだ。

「そうだ。やる人間も、いる」

アシュリーはエドの言葉を繰り返した。え？　とクラレンスは目を上げたが、その後アシュリーは吐息をついただけだった。視線は左手に向けられていた。

「目的がジェイクを殺すことなら、そして実行者がメイスンであるなら」クラレンスは反論を続けた。「他の者まで焼き殺す必要はない。眠りこけているジェイクを外に運び、殺害して、骸は森の中に埋めるなどすればいい。シャルレーヌとメイスンは立ち去る。伯母さん、爺さん、〈骨〉は、放っておけば目覚める。シャルレーヌとジェイクだけがいない状況だ。伯母さんたちは、シャルレーヌとジェイクがモントリオールに戻ったかと思うだろう」

「だが、偵察から戻った俺たちは、不審を抱くだろう」エドは言った。「偵察隊長殿の遺体を収容するため、いったん伯母さんの小屋に帰らなくてはならない。〈美しい湖〉と〈水〉が〈骨〉と合流するため戻るという要素も加わった。真昼間の不自然な眠り。ジェイクとシャルレーヌは伯母さんたちに別れを告げて堂々と出て行けるのだ。なぜ、他の者を強制的に眠らせる必要があるか。シャルレーヌは、自分も被害者だ、死んだ、と思わせたかった。そのためには、顔かたちもわからないほどに焼ける火事を引き起こさねばならない」

「父がコロニスト、母がモホークであった場合」言いたくないけれど、言ってしまいたい。言うのは辛い。でも言えば気持ちが晴れる。そんな葛藤をアシュリーは表情に見せて続けた。「そういう存在をコロニストは一段低く扱う」

〈俺の半分を捨てる〉アシュリーはそう言ったのだった。コロニストの息子であることを捨てる。

「シャルレーヌはマヒカンである半分を切り捨てたかった、ということか?」

「鴉片チンキの効力は個人差がある」エドは話を戻した。「効果があらわれるまで、どのくらいかかるか、それも人によって異なる」

「効き目が遅くて弱いのは、伯母さんだろうな。あの体格からして」

「伯母さんが目覚めている限り、メイスンもシャルレーヌも次の行動に移れない」

「骸の一つが伯母さんだとしたら、消えたのはジェイク？」そんな馬鹿な話はない、とクラレンスは反論する。「そもそもジェイクを殺すのが目的じゃないか。ジェイクが眠らなかったら、何もできない。伯母さん以上に厄介だ」

「子供のころ」と、アシュリーが口を挟んだ。「ジェイクは甘いものが嫌いだった」

「どうして知っている？」

「同じ学校に通っていた」

「幼馴染《おさななじ》みか」

「馴染みというほど親しくはなかった。ジェイクは年上だし、じきに退学したし」

「珍しいな」クラレンスは言った。「たいがいの子供は、甘いものなら盗んでだって口に入れたがるぜ」酒の味を知るまでは、とつけ加えた。

「ジェイクは十三か四ぐらいだった。酒の味ならもう知っていた。大人たちと一緒に飲んでいるのを見たよ」

駆け落ちしても不自然ではないほど親しく付きあっていたのに、シャルレーヌはジェイクの嗜好を知らなかったのか。ジェイクはシャルレーヌの嗜好に関心があるだろうが、シャルレーヌはジェイクの好き嫌いなど気にかけていなかったのかもな。クラレンスは願望混じりに思う。

「伯母さんが作ったシロップ・ドロップも、ジェイクは口にしなかったのか」

エドの問いに、ジェイクの様子は見ていなかったとアシュリーは言った。

——俺も、気にとめなかったな……。

「肝心のジェイクが眠っていない。これではシャルレーヌは何もできない」

「そんなに難しい問題ではないと思う」エドが言った。「三人が眠りこんだのをジェイクは不審に思う。シャルレーヌの挙動が何だかおかしい。ジェイクは眠ったふりをしてシャルレーヌの様子を窺《うかが》う。アイザック・ハーネスやサミュエル・リチャードスンの通俗小説《ロマンス》で読んだことがある場面だ」

「チープだな」

「ロマンスはチープだが、現実はもっとチープだ」

「メイスンから渡された薬包と鉄棹でシャルレーヌが発火装置を仕組んでいる間、ジェイクは止めもせず、薄目で見ていたのか」クラレンスはロマンスにけちをつける。

「シャルレーヌ一人ならともかく、外にメイスンがいる」エドは言った。「下手に止め立てしたらメイスンに何をされるか。恐怖がジェイクの行動を制限した。火縄は窓の外にのびている。ただちに爆発することはない。メイスンとシャルレーヌが安全な場所まで離れる時間の余裕はある。二人が去ったのを見てから、ジェイクは小屋を出る。シャルレーヌとメイスンの後をつけるか。メイスンに見つからないよう、隠れ場所を探すか」

「どっちにせよ、シャルレーヌに対する怒りはどんなにか凄まじいだろうな」

考えるのも嫌だ。

「ジェイクを殺すだけではなく、伯母さんと爺さん。あの二人を巻き込んで死なせる。そんな冷酷な計画をあの楚々《そそ》とした娘が受け入れるとは……」

クラレンスのつぶやきに、エドは即座に返した。

「楚々としていない、外見はふてぶてしい女なら、やると思うのか」

そういう言い方をするから、やなんだよ、お前は。

心の中で言い返しながら、クラレンスはふと思った。アルやベンが同じことを言っても、刺々しさは生じないだろう。ダニエル先生と弟子たちみんなでわいわい解剖に勤《いそ》しんでいた頃は、エドだって楽しい奴だった。変わった。……俺が変わったんだろうか。

「見かけと内実は、同一とは限らない」エドが言った。

わかってるよ。お前とナイジェルという見本がある。

目を伏せたまま、「笑われるかも知れないけれど」アシュリーが少し口ごもりながら言った。「アイザック・ハーネスのロマンスでは可憐な娘が実は、って……」

クラレンスは一冊も読んでない。

エドが言った。「ハーネスによれば、女は二つの相反する要素の組み合わせだ。美女と非美女。純情と性悪《しょうわる》。四通りだ。〈賢明〉という要素がロマンスの女性からは抜け落ちている」苦々しく「ハーネスは言及を控えているが、男からもだ」と言い添えた。「〈賢明〉は、到達不可能領域だ。ロマンスではなくリアルな日々において」

常に誤った選択をする。取り返しがつかなくなってから、気づく。ほとんど声にならないエドの言葉を、クラレンスは聞きとった。

そうだよ。エド、お前はいつも悪いほうを選択する。クラレンスは声に出さず言った。自分にとって悪いほうを。アルは賢明な領域が広いと思うよ。

「手にした火縄を延ばしながら遠ざかり、適当な地点で先端に点火する。メイスンとシャルレーヌは小舟を繋留した場所に向かう。ゆっくりと、しかし確実に、火縄は燃え進み薬包に届く。全薬包が一瞬に引火し、爆発する。焚き火の火が爆《は》ぜる。細い木の柱と板でできた草葺きの小屋は、一溜まりもなく燃え上がる。屋根は燃え崩れ、小屋は炎の塊になる。そのころ二人は小屋から遠く離れている。すでに小舟を漕ぎ出したかもしれない」

「そのシャルレーヌはどこに消えたんだ」クラレンスは声を上げた。「役目を終えて、メイスンと一緒に小舟に乗る。だが、砦でシャルレーヌを見かけない。いない。いや、いるかもしれない。どこかに隠れているかも。いや、メイスンはモントリオールに戻るための船を貸与されたけれど、シャルレーヌはそれに乗るわけにはいかないよな。アビーが乗るんだから。そう大きい船じゃないだろう。隠れ場所がない。アビーに見つかったら、折檻された上、元の仕事に逆戻りだ。……いや、船長室にメイスンが匿《かくま》うかな」

二人が何も言わないのは、最悪の事態を考えているからかもしれない。

やめてくれよ。それは、俺、想像するのも嫌なんだよ。

「それで、ジェイクは？　火縄が薬包に達する前に小屋を出たジェイクは？」

ジェイクもひどい奴だ。クラレンスは思う。薬包に水をぶっかけておけば爆発は起きない。鉄棹を抜いて窓の外に放り出しておくだけでもいい。そう気配りする余裕もなかったのか。早く逃げ出したい一人か。

「すべては当て推量にすぎない」エドは言った。「確かめるために、明日、メイスンの船に乗る」

どの道、一兵卒は上官の命令に従わねばならない。エドとクラレンスが受けた指令は、メイスン一等航海士に貸与した船に乗りモントリオールの本隊に帰隊せよ、であった。

エドはアシュリーの肩に手をかけた。「また会おう」

「会えるかな」
心細げに、アシュリーはエドを見上げた。

深夜でも火を絶やさないフランクリン・ストーヴの火明《ほあか》かりは部屋の隅までは届かないが、闇の一部が動くように、毛皮をまとい穴熊の皮の〈靴〉を履き武器を手にしたモホークたちが静かに部屋を抜け出すのを、エドとクラレンスは見送った。民兵たちは眠りこけている。気づいた者もいるかもしれないが、モホークの脱出を見逃す黙契《もっけい》を破る勇気は持たないだろう。ここで騒ぎを起こしたって何の得にもならない。降伏の成立と帰宅の許可を得るのが、最良と心得ている。

翌日、モホークが一人もいないことはさすがに問題になった。数人の士官が民兵たちの糾明にあたっている最中、指揮官プレストンが降伏を公布した。士官たちは慌ただしく去った。その背に、鼻血だらけ痣だらけの民兵たちが罵声を投げた。

クラレンスはエドと連れだってメイスンと水夫たちが出帆の準備をしている桟橋に行った。帰隊は指揮官の命令だから、堂々と行動する。

一本マストの小型帆船だ。ウィペット号のような下甲板はなく、武装もしていない。乗り組みは船長メイスンと水夫たちのほかには、エドとクラレンス、アビーとビヴァリー。ビヴァリーはまだ頭に布を巻いている。歩き方から察するに、ビセットが与えた傷は快方にむかっているようだ。

アビーとビヴァリーはあからさまに安堵した顔つきだ。砦が降伏して敵が乗り込んできたら、女は強姦の対象になる。対価なしでねじ伏せられるだけだ。

シャルレーヌに関しては、ジェイクの野郎と駆け落ちしやがった、とビヴァリーは言い捨てた。半分インジャン同士で気が合うんだろうよ。

乗員の中に、アシュリーがいた。想定外だ。ビヴァリーがさかんに話しかけるのが鬱陶《うっとう》しいのか場を移そうとして、その動きがエドとクラレンスの目にとまったのだ。肩にかけた革袋には文字を記した紙の束が納まっているのだろう、ふくらんでいた。

エドが近づき、「また、会えたな」と声をかけた。「忠実な従卒ピートが扉の前で寝ていて、部屋を出られなかったのか」

「そうなんだ。察しがいいな。いつもは兵卒たちの部屋に下がっているんだが、昨夜は扉の前の通路で毛布にくるまって寝ていた。敵軍が乗り込んでくるかも知れない状況だ。咄嗟の場合、俺を護るためなんだそうだ。寒いところで寝るなと言ったんだが、やめない。あまり強く言うと疑われそうで……。〈美しい湖〉には前もって、決めたときまでに俺が現れなければ置いていけと言っておいた」

アシュリー自身に迷いがあったのではないか、と、クラレンスは彼らしくない勘ぐりをした。他人の言葉を安易に信用せず、裏を探るエドに影響されたのかもしれない。

半分を捨てる。コロニストの持つ文明を捨てる。辛いことだろうなと思う。身についた思考、習慣を捨て去って、まるっきり異質の生活を受け入れる。俺にはできないな。

シャルレーヌの伯母さんの小屋を思い浮かべた。モホークの集落の暮らしはあそこまで原始的ではないだろうが、文字がない、書物がない、とアシュリーは言っていた。

出帆した。

見送る者などおらず、ピートも姿を見せなかった。ピートは正規軍の兵士だ。別れを惜しみたかったかもしれないが、私情による勝手な行動は許されない。

ありったけの毛布や毛皮で身をくるんだアビーとビヴァリーが、吹き曝《さら》しの甲板の手摺《てすり》にもたれ、景気づけに歌う。

Way, haul away,
We'll haul away, haul.

本国でもよく歌われる水夫たちが帆綱を引くときの歌だ。
それ、引け、帆綱を。それ引けやい。
料理人は調理室で、小さい肉団子を器用に作る、という二番は問題ないけれど、アビーとビヴァリーは迂闊《うかつ》にも三番まで歌い進んだ。

And the captain's in his cabin
Drinkin' wine and brandy.

船長は船長室で
ワインとブランデーで
ぐでんぐでん。

聞き流した者もいるけれど、何人かが咎めるような視線を向けた。

二人は肩をそびやかし、凍っちまうよとビヴァリーが不平がましく独り言を言い、ぐでんぐでんと歌いながら、ダンスのステップを踏み始めた。

甲板で震えるクラレンスの両側にエドとアシュリーがいる。寒さ避けに三人は密着しあっている。泥酔しようにも、この小さい船には特別な船長室はない。メイスンは操舵手の傍らに立っている。メイスンがシャルレーヌを匿う場所はない。

調査 4（承前）

「キース・ウィルソン氏を呼び出したその男の素性とか名前とか、わからないのか」

「何も知らない。名前は……キースが口にしたかも知れないが、忘れたな。平凡な名前だ。姓ではなく、親しそうに名前で呼んでいたと思うんだが」

「何か特徴はないのか」

「片脚が不自由なようだ。歩くとき杖をついていた」

「老人か」

「いや、中年だ。君や俺より十歳は上だな。もっとかな」

それよりも、まず先に、とロディは声を改めた。

「アシュリー・アーデンを君が殺害したという件だ。これについて問いただすのが、モーリスから依頼された俺の任務なのだ」

ずっと気にかかりながら、問いただす機を得そこなっていた。

「その答は簡単だ」エドワード・ターナーは応じた。「獄吏に訊いてみろ」

「何を」

「俺が投獄された理由を。ついでに、蠟燭と薪の追加だ」

犯行 9

「砦に着いて間もないころ」とエドが小声でクラレンスに話しかけた。

「民兵が君に言っていたな、彼女たちのことを」

「そうだっけ」

「ほとんど耳を素通りしたんだが、いま、ふと思い出した。娼婦たちは、大富豪が国王軍に捧げたとか言っていなかったか」

元仕立屋のあいつか、と、クラレンスも思い出した。

シャルレーヌも捧げ物だった。だが、シャルレーヌは……。クラレンスは視線を川に落とした。岸の水草が流れにたゆたう。

「悪魔がどうとか」

「そう、そう」クラレンスは応じた。「神様がいるからには悪魔もいるとか。中世かよ、って」

アシュリーが反応した。躰を強張らせ、しかし、おかしな冗談を聞いたというふうに小さい声を上げて笑った。

「楽しそうじゃないか」

メイスンが寄って来て、アシュリーと並んだ。

「何の話だ」

「そっちに関係ない」クラレンスは突っぱねた。

メイスンはエドを煙たがり、クラレンスとアシュリーから話を引き出そうとする。

エドの考えが正しければ、こいつはとんでもない冷酷な悪党だ。

伯母さん、爺さん、〈骨《ボーン》〉は、白人が対等な人間と見做《みな》さないインディアンだ――俺だって〈美しい湖《レイク》〉たちと知り合うまでは同様だった――、そうしてジェイクとシャルレーヌは半分インディアンだ。白人が対象なら、ああまで非情なことはできなかったんじゃないか。

アシュリーも半分モホークだ。

メイスンがさらに話しかけてくる前に、エドが話題を変えた。

「やけにのろいな」

「まったくだ」メイスンは萎びて垂れた帆を指さした。

「流れ任せか」

別に急がん、と言いながら、メイスンは苛立たしげだ。

ゆったりと下る船の舳先《へさき》が頼りなく左右に揺れる。

「舵取り！　眠っていやがるのか」メイスンは怒鳴りつけた。

針路を真っ直ぐに保つのが舵取りの役目だ。

「動かねえんだ」

五フィートはある舵柄の先端を握った舵取りが言い返す。

「何か、巻きついたかな」

水に視線を落とし、わざとらしく髪に触れながらクラレンスが言うと、エドが目顔で止めた。

メイスンの表情の動きを、クラレンスは横目で見た。

「川底の藻が絡まったのだろう」メイスンは言った。

突然、メイスンが大きくよろけ、甲板に腰をついた。手のひらを頬に触れた。傷はなかった。

甲板に身を伏せ、振り向いて、帆に突っ立った矢を確認する。

「全員、銃をとれ」顔を上げてメイスンは怒鳴った。

マスケットと弾薬が水夫たちに行き渡るまでに十数本の矢が立て続けに飛来したが、負傷者が出るには至らず、帆がふくらんだ。風を得れば船足は速い。

矢は追ってはこなかった。

メイスンが再び寄って来て「君が一番インディアンについては詳しいと思うのだが」とアシュリーに声をかけた。

三人の視線を浴びながら平然としたさまを崩さず、「このあたりはインディアンの巣か」メイスンは訊いた。

「モホークのことしか、俺は知らない」

「俺は川を遡ったのは初めてだ。往路は何事もなかった。インディアンは白人に悪意を持っているだろうが、川を航行する船が襲撃を受けたという話は聞かない。どうしてこの船を襲ったのか。半分インディアンの君なら何か情報を持っているのではないかと思ってね」

何も知らない、とアシュリーは言った。

「ウィペット号に乗るようになって長いのか」関係ない話題をエドが持ち出した。

「なぜ?」

「別に」

それ以上質問されるのを嫌うように、メイスンは舵取りのほうに行った。

調査 4 (承前)

顔を見せる度に賄賂をくれるから、ロディの出入りは獄吏たちの歓迎するところとなっている。

「馬泥棒だろうが」獄吏は言った。「知らなかったのか」

「殺人では?」

「殺人？　誰がそんなことを言った。まあ、殺人も馬泥棒もたいした変わりはねえ。どっちも吊るされる」

馬泥棒には情状酌量は通用しない。殺人より悪質な犯罪と見做されている。馬は貴重だ。とは言え。

不意に目の前の地面がひっくり返ったような心地で、ロディは独房に戻った。馬泥棒か？　殺人犯じゃないのか？　阿呆みたいに同じ質問を獄吏に繰り返したような気がする。蠟燭と薪はしっかり受け取っている。宙に逆吊りにされた気分だが、しゃっきり動いていると傍目には見えるだろう。

茫然としていても、躰は律儀に蠟燭を継ぎ足し、ブリキ桶の即席暖房具に薪をくべている。

「どうして、アシュリーを殺したなどと」

「俺は一言も、殺したとは言っていない」エドワード・ターナーは応じた。「君がいきなり、俺を殺人者呼ばわりしたのだ。面食らった」

「モーリスが言った。エドワード・ターナーがアシュリーを殺した犯人だと」

「だから、さっきの質問が重要なのだ。〈アシュリー・アーデンが死んだ。犯人は正規軍兵士エドワード・ターナー。逮捕され、コロニーの監獄に投じられている。〉この情報の出所は誰なのか。従卒が召使いに告げたというのは事実か。あるいは、キースが虚偽をモーリスに告げた。これは召使いに訊ねればわかるだろう。キースに偽証を強要されていなければ。何のためかは不明だが。もう一つ。モーリス自身が君に虚偽を告げた」

「三番目のは、ない」ロディは断言した。正常な思考力が働いている、うん、よろしい、と自分を褒める。

「コーヒーハウスで遇《あ》ったとき、それに関してキースが言ったことを憶えている限り要約すると、こうだ。

手記の内容は、キースは読んでない。

従卒からの伝言は、手記を受け取った召使いから聞いた。

それによれば、アシュリー・アーデンは正規軍の兵士に殺された。

兵士の名はおぼえていない。

兵士は投獄された。

以上だ。モーリスがでっち上げたという仮説は成り立たない」

「モーリスとキースが結託していなければな」

疑り深い奴だ。

「モーリスはウィルソン家で孤立している」そう口にしたとき、ロディは少し物悲しい気持ちになった。

「しかし、ウィルソン家の存亡の問題となったら」エドがさらに言った。

「そんな問題が存在するのか」

「グレゴリー・アーデンが二股をかけたという疑惑を話したな」

「フランクリン氏から協力を要請され、本国とコロニー、どちらが勝利しても大丈夫なように細工したという憶説か」

「そうだ。しかし、ウィルソン家の次男とメイスンが親しいとわかったからには、仮説は考えなおさねばならない。本国からの独立を目指すフランクリン氏は、アーデン家と財力においても勢力においても拮抗するウィルソン家に同様の条件で協力を要請した。二股をかけたのはウィルソン氏だと、訂正しよう。メイスンとキースの接触がそれを証している」

「メイスンと会っていたからといって、どうしてそれが」

「砦で、民兵がクラレンスに噂話を伝えていた。俺は聞き流してしまったが、幾つか記憶に残っている。噂が真実かどうかは不明だ。ウィルソン家の息子がモントリオールで娼館を経営しているというのは事実か」

「俺は知らない」

「噂と、どこまで事実に沿っているのか信頼のおけない手記から得た知識を根拠として、俺は想像する。ラルフ・ウィルソンは、フランクリン氏からの要請にどのようにして応じるか二人の息子に相談する。末息子モーリスは、君の言うとおりなら相談にあずかっていない。

交易に携わりモントリオールとの行き来が多いキースが、メイスンと交流を持ってもおかしくはない。

密貿易品は関税がかからないから、元値が安い。キースはメイスンと手を組んでいた。メイスンが逮捕されたとき、釈放のために大金を出したのはキースだ。メイスンはキースに借りができた。一方、キースは、密輸関与をメイスンにばらされたら、破滅だ。キースはメイスンに相談を持ちかける。ウィペット号の物資輸送を阻止できれば、フランクリンに協力した証になる。不慮の事故と見せかければ、叛逆者と見做されずにすむ。このあたりは、グレゴリー・アーデン氏を黒幕と見做したときと同じだ。

おそらくメイスンの成功報酬は莫大だろうし、前金ももらっているだろう。

シャルレーヌに首ったけのジェイクをも利用する。これも同様だ」

ロディに話すというより、自分の思考を整理する過程が声になっているというふうだ。

「グレゴリー・アーデン氏がモホークを砦に送ること及びアーデン氏が大量のラムを砦の指揮官に贈ることは秘密ではないから、キースやメイスンに筒抜けに伝わった。その情報を利用して計画をたてた。ジェイクには船を沈没させること、シャルレーヌにはジェイクに協力しモホークに〈大いなる精霊《オレンダ》〉の声を聞かせることを命じる。

モホークの失態は、彼らを送ったグレゴリー・アーデン氏の名声を貶《おとし》めるにも有効だ。

三人の娼婦は、娼館の経営者であるキース・ウィルソンによって送り込まれた。モホークを協力させたグレゴリー・アーデン氏に張り合ってと民兵は言っていたが、シャルレーヌ一人を送るのは不自然だから、目立たせないために、三人一緒に送り込んだのだと思う。

シャルレーヌへの報酬は何か。伯母さんや爺さんまで巻き添えにしても悔いないほどの報酬は、おそらく……」

「伯母さんや爺さん？　何のことだ」

「ああ、君の知らない人物だ。さて、手記の一部を誰が書き替えたか、という問題に戻ろう。ウィルソン家の次男キースは……」

記憶をたぐり寄せるように、考えながらエドワード・ターナーは続けた。

「文才があって書物を出してもいると言うのは、事実か」

〈K. Wilson〉

モーリスの豪勢な部屋をロディは思い返した。書棚に並ぶ革装の書物。金の箔押しをした著者の名。

「たぶん、あれがそうだ」ロディは伝えた。

「改変の文章を書く筆力があるという傍証にはなるな」

「君はさっき、偽筆者はキースかモーリスのどちらかだと言ったけれど、モーリスはあり得ないと俺は思うよ。君は言った。キースが書き替えたのなら、読ませる対象はモーリスだ。モーリスが偽筆者なら、読ませる対象は君自身だと。改変部分は、アシュリーのジェイクに対する奇妙な感情を強調している。そんなことを、ターナー君、君に伝えたって無意味だ。だが、キースがモーリスに読ませる目的でやったのなら、幾らかは理由づけられる。アシュリーはモーリスを慕っている。モーリスもアシュリーを可愛がっている」

「その親密な関係を傷つけるためにキースが？」

エドワード・ターナーは苦笑し、ロディは思いつきで言った言葉を引っ込めた。

「キースが書き替えたのなら、彼の言葉には二つ嘘があることになる」

「手紙の内容は読んでいない。兵士の名はおぼえていない。だな」

「思い出してくれ」

エドワード・ターナーは言葉を重ねた。

キースとは筆談が多かった。同席した男のことは話題にならず、従って紙に書いてもいない。店主が、男の名を呼ばなかったか。

——俺が勘定を払おうとすると、キースが奢ってくれた。チップをたっぷりもらったらしい店主が笑顔になって「国王陛下萬歳！」の言葉を贈ったら、キースは「物騒だから旗幟《きし》を鮮明にするな」と制《と》めた。

店主は「へっ、見損なったぜ、ウィルソンさん」と荒い言葉を投げ、「ヘンリー、あんたはどうなんだよ」……そうだ。ヘンリーと呼んだのだ。

エドワード・ターナーは「ヘンリー」と繰り返し、幾つかの束にわけられているアシュリーの手記の、最初に近いのを取り上げた。アシュリーがウィペット号に乗り込んだあたりを読み直し、ロディに示した。

粗悪な紙なので読みにくい。

〈船尾楼《せんびろう》の上の高い後甲板にヒギンズ船長の姿が見える。老いぼれだ。寒さのせいか中風の気でもあるのか、細かく震えていた。

一等航海士ヘンリー・メイスンが隣に立つ。〉

「君がもたらしたのは、重大な新情報だ。キース・ウィルソンとメイスンが緊密な関係にあるのなら、俺のこれまでの推察は、大きく変わらざるを得ない」

「ヘンリーという名は珍しくはない」ロディは言った。「アシュリーの手記には、メイスンが杖を必要とするとは一言も書かれていない。キースが会っていた男は、明らかに杖をつき片足を引きずっていた。あ、この部分が、脚が不自由なことをあらわしているのかな」

〈一等航海士ヘンリー・メイスンが隣に立つ。父の言うところでは、フレンチ・インディアン戦争で負傷し、除隊してからは密貿易で稼ぎ、逮捕されたが、大金を払って重刑を免れた。一等航海士の資格をどうやって取得したのか、父も知らないと言った。〉

「いや、乗船当時、メイスンの脚は健やかだった。手記は砦に到着したときまでを記している。その後、俺たちが偵察に出されたことや、隊長ビセットが罠に引っかかって負傷しシャルレーヌの伯母さんの小屋で手当てしたことは話したな」

「アシュリーが腹に巻きつけている手記の紙を使ったと聞いた」

「それからさらに、いろいろあった。俺は、キースと会っていた脚の悪い男がメイスン一等航海士であったと確信する」

「どんな経緯が？」

「一言二言では語れない。そして俺は、君をどこまで信用してよいのかわからない。キース・ウィルソンとメイスン一等航海士が通じ合っている。君はウィルソン家側の人間だ」

「キースとメイスンが親しいとして、何か問題があるのか」

「ある。キース個人か。ウィルソン家全体か」

「何を言っているのか、さっぱりわからない」

「君の依頼主モーリス・ウィルソン氏は、一連の件に関わっているのか。輪の外か」

「一連の件というのは」

「依頼主の利を損なうようなことを、君は言わないだろうから、訊いても無駄かも知れないが」

「はっきり説明してくれなくては、俺は何とも言いようがない」

やがて、

「モーリス・ウィルソン氏と直接話しあう」

エドワード・ターナーは言った。

「モーリスは外出できない」とロディは脚を指した。

「馬があるだろう」

「乗馬もまだ無理だ」

医者の手当てでいくらかましになったとはいえ、印刷所からウィルソン邸までロディと共に馬に乗ったときも、なかなかに大変だった。

「俺はアシュリー・アーデンを殺害していない。どうしてそんな誤解が生じたのか、究明したい」

犯行 9（承前）

「射たのはおそらく、ヒューロンだ」エドは小声で言った。

伯母さんの小屋の近くにヒューロンの集落があると〈美しい湖〉が言っていた。マヒカンの生き残りである伯母さん、爺さんと友好状態にある。自分たちの集落に迎え入れようとまで言ったヒューロンだ。

「ジェイクが生き残ったという我々の仮説に立ってのことだが」エドは続けた。

「伯母さんの小屋の異変に、ヒューロンの人々も気づいただろう。ジェイクとは初対面であっても、白人が伯母さんと爺さんを小屋もろとも焼き尽くした、それだけでヒューロンは激昂しただろう。放火に関し、ジェイクは自分に都合の悪いことは語らず、適当な話をでっち上げただろう。ヒューロンに庇護され、この数日ジェイクは砦を見張り、メイスンの動向に気をつけていた。小型帆船に乗り込むのを目視し、ヒューロンの何人かと共に、馬で川沿いに走った」

「風が凪いで船足がのろくなったのをチャンスと捉え、襲撃した？」

「成果は上げ得なかったが」

「俺は、ジェイクに同情はしない。時限発火の仕掛けを無効にすることなく、小屋を逃げ出した奴だ」

思わず声が大きくなりかけるクラレンスを、エドが制めた。

薬包から鉄棹を抜く。たったそれだけのことに、気が回らなかったのか。シャルレーヌがメイスンと共謀し自分を殺そうとした。そのショックが他のすべてを忘れさせたか。

アシュリーは手摺《てすり》に乗せた腕に顔を伏せた。

「ジェイクは、自分が生存していること、強烈な復讐心を持っていることを、メイスンに誇示してしまった」エドは言った。「賢いやり方ではない。復讐を望むなら死んだと思わせておくべきだ」

「メイスンは気づいたかな」

「阿呆でなければ」

「気づかせたジェイクが阿呆か」

俺も、よけいな当てこすりをしてメイスンの警戒心を増強した阿呆か。

「賢い人間は滅多にいない」エドは言った。

何かしら、間違う。

前にも同じことを言っている。しつっこく繰り返すのはエドにしては珍しい。エドはクラレンスに目を向けた。「君がここにいることが、一つの間違いだ」

同行を、断固拒否すべきだった。

声に出さないエドの言葉が、クラレンスには聞こえてしまう。

お前を巻き込んだ。悔いは無益だと承知しているから、エドは言葉にしないできた。心の中に満ちた悔いは、ついにひとしずく溢れこぼれる。

調査 4（承前）

オーケー、オーケー、囚人が凍えないようにしといてやるよ、と獄吏は気軽に言った。

「夕飯もたっぷり食わせとく」

「さっき、肉屋が食糧を届けにきたんだが、外では愛国者《パトリオット》どもが暴れているそうだ」他の一人が告げた。

「モントリオールが陥落してからというもの、叛乱軍が勢いづいているからな」もう一人が言う。

「監獄を襲撃する奴はいないだろうが」と言う獄吏に、

「どうだかな」ロディは返した。「監獄は総督の管理下にあるだろう。国王の手下と見做されているわけだ」

「万一襲われたら、独立万歳！　と言って囚人を解放してやるさ」

「俺はまた戻ってくる」

「ああ、何度でもどうぞ、だ」獄吏は銀貨に口づけし、「気をつけて行けよ」と天使みたいなことを言った。

ロディは馬首をウィルソン邸に向ける。

背後から喚声が聞こえる。振り向くと、暗い道の向こうが火事のように赤い。揺れ動きながら急速に近づいてくる。

独立！　独立！

本国の犬を潰せ！

モントリオールは陥《お》ちた！　ケベックも陥とすぞ！

道の端に寄り、松明をかざした一団をロディはやり過ごす。

肉屋が獄吏に告げたというのは、これだな。

コーヒーハウスのある路地に雪崩れ込んで行く。国王派《ロイヤリスト》の店ということで目をつけられたらしい。

ニューヨーク・ニューズレターが襲われたのと同じだが、これは問答無用で焼き討ちにするつもりとみえる。店の中では男たちが銃の用意をしているだろう。

さらに馬を駆る。

ウィルソン邸の前庭は篝火《かがりび》が火の粉を散らし、火災を発したのかと錯覚するほどだ。

暴動勃発の情報がすでに伝わっていると見え、鉄柵の門扉を閉ざし、その前に木材を組んだ防御柵をさらに作っている最中であった。

誰何され、モーリスの部屋に通されるまで手間取った。

「馬泥棒でした」

第三者である獄吏がそう明言しました、というロディの報告を、モーリスはすぐには納得しなかった。

ロディと会うときはいつもそうであるように仮面をはずしているので、表情があらわだ。

「いったい、どうして……。それを取ってくれ」

モーリスは傍らの棚をロディに差し示した。予備の仮面の脇に紙の束と筆記用具がおかれている。質の悪い紙はグレゴリー・アーデンの地所内の製紙小屋で作られたものだ。会話の成立には紙を必要とするモーリスのために、ごく安い値段で供給するようにしたのは、アシュリーだ。そう手記に記してあった。

〈私宛ての書類を、なぜキースに渡したのだ。〉

仮面を着けなおしたモーリスは、従卒と応対したという召使いを呼び、そう記した紙を突きつけた。

「私が勝手にキースさまにお渡ししたのではございません。使者が私に手渡すところを、キースさまは見かけておられたのです。自分が渡すからと、私の手から書類をお取りになりました」

二枚目の紙を、モーリスは召使いに見せつけた。

内容はロディも知っている。

〈私は図書館にいた。すぐ近くだ。お前は図書館に足を運び、私に渡すべきだった。〉

「申し訳ございません」

召使いは丁重に頭を下げた。

ウィルソン氏が設立した図書館については、アシュリーも手記に記している。知人や交易商を通じて蒐集《しゅうしゅう》した書物をおさめた図書館の責任者はモーリスであると記してあった。アシュリーはここに入り浸り、書物に埋もれて過ごしたようだ。

「その使者だが」とロディは訊いた。

エドワード・ターナーから託された重要な質問であった。

「顔に特徴はなかったか」

ひどい痘痕面《あばたづら》だった、と召使いは顔をしかめた。

「その痘痕《とうこん》のある男が、〈イギリス正規軍の兵士エドワード・ターナーがアシュリー・アーデンを殺害した犯人として逮捕された〉と君に告げたのか」

召使いは顎をしゃくる横柄な身振りでイエスと言った。身なりが粗末な者に対して、召使いはとかく主人の身分を笠に着がちだ。

「君はそれを、キース氏に伝えたのだな」

「そうだ」

それがどうした、と後に続きそうな態度であった。

「君が手記を受け取ったのは、いつだ」

「一昨日だが」

「一昨日の何時だ」

この質問もエドワード・ターナーに託されている。

「キースが手記を入手してからモーリスに渡すまで、どのくらいの時間があったか。それを確認する必要がある」そうエドワード・ターナーは言ったのだった。

「筆跡を真似ながらあれだけの文章を書くのは、かなり時間がかかる。時間が短ければ、キースは偽筆者候補から外さなくてはならない」

「すると、誰もいなくなる」

「キースが偽筆者であろうとなかろうと、君は今後、身辺に気をつける必要がある。キースはメイスンと親しい関係にあることを知られたくないはずだ。おおっぴらな付き合いなら、コーヒーハウスなど利用しなくても、ウィルソン邸にメイスンを呼びつければすむことだ。俺の推量が事実であれば、メイスンは依頼主のために、きわめて冷酷な殺人を犯している」

「モーリスさま、この男は、なんで私を訊問するのですか」

召使いは憤懣《ふんまん》をモーリスに向けた。

「彼の質問に答えろ」

聞き取りにくい声をモーリスは投げた。

「何時だったか、わかりません」

ロディは質問を続けた。

「キースさんに渡したのは、いつだ」

「だから、おぼえていません、と」

「午前中か午後か」

「午後だね」

「夕食の前か、後か」

大袈裟にこめかみを指でたたき、「前だ」と召使いは言った。

「モーリス、あなたがキースさんから受け取ったのは？」

「夕食の後だが。なぜ、そんなことを訊く？」

午後。夕食前。漠然としている。最大に見積もって七時間。手記を通読し、考え、書き替えるのに充分かどうか。

モーリスが印刷所に馬を走らせてきたのは、昨日の昼過ぎだ。一昨日の夕食後から昨日の昼ごろまで。モーリスには改変の時間が充分にあった。だが、理由がない。

召使いが階段を下りるのを見定めてから、ロディは扉を閉ざした。

「混乱している。エドワード・ターナーは馬泥棒なのか。殺人犯ではないのか」モーリスは繰り返した。

「痘痕面といえば、アシュリーの手記に書かれている……何といったか、これも正規軍兵士の」

「クラレンスという名でした。エドワード・ターナーは私に言いました。従卒ピートは砦に残りアシュリーとは別れた。砦が陥落したとき大陸軍《コンティネンタル・アーミー》捕虜になったはずだ。アシュリーと会う機会はない、と」

犯行　9（承前）

腕に顔を埋めたアシュリーが、「ちがう、ちがう」と繰り返している。これも、心の中の言葉が我知らず声になったようだ。

「何が違うんだ」

クラレンスが声をかけると、アシュリーは夢から引きずり出されたような顔をした。くちびるを引きしめた。

調査　4（承前）

監獄に戻ってきたとき、ロディの馬は二人を乗せていた。

「モーリス・ウィルソン氏が囚人と面会することを望んでおられる」

こけおどしの金色の仮面は、「悪魔の牙！」獄吏たちを脅しつける効果を充分に発揮した。

「ウィルソン氏は、脚を負傷して歩けない。下馬せず、このまま通る。鍵を開けろ」

放り投げられた金貨銀貨と、悪魔の牙を隠す仮面とどちらがより強力であったか。

独房で、獄吏が去ってから、ロディは鞍の前に跨《また》がらせたものの帽子と仮面を脱がせ、エドワード・ターナーに渡した。服とズボンも脱がせたので、心棒と横棒に巻きつけ縛り上げた布の塊《かたまり》が剝《む》き出しになった。エドワード・ターナーが脱ぎ捨てたぼろ服をロディはそれに着せ、椅子に座らせた。アイザック・ハーネスの通俗小説《ロマンス》は、実にいろんな手段を教えてくれる。この計画を立てたとき、エドワード・ターナーは苦笑してそう言ったのだった。何も残さないほうが、囚人が消失したという恐怖を獄吏たちに与えるだろうと、ロディはにんまりして提案したが、騒ぎを大きくするなと囚人にたしなめられたのだった。「モーリス・ウィルソン氏と面談したら、俺たちはまたここに戻る。できるだけ早く。そして君はそのぼろ人形とともに帰ればいい。俺がこのまま脱獄したら、君とモーリス氏が共犯罪に問われる。明日の朝までずぼらな獄吏どもが房を覗くことはないと思うし、もし覗いても、入ってさえこなければ、あのダミーにごまかされ、不在には気づかないだろうとは思うが」

大変なことに手を貸していると思い至り、止めようや、と言いたくなるのを、ロディはこらえた。独立万歳！　の群れの狂奔ぶりを思う。世の中めちゃくちゃになりかけている。裁判だってまともに行われるかどうか。

アシュリーの手記はロディが革袋におさめた。

真昼間では無理だが、夕闇が濃い。ごまかせるだろう。

ごまかせた。

庇目深にかぶった帽子と悪魔の牙を隠した黄金仮面で充分であった。その上、上質な服を身につけている。仔細に見れば、来訪したときより帰途の方が精気があるとわかるだろうが、検分する暇を獄吏たちに与えなかった。

監獄から遠ざかる。エドワード・ターナーは人目につく仮面を外し、ロディに渡した。馬上の位置を入れ替わり、ロディは背後からしがみつくことにした。脱獄囚のほうが馬に乗り慣れている。

路地の奥が炎を上げている。放火の後、暴徒の一団は去ったらしい。

焼け出されて逃げ出した者だの野次馬だので、そのあたりはごった返していた。

なおも馬を駆る。臀《しり》の痛みがぶり返した。

馬は本来、人を乗せるために存在しているのではない、などと場違いな考えが浮かぶ。人だって、馬に乗るように生まれついてはいない。うう、けつが痛いぞ。腰も痛い。

変な奴だ、エドワード・ターナーは。「訊ねたいことがある。君がアシュリー・アーデンを殺害した理由だ」と俺が言ったとき、即座に否定せず手記の検討に没頭し、俺は何だか、あいつのペースにはまってしまった。

ウィルソン邸の防御柵は完成し、侵入者を阻む。

下馬してモーリスへの取り次ぎを頼み、待つ間に、ロディの頭の中で妄想が発達した。ベッドで半身を起こし、仮面をつけたまま二人を待ち受ける男。体つきが違う。モーリスではない、とロディは直感する。仮面の男が握手を求めるようにエドワード・ターナーに手をさしのべた。その手も大きく指が太い。握手には応えず、エドワード・ターナーは名前を名乗り、「失礼ですが、仮面をはずしていただけますか」と続ける。

門扉をわずかに開け、ロディとは顔見知りとなった召使いが二人を招じ入れ、「外はどうだ?」と訊いた。「物騒だぞ」ロディは思いっきり脅してやった。

邸内で執事が引き継ぎ、二階に案内する。エドワード・ターナーが不審者扱いをされないのは、前もってモーリスから言いわたされているからだろう。しかし、階段を上りながら執事がエドワード・ターナーに向ける視線は、好意的ではなかった。

モーリスの寝室の前室、くつろぎの間に二人を案内し、執事は境の扉をノックして、モーリスに訪客を告げた。

革装箔押しの重厚な書物が並ぶ書棚に目を走らせたエドワード・ターナーは、忘我の表情を見せた。これが、と〈K.Wilson〉の箔押し文字をロディが差し示した。

執事に促され、寝室に入る。

仮面をつけ、ベッドに半身を起こした姿に、一瞬、ロディは妄想を思い重ねた。体つきはモーリスだ。いや、キースはモーリスと似ているぞ。長男のスティーヴはどんな体つきなのか。

執事は境の扉を閉め、出て行った。

通路との扉に内鍵をかけるようモーリスはロディに指示した。

「大丈夫です。通路に執事の姿も見えなかった」

施錠する前に、室外の様子をロディはうかがった。

「階下は何だかざわついていますよ」と報告した。「ご紹介します。エドワード・ターナー氏です」

ロディは囚人が使用した仮面を棚に戻した。

筆記用具を手もとに寄せたモーリスに、エドワード・ターナーが言った。

「私はロンドンで、優秀な外科医のもとで学びました。口唇裂傷者と会話を交わすこともありました。あなたの話を聞き取れると思います。無理な場合は、彼に筆記を頼みます」

「外科医か」ロディは声を上げた。「それじゃ、モーリスの脚の傷を診てくれよ。医者が一応手当てして、大丈夫みたいではあるんだけれど」

「ロディ、それは私が決めることだ」モーリスの声は少し笑いを含んだ。

モーリスは仮面をはずし、ロディに渡した。棚に並べながら、けばけばしい仮面には、モーリスが幼いころから受けてきたさまざまなことが刻み込まれているとロディは思った。

「傷を診ますか」

エドの問いに、モーリスはうなずいて脚にかけていた毛布をのけた。

巻いた布に滲み出た血が乾いてこびりついているのを見、周囲の肉の腫れ具合をしらべ、「化膿してはいない。このままそっとしておいたほうがいい」エドワード・ターナーは言った。「無理に剥がすと、せっかく塞がりかけている傷口が開きます。医療器具があれば、布を切り開き、新しい布を巻くのですが」

「鋏《はさみ》も布もあるよ」ロディは口を挟んだ。

「鋏は熱湯で消毒したやつでないと駄目だ」

「台所で茹でてこようか」

「ドクター、君を信頼して、このままにしておく」モーリスは言った。

「人間に備わった治癒力は、かなりなものです」

「神が与え給うた力か」

「たぶん」とエドワード・ターナーは言った。そのとき浮かべた表情は、信仰篤き者のそれとはロディには思えなかったが、モーリスのわかりにくい発音を外科医の弟子が聞き分け、筆記用具に頼らなくても会話が成り立っているのが何だか嬉しかった。

ロディから手記の束を受け取り、エドワード・ターナーはモーリスに示した。

「これを、あなたはどうして私に読ませようと思ったのですか」

「アシュリーをなぜ、殺したのか。その事情を知りたかった」

モーリスは言葉を続けた。「君は、アシュリーの手記を届けにきた使者が、君の友人……何といったか……」

「そうです。もしかしたら、と」

「どうして、そう思ったのだ」

「クラレンスが自分の名前を告げても通じないから、すんなり取り次いで貰うために従卒と騙ったのでは、と」

エドワード・ターナーの返答は、モーリスの質問から少しずれているとロディは感じた。

枕頭に置かれた手記をとり、エドワード・ターナーは終わりのほうを示した。ロディは覗きこんだ。

〈なぜ、突然、書き記したくなったのか。

モーリス、貴方に話しかけるかわりだ。僕はおそろしく淋しいんだよ、モーリス。淋しくて不安だ。〉

「しかし、これはあなたへの書簡ではない。あなたにことさら告げる必要のないことも細々と書いている。半ば自叙伝だ」

〈貴方の図書館で僕が読みふけったアイザック・ハーネスのロマンスは、強い男が悪と戦い勝利する話ばかりだった。絶対的な正義が絶対的な悪を滅ぼす。正と邪は確然と別《わか》たれている。僕自身が強かったら、あんな物語は不要だ。〉

「自分自身について書きたくなる。衝動的に。孤独の中で」

エドワード・ターナーが言い、

「君は、そういう衝動に駆られたことがあるのか」

モーリスは問いかけ、

「あなたはどうですか」

エドワード・ターナーは問い返した。

悠長な話をしているとロディは呆れる。

「前室の蔵書も見事ですが、図書館まで設立されたのですね」

モーリスの表情が和んだ。

「キース・ウィルソン氏の著書も」

「いや、同姓だが、あれはケント・ウィルソンだ」

「ああ、ケント・ウィルソン」

「読んだのか」

「かなり辛辣な論客ですね、彼は」

キース・ウィルソンに手記を改変する筆力があるという傍証の一つは消えた。

ノックの音がした。

「誰だ」

「俺だ。キースだ。鍵をかけているのか。なぜ」

モーリスは仮面をつけ、エドワード・ターナーには、場合によってはクローゼットに身を隠すように言い、ロディの助けを借りてベッドからくつろぎの間の椅子に移動し、境の扉をロディに命じて閉ざさせた。厚く布を巻いたモーリスの脚をロディは空いた椅子にそっと乗せた。

ロディが内鍵を開けるや、キースはずかずか入り込んだ。同時に、外の喧噪も室内になだれ込んだ。

ロディが挨拶するのを無視し、「来客だそうだな」詰問口調でモーリスに言った。

モーリスの表情は仮面の陰に隠れている。

開いたままの扉を執事が慌ただしく叩き、注意を促した。

「キース様、旦那様がバルコニーで演説をされます。スティーヴ様もご一緒です。キース様もお出ましくださいとのことです」

「何事ですか」

尋ねるロディに、

「暴徒がついに当家まで」

ロディがその一人ででもあるかのように、執事は睨みつけた。

「新聞屋」キースがロディに声をかけた。「いっしょにこい。ウィルソン家の主張を君のところの新聞に書け。ウィルソン家は大陸軍《コンティネンタル・アーミー》を支援していると」

こい、と指で促しキースは先に立った。

ロディは振り向いてモーリスの指示を仰いだ。モーリスがうなずいたので、すでに廊下に出ているキースの後を追った。

壁付燭台の灯にキースの影が揺れる。狼狽《うろた》えた様子で動きまわる召使いたちが、キースに道を空けた。

正面玄関のポーチの上に、四本の円柱に支えられて張り出したバルコニーには、態度と服装から当主のラルフ・ウィルソンとその長男スティーヴとおぼしい二人の男を中心に、護衛らしい男たちが銃を構える姿が黒く見えた。バルコニーには松明《たいまつ》を手にした従僕たちもいるが、主人が暴徒の標的にならないよう、灯りが二人に集中しないよう配慮していた。

広い前庭を、手に手に松明をかざした群衆が埋める。

防御壁は倒されたらしい。

見下ろして、「諸君」とラルフ・ウィルソンらしい男は呼びかけた。

声がいやに朗々と響く。

ロディの位置はラルフの斜め後ろだが、金属製の拡声器《スピーキング・トランペット》の尖った一端を口に当てているのが見えた。巻き毛の鬘《かつら》は、急いでつけたのだろう、歪んでいた。ロディは上着の前をかき合わせた。

吹き荒ぶ風に絶え間なく散る松明の火の粉は、バルコニーの上までは届かない。いつの間にかキースがいなくなっているのに、ロディは気づいた。

「静聴せよ。私の愛国心は諸君と変わらない。アメリカは英本国から独立すべきだ。ウィルソン家は、君たちの同志だ。ウィルソン家に向けている諸君の力を、ケベック包囲に向けよ！」

円錐形の拡声器によって増幅されたウィルソン家当主の声は、地上を圧した。

「嘘をつくな。国王派《ロイヤリスト》だ、ウィルソンは」誰かが言い返す。

「嘘つき《ライアー》！」数人が叫ぶと、

「ライアー！」

「ライアー！」

群衆はいっせいに和し、松明を振りかざし、威嚇するように拳を突き上げた。印刷所襲撃の時と同様、銃を携えた者は多くはない。松明による放火と投石が彼らの主要武器だ。ラルフとスティーヴの周囲をかためる護衛たちは、数において著しく劣るが武装は充分だ。民間から集めた戦闘能力のある男たちらしい。ウィルソン家は短時間に応戦の準備をととのえたとみえる。情勢切迫を感じとり、いざという時の手配はすませてあったのか。

「聴け！」

押し寄せた〈愛国者《パトリオット》〉たちとバルコニーの男たち。誰か一人でも緊張に耐えきれず行動を起こしたら、戦闘開始だ。印刷所の騒動の記憶が重なり、ロディの体内を戦慄が走り上る。

「聴け！　而《しこう》して、思え、セントジョン砦の陥落を」

ラルフ・ウィルソンの声は重々しく響く。

「堅固な砦は、あえなく大陸軍に屈した。なぜ屈したか。諸君も聞き及んでいるだろう。そうだ。火薬庫が爆発し、備蓄されていた多くの弾薬が失われ戦力が著しく減少したからだ」

言葉を切り、ラルフ・ウィルソンは一同を見まわし、「火薬庫は、なぜ爆発したか」と問いかけ、少しの間をおいて続けた。

「大陸軍の勝利のために、私が、このラルフ・ウィルソンが、ある人物に命じ、火薬庫を爆破させたのだ」

嘘つき、の声が散発するが、大方はラルフ・ウィルソンの言葉の続きを待った。

「爆破を実行した功労者は、ここにいる」

ラルフが振り向くのにつられてロディも背後に目をやると、キースが男たちをかきわけて前に出てくるところだ。連れがいた。片足を引きずり杖に頼っている。モーリスか、と一瞬思ったが、三角帽のつばの下の顔は仮面で覆われてはいなかった。揺れる松明の弱い灯りは目鼻立ちを明確にしないが、メイスン、と思い当たった。キースはあの後、メイスンを自室にでも引き入れていたのか。俺は身辺に気をつけなくてもよくなったな。メイスンと親しい関係にあることを、キースはおおっぴらにしたのだから。

「私は、当家の次男キース・ウィルソンだ」高々と上げた手の指先は闇に溶ける。「モントリオールに滞在することが多いが、諸君の中には私を見知る者もいるだろう」

紹介しようと、隣に立つ男の肩にキースは手をかけた。「ヘンリー・メイスン一等航海士だ。私はある計画を立て、彼をセントジョン砦に送り込んだ。彼は見事な働きをした。火薬庫を爆発させた実行者は、このヘンリー・メイスン一等航海士だ」

「証拠は?」集団の中でもリーダー格の男が怒鳴った。腹の据わった顔つきだ。

「その男がやったという証拠を見せろ」

「口先だけじゃねえか。騙されねえぞ」

「メイスン氏は君たちには馴染みがないから」キースは言った。「信用されなくても致し方ない。しかし、この方を信頼しない者はいないだろう」

最大の効果を上げるように大袈裟な身振りでキースは新たな登場者を招き、「我々がここに迎えるのは」と全員に向かって叫んだ。

「ベンジャミン・フランクリン氏である」

石板刷りの肖像画が出回っている。新聞にも始終似顔絵や版画が載るので、フランクリンの風貌は知れ渡っている。どよめきがひろがった。

ラルフ・ウィルソンの見るからに安堵した様子に、フランクリンの到着を心待ちにしていたのだとロディは察する。

実物を見るのはロディは初めてだ。長年イギリスに在住し、国王の身近にいて大臣らとも親交のあったフランクリンは、帰国するや、独立運動の熱烈な支持者であり推進者であることを表明した。本国のスパイではないかと疑う者もいたが、国王、大臣らの傍にいたからこそ、コロニーに対する彼らの冷酷さがよくわかり、独立以外に道はないと確信するに至ったとフランクリンは公言し、ペンシルヴェイニア代表として大陸会議に参加して活躍し、今や英雄視されている。

傍らにいる男が息を呑み身じろぎする気配が伝わった。帽子のつばを低く下げている。エドワード・ターナーではないか！　脱獄囚がこんなところに顔を出していいのかよ。警護に呼び集められた男たちは屋敷の者と顔見知りではないし、互いに親しいわけでもないようだ。フランクリンの従者と見られてもおかしくない服装なので、怪しまれる気配はなかった。

フランクリンは両手を上げ、群衆を鎮める仕草をし、ラルフ・ウィルソンから拡声器を取って口に当てた。

「諸君の烈々たる愛国心を、私は強く称賛する」

歓声があがった。

「諸君、静聴を！　私は少しの躊躇《ためら》いもなく、諸君に告げる。ラルフ・ウィルソン氏もその子息たちも、諸君に劣らぬ愛国者なのである」

不満の声がそこここで聞こえる。

「ウィルソン氏は確かに、以前は国王派であった。しかし、それは、国王とその周囲の大臣らの実態を知らなかったからだ。私は彼に語った。本国がどのように我々を見ているか。植民地は本国を養うためにあると、彼らは見なしている。我々がいかに収益をあげようと、それは本国を富ませるために収奪される。我々がどれほどの艱難《かんなん》を克服してこの土地を開拓し、交易の路を拓いたか。この地に棲息する野蛮人どもの襲撃に対抗して、どれほどの血が流されたか。私は国王にも大臣たちにも説いた。彼らはまったく理解せず、見解を一インチたりとも改めようとはしなかった。私はそれらの状況をラルフ氏に詳細に伝えた。忠誠を尽くすに値《あたい》しない本国から独立する必要を充分に理解したウィルソン氏に、私は大陸軍への協力を要請した。私の説得は功を奏した。ウィルソン氏は子息たちと策を練った」

フランクリン氏が聴衆の心を摑むのに長けているのを、ロディは知った。威圧的なところはなく、親愛の情を示しながら、それとなく自慢を混ぜる。

「ウィルソン氏の次男キース君は、交易の責任者であるところからモントリオールに滞在することが多く、船舶関係者とも交流が密である。キース君はかねてから親密であったヘンリー・メイスン一等航海士に実行を託した」

メイスンの杖に託していないほうの手を握り、もう一方の手でキースの手をとり、高々とあげ、

「我々は成功した！」

誇らかにフランクリンは宣した。

その後、フランクリンとラルフ・ウィルソンは懇《ねんご》ろな握手を交わした。

「ウィルソン氏の功績を、大陸会議は高く評価する」

セントジョン砦が陥落したのは先月——十一月——の初めだ。正規軍と大陸軍。どちらが勝利するか。ウィルソンは雲行きを見ていたのだなとロディは察した。コーヒーハウスでキースが慎重だったのを思い返す。旗幟《きし》を鮮明にするなと店主を牽制していた。

モントリオールの陥落はあっけなかった。セントジョン砦が落ちてから十日後、駐在していた総司令官カールトンは、防衛を放棄しケベックに逃亡した。それからおよそ二カ月近く。

暴動頻発と国王軍の形勢悪化に、ウィルソン家は大きい賭に出たのだと、ロディは思う。フランクリンを招くのは容易なことではない。火薬庫爆破の成果を即座にフランクリンに伝えることもできなかっただろう。告げれば、フランクリンは、名士ラルフ・ウィルソンが愛国者であることを大々的に広めたがるだろう。いつごろ、フランクリンに話したのか。

「ここに、ニューヨーク・ニューズレターの編集人がいる」キースがいきなりロディを前に引き出し、群衆に紹介した。

「彼は、今宵の出来事を紙上に発表するだろう。ウィルソン家が大陸軍の勝利に如何に貢献したか人々は知り、称賛するだろう」

そういうふうに書け、とキースは暗に俺に強要しているのだ。だけどさ、とロディは思う。今、そんなに態度を明白にして大丈夫なのか？　総督カールトンはだらしなかったけれど、大陸軍が決定的に勝利するかどうか、不明なんだぜ。暴動焼き討ちを逃れるためには、あの件を告げるほかはないと判断したのだろうが、これで万一正規軍が勝利したら、ウィルソン家はどうなる。砦の火薬庫爆破は極刑に値する。領地没収はもちろんのこと、死刑もあり得る。

それまで無言であった長男スティーヴが拡声器を取り「愛国者諸君にラムを振る舞う」と太い声で

告げた。歓声があがる。前もって手筈《てはず》をととのえていたのか、フランクリンの演説中に用意したのか、召使いたちがラムの罎をもって裏からあらわれ、人々に渡す。

独立万歳！

バルコニーの人々は拍手を送り、ラルフ・ウィルソンがフランクリンを案内して屋内に引っ込む。他の者も続く。スティーヴは手にした拡声器を、邪魔だからだろう、傍にいた護衛の男に渡し、キース、メイスンと共にラルフに続く。

松明は地に突き刺されその火影《ほかげ》のなかで男たちはラムを呷《あお》る。

バルコニーに立つ人数が半減し、ロディもバルコニーを去ろうとしたとき、

「諸君」

拡声器の声がひびいた。

「これまでの会戦で捕虜となった大陸軍の愛国者たちが、監獄にぶち込まれている。本国は大陸軍を正規の軍隊とは認めない。したがって、軍事捕虜は犯罪者の扱いを受けている。虜囚となっている愛国者を救え」

エドワード・ターナーじゃないか。煽っているのは。

「そうだ！　愛国者を救え！」

群衆の中に呼応する者がいて、走り出す。他の者もいっせいに同じ方向を目指す。酔いが理性を盲目にする。

エドワード・ターナーはいつの間にか拡声器を傍らの者に渡している。目立たぬように屋内に入っていく。

ロディは後を追った。

万一襲われたら、独立万歳！　と言って囚人を解放してやるさ。

獄吏どもが言った言葉は、エドワード・ターナーにも話した。単なる冗談口であったが、現実になった。彼が現実にした。

獄に戻らずこのまま脱走しても、ロディもウィルソン家も、咎《とが》められることはなくなりそうだ。

セントジョン砦で降伏し捕虜になった正規軍兵士たちは、ペンシルヴェイニアの山奥にある小さい開拓地、ランカスターとカーライルに抑留されたと伝え聞いている。

エドワード・ターナーが投じられた獄は、実のところ、軍事捕虜はほとんどいないらしい。エドワード・ターナーも、馬泥棒で捕らえられたのなら民間の犯罪者と同一の扱いだ。

酔っ払いの集団を利用する。既視感があるぞ。

フランクリンとラルフ・ウィルソン及びその二人の息子とメイスンの姿は、すでに二階の通路には見当たらない。階下の接客室か。

エドワード・ターナーはモーリスの部屋の扉をノックし、細く開けてするりと入った。ロディも続いた。

ベッドに半身を起こしたモーリスの傍らに、エドワード・ターナーとロディは椅子を引き寄せた。

モーリスは仮面をはずした。

「フランクリン氏は？」エドワード・ターナーの問いに、

「フランクリン氏がみえたのか」モーリスは驚きを露わにした。「この部屋の外で何が起きているのか、私は何も知らないのだ」

「あなたの家族が国王派を標榜しながらフランクリン氏の説得にも応じていた……二股をかけていたことも、あなたは知らなかったんですか、モーリス」

ロディの問いに、モーリスはくぐもった声で「知らなかった」と言った。

そのとき、エドワード・ターナーは一瞬、やわらかい表情をモーリスにむけた。こんなやさしい表情を持っているのか。

ロディは思い出す。暴徒によって負傷したモーリスが帰宅したとき、物騒だから国王派とも独立派とも関わるな、と言ったキースに、モーリスは「ウィルソン家は国王派だろう」と言い返したのだった。――陰の二股工作を、モーリスはまったく知らされていなかったんだ……。

アシュリーは手記に書いていた。

〈エドは仮面をつけている。私はまたもそう感じた。表情の動きを他人に見せないための仮面だ。モーリスの仮面は顔の損傷を隠す。エドは、なぜ表情を隠すのか。私は、顔の仮面どころか、鎧《よろい》で全身を覆う。砦の将兵の前では強いふりをし、エドとクラレンスの前では人好きのする明るい男のふりをする。父の前では従順なふりをする。毛皮の交易では、抜け目ない商人の顔を作る。〈美しい湖〉が相手の時だけは、違う顔になるけれど。

何種類の仮面と鎧が必要なことか。素顔を見せられるのは、モーリスと二人のときだけだ。〉

モーリスの孤独にそっと寄り添う表情が、エドワード・ターナーの、仮面をはずした素顔か。

「多忙をきわめるフランクリン氏がよく時間を割いてくれたものだ。それだけ、ウィルソン家が大陸軍側についたことは重大なのだろうな。フランクリン氏に何か用でも？」

「フランクリン氏の子息に、ロンドンから同行した大切な友人たちを託したのです」

ウィリアム・フランクリンがニュージャージーの総督で当然ながら国王派だということは、ロディも知っている。

「彼らの消息が少しでもわかれば、と思ったのですが」

「友人というのは、重要な地位にある人物か？」

「いえ、無名の民間人です」

「フランクリン氏には何も伝わっていないだろう。父と息子は敵対関係にある」

ロディはモーリスに、エドワード・ターナーから聞いたウィペット号で起きた事件、それについて、アシュリーの父グレゴリー・アーデンが二股をかけたと考えたことなどを語った。

「しかし、コーヒーハウスでキースとメイスンが密談している場に俺が居合わせたので、二股をかけたのはウィルソン家だと推察したんです。事実だと立証された」ロディは功を誇る。

「手記を読んだ限りでは」エドワード・ターナーが言った。「アシュリーは、父が指示したと思い、苦しんでいたようです。メイスンとは面識がありますか」

「いや、会ったことはない。キースが彼と取引をしていることは薄々知っている。父とスティーヴも承知していることだ。しかし彼を我が家で見かけたことはない。そうか、アシュリーは……」

「ある人物の教唆《きょうさ》によって暴徒らの矛先が監獄に向かった」とロディは話を続け、「モホークを泥酔させたあの件にヒントを得たのか」とエドワード・ターナーに訊いた。

「俺がラムをすすめたわけではない」

「状況を利用した？」

「他者を利用した」

エドワード・ターナーの口調がなぜ自嘲的になるのか、ロディにはわからなかった。

「キースが手を組んだメイスンは」と、エドワード・ターナーはモーリスに話しかけた。「身の保全のためには、残酷なことを平然とやる奴です。相手が非白人である場合に限るのかもしれないが」

ロディにとっても初耳のことを、エドワード・ターナーは語った。偵察に出た理由、隊員の編成、ジェイクとシャルレーヌが偵察隊の小舟に乗り込んだこと、その表面の理由、隊長が罠にかかり重傷を負い、マヒカンの小屋に全員泊まったこと、そのとき砦の火薬庫爆発を遠望したこと、隊長の焼死。翌日、偵察に出ている間に小屋が焼亡、三人の死者が出たことを語り、メイスンがその犯人であり、シャルレーヌが共犯であるという推察をつけ加えた。口封じのためにジェイクをも焼き殺そうとしたが、ジェイクは逃げたらしいこと、ヒューロンの助けを借りてメイスンを射殺そうとしたと思われる事件があったこと、シャルレーヌはメイスンに殺されたらしいこと、など。感情を抑制して話していると、ロディには感じられた。

「そんな奴と、キースは手を組んでいるのか。だが、君の説が正鵠《せいこく》を得ているなら、砦の火薬庫をメイスンが爆発させたというのは虚言になる。ウィルソン一家のみならず、フランクリン氏までが、ペテンにかけられたことになるが」

「火薬庫爆破は、マヒカンの小屋の遠隔放火と同様の手段をとれます。導火火縄を充分に長くするだけです」

手口をエドワード・ターナーは説明した。

「すべてが推測なのだな」

「物的証拠としては、木材を組み合わせただけの小屋の焼跡に、鉄棹《てつざお》らしいものが一本残っていました。遠隔放火の物証です。もう一つは、メイスンの失言です。アシュリーとクラレンスそして私、ビセットが焼死したことを知るのはこの三人だけで他に告げてはいないのに、メイスンは〈ビセット隊長が焼死したからには〉と、口を滑らせた」

「口封じのためというが、無駄なことをしたものだな」

「今となっては、ですね」ロディは口を挟んだ。「二人の共犯者は、むしろ生かしておいて、独立に協力したことの証人に利用すべきだった」

沈黙が続いた。

他人事《ひとごと》ながらロディは気を揉む。いや、他人事ではない。ニューヨーク・ニューズレターは資金源であるウィルソン家の意向を尊重し、ベンジャミン・フランクリン氏がラルフ・ウィルソン氏とその息子たち（モーリスの存在は無視される）を愛国者として称賛したこと、押し寄せた群衆の敵意は称賛に変わったことなどをトップに載せねばならない。百八十度の転換だ。叔父ケヴィンが承知するだろうか。せざるを得ないだろう。国王に忠誠心を持っているわけではない。愛国者がのさばるのが癪《しゃく》にさわるというだけの理由で、広告主の意に沿う紙面を作ってきたが、孤立し、身に危険が及んでもなお意地を通すことはしないだろう。……どうかな。変なところで意地っ張りだからな。印刷機や活字を焼かれたら、その日から路頭に迷う。そうかといって、俺だって、いきなり愛国者に転向はできない。せいぜい、目にしたこと、耳で聞いた言葉をそのまま記すだけだ。

「君は」モーリスはエドワード・ターナーに話しかけた。「正規軍の兵士であるからには、コロニーの独立には反対だな」

「私は自分の立場をどちらにも決められないのです。ロンドンにいたときは、コロニーの問題に関心を持ったことがなかった。あなたは？」

「国王に忠誠心は持たないが、独立のために銃を取る気持ちにもならなかった。しかし、私が安穏に暮らせるのはウィルソンという防壁の内側にいるからであって、防壁が破壊されたら、私は何の力もない小さい虫だ。何を是《ぜ》とし何を非とするかは、勝敗が決まってから後世の者たちが定めるのだろう」

「本国の立場に立つか、コロニーの立場に立つか。二者択一のほかに、もう一つあることを、当地に来て知りました」

「もう二つではないのか」

モーリスの指摘に、そうですね、確かに、二つです、とエドワード・ターナーはうなずいた。

「私は自分を正の立場において他を責める資格はないのです」

「なぜ」

「私は法に従いません」

モーリスは困惑したように首を振った。

「法は人が定めるものであり、力ある者の恣意《しい》によって変えられます」

「法を踏みにじるのを善《よ》しとするのか」

「いいえ。私は、自分が善ではないと認めています。私は悪であることを自ら選びました。法を無視すれば秩序が破壊される。だが、秩序は、誰かが苦痛を耐え忍ぶことによって保たれているのかもしれない」

「法を認めないのであれば、法によって護られることも拒否するのか。他者が君から何かを奪う。それを糾弾するのは、法だ」

「法が正しくても、それを施行する者によってねじ曲げられます。奪ったものを護るケースもあるのです」ロンドンにおいては、とエドワード・ターナーはつけ加え、「私は、法とその執行者を混淆《こんこう》して喋《しゃべ》っていますね」と苦笑した。

「難しい問題に我々は入り込んでしまったな」

「あなたまで悩むことはないですよ」

エドワード・ターナーの声は微笑を含んだ。

「君は馬泥棒だったな。盗みは法が禁じるところだ」

モーリスも悪意のない語調で応じた。

ウィルソン家は今、緊張した状態にあるはずだ、とロディは思う。モーリスの部屋の中にそれは伝わってこない。モーリスとエドワード・ターナーは、不毛な――とロディには思える――抽象論を交わしている。フランクリン氏はラルフ・ウィルソン及びその二人の息子と歓談しているのだろうか。その席にメイスン――エドワード・ターナーの推測によれば冷酷な殺人者――も加わっているのだろうか。

「だが、君が悪であることを選んだというのは、馬泥棒のことではないな。それについて、聞きたいものだが」

「私は新大陸にきてから、ごく日が浅いのですが、あまりの違いに驚いています」モーリスの言葉とは関係ないことをエドワード・ターナーは言った。「生活習慣とか、そういうことではないのです。教会が説く神とは異なる力がこの地には充ちていると私は感じるのです」

「君は危険なことを口にしている」

「そうですね。私は他者を説得しようとは思いません。アシュリーのそれですが、違和感をおぼえませんでしたか」

質問の意味をはかるように、モーリスは相手をみつめた。

アシュリーは、遠い昔話を聞いただけで悪夢を見るほど動揺している。変な奴と思うのは当然だとロディは思うのだが、エドワード・ターナーが指摘したのは違う部分だった。

強要されて殺した若者を埋めた地に玉蜀黍《とうもろこし》が生え育った。びっしりと小さい人の顔で被われた玉蜀黍の悪夢を見るほどなのに、挽き割り玉蜀黍の粥《かゆ》を平然と食べている。挽き割りにすれば形がなくなるから、とロディが反論すると、挽き割り玉蜀黍は挽きつぶされた若者を連想させるだろうとエドワード・ターナーは言った。

恐ろしいはずの玉蜀黍を平然と食べている記述の矛盾と、粗悪紙、上質紙の混ざり具合の不自然さ、字詰めの具合などから、アシュリーとジェイクに関する部分に他の者の偽筆が混じっているのではないかと考えたことを、エドワード・ターナーは語った。

ロディが口を挟める話題になった。

「偽筆者がいると仮定した場合、考えられるのは二人しかいないんですよ」ロディは言った。「キースか、あなたか」

エドワード・ターナーに任せておくとまた抽象論に逸《そ》れるのではないかと思い、ロディは続けた。

「キースが書き替えたのなら、読ませる対象はあなたです。あなたが偽筆者なら、読ませる対象はターナー君です」

「私ではないことは、私が知っている。するとキースということになるが、キースがいったい何のために？　もとの文章はどうだったのだ」

エドワード・ターナーに鼻であしらわれた考えを、ロディはここでもう一度持ち出した。

「アシュリーはあなたを慕いあなたはアシュリーとたいそう親密な関係を保っている。あなたに悪意を持つキースはそれが気に入らない。アシュリーに悪感情を持たせようと……」

モーリスが返したのも、苦笑であった。話にならないという顔つきだ。

あれ、初耳だぞ。

「もう一つ選択肢があります」エドワード・ターナーが言った。

「アシュリー・アーデンが自分で、自分の手記の一部を書き替えた、という可能性です」

犯行　9（承前）

流れに任せて船はゆるやかにリシュリュー川をくだったが、ソレルで本流セントローレンス川に合流してからは、川上に位置するモントリオールまで、流れに逆らって進まねばならない。

向かい風であろうと風さえ吹けば操帆によって風を捉えられるが、風は絶えている。船はじりじりと川下に流される。果てはケベック湾だ。

投錨をメイスンは命じた。

寒風に晒されるのを常とするこの季節にしては奇妙な静けさだ。

メイスンの苛立ちをクラレンスは感じる。エドとクラレンスを降伏寸前の砦から出てモントリオールに帰還できるよう提案してくれたのはいかにも好意的だが、思惑は明らかだ。焼け落ちた伯母さんの小屋、三つの焼死体を発見した偵察隊は、どのように思ったか。それを探ろうとしたのだ。

二人が疑惑を持っていることを、メイスンは察したようだ。シャルレーヌを殺害して川に投じたことに、気づいているぞと粗忽にもクラレンスは嫌みを言ってしまった。その上、正体不明の者からの攻撃だ。強運にも生き残ったジェイクがヒューロンの助けを借りて復讐の矢を射かけたとエドが察したくらいのことは、メイスン自身、充分に思い当たっただろう。

自分の失言にも気づいたかも知れない。

動かない船の中に息苦しい緊張感が漂うと感じるのは、俺一人か？

クラレンスはエドに目を向ける。エドは感情を表さない。

アシュリーは甲板の手摺にもたれ、顔を伏せ、ときどき大きく首を振る。無意識な動作のようだ。

メイスンは平然としている……ふうに見せかけながら、落ち着かなく躰のどこかしらを動かしている。

「錨をあげろ」

突然、メイスンは叫んだ。

風がよみがえった。

調査　4（承前）

「ロデリック・フェアマン氏は、アシュリーを〈変な奴〉と評しました」

「君だって、そう言ったじゃないか、ターナー君」

「〈変な奴〉の定義がわからない、と俺は言ったはずだ」

そうだった。自分を基準にすれば他人の多くは〈変な奴〉だし、他から見たら俺が〈変な奴〉だろうとエドワード・ターナーは言い、ロディは彼を〈めんどくさい奴〉に分類したのだった。

「ウィルソンさん、あなたは」

「モーリスでいい」

「そうですか。それなら、私をエドと。親しかった人々は、私をそう呼びました」

あ、俺は？　モーリスとはたった今会ったばかりじゃないか。俺は二日ぶっ通しだぞ。

「俺をロディと呼べよ」

「そうしよう」

エドの口調にいつも感じる皮肉な刺々しさがなかったので、ロディは少し嬉しくなった。

「書き替えられたとおぼしい部分を読んで、モーリス、あなたはどう感じましたか」

「幼いアシュリーと初めて会ったときを、懐かしく思い出したよ。鳥さん？　と、彼は訊いたのだった」

「〈モーリスの前では私は私のままでいられる。虚勢をはることも、無理に明るく振る舞うことも要らない。〉この上ない関係ですね」

「君は仮面をつけている、とアシュリーは記しているが」

「私のことは、この際、別にしましょう。あなたの前で、今、とりたてて仮面をつけてはいません。少しの濁りもない愛が、あなたとモーリスの間にはある。愛には敬意も混じっている。〈美しい湖〉とアシュリーの間にも、邪の混じり込まない快い愛がある」

私には、と、エドは言った。「異常な環境に生まれ育った友人がいました」その声音は、微妙に異様だとロディは感じた。ガラス瓶の口にきっちり差し込まれたガラス製の栓を捻り抜くときの軋《きし》み音。栓は滑らかではない。差し込む部分は微細な鑢目《やすりめ》で曇っている。

「彼は世の中の考え方を知らなかった。私は彼を共犯にし、そうして後になって見捨てた。彼によって私は知りました。世の中が決める基準に嵌まらない感情の動きがある。愛という言葉には当てはまらないのに、愛と呼ぶほかはない。loveの前にcrazyとつけなくては正確ではない」

〈めんどくさい奴〉ではなく、こいつも〈変な奴〉の枠に入れるべきだな。ロディは思った。〈変な奴〉と〈めんどくさい奴〉は近似しているか。……ちょっと待て。聞き捨てならないことを口走ったぞ、彼は。〈共犯にし〉。馬泥棒のことか。〈後になって見捨てた〉。何のことだ。

「ジェイクに会ったことはありますか」

「ない」

エドはページを繰った。

〈若い男は高い梁の上で、ほかの数人とともに下葺《したぶき》の板を打ち付けていた。目を上げなければ見なくてすむのに、私は見上げずにはいられなかった。そうして硬直した。傍《かたわ》らに人の気配を感じ、肩に手がおかれた。モーリスの指先を私は握った。〉

「この若い男がジェイクですが」

「アーデン家を父と一緒に訪れ、幼いアシュリーと初めて会い、翌日工事現場に行った。アシュリーが手記に書いていることは、私の記憶とほぼ一致するが、若い男というのは記憶にないな」

「当然ですね。アシュリーの心の中だけでのことでしょうから。私は他人の心の動きについて詳しいわけではない。ただ……玉蜀黍の記述に矛盾があるのは、crazyな感情に囚われた理由を後付けで加筆したからではないか、と思うのです」

「crazy？」

「私は、ジェイクとはウィペット号の船中から砦の中、そうして偵察隊の二日間、同じ場所にいたが、特別な魅力は何も感じなかった。無口で無愛想な印象を受けたぐらいなものです。しかし、子供だったアシュリーは、奇妙な感情をジェイクに持ってしまった。さりげなく記されているけれど」

〈材木を担ぎ左手に斧《おの》を提げた若い男は、私の視野から消えた。視線が引き千切られる痛みを、私は感じた。〉

〈遠目に若い男を見るのは、少し苦みのあるジャムを味わうような心地もあった。〉

〈母親がモホークなのだろう……私と同じだ。〉

「最初の手稿では、アシュリーは表層の自分しか書かなかった。セントジョン砦に到着した夜です。その後、偵察隊に加わったときも手記を持参していた。砦に帰り、降伏を目前に脱出するさい、残っていた粗悪紙をさらに身につけたのだと思います。何かを書きたい者にとって、紙は貴重品です。都市部でなくては即座に入手ということはできない。どうして今ごろになって改変したものをあなたに渡す気になったのか。しかも、私が彼を殺害した犯人として投獄されたなどとの虚報を添えて」

「それを私も知りたい」

俺も、とロディはうなずく。

「君にはそれがわかるのか」

「わかりません。しかし推測することはできます。アシュリーは何か決意した。改変前の手稿はセントジョン砦に到着した夜に書かれています。そのときはふつうに事実の表層を綴っていたのではないか。crayな感情は抑え込まれていた」

「crazyな感情の意味がわからないのだが」

「私も明確にはわかりません」

「俺もわからないよ」ロディは口を挟んだ。「要するに〈変な奴〉だろう。それをアシュリーはモーリスの前ではかくしていた。そういうことか？」

「隠すという意図はなかったかも知れない」

相手によって意図的に、と言いながら、エドは掌《てのひら》を動かした。「態度を変える場合もある。しかし、自然に変わる場合もある。crazyな感情は、特定の相手に対してのみ、発現する」

「だから、何だってんだ」ロディは突っかかる。相手をいらいらさせる点において、抜群の技量を持っているな、こいつ、と思いながら。

「感情の動きは常識では計れない、ということだ」

モーリスは口を挟まない。

「彼の言葉を理解できますか」ロディはモーリスに問いかけた。俺だけが理解不能なの？

「私はcrazyになったことはない……つもりだが、感情と理性が乖離《かいり》するということはわかる」

ロディは不意に理解した。モーリスがなぜ突拍子もなく派手な仮面をつけるのか。感情を制御する手綱だ。俺や叔父ケヴィン、そしてエドと共にいるときは、感情は奔馬《ほんば》とならない。しかし、キースや父親に対しては、手綱をつけなければ殺意にまで達するのだろう。理性では抑制できない激しい力だろう。殺意は行動となるだろう。仮面はモーリスの理性の具象化か。

殺人はcrazyだが、モーリスの場合、理解できる〈狂気の沙汰〉だ。エドが言う〈アシュリーのcrazyな感情〉は、ロディには相変わらず理解不能だ。

扉を打ち叩く音に、モーリスは仮面をつけ、エドは寝室にひそんだ。キースだ、とロディは気づく。さっき聞いた叩き方だ。召使いのノックとは異なる。

モーリスがうなずいたので、内鍵をあける。

「どうして、今日に限って一々施錠するのだ」足を踏み入れながらキースは言った。「いつにないことだな」

咎めてはいるが穏やかな口調だ。

その背後に、杖をついたヘンリー・メイスンがいた。

ロディと目が合うと、やあ、というふうにメイスンは軽くうなずいた。

「初対面だな」キースがメイスンを引き合わせると、

「名前は聞いている」モーリスは応じた。「密貿易で稼いできたそうだな」握手の手はのべなかった。

「エドワード・ターナー君に紹介してもらおうじゃないか」キースは椅子に腰を下ろした。

モーリスの表情は仮面に隠れたままだが、ロディは露骨に動揺を見せてしまった。

キースは鎌を掛けたのかもしれない、とロディは思った。俺はひっかかったか。

「ヘンリーはターナー君と久闊《きゅうかつ》を叙《じょ》することを希望しているよ」

キースの言葉を、メイスンは笑顔で補強した。

コーヒーハウスで見かけたときは、陰気で無口な奴だと思った。今は、人当たりのよい笑顔だ。コーヒーハウスで見せた態度が本来の気質なのだろう。あの場では俺の前で取り繕う必要があった。……だが、とアシュリーの手記にあらわれるメイスンを思い浮かべる。リーダーシップを発揮している。砦の指揮官に気骨のあるところを見せてもいる。それでいて、残虐きわまりない行為も平然とやってのける。

キースが黒幕であることも確実だ。セントジョン砦を陥落させたのは、キース・ウィルソンが画策し、メイスンが実行したと、フランクリン氏が高らかに告げている。愛国者《パトリオット》側からみれば、メイスンもキースも英雄だ。無辜《むこ》のインディアンを焼き殺したことは、彼らにとっては、何ら咎めることではない。

「エドワード・ターナー君は」メイスンは言った。「セントジョン砦が降伏するとき、防衛軍兵士として捕虜になり苛酷な扱いを受けるはずだった。私の気転で、彼を陥落寸前の砦から脱出させたのです。私は言わば彼の恩人でして」

「どうして、エドワード・ターナーがここにいると思っているんですか」ロディはつい詰《なじ》り、よけいな口出しをした、と思った。

「露台《バルコニー》で見かけた」

「エドワード・ターナーという男は」キースがゆっくりした口調で言った。「アシュリーを殺し、投獄されたと聞いた。そんな奴をなぜ、お前は」

「フランクリン氏はまだおられるのか」モーリスは話題をねじ曲げた。

「帰られた。彼は多忙だ」

「いつから、ウィルソン家は独立派に鞍替えしたのだ」

「お前はウィルソン家の経営にこれまでまったく興味を持たなかったではないか。父さんとスティーヴ、俺、三人がウィルソン家存続のためにどれほど苦労してきたことか。ぎりぎりのところで綱渡りをしている状態なのだぞ、ウィルソン家は」

ロディの心中には、憤懣《ふんまん》の言葉が滾《たぎ》る。

興味を、あんたたちが持たせなかったんじゃないか。嫌悪し、疎外し、経営に参加させなかったのは父親と二人の兄貴じゃないか。

コーヒーハウスでは、あんた、弟の理解者みたいな言い方をしていたが……ああ、そうだ、あんた、あのとき、エドワード・ターナーの名前さえ知らないような口ぶりだったな。手記の内容も読んでないとか大嘘をこきやがって。残酷な放火殺人を犯したのはメイスンだが、それをやらせた張本人はてめえじゃないか。

犯行　9（承前）

向かい風だ。

なぜ、風の向きに逆らって船が遡行できるのか、クラレンスにはさっぱりわからないのだが、帆の角度の変え方に秘訣があるらしいとは察しがつく。

追い風を受けながら流れに沿って下る速度にくらべたら焦れったいほどではあるが、進んでいる。

アシュリーは手摺に顔を伏せたままだ。

エドが水夫に何か訊ね、水夫はしゃがみ込んで甲板に指で図面を描き、説明している。逆風でも船を進ませるやり方を訊いているのかと思い、近づこうとすると、エドは立ち上がり、クラレンスとアシュリーのもとに戻ってきた。

「この船は襲撃者から遠ざかってはいないようだ」

エドは掌に指で図を描いた。

「リシュリュー川は、セントローレンス川と、この地点、ソレルで鋭角を作り合流している。襲撃者は、リシュリュー川を渡り陸地を西に進めば、すぐにセントローレンス川に達する。細長い鋭角三角形の短い底辺だ。馬を突っ走らせれば、この船足ののろい船を東岸で待ちぶせることができる」

「そんなに執念深くつけ狙うか」

「襲撃者がジェイクであれば、メイスンを殺すまで——あるいはメイスンに殺されるまで」

手摺に顔を伏せたアシュリーの肩がふるえている。忍び泣きと忍び笑いの仕草は似ている。

「やるだろう」エドは言った。

調査　4（承前）

「モントリオールが陥ちた。ケベックは大陸軍《コンティネンタル・アーミー》に包囲され、陥落寸前だ」キースの言葉に、

「大陸軍の勝利を確信できるのか」モーリスは言い返した。

「国王軍が勝利すると言い切れるのか」

「断言できる者はいない」

「お前はこの部屋にこもったきりで、暴徒どもを見ていない。父さんが陰でフランクリン氏と手を結んでいたから、この屋敷が焼き討ちにあわないですんだのだ」

メイスンが割り込んだ。「焦眉《しょうび》の問題は、アシュリー・アーデンを殺して投獄されたエドワード・ターナーが、どうして暴徒どもと露台で対峙するウィルソン側の人々の中に混じっていたのか、今、彼はどこにいるのか、ということですな」

メイスンの視線は寝室の扉に向けられる。

「君に何の関係がある」モーリスの声は抑制されている。

「ウィルソン家に関係がある」キースが言った。「メイスンがいなければ、エドワード・ターナーと

いう男がこの屋敷にいるとはわからなかった。しかも、我々が室内に入った後、暴徒どもを煽動して監獄に向かわせた者がいるという。メイスンが言うには、それがエドワード・ターナーらしい。筋道が読めてくる話だな。投獄されていた犯罪者が、自分の脱獄をうやむやにするために……」

ロディにはわかりきったことだから聞き流す。

いや、俺まで譴責《けんせき》するつもりか。脱獄幇助者として。

「モーリス。エドワード・ターナーはどうして、ウィルソン家にきたのだ。いや、ターナー自身に訊こう。彼をここに呼べ」

モーリスは無言だ。

「父とスティーヴもお前を詰問するというのを、俺がとめた。だが、おまえがそうやって返答を拒むなら、今も我が家を護衛している男たちを呼び、お前とそいつを押さえつけ、寝室に踏み込むこともできる。だが、弟にそんなことをしたくはない」

やりとりを続けている間に、エドは窓から脱出したかも知れない。そう、ロディは期待した。

見透かしたように、キースは、窓の下に護衛の者たちを配置している、と言った。

「脱獄しただけならまだしも、彼は暴徒どもに監獄襲撃を示唆したのだからな」

「愛国者の行動ですよ」ロディは思わず口にした。

My Dearest Maurice,

　モホークの〈長い家〉で、この最後の文を記している。モーリス、あなたの目にとまることのない文を。

　書き加えたり書き直したりした部分は、すでに手もとを離れた。モーリスに直接渡すな、必ず召使に渡せと命じてある。そのとおりにしたとジェイクは言った。

　紙にペンを走らせる姿を〈白い小鳥《ホス・タセ・カー》〉が物珍しげに眺める。ほかの子どもたちも寄ってくる。楡《にれ》の木材の骨組みに、楡の樹皮で壁と屋根を張った家。正面の出入り口に垂れた鹿の皮は烈風に揺れる。爐《いろり》の火も揺れる。煙は揺れながら立ちのぼり、天井の穴に吸い込まれていく。

　インクが切れてしまった。鉛筆は持っていない。もう、文字を書くことはできない。心の中で思うだけだ。〈長い家〉の中央に長く伸びる通路に家族ごとに設けられた爐はどれも薪が燃えさかっている。七、八行書いただけの紙を、炎に投じた。何かを燃やす、あるいは何かが燃えて灰燼《かいじん》になる。そのことは、譬喩《ひゆ》ではなく肉体に痛みを与える。そうして譬喩で言えば、空洞を視る。

　セントジョン砦守備隊の陥落寸前、どちらの行動を取るか。あれが分岐点だった。〈美しい湖《ガ・ネ・オ・ディ・ヨ》〉たちは決断し、少人数ずつ脱出し始めた。いったんは、〈美しい湖〉と共にモホークの母の家に帰ると決意した。エドとクラレンスも行を共にするはずだった。私が逡巡したのは、モーリス、あなた——そうしてあなたの図書館——と決別することに堪えきれるか、自信がなかったためだ。あまりにも違いすぎるのだ、モホークの暮らし方、考え方とコロニストのそれとは。幼いころはモホークとの暮らしのほうが遥かに楽しかった。しかし、長じた今、私の八〇%はコロニストだ。いや、せめて七〇%か。純粋にモホークであったら。〈空を舞う鷹《グラ・ダン・ノーチエ》〉を父とし、私の母〈さえずる小鳥《メ・タ・ナ》〉を母とする〈白い小鳥〉は、ごくあたりまえにモホークとして暮らしている。そして、ここでは私もモホークだ。周囲は私の異なる部分をまったく気にしない。コロニストの間では、私は異質な、そうして何かと蔑まれる存在だ。モーリス、あなたを知らなければ、あなたの図書館を知らなければ、モホークとして生きることに躊躇《ためら》いはなかっただろう。……そうか？　モーリスを知らなくても、グレゴリー・アーデンの庶子として、コロニストの文明は身の回りにある。捨てきれるか。

モーリス、あなたはぼくの最愛の人だ。〈長い家〉に住むぼくの母〈さえずる小鳥〉とその夫〈空を舞う鷹〉もぼくが愛する、ぼくを愛してくれる、人たちだ。

そしてぼくは記す。〈美しい湖〉はぼくの最愛の人だ。モーリス、あなたがぼくの最愛の人であるように。

あなたの図書館で過ごした時を、思い出す。逃げて、逃げて、いつも逃げてきたが、この先は自ら選び取る。

ぼくは殺人を犯す。

あいつを殺す。

三人目の最愛の人とともに、ぼくは殺人を犯す。

モーリス。あなたと共にいるときぼくは何の不安もなく、やすらげた。

そして、〈空を舞う鷹〉の翼に護られながら、〈美しい湖〉と戯れるのは何と楽しいことだったか。

〈空を舞う鷹〉への信頼は〈美しい湖〉への憧憬に繋がった。

三人目への愛は、あなた及び〈美しい湖〉への感情とはまったく異なる。愛ではない。彼に対する私の感情はcrazyだ。

砦に着いた夜、私は従卒に紙と筆記用具を工面させ、猛然と書き出した。迸《ほとばし》るように言葉が溢れ、来《こ》し方《かた》を綴った。衝動的な欲望だった。孤独と不安は、書き記すことによって客観視され、私自身から幾分遠退《とおの》いていくような気がした。

ありのままには書けなかった。戦闘が終わり帰宅できたら、あなたに読んでもらうつもりだったから。あなたは膨大な量の書物を読んでいる。私に文を書く才能があるかどうか、あなたなら判断がつくかと思ったのだ。

砦で最初に書いたものには、ジェイクへの異常な感情はまったく記さなかった。あなたに知られたくなかった。

いま、私はモホークの集落にいる。

〈空を舞う鷹〉のところには、粗雑な紙と先端が擦り切れた羽ペン、わずかばかりのインクが残った金属製の壺があった。コロニストの文字を読み書きする能力は、彼らとの交渉上必要だと考え、多少学んだ形跡だ。なかなかに難事であったらしい。

その乏しい筆記具を使い、私は書き加え、書き替えた。ジェイクとのことを書いた。あなたに告白するつもりで。ジェイクに初めて出逢った、そのときの感情を。それでもなお、真実はやはり書けなかった。

インクが切れ、書くことが出来なくなった今は、心に思うだけだけれど、思考は書きとめなければとりとめなく散乱し消え去る。子どもたちには見えるのだろうか。爐の火の煤《すす》に紛れて私の思考の断片が屋根の通風孔に吸い込まれていくのが。

　厳しい冬だ。煉瓦の厚い壁に囲われ、暖炉の火が燃えさかるあなたの図書館で、分厚い書物を読み耽《ふけ》る。そういう〈時〉が、私にはあったのだ。あったのだ。あったのだ。……あった……のだ。

　美しくもなく逞しくもなく、子供が惹かれる要素は何一つ持たない、薄汚れた若い男の、何に私は取り憑かれたのだったか。かぎ裂きのあるシャツを着た貧しいものはざらにいる。ジェイコブ・マクダーモットのかぎ裂きからのぞく素肌は、なぜ、私を引きずり入れたのか。夜よ。

　祖母から聞いた伝説と結びつけたのは、私のもっと忌まわしい感情をごまかす――自分自身にさえ――ためのこじつけだ。その感情を正確に表現する言葉を私は持たない。〈少し苦みのあるジャム〉そんな生易しいものではない。胸骨の内側に鋭い歯を持った何かが棲みつき、骨を嚙《かじ》る。そんなとき、モーリス、あなたに遇《あ》えた。あなたは外側からぼくを包んだ。ジェイクという名を持った得体の知れない感情は、内側に在る。

　教会の工事が終わり、彼の姿を見かけることはなくなり、胸骨の内側は空虚になったが、空虚は不快な苦痛で充たされた。

　子供のことだ。そのまま会うことがなければ、苦痛は薄れ、消えただろう。空洞があることさえ意識しなくなっただろう。

　父が創設した学校に通うことになったのは事実だ。ジェイクもまた、在学していた。事実だ。私は彼に吸引された。身なりのいい裕福なコロニストの少年であったら、どれほど魅力的であろうと、私はいっさい関心を持たなかっただろう。ジェイクは、私の欠けている半分、いや、私の知らない私なのだ。ジェイコブ・マクダーモットという名を持つあの存在でなくても代替できたのかもしれない。

私自身をくるりと裏返しにしたときあらわれる何か。それを感じさせるものであれば。ジェイコブ・マクダーモットによって具象化された何かは、私の皮膚の裏側だ。それは他者ではない。私自身だ。ジェイクのあずかり知らぬことだ。モーリス、あなたと〈美しい湖〉、〈空を舞う鷹〉は、私の外に在る。ジェイクにしたところが、私が惹きつけられる何かとは、おそらくまるで別物なのだ。

私が怯えたのも事実だ。ジェイクは私に何もしなかった。私を目に留めてもいなかったと思う。私が怯えたのは、私自身の異様な感情だ。ジェイクがいなければ、私は〈普通〉になれる。明瞭にそう意識したのかどうか。今だから、言葉で表現できる。当時はただ、目の前にある蟻地獄を埋めてしまおうとしたのだ。この上なく卑劣な手段を私は用いた。書き加えた部分で、モーリス、あなたに告白した。しかし、なお、私は自己弁護の余地を残していた。〈私は記憶を閉じ込め改変した。〉と記した。幼い子供だったのだ、と、あなたの許しを得るという醜い計算があったのだと、今にして思う。自分が何をしたか。私の記憶は失せることはなかった。しいて、思い出すまいとし、忘れていられる時間が増えただけだ。

〈大ハッチの蓋《ふた》が閉ざされ、上甲板前部にいる大工の姿が見てとれる。砲架《ほうか》にもたれ、腰を下ろしていた。近寄った。さほど体格のよいほうではない。幼いころ、どうしてあれほど恐怖をおぼえたのか。記憶と現在の落差に私は途惑《とまど》った。〉

違う。私は。

〈「ジェイク?」

相手は無愛想にうなずいた。

「久しぶりだな。おぼえていないか。アシュリー。アシュリー・アーデンだよ」

アシュリー・アーデン。アシュリー、と口の中で繰り返したようだ。ジェイクは横を向き、甲板に唾《つば》を吐き捨てた。思い直したように表情を和らげ――強引に顔の筋をひっぱったように見えた――「やあ」と言った。

足もとに道具箱がある。

「モントリオールで大工をしていたのか」

「ああ」

「その砲架を作ったって？」

「そうだ」

面倒くさそうにジェイクはうなずいた。〉

いや、違う。ジェイクはアシュリー・アーデンという名に反応しなかった。

彼の記憶に、私の名はなかった。

アーデン家は名家であったから姓ぐらいは知っていたが。

唾を吐いたのは、軽蔑を著したのではない。単に礼儀知らずであったためだ。

〈私に冷淡な父だが、彼の息子に暴力をふるう行為は彼自身への侮辱だ。父の激怒を浴びた校長は、ジェイクの父親を呼び出し、退学を命じた。父は校長を馘首する権限を持つ。学校を閉鎖することすらできる。グレイト・アーデンの逆鱗に触れたら、アーデンの領内で暮らせない。ジェイクの父親は息子を放逐した。私は、記憶を閉じ込め改変した。ジェイクは甲板に唾を吐いた。当然だ。重い石が背にのしかかった。跪《ひざまず》け。ジェイクの前に跪け。私の顔に吐きかけられて当然な唾であった。〉

卑劣な嘘を私が父に告げたのは事実だ。そのためにジェイクは放校になったと思っていたのだが、ずっと後になって——つい先ごろ——かわした雑談からわかった。

ジェイクが学校を止めたのは私が最初手記に書いたとおりであったのだ。〈ジェイクは学校にこなくなった。アルファベットの読み書きができるより、大工の息子は鉋《かんな》や鋸《のこぎり》や鉄梃《かなてこ》を使いこなせるほうが重要とされたのだろう。〉

私は父に卑劣な嘘を告げた。その記憶は誤りか。

ジェイクがシャルレーヌに惹かれていても、嫉妬心など少しも生じなかった。

モーリス、あなたに渡した手記に書いてないことを、私は告げよう。いや、あなたの耳には届かない。私が心の中で明言するだけだ。シャルレーヌがジェイクに強い愛情を持っていないことは、傍観者の私には察しがついた。冷淡なあしらいはしない。まつわりつく犬の頭を撫でる程度には応えている。ジェイクとシャルレーヌが同じ強さで愛しあっていたら、私は嫉妬をおぼえただろうか。私は否定する。ジェイクが私の感情に応えてくれることを私は少しも願ってはいなかったのだ。ジェイクは、譬《たと》えて言えば、私とは切り離された場所にいる存在なのだ。舞台に立った役者？　いや、違う。役者はある役を演じ終えれば素に戻る。ならば、人形劇の人形？　いや、人形遣いはいない。ああ、私の思考は支離滅裂だ。破片が散乱している。薄っぺらな思考だ。ジェイクとは、何なのか。いや、その問題にこだわる必要は、もう、ないのだ。奇妙な呪縛から、私は解放されたのだから。

向かい風であるにもかかわらず、巧みな操帆によって小型帆船はゆっくりと川を遡る。直進することはできない。水流を斜めに突っ切って左岸に近づく。ついで右岸に向かい斜めにと、ジグザグ航行をつづける。

じれったいほど船足はのろい。ジェイクの野郎……とクラレンスは思う。執念深くまた攻撃してくるか。巻き添えを食らうのはごめんだぜ。こっちに関わりのないところでやってくれ。

無事にモントリオールに到着したら駐在する正規軍に帰投か。エドも俺も、国王陛下のためにも本国の大臣野郎どものためにも、命を賭して戦う気などこれっぽっちもないが、大陸軍《コンティネンタル・アーミー》が攻撃してきたら反撃するほかはない。いやだな。〈美しい湖〉たちと一緒に逃亡すればよかったのか。だが、彼らのような暮らしを一生続けることは俺にはできない。煤《すす》けてごみごみして馬糞だらけのロンドンに、俺は根づいているんだ。

先行きを思ってくよくよするたちではないのだが、新大陸にきて以来、気持ちの晴れることがない。天然痘に罹患したことで、まず、めげた。それからというもの、腹の底から楽しくて笑い転げるようなことは一つもない。けれどエドの前でそんな顔は見せられない。エドは自分を責めっぱなしだ。もっとも、隠したってエドは見通すから……でも、剥き出しにするより、ましだろ、と心の中でぐしゃぐしゃと言いながら、ふと視線を動かしたその先に、甲板の手摺にもたれ顔を伏せたアシュリーがいた。アシュリーは顔を上げ、一瞬、視線が合った。そのとき、奇妙な表情がアシュリーの顔に浮かぶのをクラレンスは認めた。笑いの名残だろうか。すぐに平常見せている顔になった。

気弱で内向的で、そのくせ、モホークに関してはむきになる。砦の士官がモホークを懲罰にかけると言ったときのアシュリーの表情がよみがえる。やばい、とクラレンスが案じるほど逆上していた。

バートンズの仲間たちと、つい思いくらべてしまう。アルといいベンといい、言葉の裏を勘ぐったり本心を探ったりする必要はなかった。ダニエル先生なんて、相手が誰であろうともろに感情を爆発させていたもんな。治安判事閣下にむかって、もっと屍体を！　ナイジェルは別だけれど。あんな過去があったのだから、無理もないか。

追憶にふけるなんて、老いぼれた爺《じじい》みたいじゃないか。問題は、現実だ。今、だ。

アシュリーは、ナイジェルにくらべたら、ずっと単純なんだと思う。けれど、砦を脱出しても父親は受け入れないだろうとアシュリーは言っていた。息子より財産の保全を選ぶ父親か。モントリオールに着いたら、アシュリーはどうするのかな。自分の家に帰るのが普通だが……父親に拒否される息子。

ジグザグに進む船が左岸に近づいた。そのとき、クラレンスはかすかな笛の音を聴いた。岸近くまで森が迫る。歌声が笛と和している。人影は見当たらないが、森の奥から聞こえるようだ。

エドと顔を見合わせた。

アシュリーの全身が、彼の中に湧き起こる喜びの感情を表した。帯にさした縦笛をとり、くちびるに当てた。笛が奏でるのは、砦に向かうウィペット号の甲板でも聴いたメロディだ。

エドがアシュリーと並び、歌った。ウィチャーチャラ　キン　ヘヤペロ。クラレンスは歌詞はうろ覚えだが、意味はアシュリーから教えられている。年老いた者は言う。大地はひたすら耐えると。

森から応じる笛の音と歌声が大きくなった。

アシュリーは笛をやめ、歌い返した。クラレンスが初めて聴くものだが、節回しはごく単純なフレーズの繰り返しだ。ウィペット号でやったように、笛を受け取って奏でようとした。アシュリーは渡すのを拒んだ。そして歌い続けた。同じフレーズの繰り返しのようだがところどころ異なった。

メイスンが近寄り、荒々しい声を投げた。「ここもインディアンが蔓延《はびこ》っているのか。奴らか。矢を射かけたあいつらか」

アビーとビヴァリーまでが寄ってきた。「さっきの矢、あれ何よ」ビヴァリーがアシュリーを詰《なじ》る。「アーデン家の若旦那、あんた、インジャンにこの船を攻撃させるつもり？　手引きをしているの？　冗談じゃないよ」

さりげなく、エドはアシュリーの肩に手をかけ一緒にメイスンたちから離れ、クラレンスは、間に割って入る形で彼らの接近を妨げた。

森の奥から歌を送ってくるのは、モホークか。

アシュリーは〈美しい湖《レイク》〉たちと共にモホークの〈長い家〉に戻るつもりだった――それはコロニストである半分を捨てることだった――。職務に忠実なピートのおかげで脱出し損ない、俺たちと一緒にメイスンの船に乗った。

仲間の〈骨《ボーン》〉を殺され、モホークは強烈な復讐心を持っている。けれど……と、クラレンスは思う。砦を脱出した時点では、だれがどのようにして〈骨〉を殺したか、〈美しい湖〉たちは知らなかったはずだ。

モホークはどうして、アシュリーがこの船に乗っていると知ったのか。ヒューロンからモホークに、何か連絡がいったのだ、と……思いついた。

保護したジェイクから聞いた話――ジェイクが自分に都合のいいように潤色した話――を、ヒューロンはモホークに伝達したのではないか。平素、深い交流はないとしても、モホークの一人を白人が殺した、そのことは報《しら》せねばと思っても不自然ではないだろう。昔からこの地に住み、白人に土地を奪われ殺害された者同士としての連帯感は強いだろう。

セントローレンス川は、オンタリオ湖を水源とする。オンタリオ湖の南岸一帯は、モホークを含むイロクォイの勢力圏だ。コロニストに浸蝕されつつはあるが。彼らはカヌーでセントローレンス川や数多い支流を自在に漕ぎまわる。地では馬を駆り、彼らの行動は素早い。

ヒューローンから情報を得たモホークが、〈骨〉の復讐のため、そうしてアシュリーを迎え入れるため、駆けつけたのだ。

モホークたちが森から剽悍《ひょうかん》な姿を現した。左岸には数艘の丸木舟が繋留されている。

動揺する水夫たちをメイスンはなだめた。

「モントリオールは、近い。砦を出る直前、鳩を飛ばし、帰投の事情を軍司令部に伝えてある。大陸軍の包囲の手はまだモントリオールまでのびていない。国王軍の船が一帯を警備しパトロールしている。インディアンどもが襲撃をかけてきても、たちまち撃滅される」

パトロール船がくるまでは持ちこたえねばならないが、この小型帆船に砲の備えはない。直ちに救援を求める連絡手段はないのだ。

「銃を取れ！」

水夫たちに向かって、メイスンは大声を上げた。

マスケット銃と薬包が慌ただしく配られる。

「これは駄目だ」

「役に立たねえ」

水飛沫《みずしぶき》を浴びたのだろう。薬包はどれも湿っていた。

銃撃できるのは、兵の当然な装備としてマスケット銃を肩に掛け、薬包を携帯しているエドとクラレンス、そして常に拳銃を佩《お》びているメイスンだけだ。アシュリーは短剣しか身につけていない。短剣は、他の水夫らも備えている。

クラレンスは不審に思う。飛沫に濡れるのは始終あることだろう。薬包が湿らないよう、保管に注意してなかったのか。わざと濡らした奴がいるのか。アシュリーがひそかに画策したか？

水夫らは銃にばかりかまけてはいられない。右岸に向けて斜行するよう操帆せねば、モホークのいる場所に接近してしまう。

銃に弾込めするエドとクラレンスに、メイスンが時々視線を向ける。複雑な気持ちなんだろうな、とクラレンスは思う。

ジェイクの行動、クラレンスの不用意な当てこすりから、メイスンは、自分が強い疑惑を持たれていることを知った。銃口が自分に向けられるかも知れない。そう、メイスンは危惧しているだろう。

操帆手の減った船は迷走し始める。ともすれば、川の流れと向かい風、二つの力が重なって、下流に流されがちになる。

モホークたちの歌声は喚声に変わる。

漕ぎ寄る丸木舟に、クラレンスは〈美しい湖〉の姿を認めた。

〈美しい湖〉は大声で呼びかけた。

アシュリーが応じた。

メイスンという名前が双方の言葉の中から聞き取れた。

アシュリーは〈美しい湖〉の言葉を白人にわかる言葉で伝えた。

「メイスンという男が、我々の仲間を殺した。我々はその男を求める。我々に引き渡せ」

「野蛮人が」メイスンは吐き捨て、拳銃の狙いを〈美しい湖〉に向けた。

アシュリーがメイスンに体当たりした。反射的にメイスンは引き金を引き、逸れた弾丸がカヌーを漕ぐ男の一人のこめかみを掠《かす》めた。

敵の攻撃、とモホークは解した。

彼らは矢を放った。火矢であった。人を狙わず、彼らは帆を的とした。

燃え上がる。

手摺を跨ぎ越え、アシュリーが跳んだ。丸木舟にバランスをとりながら立つ〈美しい湖〉が、両腕の中に抱き留めた。丸木舟は大きく傾《かし》いだ。横転する寸前に、二人は食い止めた。

手摺にエドはロープを絡げる。クラレンスも倣う。漕ぎ寄せた丸木舟の乗り手が、垂れたロープの下端を摑み、手繰りながら、他の者に渡す。

モホークの舟から舟へとのびたロープは、左岸の樹木に結びつけられる。

「行け」とエドがうながした。

クラレンスはロープにぶらさがる。足が宙に浮く。頼りない。漕ぎ寄って待ち構えていたモホークが、腰を抱きかかえた。〈水《ウォーター》〉だ。抱き合った。はずみで丸木舟が傾ぐ。両側の舟の漕ぎ手たちが手をのばして支える。かろうじて転覆を免れた。焼死から逃れたら溺死、ではたまらない。

帆が燃え上がるメイスンの船に、帆船と手漕ぎの小舟の群れが集まってきた。掲げた旗から、正規軍のパトロールだとわかる。

軍の帆船は甲板に砲を備えている。砲口がこちらを向く。

丸木舟はいっせいに舳先《へさき》を左岸に向け、力のかぎり漕ぐ。毛皮を着込んだモホークたちの首筋に汗が浮く。

砲口が光り、同時に、轟音。視野を覆う水柱。雪崩れ落ちる。直撃されなくても高波を受けて転覆する舟もあるが、たいしたダメージは受けず岸に戻り着く。

被害を受けたのはメイスンの帆船のみであった。炎と煤と煙の塊になって沈んでいく。助けを求める水夫たちをパトロール船の乗り組み員が引きずり上げる。

岸ではモホークたちが火を焚いていた。モホークの焚き火に救われるのは、二度目だ。今回は彼らの襲撃に巻き込まれたのだから、単純に感謝するわけにもいかないが。

本隊に帰投する選択肢はなくなった。もともとモホークと行動を共にする予定であったのだ。メイスンがよけいなお節介をして探りを入れてくるから同船した。互いに相手の本音を知ることになったわけだ。

襲撃者の顔ぶれを確認する。〈美しい湖〉と〈水〉のほかの面々も、砦で顔なじみになった仲間ばかりだ。あまりに大勢で行動しては人目に立つからだろう、十人ほどだ。ヒューロンはいなかった。ジェイクの姿もない。連携はしていないようだ。

森の木々には馬が繋がれていた。

焚き火に水をかけ、踏みつぶす。綱を解き馬に跨がる。

アシュリーの分は用意してあったが、成り行きで同行することになったエドとクラレンスの乗る馬はない。〈水〉がアシュリーと二人で乗り、もう一頭をエドとクラレンスに使わせた。

〈美しい湖〉を先頭に、モホークを乗せた馬は木々の間を走る。彼らの集落を目指している。

二人ずつを乗せた二頭の馬が遅れがちになるのはやむを得ない。

獣道は次第に上り坂になる。

先を行く一団と距離が離れた。

その間隙《かんげき》に、一頭の馬が突っ込んできた。

乗り手はジェイクだ。

エドと〈水〉が手綱を絞って馬の足を止める。

やや開けた台地で、木の間隠れに川面が見下ろせる。

沈みつつある船を指さし、ジェイクは〈水〉とアシュリーに激しい声を投げる。

モホークの言葉だから、クラレンスには理解できないが、瞼から頬にかけて皮膚がちりちりと痙攣しているのを見て、やたら興奮しているんだなと思う。

〈メイスン〉という固有名詞だけが耳に残る。

ふだんは漆黒の眼が熾火《おきび》みたいに充血して、ジェイクはエドとクラレンスに問いかけた。

「メイスンは、死んだのか。生きているのか。〈水〉とアシュリーの言葉は食い違っている。パトロール船に運び込まれた。それは二人とも見ている。アシュリーは死んでいたようだと言い、〈水〉は生きていたと断言する」

「気がつかなかったな」クラレンスは言った。「アビーとビヴァリーがパトロールに助けられたところは見たが」

「〈水〉は目がいい」アシュリーは自分の言葉を撤回した。「〈水〉が言うとおりなんだろう」

「息をしていた」〈水〉は断言した。「胸は動いていた」

けたたましい、笑いとも叫びともつかぬ声をジェイクは上げ、沈み行く帆船にむかって拳をかざした。彼の周囲の空気までが凝固したように、クラレンスは感じた。

ジェイクは馬首を川の方に向け、手綱を煽《あお》った。どこに行くんだ！　アシュリーは続こうとしたが、同乗した馬の手綱をとるのは〈水〉だ。二言三言いい争い、〈水〉はアシュリーが望むほうに馬を向けた。二人の道案内がなくては、エドとクラレンスは動きが取れない。やむを得ず後を追う。

帆船の一部がまだ川面から突き出ながら沈みつつあった。パトロール船の姿はすでに無い。岸に引きあげてある丸木舟の一つをジェイクは川に押しだそうとしている。馬から飛び降りたアシュリーが声をかけた。

「やめろ」

「黙れ！」

不意に、アシュリーは笑い出した。

「馬鹿だな。ジェイク、君がそれほど馬鹿だとはな」

「俺は自分の手で彼奴《あいつ》を殺す。関係ない奴が口を出すな」

「その丸木舟はモホークの所有物だ。君が使用するなら、モホークの許可を得る必要がある」

ジェイクは〈水〉と交渉に入った。くそまじめな面もあるのだな、とクラレンスは少し可笑しくなる。あっさり結論が出ないのは、「〈水〉が、自分だけの舟ではないから他の者にも相談しなくては、と言っているためらしい」エドがクラレンスに教えた。少しずつエドはモホークの言葉を理解し始めている。

「無茶なんだよ」クラレンスは割って入ってしまった。「ジェイク、君が単身丸木舟で乗り込んだって、ぼこぼこにされるだけだ。最悪、銃撃を受けて」倒れるさまを仕草で示した。

「いったん、ヒューロンのところに戻ったほうがいいだろう」とエドが言いかけると、アシュリーが急いで言葉を挟んだ。「ヒューロンの手助けは、あの矢の攻撃までだ。国王軍にまで逆らう気はない。国王は一応、この地の本来の住民を保護する建前をとっている。だからジェイクは一人で決行したんだ」

この先は、と、アシュリーはジェイクに言葉を向けた。「モホークと共闘しろ。モホークは、仲間をメイスンに殺されている。復讐心は激しい」

アシュリーは〈水〉にモホークの言葉で何か言った。〈水〉の応答は、アシュリーが期待したものではなかったようだ。

エドがクラレンスに言った。「帆船を沈没させ、メイスンの肉体にも大きい打撃を与え、それでモホークの復讐心は鎮まったようだ。前にアシュリーから聞いたことだが、モホークの定めでは、他の氏族に一人が殺されたら、復讐として、その氏族の一人を殺す権利をもつのだそうだ。殺害した当事者でなくてもかまわないらしい。ワンパムで償うこともできるという。我々の法でいえば罰金刑だな」

アシュリーがさらにつけ加えて告げた。「〈水〉の考えでは、帆船を失ったこと、重傷を負ったことで、メイスンの償いは済んだというのだ。個人的な憎悪、怒りによって勝手に復讐することは、許されないらしい。ただ、氏族間のことではない、相手はコロニストだ、事情が異なる。〈水〉は、他の者と相談して決めると言っている」

悠長な話だ。ジェイクが苛立つのも当然かとクラレンスは思うが、単独で復讐は無理だ。国王軍に刃向かうことなく、メイスン一人に復讐する。可能か。

「ひとまず、モホークの集落に身を落ち着けよう」

アシュリーが熱心に勧め、ジェイクは渋々ながら承知した。

出立というときになって、ジェイクの馬がいないことがわかった。ヒューロンから借りたものだという。報復に心奪われたジェイクは、繋いでおくのを忘れたのだ。たぶん、飼い主の元に帰っただろう。さして気に掛けない様子でジェイクはそう言った。

五人に対して馬は二頭。もう一頭、必要だ。とりあえず、ジェイクは徒歩で行を共にする。

鐘の音が聞こえた。コロニストの村がひろがっている。木造の教会の鐘楼がひときわ高い。森林を切り拓き、硬い土に鍬《くわ》を入れ、農地に変えてきたコロニストたちは、開拓地は我が物と思っている。森林が森林のままであることによって生きてきたものたちは、コロニストにとっては邪魔な野獣と変わらないのだと、クラレンスは気づくようになっていた。

自由に行き来していた森が、いつのまにかコロニストの〈所有地〉となり、柵で囲われ、通行を阻まれる。大地主が資本を出して森林を切り拓かせ、小作人に貸し出している地も多い。

このあたりの農家は密集しておらず、散在するそれらを網に掛けて絞り上げるように、鐘の音は響く。

「この音の届く限りはキリスト教徒の土地なのだ、と鐘は告げる」

手綱を取るエドの呟きを、クラレンスの聴覚はとらえた。

「異教徒の詩のようだ」

クラレンスが言うと、エドは半睡から引き戻されたような顔を見せた。

〈水〉とジェイクは、鐘の音に包まれた村に踏みこんで行く。働く人の姿はない。冬ごもりが始まる季節だ。

馬小屋の前を通る。

秣《まぐさ》の山も凍っている。ジェイクは厩《うまや》に入った。〈水〉が鞍を下り、続いた。

「やめろ」

下馬したエドがとめる。

ジェイクと〈水〉はそれぞれ一頭ずつ、馬を引きだそうとしていた。

三頭の馬が繋がれている。

〈水〉は黙々と綱を解き、手綱をとって引き出す。

ジェイクもそれに倣いながら、止めるエドの手を振り払って言った。「白人はモホークの土地を勝手に奪った。モホークには、白人のものを奪う権利がある」

大声で争うわけにはいかない。アシュリーとクラレンスは、騎乗のまま、「やめろ」「早く行こう」と小声ながら語気を強める。

引き出した馬に、〈水〉とジェイクはそれぞれ飛び乗り、走り出す。アシュリーがクラレンスのほうを振り返り、「行くぞ」とうながし、これも手綱を煽った。〈水〉とジェイクは鞍をおかない裸馬だ。

「乗れ」

馬の上から手をのばすクラレンスに、「手綱をしっかり握れ」声を投げるや、エドは馬の尻を叩いた。クラレンスは馬首にしがみつく。

騒ぎに気づいたものたちが、農家から走り出てくる。

四頭の馬はひたすら疾駆する。二人で乗ったら速度が落ちるから、と、クラレンスは鞍の上で揺れながら、思う。だから、エドは、俺を一人で行かせた。

お前はいつも悪いほうを選択する。自分にとって悪いほうを。くそっ。馬首を返そうとした。その行動を察したかのように、〈水〉とアシュリーが両側に馬を寄せ、並走する。抜け出すには、駒を止め二人を先に行かせるほかはない。しかし、全力で疾走する馬をクラレンスは巧みに止めることができない。

先頭を切って馬を突っ走らせていたジェイクがふり返り、状況を察したのだろう、戻ってきて、クラレンスの馬の後ろについた。左右と後、三方を塞がれ、前に進むほかはない。急げ、と後から煽られ、両側の馬も疾走する。クラレンスの馬は同調して速度を上げる。何とか抜け出してエドのいるところに戻ろうと焦り、身をよじるクラレンスは、バランスを失い、鞍から滑り落ちた。革の鞍ではなく、毛布を用いている。それにしがみついたが、地を引きずられた。〈水〉のいる側であったから、敏捷《びんしょう》な腕が素早くささえた。腹帯と毛布の間に挟まった腕が、肩から抜けそうだ。抜けた。

調査　4（承前）

「いかにも」キースはうなずいた。「愛国者《パトリオット》だ。投獄されている愛国者を救え、と主張したのだそうだからな」薄く笑って続けた。「ならば、我々の同志だ。喜んで握手しよう。隠れていることはない。出てきたまえ」

犯行　12

メイスンに矢を射かけたのがヒューロンの助けを借りたジェイクだと、エドワード・ターナーが言った。そのときだ。私は解き放たれた。直ぐには、理由がわからなかった。鎖が切れた、とのみ感じた。ジェイクとは、何なのか。普通の人間だ。女に裏切られ自分は殺されかけ、復讐心に駆られる。ごく自然な感情だ。不可解なところは何もない。矢を射かけた攻撃は、失敗に終わった。

「ジェイクは、自分が生存していること、強烈な復讐心を持っていることを、メイスンに誇示してしまった。賢いやり方ではない。復讐を望むなら死んだと思わせておくべきだ」

「メイスンは気づいたかな」

「阿呆でなければ」

「気づかせたジェイクが阿呆か」

「賢い人間は滅多にいない」

突然、愛おしさが湧き上がったのだった。恐怖という覆いがとれたとき、剝き出しになったのが、愛おしさだ。ジェイクのほうが年上ではあるが、前後の見境なく激昂しているその脆さ危うさを、愛おしまずにいられるか。

しかもジェイクは、私たちの前に現れたのだ。無分別が具象化されて。

私は君を助ける。私は初めて、他人を庇護する立場になる。いつも誰かに――モーリスに、〈空を《グラ・》舞う鷹《ダン・ノーチエ》〉に、〈美しい湖《ガ・ネ・オ・ディ・ヨ》〉に――護られ、その心地よさが当り前になっていた。

クラレンスの負傷は予想外に重い。肩の脱臼は〈美しい湖〉でも簡単に治せたが、落馬の際、腰の骨に何か異常が生じたらしい。〈大いなる精霊《オレンダ》〉に病を癒やす力を与えられた者が、クラレンスのために祈禱し、モホークたちは昔からよく知られている薬草を集めた。〈水〉は自分の寝床をクラレンスに提供した。

コロニストの医師とモホークのメディスンマンと、どちらが治癒力が高いか私にはわからない。コロニストのほうが進歩していそうなものだが、父の知人である医者は、むやみに瀉血《しやけつ》と浣腸をするばかりなのだ。ほかの医者もやることはあまり変わらない。砦にいるときの雑談で、クラレンス・スプナーからロンドンの医療事情を聞いたことがある。偉い医者は、やはり、昔から正しい方法として伝わっている瀉血と浣腸がもっぱらだという。クラレンスとエドの師は、その権威主義に反対し、医学界からは冷遇されているそうだ。外科医の弟子がどうして国王軍の志願兵としてコロニーにきたのか、事情は聞いていない。

外科医の地位が低いことも当地と同様で――コロニーは本国を手本にしているのだから当然か――クラレンスは、瀉血したって打撲傷や骨折は治らないと言っている。モホークの薬草のほうが、打撲には効果がありそうだ。

エドワード・ターナーがどうなったか、調べてくれとクラレンスは繰り返すのだが、あの村に行って住人に訊ねるのは愚かなことだ。抵抗して我々が逃げのびる時間を稼いだエドは、当然捕縛されただろう。何か一言でも口を割っていれば、モホークのこの集落は捜査される。無風状態だ。こっちからわざわざ疑惑を招くようなことをしてはならない。だれもがそう言う。

馬泥棒は絞首刑だ。どのような理由があろうと。

白人のものを奪う権利があるというモホークの言い分など、笑殺されるだけだと私も思う。投獄されているのなら、刑執行の前に何としてでも脱獄させる。クラレンスは言い続ける。手を貸してくれと頼むが、〈空を舞う鷹〉は承知しない。〈空を舞う鷹〉に独裁権はないのだが、反対者はいなかった。この集落の絶滅を意味するとわかっているからだ。〈水〉は、エドワード・ターナーの自己犠牲を評価しない。既に馬はもう一頭いた。敏速にそれに乗って行動をともにすれば、クラレンスが重傷を負うこともなく、万事うまくいったのだ。

モホークたちは皆、そう思っているようだ。私でさえ、そんな気がしてくる。自分を犠牲にして他を助ける。自分も助かるやり方があったのに、放棄してエドワード・ターナーはみすみす捕まった。〈盗みは悪〉とすり込まれているから、咄嗟の時に行動の選択を誤ったのだ。白人の所有権を認めないモホークは、逡巡《しゅんじゅん》しなかった。

どのくらい日が経ってからか――モホークの集落にいると、一日ごとに日付が変わるということを忘れる――ジェイクは一人でモントリオールに行った。メイスンの様子を探ってくるというのだ。単身船に斬り込むのとは違うから、止めなかった。しかし、市内には入れずジェイクは戻ってきた。モントリオールはすでに大陸軍の手に落ち、カールトン将軍はケベックに逃げ込んだ。そうジェイクは告げた。

「メイスンの消息はまったくわからないのか」

「わからない」

「ケベックに逃げたか、あるいは船に乗り込んでいるかも」

私が言うと、ジェイクはウィルソンの名をあげた。

「なぜ、ウィルソン？」

そうして、私は知ったのだ。父ではなかった。父は、フランクリン氏の誘いに乗らず、国王軍に味方してモホークを提供……チッ、こんな言葉を使うか。利用。そうだ、父は利用したのだ、モホークを。私の母……。

キース・ウィルソンとヘンリー・メイスンの密接な関係を、ジェイクは私にばらした。

メイスンが密貿易で荒稼ぎをしていたことや、逮捕されたが大金を払って重刑を免れたことなどは父から聞いていた。その大金の出所がキースなのだと私は察した。メイスンと手を組むことで、キースはウィルソン家の財政に大いに寄与しているのではないか。

ジェイクはウィルソン家に探りを入れ、「メイスンはウィルソン家に保護されてはいないようだ」と報告した。

「ウィルソン家には、近づくな」

私が言うと、不服そうに、なぜ、と問い返した。「メイスンは、必ず、キースと連絡を取る。ウィルソン家を見張るのは必要だ」

「むやみにうろうろして、君がウィルソン家のものに不審を持たれたら厄介なことになる。馬泥棒の真犯人なんだぞ、君は」

ジェイクにはそう言ったのだが……少し、違う。厄介なことにモーリスを巻き込みたくない。そう思ったのか？　少し違う。自分でもわからない。私は思うのだ。私が一番理解できないのは、自分自身だ。私はいったい、何を考えているのだ。私の意識の下にはもう一人の私がいて、そいつは、私にはわからないことを考えているらしい。

私がしなくてはならないことは、取りあえず、決まっている。

エドワード・ターナーの救出。

ジェイクの復讐への協力。

しかし、具体的にどう行動したらいいのか。

どちらも私自身の問題ではない。私は成り行きと物好きから関わっているだけだ。

――父はフランクリン氏の依頼に応じず、旗幟《きし》を鮮明にした。今の情勢では大陸軍が優位だ。国王軍が敗北、撤退し、コロニーが独立を果たしたら、父はどうなるのか。アーデン・ホールは……。そしてモホークを含むイロクォイの人々は。この集落は。私は……。

もっとも重要な情報をジェイクがもたらした。

馬泥棒が投獄されている。

獄吏らが寄る酒場で仕入れた噂話だ。脱走兵みたいな服装だというから、エドワード・ターナーだろう。

クラレンスは、半身を起こした。壁に背を凭せかけ、聞き入り、しばらく目を閉じていた。

「俺とエドが入れ替わる手段はないだろうか」

やがてそう言ったが、クラレンスはすぐに自ら否定した。何らかの方法で入れ替わりが成功したら、今度はエドがクラレンスを救出せずにはいられない。そうわかっているのだろう。

ウィペット号で知り合ったときとは、別人のようにクラレンスは変わった。軽口も叩かず調子のいいお喋りもせず、かといって陰鬱に沈みこみもせず、激情に溺れず、ひたすら最善の策を考えているふうであった。

ジェイクは、さらに新情報をもたらした。

メイスンとキースがコーヒーハウスで話を交わしているのを窓越しに見かけた。こっちに視線を向けたので、慌てて隠れた。メイスンが出てくるまで待って、後をつけようかと思ったが、自重した。しくじったら殺される。キースとメイスンが連絡を取り合っている、これが確認できただけでも価値は充分に高かった。

遮二無二丸木舟を漕ぎ出そうとしたときの錯乱に近い激昂は鎮まり、冷静で狡猾なやり方をジェイクは考えるようになっている。いや、私に考えさせようとしている。メイスンに耐えがたい苦痛を与え、なぶり殺しにしてやるとジェイクは言う。ジェイク自身は絶対に罪に問われず、傷も負わないやり方で。私が協力するのを、当然と彼はみなしている。感謝はない。

モーリス、三人目の最愛の人とともに、ぼくは殺人を犯す。そう私は心の中であなたに言ったのだが。

三人目への愛は、あなた及び〈美しい湖〉への感情とはまったく異なる。そう言ったのだが。

今、ことの次第を思い返していて、私は自分の感情のさらなる変化に気づいた。そうなのか。そうなのだ。最愛の人。crazyな愛。私は、ジェイク、ジェイコブ・マクダーモット、お前に特殊な感情を持ち、それは確かに、一枚皮を剝がれて、得体の知れない恐怖から愛の一種である正体を現したのだけれど、さらに変貌したよ。愛とは呼べない。愛ではない。お前は、ジェイク、お前は、卑劣で、愚昧《ぐまい》で——声を立てて笑いそうになったよ、子供たちが私の異変に気づいたのか、顔を見合わせ、後《あと》退《じさ》りし、走り去った——。

半身を壁に凭せかけたクラレンスは、目を閉じている。

不気味な吸引力。異様な存在。から普通の人間へ。恐怖という覆いがとれたとき、剝き出しになった愛おしさ。それを通り越してしまったよ。お前を軽蔑する。ジェイク、お前を軽蔑する。私は生まれて初めて、軽蔑できる対象を得た。これは重大なことだ。お前を軽蔑することで、私はその分優位になる。

お前はモホークの〈骨〉と二人のマヒカンを殺した。

導火線の鉄棹《てつざお》を薬包から抜く。

たったそれだけのことを、お前はしなかった。知るのは、私とクラレンス、そしてエドワード・ターナーだけだ。私もクラレンスも、そのことに関しては沈黙している。

モホークがこれを知ったら、ジェイクは即座に殺されるだろう。ジェイクは自分がしたこと——いや、しなかったこと——の重大さに気づいてもいない。

こう言ったからといって、私は三人の死を哀哭《あいこく》するわけではない。誰が死のうと、泣き狂うほど哀しみはしない。

心に浮かんだその言葉に、驚いた。モーリスが……その後、言葉を続けられない。モーリスは思考の対象から外す。深い穴を掘り、埋め、重石で蓋をする。死者の埋葬ではないか。いいのだ。とにかくモーリスは思考の枠外におけ。そうしないと、いっそう支離滅裂になる。支離滅裂。私の思考が。私はいま狂っていく途上にあるのか。

〈美しい湖〉が——あるいは〈空を舞う鷹〉が——死んだら、アシュリー・アーデンよ、私よ、汝はどう感じるのだ。アイザック・ハーネスが描く通俗小説《ロマンス》のヒーローの死として、受け入れよう。邪悪な力と勇敢に戦い英雄として死ぬ。鳩尾のあたりが痙攣して笑い出す。

ジェイクと〈水〉は馬泥棒の主犯だ。ジェイク、お前はエドを身代わりにして恥じない。自分が殺されかけた。その他のことは念頭にないのだな。アイザック・ハーネスなら、無実のエドワード・ターナーがいよいよ絞首台に掛けられる、その瞬間、お前と私がモホークを率いて駆けつけ、〈美しい湖〉もたぶん馬を駆り、刑吏どもを蹴散らし、救出する。その後、モホークがどのような報復を受けるか。ハーネスならたぶん、考えないだろう。あるいは、モホークが全滅して終わりか。

冬が深まる。私は手記に加筆した。

ジェイクに命じた——おお、私がジェイクに〈命じた〉のだ。

「ウィルソン家に行って、取り次ぎに出た召使いにこれを渡せ。〈モーリス・ウィルソン氏に渡してくれ。アシュリー・アーデンがエドワード・ターナーという男に殺された。犯人は逮捕され、投獄されている。〉という伝言とともに。ほかのことは一切言うな。即座に立ち去れ」

そしてクラレンスに、私は言ったのだった。

「モーリスを動かす。エドワード・ターナーは、モーリスにとってまったく関わりの無い、これまで名前すら聞いたことのない存在だ。救出に力を貸してくれと頼んでも、所詮他人事だ。だが、これなら、モーリスは必ず乗りだしてくる」

「メイスンどとは関係のないことだろう」ジェイクは言い返した。「何で、俺が」

ずいぶん沈着になったようにみえたクレンスだが、このときは表情が変わった。

「エドワード・ターナーは、馬泥棒のお前を逃がすために、捕まったんだぞ」

体の自由がきくならぶん殴っただろう。

抱えた紙の束を革袋におさめ、「行ってやるよ」ジェイクは言った。

「素性をあやしまれないよう、俺の従卒と名乗れ」言いながら、私は赤土や粒の粗い砂を利用して、ジェイクの頰を痘痕面《あばたづら》にみせかけ、帽子のつばを深く下げさせたのだった。

あなたのアシュリーが殺された。あなたは、モーリス、どういう行動をとる？

保安官にまず面会するか。殺人ではなく馬泥棒であるとわかってしまう。それでも、アシュリーが殺された、という伝言に、あなたは無関心ではいられないだろう。あなたはエドワード・ターナーと面会せずにはいられないだろう。これが重要なのだ。

エドワード・ターナーは、どこまであなたに事実を話すだろうか。

あなたはどういう行動をとるだろうか。

私は見届けねばならない。

なぜ、私はこんなことを思いついたのか。

いま、不意に、明瞭になった。

私は、自分で、動かしたいのだ。モーリスを。いや、私の周囲を。

コロニーが独立を掲げて本国に戦いを挑んでいる。世の中が反転するか否か。とんでもない変動の中に、私たちはいる。エドワード・ターナーを救出する。ジェイクが個人的な復讐をする。激変する世界の中で、些細なことだ。

だが、一人の人物の生に、私の考えたことが大きい影響をもたらす――かもしれない――と思うと、私は心躍るのだ。

モーリスの、私に対する愛情の強さを試す方法でもあった。

そんな考えが浮かんだ。狼狽《うろた》えた。

突然現れた私の〈本性〉。私の中に、こんなにも醜い〈私〉がいるのか。

私は記しているではないか。〈……何種類の仮面と鎧が必要なことか。素顔を見せられるのは、モーリスと二人のときだけだ。〉

素顔……。ではなかった。素顔と思った顔の下に、本当の顔があった。

いや、どちらも私の素顔だ。

モーリス、以前の私のままでありたい。あなたを試す。そんなことを思いつきもしない私のままでいたい。

愚かで卑しい――ジェイクよりもっと卑しい私を、消したいのだ。だが、卑しい私は、むくむくと膨れあがろうとしている。

どのみち、私は介入してしまった。

「モーリスがエドの救出に動くという確信はあるのか」クラレンスが言う。

悪い方に、事態は動くかもしれない、と私は思う。モーリス、あなたは獄中のエドワード・ターナーと面会する。アシュリーは〈美しい湖〉らとともにモホークの集落に行ったとエドワード・ターナーは告げるだろう。それであなたは納得し、この件から手を引くかもしれない。エドワード・ターナーを救出せねばならない理由はない。

ジェイクは、道端の石ころにすぎない。私が勝手に躓《つまず》いたり、妖しい耀きを帯びた宝石だと思ったり、怖れ、愛し、軽蔑し……次に浮かんだ言葉を押し潰す。言おう。憎み、と思ったのだ。

私の意識の下に存在する〈私〉。それが私が造り上げた〈ジェイク〉だ。

ジェイクから見た私は？

とりあえず私が命じた役は果たし戻ってきているジェイクは、何を考えている？

ジェイクが炉に薪をくべる。その動作が私の視野の隅に入る。

「モーリスは何らかの手段を講じるだろう」私は言った。「獄を出たら、エドはここにくるだろう」

「エドは、ここへの道を知らない」クラレンスが言う。

「尋ね当てるのは難しくはない」

モホークの居住地は、秘密の地ではない。

ジェイクが割りこんだ。「メイスンへの復讐はどうなる」

「モーリス・ウィルソンという男がどう動くか、見届けなくては」

クラレンスは焦燥を露わにした。

「監獄の近くに俺を」

連れて行ってくれと言おうとしたのだろうが、後の言葉をクラレンスは飲み込んだ。今のところ、彼は行動できない。足手まといになるばかりだ。

「明日から」と私は言った。「俺が見張る。監獄の近くにひそんで、動きを見る」

語らう私たちの傍らに、〈高い水《ヤ・ラ・ハッツ・セー》〉と〈美しい湖《ガ・ネ・オ・ディ・ヨ》〉が寄ってきていた。内容を私が伝えると、

「手を貸そう」二人は言った。

「モホークは、このことにかかわらない」〈美しい湖〉は言い添えた。「我々二人だけが、友人として行動を共にする」


一夜明けた。

〈空を舞う鷹《グラ・ダン・ノーチェ》〉は、交易に用いるべく保存してある毛皮の使用を許した。彼自身は積極的な行動に参加はしないが、エドワード・ターナー救出に協力は惜しまない態度を示したのである。その毛皮を近隣のコロニストの村落でジェイクが農民の薄汚れた服と交換してきた。〈水〉と〈美しい湖〉はそれらを身につけた。混血児《ミックスト・レイス》の中にはモホークの特徴が強くあらわれている者も多い。服を変えることによって目立たなくなる。藁を編んだ帽子のつばをさげる。

モーリスがエドワード・ターナーに対し、どういう行動をとるか。

私たちは分かれることにした。私は瞬時迷ったが、監獄の近くに潜むことを選んだ。ウィルソン邸と監獄を結ぶ街道の、監獄に近い馬車宿の一室を借り、合流の場とする。

ジェイクはメイスンとキースが連絡を取るコーヒーハウスを見張ると主張した。二人への復讐に最も適した時宜《じぎ》を選ぶためだ。

ウィルソン邸の近辺でモーリスの動きに目を向けるのは〈美しい湖〉と〈水〉の役になる。二人はモーリスに顔を知られていないから動きやすいだろう。二人のほうでは仮面によってモーリスを認識できる。仮面をつけていないときでも顔貌に特徴がある。

私が殺された、と知らされたモーリスの動きを私は予想する。前にも思ったように、まず、保安官のもとに行くか。殺人事件は生じていないと知る。それでもアシュリー・アーデンの安否は気にかかるのではないか。監獄を訪れエドワード・ターナーから真相を訊くか。エドワード・ターナーは、私がモホークの集落にいるであろうことを告げるか。あなたは、確かめるために、ここに来るか。私はあなたと抱き合い、あなたと共にここを去るだろうか。それは〈美しい湖〉たちとの決別を意味しないか。コロニストの裔《すえ》であることとモホークであることは、私の中では分かちがたく融合しているが、どちらか一方に決めねばならないのだ、今は。私は決めた。モホークとして生きようと。しかし、無理だ。できない。モーリスのいない——書物のない——世界では生きられない。

いや、モーリスはまず、アーデン・ホールに駆けつけるだろうか。父はアーデン・ホールにいるだろうか。私の消息を何も知らない父は驚くだろうが、詮索のために動くことはしないだろう。父は私に愛情を持たない。私もアーデン家に愛着はない。モーリス以外のウィルソン一家にも関心はない。コロニストの社会にもモホークの生活にも……私は何を考えているのだ。

モーリスは次にどこに行くか。アーデン家を顧客にしている事務弁護士か。父グレゴリー・アーデンからの依頼がなければ、あの男は何もすまい。結局、モーリスは自ら獄舎を訪れ、エドワード・ターナーに面会するのではないか——私の死に関心が深ければ……。

クラレンスは私の思惑はまったく気づかず、エド救出に私が最善を尽くしたと思っている。

この日一日、モーリスは監獄を訪れることはなかった。

陽が落ちてから宿に行くと、〈水〉が先に来ていた。

モーリスが邸から出てきたので、〈美しい湖〉と〈水〉は後をつけた。モーリスが目指したのは印刷所の看板を出した二階建ての小さい家で、その周囲を暴徒が取り巻き、罵声を投げていた。そう〈水〉は告げた。

「ニューヨーク・ニューズレター」を発行しているケヴィン・オコナー氏の印刷所だと察しがついた。ウィルソン家が広告を出しているのは知っていたけれど、モーリスと私の間でとりたてて話題にはならず、私が知るのは、ウィルソン氏の意を汲んだ国王派《ロイヤリスト》の記事を載せていること、アイルランドから渡ってきた甥ロデリック・フェアマン通称ロディと二人でやっている、という程度であった。どちらとも面識はない。

仮面をつけた〈悪魔の牙〉に群衆が自ずと道を開き、モーリスは中に入った。ケベック包囲戦に加われと煽動する者があらわれ、暴徒どもがそれに引きずられ去って行く。若い男が印刷所から出てきて、モーリスが乗ってきた馬を使おうとすると、暴徒の一人が馬を奪おうとして争いになった。様子を見に出てきたモーリスが撃たれた。

「撃たれた！」

思わず私は叫んだ。

印刷所の主人と思われる男が、モーリスを家の中に引きずり込んだ。馬の強奪に失敗した暴徒は、主人らしいのに銃を向けられ、諦めて仲間の後を追った。若い男はいったん家に入ったが、再び出てきて、モーリスの馬で走り去った。

〈水〉は後を追ったが見失った。それをお前に伝えるため、ここにきた。〈水〉はそう言った。

「〈美しい湖〉がその家の傍に残って、撃たれた男の様子を見ている」

そう言えば……と思い出した。監獄に男が一人出入りした。モーリスの使者とは思わず、見過ごした。来るならモーリスが自ら、と思い込んでいたのだ。他人に依頼したのか。その程度か……。

その若い男は、たぶんオコナー氏の甥ロディだ。モーリスが負傷して動けなくなったから代わりに……いや、モーリスは最初から彼を監獄への使者と……彼がモーリスの馬で出発しようとしたのは、モーリスが負傷する前だ。モーリスは直接監獄へは行かず、まず印刷所に立ち寄った。なぜだ。……モーリスの言葉は聞き取りにくい。私は彼の言葉を聞き分けられる希有な一人だが、ロディも、もしかしたら、そうなのか。

私は愕然としている。自分自身の感情の動きについてだ。モーリスは私の最愛の人だ。それは事実だ。その人が負傷した。私はすぐにも駆けつけるべきではないか。

どの程度の負傷なのか。モーリスはそのまま印刷所にいるのか。自邸に戻ったのか。あるべき場面が浮かぶ。私は取り乱して駆けつけ、安否を確かめ、彼の苦痛を自分の苦痛のように感じ、私が策を弄《ろう》したために、モーリス、あなたが負傷する羽目になってしまった、私の責任だと悔やみ、エドワード・ターナーの出獄より、あなたの快癒を何より優先させる。それが、当然なのだ。

当然な感情が、なぜ生じない。チェスの駒を動かす――あるいは、駒の動きを俯瞰《ふかん》する――。ひそやかな昂揚感。私が動かした一つの駒が、モーリス、あなたの負傷という現象を引き起こした。胸が苦しくないのか。のたうって後悔しないのか。泣かないのか。泣かないのか。己の愚行を悔やまないのか。私はこんな卑劣で愚かしい奴だったのか。私は泣く。自分の醜さを知って。私には、何かが欠如している。

陽が落ち尽くしてから〈美しい湖〉が宿にきた。ほぼ同時にジェイクも着いた。宿の酒場に集まった連中の話題は何か不穏だ。印刷所を襲った者たちも混じっている様子だ。

借りた部屋にこもって、〈美しい湖〉から話を聞いた。印刷所の主人は外出し、医者らしい男を伴って戻ってきた。医者が立ち去った後で、先にモーリスの馬を走らせて行った男が帰ってきた。

重傷なのか。モーリスは印刷所に泊まり込むようだ。

ジェイクは、メイスンとキースに関しては何の収穫も無し。町の人々の間に不穏な気配が高まっているのを感じたと言った。

手燭《てしょく》を消すと部屋は闇だ。〈美しい湖〉と〈水〉はじきに眠りについた。寝息でそれと知れる。ジェイクが身じろぎするのが伝わったが、やがて静かになった。寝入ったらしい。

アシュリー・アーデンが殺された。犯人エドワード・ターナーは投獄されている。

その言葉で、あなたは行動を起こした。つまり、あなたは僕の死に無関心ではいられなかった。充分ではないか。私は愛されている。モーリスに。

クラレンスが連絡を待ち焦がれているだろう。

私の煩悶に関わりなく夜は更け、眠ったという自覚の無いまま朝になる。

十二月二十三日。

私は監獄を見張る役を選ぶ。ウィルソン邸を見張るのは〈美しい湖〉。〈水〉はモーリスの様子を知るため印刷所に向かう。メイスンの動きにこだわるジェイクは、キースとの密会に使われるコーヒーハウスを監視する。私は自分が指揮をとっているような気分になる。自嘲する。むしろ、〈美しい湖〉なのだ。統率者は。

監獄の近くで私は待った。

昼過ぎ、動きがあった。昨日獄舎に出入りし、不覚にも私がモーリスの使者とは思わず無視した若い男――おそらく、ロデリック・フェアマン――ロディ――が監獄に入っていく。

彼を追尾していた〈水〉が、私と合流した。〈水〉の報告に寄れば、朝方、ロディはモーリスを馬に乗せ、同乗してウィルソン邸に戻った。しばらく経って、ロディはウィルソン邸の馬（前日のとは別の奴だ）で出発。途中、横丁のコーヒーハウスに入った。その近くでジェイクと会った。メイスンがここでキースと密会しているとジェイクは教えた。ロディが出てきて馬に乗ったので、〈水〉はその後を追った。ジェイクはメイスンの動向を探るために残った。

ロディが監獄を出て、馬で出発。〈水〉が追う。私は残る。エドワード・ターナーがどうするか見届けるために。明らかにロディはモーリスの指令を受けて動いている。

宿の二階の窓から監獄に通じる街道が見下ろせる。往来する者を見張る。気を許すことができず草臥《くたび》れる。

落日のさまを、空が病魔におかされるように感じたのも疲労のせいかもしれない。

二人の人物を背に乗せた馬が近づいてくる。前部の一人が黄金の仮面をつけているように見えて、急な階段を駆け下り、一階の窓から覗いた。富裕な身なり。縁を深く下げた三角帽の下から、黄金の仮面の嘴《くちばし》が覗く。若い男が後ろから支えている。

ついにモーリスが自ら出向いた！　後を追うか。私の姿を見られたら、この件は終わる。逡巡しているとき、ロディ見張り係の〈水〉が宿に着き、私に告げた。ロディが支えているのは、棒とぼろ布の人形だ。監獄の近くまで来てから、ロディは運んできた材料で即席の人形を作った。モーリスは自邸にいる。ウィルソン邸の見張りは〈美しい湖〉が続けている。

暴動が生じていることも〈水〉は伝えた。暴徒どもはあのコーヒーハウスのある路地になだれ込んでいた。ジェイクはいなかったから、たぶんメイスンとキースは暴動より前に店を出、ジェイクも後をつけたのだろう。

モーリスに見せかけた人形を、なぜロディは監獄内に運び入れたのか。答はじきにわかった。騎乗したまま二人が出てきたのだが、仮面をつけているのは生身の人間だ。

チープなやり方に笑った。モーリスは思いつかないだろう。エドワード・ターナーはアイザック・ハーネスをずいぶん読んだようだ。通俗小説《ロマンス》、と鼻であしらうような言い方をしたが、子供のころはわくわくしながら読み耽《ふけ》ったに違いない。

「追おう」私がそう言う前に、〈水〉は馬の綱を解いていた。

ウィルソン邸への道を進む。松明《たいまつ》をかざした群衆に巻き込まれた。道幅一杯に広がり馬を避けようともしない。

村を通過するごとに人数が増える。

ウィルソン邸の門扉の前に設置された防御柵を、群衆は押し倒し、広い前庭に雪崩れ込んだ。馬に乗ったままでは目立つ。鞍から下り、後のほうで様子を見た。ウィルソンを見張っていた〈美しい湖〉とコーヒーハウスに張りついていたジェイクが寄ってきた。メイスンはキースと一緒にウィルソン邸に入ったという。

正面玄関のポーチの上に張り出したバルコニーに人影があらわれた。モーリス以外のウィルソン家の人々と親交はないが、見かけてはいる。護衛に囲まれて立つのは当主ラルフ・ウィルソンと長男のスティーヴと思われる。

拡声器を用いて、ラルフ・ウィルソンは演説をはじめた。ウィルソン家が熱烈な愛国者《パトリオット》であることを強調していた。

砦の火薬庫を爆発させることで大陸《コンティネンタル・アーミー》軍に多大な貢献をしたと強調し、発案者、実行者として、キースとメイスンを群衆に引き合わせた。エドの推測の正しさが裏付けられた。

私は、ジェイクに目を向けた。私のジェイクに対する感情はまたも揺れ動いた。自分を殺そうとした相手、自分が殺してやると思っている相手、に対した者の表情、ありように、私は惹きつけられたのだ。

激情は見せなかった。底は沸きたっているのに表面は静かな沼。……凡庸な表現だ。こんなことでは……笑ってしまう。私ときたら、心のどこかに……笑い飛ばそう。

つまり、私が言いたいのは、ジェイクにまたも惹かれたということだ。殺意。それも相手を苦しめ抜いたあげくに死なせたいと、ジェイクは口にしたのだ。

だが、ジェイク、私は思うのだよ、今のお前が私を惹きつけるのは、残忍さをうちに包んだ皮袋で、お前が、あるからだ。さらに私は気づいた。お前は、実は何もできないんだ。ヒューロンの助けを得て矢を射かけたり、単身、メイスンを襲おうとしたときは殺気だち、見境無くなっていた。時間が経つとともに、口先だけは威勢がいいけれど危険からは逃れたくなっている。お前は自覚していない。

ハハ、お前は愚かだ、ジェイク。

罵声をあげていた群衆が一瞬どよめき、鎮まった。

かのベンジャミン・フランクリン氏の実物が、露台に立ったのだ。

「ウィルソン氏の功績を、大陸会議は高く評価する」フランクリン氏は、宣した。

フランクリンは、やはりウィルソン家にも支援を要請していたのだ。

父は、寝返らなかった。良いのか悪いのか、この戦争の決着がつくまではわからない。

敗北したとき損害が大きいのはコロニーのほうだ。英本国は軍隊を撤退させコロニーを失うだけだが、大陸軍は、降参したら絶滅させられるだろう。戦意の差は勝敗に影響しないか。ウィルソン家は独立を謳歌し、アーデン家は没落するのか。胸苦しさをおぼえた自分が不思議だ。アーデン家において私は異物なのに。

続いてキースが若い男を前に引き出し、「ニューヨーク・ニューズレター」の編集人だと紹介した。

あれが、エドワード・ターナーの脱出を助けたロディか。顔を明瞭に見分けるには、暗すぎた。

ラルフ・ウィルソンは老獪《ろうかい》だ。それとも、息子たちの案か。砦攻略に大功のあったことを納得させると共に、群衆に大量のラムを提供した。暴徒を鎮めるのに何よりも効果を上げたのは、このラムの大盤振る舞いだ。警備の者たちまで、職務を放り出し泥酔の仲間に入った。

フランクリンとウィルソン家の者たちが屋内に入って行く。

露台から「諸君」と拡声器を通した声がひびいた。「……本国は大陸軍を正規の軍隊とは認めない。したがって、軍事捕虜は犯罪者の扱いを受けている。虜囚となっている愛国者を救え」

視力のすぐれた〈美しい湖〉と〈水〉が、あれはエドワード・ターナーだと教えた。

引き潮のように、群衆は去る。巻き込まれてはならない。馬を曳きながら目立たぬようよける。残っているラムに警備の者たちが群がり、意地汚く飲みあさる。民間から急ごしらえで集めた者たちとみえ、統率は取れていない。邸内からも裏庭あたりからも集まってきて、酒宴のありさまだ。

私はそれとなく仲間を――ああ、私に〈仲間〉がいる！――導いて、建物の裏にまわった。邸内の間取りを熟知しているわけではないが、モーリスの部屋はたびたび訪れている。二部屋を有し、奥の寝室の窓が裏庭に面している。

モーリスがそこにエドを匿《かくま》っている。……確信はなかった。エドが露台で群衆を煽動した。ウィルソン家の当主や兄たちも承知の上でのことなら、エドは隠れている必要はない。

いや、いくら愛国者側に立ったとはいえ、監獄襲撃など、ウィルソン家としてはまったく不要なことだ。後に問題を残す。エドが脱獄をうやむやにするために策を弄したのだ。

モーリスは、家族には秘密にしてエドの脱獄を助けた。匿う場所と言えば、彼の寝室以外にはない。いつまでも隠し通せはすまい。私が手助けする。違う。私が、創るのだ。そう、思い当たった。私が、創るのだ。この先を。そうだ。私は、思ったではないか。自分で動かしたいと。モーリスを。いや、私の周囲を。

私は動かした。その先をも動かす。これは、私が創る物語なのだ。いずれ紙に記し、モーリスに読んでもらい、一冊の本に。熾烈《しれつ》な内戦中であることを瞬時忘れ、妄想に浸蝕された。その一方で私は、二階の窓からモーリスの寝室に侵入し、エドの脱出を助けろと、冷静に指示していた。敏捷《びんしよう》な〈水〉がこの任務に最適だと、私は判断した。

警備の者たちがすべてラムに集《たか》っている。ウィルソンは期せずして我々に協力する結果になっているのだ。笑える。

燭《しよく》が灯されているのだろう。窓は仄明るい。

ジェイクに厩《うまや》の場所を教え、一頭曳いてくるように指示した。馬泥棒だ。見つかったら必ず絞首刑。一番危険な仕事をジェイクに押しつけたのだが、ジェイクはそれに気づかず、あっさり引き受けた。やはり彼は愚かで、その愚かさが私には愛らしい。

壁のわずかな凹凸を手がかりに〈水〉はよじのぼり、モーリスの寝室の露台にたどりついた。黄金色の動きが目についた。エドから仮面を受け取って着衣の下にかくし、〈水〉は先に地上に降りた。続いてエドが、墜落とあまり変わらない状態で降り立った。〈美しい湖〉と〈水〉が、衝撃を和らげるべく手を貸した。

アイザック・ハーネスなら、ジェイクが馬を曳き出そうとして見咎められるなどの障害をもちい、読者をはらはらさせるのだろうが、何の支障も無くエドの分の馬は手に入った。エドは仮面をつけ、騎乗した。

我々は疾駆した。

火勢の衰えた篝火《かがりび》の周りで、警備の者たちの酒宴はまだ続いていた。モーリスが外出するところだと、彼らの酔眼には映ったことだろう。

モーリスの寝室には予備の仮面が飾られている。その一つを持ち出したのは、モーリスが承知の上か、無断か。無断なら窃盗だ。もっともモーリスが訴えなければ裁判沙汰にはならないが。

扉の開け放された門を抜けると、エドは仮面をはずし、上衣の下に隠した。必要としたのは、ウィルソン邸から脱出するに要する短い間だけだ。

街なかのそこここで火災が起きている。コーヒーハウスやウィルソン邸が襲われたように、愛国者を謳う暴徒どもは国王派の家々に火を放ったようだ。

〈空を舞う鷹〉や母や弟やそうしてクラレンスが待つ〈長い家〉に帰れば、私の物語は終わる。ジェイクの復讐は、私の物語ではない。だが、彼は協力を要求するだろうな。エド救出に尽力した見返りに。

ふと、兆《きざ》した。彼に対する殺意。

あ、ジェイクがいない。

見まわす。

来た。手綱を煽り、追いついてきた。

調査 4（承前）

「いや、如何に愛国者であろうと」メイスンがせせら笑った。「うかつに顔は出せまいよ。殺人者とあってはな」

「誰がそう言った」ロディが聞き返す。メイスンはキースを指した。

「誰を殺したんだ」

「承知していることを、わざとらしく訊くな」メイスンは嗤《わら》い、「母親はインディアンでも、父親がイギリス人の準男爵様だからな。そういう人物を殺した罪は重い」

殺人犯ではないという新しい情報を、メイスンもキースもまだ獲得していないようだ。モーリスが反論しないので、ロディも黙っていることにした。馬泥棒――これは実際やっている――の刑は殺人罪にひとしい。

それより気にかかるのは、鼻腔の奥にきな臭さを感じていることだ。

モーリスの仮面は嗅覚を鈍くする。キースのほうが素早く反応し、寝室との境の扉を細く開け、様子をうかがう。煙が流れこんだ。同時に火の粉も舞い入った。

キースは廊下に飛び出し、メイスンが続いた。階段を走り降りる音が響く。

肩を貸そうとするロディに、「まず、金箱を」モーリスは命じ、場所を教えた。燻《くすぶ》る煙の中で、金属製の箱は火傷しそうに熱くなっていた。前室に運び、扉を蹴飛ばして閉める。モーリスはすでに立ちあがり、椅子の背や壁に手を這わせ、戸口のほうに行くところであった。金貨銀貨を収めた箱は、子供一人抱えるより重い。モーリスの歩行を助ける余裕がない。

キースの指図を受けた召使いたちが水を充たした桶を手に、緩やかな傾斜の階段を上ってくるのとすれ違う。彼らは千鳥足で、酒のにおいが濃い。

モーリスはその一人の肩を強引に摑み向きを変えさせた。躰を支えさせ、片手は手摺にかけ、階段を下りる。桶は、他の者が受け取った。高価な絨毯《じゅうたん》が水浸しだ。

裏階段も水の運搬に使われ、召使いたちの行き来がはげしい。

騒ぎの原因を知らず、うろうろしている下僕などもいる。その一人に、馬を二頭、前庭に、とモーリスは命じた。聞き取れなくて困惑した下僕に、ロディが意を通じてやった。命令されることに慣れている下僕は反射的に従った。

金箱を抱き鞍に跨がり、「どこへ？」訊くロディに、「取りあえず、君のところだ」下男の手を借りて騎乗したモーリスは言った。

犯行　13

火は、火を呼ぶ。叫び声を交わし、手を伸ばし、家々は炎の隊列となる。逃げ惑う人々を、〈美しい湖〉と〈水〉は巧みに避けながら速度は落とさない。エドワード・ターナーが遅れがちになるのは、子供などを馬蹄にかけまいと気遣うためだ。彼の乗馬の腕はモホークほどではないようだ。ジェイクはおかまいなしに突っ走る。他人のことなど気にかけていられるか、というふうだ。私は……。

松明の代用になる物は豊富だ。

人家の群がる地区を抜けると、じきに森林と集落、開墾地、そうしてまた森林がつづく。梢の間に星明かりが淡い。

左に道をとろうとする私に、〈美しい湖〉が馬を寄せ、前を遮った。

「弟よ、アーデン・ホールに戻るのか」

うなずいた。

「白い友人は我々に託すのか」

「連れて行ってくれ。彼の、動けない友人が待っている。心が壊れそうになるほど、待っている」

モホーク語のやりとりを理解できないエドワード・ターナーに、私は帰宅することを手短かに告げた。

「そうか。君とはここで別れるのか」エドは手を差し伸べた。「ありがとう。心の底から」

「始終、行き来する場所だ」私は言った。「いつでも会える。アーデン・ホールへの道は、彼がよく知っている」〈水〉とともにすでに馬を歩ませはじめた〈美しい湖〉を指さした。「クラレンスと互いの無事を喜びあった後、いつでも一緒にくるといい。図書館はないけれど、いくらか書物はある」

私が初めて見るような笑みを、エドワード・ターナーは浮かべた。

私の表情を、彼はどう見ただろうか。

モホークの〈長い家〉で、私は思ったのだった。この先アーデン・ホールに帰ることはない、と。どうしてそう思い詰めたのか。父の――グレゴリー・アーデンの――家だ、と愚かにも思い込んでいたからだ。

私がアーデン・ホールへの道をとると、当然のようにジェイクも馬を並べた。そうだ。当然だ。お前は私と行動を共にする。私の意志が、ジェイク、お前を動かした。そんな考えがふと浮かび、私はそれを嗤いもする。

街道に出る。道は凍っていた。蹄鉄が滑りがちだ。

アーデン・ホール。我が家。と呼ぼう。我が家の窓はすべて鎧戸が閉ざされ、夜の中では壁と見分けがつかない。父は不在なのだろうと思った。まだ寝入る時刻ではない。

入り口の扉は施錠されていなかった。不用心なことだ。

壁付きの燭台《しょくだい》に松明の火を移す。ジェイクも私に倣った。

物音を聞きつけたのだろう、召使いたちがそこここからあらわれたが、髪が乱れ、服は皺だらけというざまだ。

天井から吊されたシャンデリアの蠟燭をすべて灯せと、私は命じた。

召使いたちは途惑った様子を見せた。彼らにとってアーデン・ホールの主はグレゴリー・アーデンであり、庶子のアシュリーではない。

だが、父が始終ここにいるのであれば、召使いらは身なりを整えているだろう。本宅に腰を据え、変転する世情に対処しているのだ、父は。モントリオールまで陥落したとあっては、国王派を顕示した父としては、安閑としてはいられまい。

私の強い語気に、召使いたちは脚立を運び、シャンデリアの点火にとりかかった。

木の枠には埃をかぶって黒ずんだ蠟涙がこびりついていた。長さの不揃いな蠟燭の炎がゆらめき、壁や床を明るませた。

ペルシア絨緞に残る泥酔した英軍士官の嘔吐の痕。壁に飾られた箆鹿《へらじか》や赤鹿《あかしか》の角。髪を長く垂らした人間の頭皮。白髪。黒髪。栗色の髪。

「私がアーデン・ホールの主だ」

私の宣言に、召使いたちは異を唱えようとはしなかった。砦が陥落してこの方、どこにいたのか。捕虜になっていたのか。そう訊ねる者もいなかった。主不在の家で気ままに過ごしていたのを咎められないよう、息をひそめているように感じられる。アーデン・ホールは、もともと、あまり堅苦しくはなかった。そして私は、母がモホークであるがゆえに、白い召使いたちから、準男爵ご子息が当然受けるべき敬意を払われてはこなかった。その代わり、気安く可愛がってくれる者もいたのだが。

「私の寝室の暖炉に火を入れ、ベッドを暖めろ」

自分の仕事がきまってこの重苦しい場から抜け出せると、メイドたちはほっとした様子で台所に走って行く。火熨斗《ひのし》を用意するためだ。石炭を山積みにした桶を、従僕が二階に運ぶ。

「隣接する小部屋にベッドをととのえろ」ジェイクの寝所にする。

調査 5

「あの寝室に放火した者といえばエドワード・ターナーのほかに考えられませんが」モーリスがベッドに移るのを助けてから、ロディは言った。「騒ぎを起こしてその隙に逃げる……。逆に人を集めてしまうかもしれない。危険ですよね」

「金箱を取りに入ったとき、ターナー君は……エドは、すでにいなかった？」

「そう思います。窓の下に護衛の者たちを配置しているとキースは言ったけれど、はったりだったのかな」

「召使いや下僕たちが泥酔していた」

そうか、警備の連中も任務より酒か。エドワード・ターナーが脱出した後、誰かが放火した。何のために。どういう方法で。ロディは自問する。

「アシュリーに関して、エドワード・ターナー君は何か知っているのだろうか」モーリスは言った。「騒ぎが起きたために、ターナー君に訊ねる機を失してしまった。最初に訊ねるべきだったな。もっともターナー君の知る限りにおいては、アシュリーは危険な状態ではない。助けを必要とする状況なら、私にそう告げるだろう。アシュリーの手記を持参した使者はなぜ……。釈然としないことばかりだ」

「あなたは金銭には無頓着なたちだと思っていたんですが」

獄吏買収用の金貨銀貨を、おそらく数えもせずに摑み入れた革袋を無造作によこしたのを、ロディは思い出す。

「金は、水と食い物に次いで重要だ」モーリスは言った。「困難の七割は、金で解決できる。使うべきときに使わなかったら、金は持っていないのと同然だ」


翌日、ロディはウィルソン邸に向かった。

前庭にいた下男に火災の被害の状況を訊ねた。

「あんた、だれだ」

「ウィルソン氏が広告を載せている〈ニューヨーク・ニューズレター〉のフェアマンだ」

「当家の火事を新聞記事にするのか。それなら旦那様に」

「いや、軽微な損害ですんだかどうか、気になって来てみたのだ。正面は何も変わっていないな。火災があったとは思えない」

「ああ、モーリスさまの寝室だけだ、被害は。前の部屋も水浸しになったが。いったい、どうしてあの部屋から出火したのか。その上、モーリスさまの行方が」

「彼は、俺んとこに避難している。心配ないと、ご主人に伝えてくれ」

「了解した」

応じたのは、近づいてきたキースであった。見下した態度で、邸内にロディを呼び入れた。広間や大階段の絨毯は毛足が乱れこわばり無惨だが、炎の走った痕跡は無い。

小さい接客室に連れて行かれた。暖炉に火が入っているのがありがたい。

「モーリスは君のところに逃げ込んでいたのか。かってな言動は禁じると、モーリスに言え。だいたい、どうしてモーリスは殺人犯を匿うような馬鹿なまねをしたのだ」

「あなたは、どうして殺人犯メイスンを英雄に仕立て上げたのですか」

「インディアンや、混血の娼婦を殺したことに何の問題がある」

「メイスンの火薬庫爆破が英雄的行為なら、協力したジェイクやシャルレーヌを殺す必要はなかった。彼らもまた愛国者として称賛を受ける資格がある」

「ジェイクは生き延びたようだな」メイスンから聞いているのだろう。「放火はジェイクか」キースは言った。

「私にはわかりませんよ」

キースは鼻を鳴らしただけであった。

「ここで待て」言いおいてキースは部屋を出、さほど間をおかず戻ってきたときは、当主ラルフ・ウィルソンと長男スティーヴが一緒であった。三人揃うと威圧的だ。

ラルフは無言で傲然と椅子を占め、キースとスティーヴはその両側に立ち、「モーリスはウィルソン家から放逐する」スティーヴが言った。

ラルフに目を向けると、不機嫌な表情を変えず、うなずいた。父親としての逡巡も内心の葛藤も窺えなかった。

「絶縁する」とキースが言葉を継いだ。「メイスンから聞いたところでは、エドワード・ターナーなる男は国王軍の兵士だそうだな。大陸軍《コンティネンタル・アーミー》の敵だ。しかも殺人犯であり脱獄囚だ。だいたいアシュリーを殺害した奴をどうしてモーリスが庇うのか、まったく納得がいかんが、ウィルソン家には関係ない。勝手にするがよい」

そう突き放された、とロディはモーリスに伝えた。「ウィルソン家の名声、財力は一切あてにするな、とも言われました。庇護も無いものと思えと」言いづらいことを、ロディは伝えねばならなかった。「図書館も蔵書もウィルソン家の資産であって」

「排除された末息子には所有権は欠片もない、か。一方的にそう宣言されたら法的に争うほかはないが、相続問題が生じるのは、まだもう少し先だろう」モーリスは足元の金箱に視線を向けた。「ウィルソン家に無関係な私の財産だ。有効に増やす」

「交易ですか。この内乱が終わるまでは無理ですね」

「印刷所に投資するという手もあるな」

「ニューヨーク・ニューズレターに？」傍らでラムを愛でているケヴィンが割り込んだ。

ニューヨーク・ニューズレターの刊行は難しそうだと、モーリスは言った。「国王派《ロイヤリスト》のカラーが強すぎた」

「広告主の意向ですぜ」言い返しながら、ケヴィンの目は金箱から離れない。

まさか、金ひっさらってとんずらはないよな、とロディは心中で言う。活字箱と金を掻《か》っ払《ぱら》って新大陸に渡ってきたケヴィンだ。もっとも、下男みたいにこき使われるのに我慢ができなくなった上での行動だから、気概があるともいえる。ロディ自身、叔父のやり方を見習った。汚えことは、俺自身が考えもしないように、ケヴィンだってやらねえよ。やらねえ、けっして。

「ウィルソン氏は、突然、正反対の立場に立つことを明らかにした」ケヴィンは憤懣《ふんまん》をあらわにした。「これは、裏切りってものですよ。モーリス、あんたは俺と同じくウィルソン氏の裏切りの被害者だ。俺に投資するってのは」

「いや」とモーリスは遮った。「ケヴィン・オコナー氏に投資するのではない。印刷、出版という事業に投資するのだ」

「あ、それ！　俺もね、思ったことがあります」ロディの脳裏に金箔で文字を捺した革表紙の書物を並べたモーリスの書棚が浮かぶ。「ちゃんとした書物を出したいものだと」ロディは本の内容にはあまり興味がない。幼いときからずっと、書物に接する環境には恵まれなかった。そのために、逆に過大な畏敬の念を抱いている。

「ごたいそうな本を出したって、焼かれるだけだぞ、今は」ケヴィンが言う。「うちは、やつらに目をつけられている。いつまた焼き討ちにあうか。ケベックが落ちたら、えらいことになる」

「君の言うとおりだ」モーリスはケヴィンに軽くうなずいた。「ごたいそうな本は、世の中が落ち着いてからだが、この混乱中だからこそ望まれる印刷物もありそうだ。私が読みたい書物ではない。世人の多くが読みたがるものだ」

モーリスの私物が送り届けられてきた。父ラルフ・ウィルソンの自筆による絶縁の書状が添えられていた。暖炉に投じるかと思ったら、モーリスはその書状をしまい込んだ。

日を経て、天候の荒れが凄まじくなった。窓の外は横殴りの烈風が雪を叩きつけ、人影どころか街並みそのものが視野から消えた。白い嵐はケベック一帯でもっとも猛威を振るったらしい。情報がロディたちに伝わったのは年が明けてからだ。

包囲していた大陸軍は、暴風雪のなかをケベック市に攻撃をかけ、惨敗した。指揮する将軍の重要な一人は戦死したらしい。もう一人は一隊を率いて市内に突入したものの、孤立。退路を断たれ降伏。そのような情報が断片的に伝わってくる。

詳細は不明にせよ、この方面の戦闘で大陸軍が敗北したことは明らかだ。形勢が一変した。気勢をあげるのは国王派で、愛国者《パトリオット》への報復、リンチが増えた。

ウィルソン家が国王派の憎悪を浴びているのは当然だ。あまりにも明白な裏切り行為であった。

終章

アシュリー　メモ抜粋

私は小説《ロマンス》を書く。

書こうとしている。

書くつもりである。

通俗的、とエドワード・ターナーが鼻であしらったアイザック・ハーネスのようなロマンスを、である。

私が体験してきた種々《くさぐさ》は、十分にロマンスの材となる。しかし、現実はハーネスが示した手本のようには動かない。

まず、事実をメモし、整理しよう。

ジェイクに、華々しい復讐をさせなくてはならないのだ、アシュリー・アーデン作のロマンスにおいては。

放火したのはお前だな、私が決めつけると、ジェイクは情けなく目を泳がせた。まったく、現実のジェイクときたら、ゆきあたりばったりにそのときの激情の迸《ほとばし》るまま、エドが脱出した後の開いた窓に燃える松明を投げ入れ放火した。それで気が晴れたみたいだ。公になったら処刑されると、びくびくしている。メイスンが目の前にあらわれ挑発的な態度を見せれば、また激昂して無謀な攻撃に出るかも知れない。そういう無計画な人物はロマンスでは邪魔だ。作者が割り当てた役割どおりに動いてくれなくては、ストーリーが崩れる。

私を惑乱させた妖しい存在は、どうなったのだ。消失した。幼い私が創り出した幻像。再会した彼に、私が与えた虚像。ロマンスにおいてはこの虚像を実《じつ》としよう。

アーデン・ホールに身を落ち着けた私がまず為すべきは、モーリスに会うことであった。積雪と腹の底まで凍る冷気が外出を妨げたが、晴れた日、氷を突き破るように、馬を駆った。ウィルソン邸に行けば、キースや他の家人と顔を合わせることにもなろう。煩わしい。ケヴィン・オコナーとロディの印刷所を訪ねてみることにした。これまでの成り行きからして、ロディという男はモーリスの様子を知っていると確信したからだ。道順をジェイクに調べさせ、単独で行動した。ジェイクの役割は走り使いに格下げになった。

訪れた印刷所には、モーリスその人がいた。傷ついた脚は負担をかけなければ歩ける程度に快復していた。

抱擁をかわすには、モーリスの表情はいささか硬く、私はまず、エドワード・ターナーによって殺害されたという虚報を与えた事情を説明せねばならなかった。エド救出にあなたが動いてくれることを期待したと、私は言った。その陰に潜む歪んだ感情を、たぶんモーリスは直感したのだと思う。明瞭な言葉にはならなくても。
薄いが強靱な隔壁を私は感じた。愛は試されるべきではない。一言釈明させてくれ。エドのために
あなたが動いてくれる最良の方法を考えたのだと。試すことになったのは、付随して生じたのだと。
口にはできなかった。
印刷機を置いた仕事場の奥の部屋に通されたのだが、何とも粗末で殺風景だ。この境遇にモーリス
を落としたのは、私だ。
ロデリック・フェアマン——ロディ——、およびその叔父のケヴィン・オコナーと握手を交わした。
私は感じのよい態度をつくれたか？
エドワード・ターナーを獄から連れ出すロディを遠目に見てはいるが一応初対面だ。
手の込んだやり方をしたものだな、とロディは前からの友人みたいな馴れ馴れしい口調で言い、モ
ーリスに、「どうですか。彼が策を弄さず、エドワード・ターナーの救出を頼んだ場合、助力しまし
たか」直裁に訊ねた。
「エドワード・ターナー君を前から知っていれば、即座にイエスだったろう。だが、まったく未知だ
った」
「断ったかも知れない？」
「わからん」
話題が途切れ、沈黙が、穴みたいにひろがった。それを埋めようとしてだろう、ケヴィン・オコナ
ーが、「これ、読んだかね」と薄いパンフレットを私によこした。
ざっと目をとおしてはいた。父のいないアーデン・ホールは来客もなく外の情報はほとんど伝わっ

てこないのだが、民兵として独立のために戦えと、アーデン・ホールまで勧誘にきた〈愛国者〉たちが置いていったのだ。

ケヴィンも彼らから押しつけられたという。以前にも焼き討ち寸前の目にあっているので、とにかく受け取っておいたとケヴィンは言った。

タイトルは『コモン・センス』著者の名はトマス・ペイン。国王陛下を罵倒糾弾し、独立はアメリカ人にとって当然の常識《コモン・センス》だと主張する内容だ。アメリカ大陸は、神が我々に与え給うた土地だ。イギリスの属領ではない。ヨーロッパの小さい衛星にすぎないイギリスが、大きい惑星アメリカを支配するのは不合理である。アメリカ人というのは耳に馴染まない呼称だったが、近頃、独立を目指すコロニストの間では定着しているようだ。文字の読めない者たちが、もっとも熱狂的なペイン信者だ。大陸軍は支払いに大陸会議が発行している紙幣——何の価値もない——や約束手形を用いるので、地元の住人に人気がないのだが、ペイン熱は、そのマイナスを上回るようだ。

コロニーの各地で苛烈な戦闘が行われているらしい。仄聞《そくぶん》でしかないから、確実な戦況はわからない。別々に発達した十三のコロニーが結束し一つの独立国家を創成する。小舟を連結して、一隻の巨船となし得るのだろうか。

アーデン・ホールにあなたを招きたいと、モーリスに私は申し出た。「いつまで逗留してくれてもいい」とっさに浮かんだことを、熟考もせず口にしていたのだ。

オコナーの部屋の狭さ、汚さ、貧しさ。寒さ。そうして、ロディに対するかすかな嫉妬、対抗心。ハーネス風のロマンスを書く場合、こんな卑しい心の揺れは書かない。アシュリー・アーデンは父親に疎まれても挫けず、ハンディキャップを持つモーリスと力強く手を組み、船中で起きた事件、偵察中に起きた事件、砦の爆破事件を解決する。……と書いて、私は吹き出している。黒幕はキースで実行者はメイスン。協力したのはシャルレーヌとジェイク。すべては解決している。ジェイクに復讐させなくては物語は終わらないのだが、現実の世界では、不可能になった。他者によって不可能にされたというべきか。

またも先走っている。

モーリスとの再会について、冷静にメモをしておくべきだ。アーデン・ホールへという私の誘いに、モーリスは微笑を見せた。表情から硬さが消えたように私は感じた。私の内心の醜さ、卑しさを承知の上で、受け入れてくれた、と思いたい。身勝手な言い分だ。私はますます醜い。

「君の好意は嬉しい」モーリスは言った。「時折訪ねよう。天候が落ち着いて、行き来が楽になったら」

「ケベックは叛乱軍に勝利した」ロディが言った。声には弾みがあった。「この先どうなるか、形勢はまだわからないが、ケベックに移住して出版業をやることを、考えているんだ」

「出版業！」私の声も、鉱脈を掘り当てた鉱夫みたいだったにちがいない。書物は読むものであって、それを作るという発想を私はそれまで持たなかった。

「アメリカ独立のために銃をとる者は、ケベックにはいないだろうからな」と、これはケヴィンだ。フランスからの移民が開拓したカナダは、七年にわたる英仏戦争の結果、勝利したイギリスの領土となったけれど、住民はまだフランス人も多い。

「君を誘うわけにはいかないな」モーリスは言った。「君にはアーデン・ホールがある」

後に私は、このやりとりを思い返すことになる。

いつでも会える、とエドワード・ターナーに私は言ったのだけれど、深い雪が通行を困難にしていた。ようやく雪融け。

馬を駆り、モホークの集落に向かった。蹄《ひづめ》が跳ね上げる泥飛沫は、私の靴を濡らし服の裾を汚した。〈空を舞う鷹《グラ・ダン・ノーチエ》〉、〈美しい湖《ガ・ネ・オ・ディ・ヨ》〉、母〈さえずる小鳥《メ・タ・ナ》〉、弟〈白い小鳥《ホス・タセ・カー》〉、〈高い水《ヤ・ラ・ハッツ・セー》〉そのほか砦で行を共にしたモホークたち、そうして、エドワード・ターナー、クラレンス・スプナー。彼らの間で私は髪の毛がぼさぼさに逆立つほど、抱きしめられた。

抱擁がどれほど命にとって魂にとって必要なものか、初めて識った、と思う。からだの扉という扉が開け放たれ、なにか、やさしくてつよくてこの上なくあたたかいものが内部を充たした。

たぶん、一瞬だけの感覚だ。

クラレンスは腰が奇妙な形に歪み、一歩ごとにからだが傾《かし》いだ。初めてウィペット号に乗り合わせたとき、クラレンスの痘痕《とうこん》はモホークたちを遠ざけたのだが、もはや誰も気にしなくなっているようだ。

抱擁をといた後もクラレンスは私の手を放さず、懐かしさを全身であらわしていた。

〈長い家〉の中は相変わらず、炉の焚き火の熱とそれが届かない部分がまじり、屋根の煙出《けむだ》しから排出しきれない煙がただよい、川魚を焼くにおいがこもり、別の炉では玉蜀黍《とうもろこし》の粥が煮られていた。

空いている寝床を供され、その夜を過ごした。翌日、〈空を舞う鷹〉〈美しい湖〉ら男たちは狩りに出たが、私は残った。抱擁は、肉体が必要とする血のように、心が必要とするものを給してくれたけれど、私が彼らに贈れるものは何もない。私は、死までの時を——どれほどの長さか——ここで彼らのように生きることはできない。私の暮らしはほとんど白人――しかも裕福な――のそれだ。アーデン・ホールに戻ると決めたときは、気づかなかった。主体的に生きようなどと、いっぱしなことを思ったのだったが。

〈長い家〉には、一人だけになれる〈部屋〉がない。私はすでに、ロマンスを書くことを考えはじめていた。モーリスとロディの計画に触発されたのだ。

ケベックの戦闘で完敗した叛乱軍――アメリカ軍――は、カナダ一帯からは撤退し始めたようだ。カールトン将軍の麾下《きか》が、それを追って南下中、シャンプレーン湖を制しタイコンデロガ砦奪還を計画しているという噂も流れた。

革袋に入れて持参していた紙の束と筆記用具を持ち、木立が際まで迫る川辺に出、切り株に腰を下ろした。このあたりはせせらぎが多い。

草を踏みしだく足音が近づいた。エドワード・ターナーは、ごくまれに、やわらかい表情を見せる。傍らの倒木に腰掛け、「ありがとう」とエドは右手を伸べた。私は握手を返した。

当初からいささか気詰まりな相手だったが、このとき、私はこれまでにない心地よさを感じていた。ありがとう。エドワード・ターナーは、私の回りくどい策謀を良策と認めたのだ。だが、自分の卑しさを知っている私は、認められたことでいい気分になったわけではない。互いに一瞬力を込め、自ずと手は離れたのだが、私は何かが流れ込んだ、と感じたのだ。私が知っている言葉にはない感覚だ。私はモーリスを愛し〈空を舞う鷹〉〈美しい湖〉を愛する。その翳りのない愛とは異なる。

エドワード・ターナーについて、私はほとんど何も知らない。砦で子供や女が重傷を負ったとき、医者の心得があるとわかった程度だ。このとき私が感じたことを強引に言葉にすれば、彼の内部に孤独な空洞があり、私の内部も同様で、それが一続きのものと……違う、空洞が繋がったのではない。私は言葉を見つけた。融合。

二日ほど滞在し、アーデン・ホールへの帰途についた。ゆっくりと馬を歩ませながら、紙には一字も記さなかったと思い返した。

アーデン・ホールの前庭に馬車が止まり、座席はすでに空だが、屋根の上の荷台から、召使いたちが幾つもの大荷物を下ろし邸内に運び入れている最中であった。

私を迎え入れたのはジェイクで、ひそめた声で何か言いかけた。その言葉を聞きとる前に、父の怒声が私を襲った。

「勝手なことは許さん」

父の指は、大広間の壁をさしていた。長期間飾られていた頭皮を取り去った部分は、壁紙の色がかつての鮮やかさを残している。

「元どおり、かけなおせ」

敗者の頭皮を剝ぎ勝利の証しとするのは、古くから伝わるモホークの慣習であった。殺す代わりに剝ぐこともあった。剝がされるのは屈辱だ。モホークは頭頂の一摑みを長く編み、周囲を剃り上げ、他の邦《くに》と戦うとき、その一摑みを剝いでみろ、と挑発するのだった。だが、壁に飾られた頭皮は、フランスとの戦争においてニューヨークが発した条例によるものだ。

〈フランスの植民地人及びフランスに協力するインディアンは非戦闘員であろうとも男女老人子供の別なく敵とみなし殺せ。その頭皮を剝いだ者に賞金を与える。〉

父が編成したモホークの襲撃隊は条例に忠実に従い成果を上げ、それはそのまま父の功績となった。

髪を長く垂らした頭皮を、私は布に包み棚の奥にしまってある。芥のように捨てることも燃やすこともできず、取りあえず自分の目につかないようにしたのだった。

元どおりにしろ、という父の厳命を、私は拒んだ。

父は、ジェイクに目をつけた。どこにしまわれたか、お前は知っているな。ここに持ってこい。釘と槌《つち》も一緒だ。

ジェイクの視線は、私と父の間でうろうろした。私から目をそらせ、ジェイクは父に従い、命ぜられるままに頭皮を元の場所に打ちつけた。

大階段を父の正妻が昂然と降りてきた。騒々しい音の正体を知るためとみえる。頭皮を見て悲鳴を上げた。後に続いた父の嫡子がよろめく母親をささえた。

父は穏やかな声で頭皮の由来を正妻に説明し、お前が嫌なら飾らないでおく、と言った。正妻は苛立った声で何か喚き散らしながら二階に戻っていき、息子がそれに続いた。私は二階に行き、自室の私物が運び出されている最中なのを知った。

晩餐で、私は同席を許されなかった。由緒正しき家柄の正妻が拒んだのである。別間で食事を摂《と》らされた。階下の一室が私に与えられ、ジェイクは使用人の部屋に追われた。

夜、父は私を呼び、簡単に――いや、時にはかなり感情を込めて――説明した。

ケベックを包囲した叛乱軍は、敗退したものの完全に包囲を解いたわけではない。国王軍、叛乱軍、双方共に、民兵隊を強化しようと必死だ。ことに、セントピーターズに叛乱軍が砲台と砦を構築中とあって、それを阻止するために国王軍は兵力の増強につとめている。軍司令部は、国王派の有力者であるグレゴリー・アーデンに、民兵隊組織の資金提供及び建物の一時的使用を求めてきた。断れば嫡子を強制的に軍に入れると脅迫混じりに言われ、要求を容れ、当分の間正妻と嫡子をアーデン・ホールに住まわせることにした。お前も両方から民兵隊に入れと半強制的な勧誘がくるぞ。いざとなったら、父は私を差し出すだろう、嫡子を軍隊にとられないために。左の中指の先がうずいた。

それまで私を主と認めていた召使いたちは、当然のように正妻と嫡子を主人と仰ぐようになった。いま、メモをとりながら思うのだ。アイザック・ハーネスであれば、このような屈辱を受けた〈アシュリー・アーデン〉が秘かに復讐を企む譚を書くだろう。父の正妻をたらし込み、嫡子には放蕩をおぼえさせ、自滅させ……本当に私は、ハーネスのようなロマンスを書けるのか。あれは非常に高度の技術乃至《ないし》は才能を必要とするのではないか。

父はここにじっくり腰を据える暇はなく、軍に協力して何かと奔走している。時折、アーデン・ホールで休息する。私が本妻やその息子に不埒な行動をとれば、ただちに父に報告され、私は追放されるだろう。

ジェイクはアーデン・ホールの使用人という地位に満足しているようだった。大工仕事のできることから結構重宝がられもした。

手紙を二通書き、ジェイクに命じて、まずモーリスに、ついでモホークのもとにいるエドとクラレンスに、届けさせた。できる限り冷静に事実だけを書くように努めた。それでもなお、直接顔を合わせたら虚勢をはっていると見抜かれそうだ。そのうち会いに行く、とも記した。アーデン・ホールに訪ねてこられたら、みじめな立場におかれているところを見られてしまう。見栄っ張りなのだ。自認している。

ボストンでは、国王の正規軍が敗北し撤退したという噂が伝わってくる。

だが、カナダ方面では、圧倒的に国王軍が優勢だ。新聞などの伝えるところは、それぞれの立場によって正反対なので、何が事実なのか判然としない。セントピーターズの攻防にしても、叛乱軍側の――公平に大陸軍と記すか。あるいはアメリカ軍と――新聞は大々的な勝利と記し、国王派の新聞はほとんど無視している。


私はロマンスを書こう。

五月。広場に設けられた絞首台に、七、八人が吊された。ラルフ・ウィルソン、長男スティーヴ、次男キース、ヘンリー・メイスン。その他知らない数人。

いや、私はこの場面は書けない。直接見ていない。知らせを聞いただけだ。直接見聞きしていない話を書いてもいっこうかまわないのだが、私にはこの場面は書けない――目撃したら、いっそう書けないだろう――。何かを冒瀆するように思える。

処刑より前の世情をメモする。

次々に、累計四十艘にも及ぶ帆船が、九千名を超える増援部隊を本国からケベックに輸送してきた。そのうち四千名ほどはドイツ人傭兵だそうだ。行儀が悪くて好色なのが多いと、故意に貶《おとし》めているのか事実なのか、裏付けのない話が広まった。

戦闘継続の不利を知った叛乱軍は総員撤退にかかったが、正規軍に追われ敗走状態になった。

勝利したケベック守備隊の総指揮官カールトンは、叛乱軍に協力したカナダ人の捕縛、処刑に乗りだした。ウィルソン家はカナダの住民ではないが、セントジョン砦の火薬庫を爆破したと群衆の前で

明言したのだから——フランクリン氏まで引っ張り出して——イギリス本国からみたら弁護の余地の
ない大罪人だ。焼き討ちを免れるための保身策が、情勢が変わったため致命的な愚行となった。

書くという行為には、一種のブレーキがかかる。あからさまに書く。迫真的に書く。自分に全く関わりのないことなら、どのようにも書ける。だが、処刑されたのはモーリスの家族なのだ。彼を放逐した者たちであるにしても。ウィルソン家の資産は動産も私有地もすべて没収された。モーリスは逮捕すらされなかった。家長自筆の絶縁状は有効であった。モーリスと私は、このことを話題にしない。

カナダ方面では勝利したが、国王軍はボストンを攻め落とせなかった上に、チャールストン攻略にも失敗した。国王派の市民が共に起つことを正規軍は期待したのだが、それぞれの市にあって、愛国者のほうが数においても熱意においても上回った。

君を誘うわけにはいかないな。君にはアーデン・ホールがある。

モーリスはそう言ったのだったが、アーデン・ホールは私から失われた。

「ケベックで一緒に仕事をしないか、と誘うのを妨げる要因が一つ消えたな」ケヴィンの印刷所に私を招いたモーリスは言った。

すべてを奪われた哀れな敗残者。それが他人から見たアシュリー・アーデンであるはずだが、モーリスの表情は、〈希望〉――私がおそらく生まれて初めて記す言葉――であった。幼いとき、無邪気に「鳥さん」と訊ね、モーリスが手品のような紙に名前を記した、あのときの感覚が蘇った。

ジェイクはひどく怯えていた。砦の火薬庫に仕掛けを施したのは、ジェイクだ。メイスンがジェイクの名を当局に告げていたら、処刑されて当然だ。アーデン・ホールの周辺にも愛国者はいる。リンチを受けるかもしれない。ジェイクがとった方法は、アメリカ軍の民兵隊に志願入隊することであった。どこの戦線に行かされたか、私は知らない。ジェイクは私の日々から消えた。

移住の前にもう一度モホークの集落に行こうと思っているときに、〈高い水〉が私を招く使いとして訪れてきた。六月。

このことはロマンスとは関係ないが、私にとっては記憶に残る件だ。記しておこう。

集落で、私はケベックに移ることを皆に言った。モーリス、ロディ、ケヴィンと共におそらく出版関係の仕事をすることになるだろう。本国からきて日の浅いエドとクラレンスには、モホークの集落よりケベックのほうがまだ馴染みやすいのではないかと思ったが、「俺たちの立場は脱走兵だ」と二人は言った。「軍は俺たちを逮捕できる。今のところ、本国もコロニーもモホークを徹底的に潰す動きはないから、ここにいてもモホークに迷惑をかけることにはならないと思うが、ケベックには国王軍が駐屯している」そうエドは言った。

ふたりの医学の知識はここで役に立ち、信頼と親愛を皆から得ているようだ。「ケベックに落ち着いたら」とエドはさらに言った。「医薬品を入手できるようにしてくれ。代価はモホークが毛皮などで支払う。正当な取引として」

「わかった。やってみよう」

「セントローレンス川からリシュリュー川までの航行は、国王軍が制している。叛乱軍が盛り返さない限り、自由に行き来できるだろう」

〈空を舞う鷹〉が、私を招いた事情を告げた。

「族長《サチエム》たちが大陸会議の議場に招かれることになった」と〈空を舞う鷹〉は言った。「俺も出席する。通訳として同行してほしい」

即座に承知した。

イロクォイ連邦のサチェムたちは、大陸会議の動向に注目してきた。

十三のコロニーが集まって一つの独立国家を創る。「大陸会議は、イロクォイを範とするのかもしれない」とエドが言った。「それなら」と私は明るい気持ちになって応じた。「コロニストはモホークへの態度を改めるんだな」

ペンシルヴェイニア議事堂における会議で、正式の通訳をつとめたのは、私よりはるかに年長の、コロニストの一人であった。議長の歓迎スピーチは、イロクォイへの好意溢れるものであった。「我らが兄弟よ」と議長は呼びかけた。「貴君らとの友情が、太陽が輝き水が流れる限り続くことを、我々は願っている。我々新しきアメリカ人とイロクォイの人々とが一つの民として行動し、一つの心を持つことを期待する」通訳はほぼ正確に、議長の言葉をイロクォイの言葉に訳していた。

「一つの民、一つの心とは」モホークの集落に帰る途中、私は〈空を舞う鷹〉に言った。「アメリカ軍に協力して、国王軍と戦え、ということだと思う」

「モホークは、戦わない」〈空を舞う鷹〉は言った。「モホークのためにだけ、戦う。ケベックと平和に交流できる未来を望んでいる」

〈長い家〉に戻ってから、スピーチの内容を私が伝えると、エドワード・ターナーは言った。「国王と本国の議会を信頼しないように、コロニストによる大陸会議も俺は信頼しない」

私はいま、ケベックの仮住まいでこのメモを記している。一階の一部が居酒屋なので、船の入港があるとおそろしく騒々しくなる。

モーリスが持参した金箱の中身はイギリスの金銀貨とスペイン・ドルがほとんどなので、価値が高い。交易で財政の基盤を確立させようと、モーリスは計画している。私は父のもとで交易に携わった経験がある。

二カ月ほど前、大陸会議は「独立宣言」というのを発した。

その中の一文。〈ジョージ三世は、辺境を開拓してきた住民に対し、年齢、性、貴賤の別なく全面的破壊を戦争の法則とする苛酷なインディアン蛮族の来襲を誘致した。〉

戦闘は各地で続いているが、ケベックで激戦が生じることはなさそうだ。

実務を執りながら、私はロマンスを書く。書こうとしている。書くつもりである。

モホークの集落にいるエド、クラレンスとは交流が続いている。モホークのだれかが――〈高い水〉の場合が多い――手漕ぎの舟を操って水路を利用しセントローレンス川に出て、ケベックと往復する。私は十分な量の紙とペン、インクなどの筆記用具、そしてケベックで手に入れた書物などを〈高い水〉に託してエドに贈る。交易ではない。プレゼントだ。医薬品と銃や弾薬は、毛皮と引き替えの商品だ。モホークは火器を必要としている。〈空を舞う鷹〉や〈美しい湖〉の要望をエドの手紙は伝える。たまに〈美しい湖〉自身がくることもある。

エドとの握手、そして一瞬の融合の感覚を、私は忘れることはないだろう。もう一度彼と会っても、あの感覚は再現されないだろう。

モーリスが社主のウィルソン商会は、順調だ。モーリスは、ほとんど人前には出ない。どうしても必要な場合は仰々しい仮面の代わりにやわらかい上質の布で顔の下半分を覆う。顔に傷があるから、と説明している。

ケベックに移住して二年。フランスがアメリカと同盟条約を結び、コロニーの内乱は他国も参戦する大戦となった。フランスはアメリカを本国から独立した一つの国と認めたのだ。

フランス人のコロニーだったカナダが英領であることは変わらない。カナダに住むフランス人は、組織的にアメリカの独立を援助する気はないようだ。

私は支配人の役職に就いている。実務に専念すると、ロマンスを構想し執筆する余裕はなくなる。活字箱を引っ抱えてアイルランドから新大陸にわたってきたケヴィン・オコナー氏の来歴を尊重し、商会は印刷事業にも手を広げ、そこそこの利をあげている。活動的なロディは、記事の種になりそうなことを拾い集める。情報収集係である。活字を組む仕事は、弟子を雇いケヴィンが仕込む。性能のいい印刷機と種類の豊富な磨り減っていない活字を使えて、その上新弟子をがみがみ叱り飛ばす楽しみもあって、ケヴィン氏は張りきっている。だが、私の著書が刊行されるのはいつのことか。まだ一行も書けていない。

カナダに隣接するニューヨーク・コロニーの北部は戦火が絶えない。エドの手紙が、切迫した情況を伝えてくる。モホークはますます武器を必要としている。

〈アメリカ人〉は、イギリス国王が定めたインディアン居留地を認めない。散在する大小の集落を襲い、焼き払い、その報復に、イロクォイはコロニストの集落を襲い、殺害する。インディアンは狂暴で残忍だという認識が広まり、〈インディアン討伐〉は正当化される。イロクォイは、黙って耐えれば踏みにじられ、報復すれば〈悪〉となる。

イギリス軍の将校であったバトラーという男が、ナイアガラに砦を築いて本拠地とし、国王派の兵による遊撃隊とインディアン――この言葉を使うほかはない。イロクォイのほかにも本来の住民の邦は多々あるが、統一された一つの国としての名前を持たない――の隊を編成し、コロニストの入植地やそれを守る砦に襲撃をかけている。インディアン戦士を率いるのはモホークの男だそうだ。タイエンダネギーというその男は、かつてジョージ王戦争に際し、私の父が編成した襲撃隊の一員だったという。初めて聞く名前だ。もちろん顔も知らない。遠く離れた集落の出らしい。ジョセフ・ブラントという白人の名前も持っている。中立の立場を捨て国王軍と共に戦えと、彼はイロクォイを説得しているそうだ。

一七七九年　三月三十一日
大陸軍総司令官ジョージ・ワシントンより、ジョン・サリヴァン少将への指令。

貴君に指揮を委《まか》せたこの遠征は、インディアンの六部族国家のうち、敵対的な部族とそれに関わる者および追随者に対して向けられるものである。直接の目標は彼らの集落を徹底的に破壊し、年齢・性別に拘わらず、できるだけ多くの捕虜を取ることである。かれらの畑にある穀物を破壊し、今後も栽培できなくすることが重要である。

インディアンの領土の中心にある幾つかの基地を、十分な糧食を持った遠征隊全軍で占領し、そこから部隊を派遣して、最適な戦法で周辺の集落をすべて滅ぼせ。単に制圧するのではなく、破壊せよ。

彼らの集落を完全に破壊する前に、和平の申し出はどのようであれ聞き入れるべきではない。彼らが受ける厳しい懲罰によって、彼等の脳裏に恐怖を植え付けることが、我々の今後の安全保障のためになるからである。

Dear Al,と信頼篤き友人アルバート・ウッドに、クラレンスは記す。

元気か。

ダニエル先生は元気か。ベンは？　サー・ジョンは？　アン嬢は？　ネイサンは？

ロンドンを離れてから、長い……長い歳月が経った。

長い戦争は終わった。長かったな。八年。

あの四人には、ついに会えず、だ。

アル。君には、心の中では始終語りかけてきた。エドが投獄されたときは、バートンズが揃っていれば……ことに、アル、君がいてくれたらと切実に思ったよ。

俺は、文章を書くのは得意じゃない。でも、その時々にメモはしてきた。同封する。厚い封書になるな。

まず、メモを読んでくれ。それから、この手紙を読んでくれ。

船便で手紙のやりとりはできるようになったが、君の手に届くまで二カ月以上かかり、君の返事を俺が受け取れるのはさらに二カ月以上先。まったく、あの戦争で本国と現地のあいだに認識の大きいずれが生じるのは当然だった。

イギリス正規軍と共に戦った国王派は、土地財産をすべて〈アメリカ〉に没収された。落魄《らくはく》と窮乏のうちに死んだ者は数多い。身一つでカナダに逃げてくる者も増えた。

ロンドンにいる君たちは、インディアンを無知で残酷な野蛮人と思っているかも知れない——俺もそうだった——。

インディアンの土地をコロニストの侵略から守るという餌で、国王派が彼等を戦力に利用していたのは事実だ。

独立宣言をした大陸会議もイロクォイに協力を要求し、六つの邦から成るイロクォイは、四邦と二邦に分裂した。

ワシントンの指令を受けた大陸軍——アメリカ軍——の遠征隊が、イロクォイの集落を虱潰《しらみつぶ》しに殲《せん》滅《めつ》した。

アル、君が何より知りたいことはわかっている。だが、俺は書けないんだよ。書こうとすると、息が苦しくなる。

俺はいま、辛うじて生き残った十七人のモホークと共に、ケベックの市外、玉蜀黍の栽培や狩猟のできる地で暮らしている。男は、俺のほかには老いた者と子供しかいない。俺は戦闘には加われなかった。敏捷《びんしょう》に動けない。後方で負傷者の手当に当たった。

アシュリーが何かと便宜を図ってくれる。市内に住むことも勧めてくれたが、白人の生活様式になじまないモホークたちは、それを望まない。アシュリーというのは、君には初めての名前だな。どういう人物か、メモを読んでくれ。彼の著作も一冊同封する。この戦争を生きた一人の私記だ。

イロクォイの集落には、それぞれ、我々の言葉で言えば〈戦時族長《ウォーチーフ》〉とでもいうか、そういう存在があった。平時は合議制をとるイロクォイだが、戦争となれば、一時的にウォーチーフが統率、指揮の全権を持つ。戦争が終われば、その権限は抑えられる。

俺たちの集落の〈平時族長《ピースチーフ》〉は〈空を舞う鷹《ホーク》〉だが、ウォーチーフには若い〈美しい湖《レイク》〉が選ばれた。

数千人からなるアメリカ軍の遠征隊を、〈美しい湖〉と男たちは、森に潜んで待ち伏せした。すべて殺された。

遠征隊は、俺たちの集落を、虐殺しつつ通過した。

これを、戦闘というのか。人間と人間の戦いとは思えない。野獣の殺しあいだって、これほどじゃない。

エドは、常に、〈美しい湖〉と共にいた。

これ以上は書けない。書けない。

アル。バートン先生。ベン。みんな。

Yは You all（あなたがたすべてに）、深い愛を捧げる

いつか、会おう。

君たちのクラレンス……&エドワード

主要参考資料

『アメリカ建国とイロコイ民主制』ドナルド・A・グリンデ・Jr.、ブルース・E・ジョハンセン／星川淳訳／みすず書房

『11の国のアメリカ史　分断と相克の400年（上）』コリン・ウッダード／肥後本芳男、金井光太朗、野口久美子、田宮晴彦訳／岩波書店

『アメリカ史1　17世紀〜1877年』有賀貞、大下尚一、志邨晃佑、平野孝編／山川出版社

『北米インディアン生活術　自然と共生する生き方を学ぶ』横須賀孝弘／グリーンアロー出版社

『アメリカ・インディアン悲史』藤永茂／朝日新聞出版

『アメリカ・インディアン　その生活と文化』青木晴夫／講談社

『アメリカ・インディアン　「発見」からレッド・パワーまで』清水知久／中央公論社

『アメリカ・インディアンの世界　生活と知恵』マーガレット・フイート／スチュアート・ヘンリ監修／熊崎保訳／雄山閣

『古代社会（上巻）』L・H・モルガン／青山道夫訳／岩波書店

『アメリカ独立革命』ゴードン・S・ウッド／中野勝郎訳／岩波書店

『アメリカ独立戦争　知られざる戦い』ハワード・H・ペッカム／松田武訳／彩流社

『アメリカ独立の光と翳』今津晃／清水書院

『フランクリン自伝』ベンジャミン・フランクリン／松本慎一、西川正身訳／岩波書店

『アメリカ新聞史』磯部佑一郎／ジャパンタイムズ

『米国の警察』上野治男／良書普及会

『大砲の歴史』アルバート・マヌシー／今津浩一訳／ハイデンス

『海賊日誌　少年ジェイク、帆船に乗る』リチャード・プラット文／クリス・リデル絵／長友恵子訳／岩波書店

本書は《ミステリマガジン》二〇一八年十一月号から二〇二一年三月号にかけて十五回にわたり連載された小説を加筆訂正し、単行本化したものです。

Hayakawa
Mystery World

〈ハヤカワ・ミステリワールド〉

インタヴュー・ウィズ・ザ・プリズナー

二〇二一年六月二十日　初版印刷
二〇二一年六月二十五日　初版発行

著　者　皆川《みながわ》博子《ひろこ》
発行者　早川　浩
発行所　株式会社　早川書房
郵便番号　一〇一 - 〇〇四六　東京都千代田区神田多町二 - 二
電話　〇三 - 三二五二 - 三一一一
振替　〇〇一六〇 - 三 - 四七七九九
https://www.hayakawa-online.co.jp
印刷所　中央精版印刷株式会社
製本所　中央精版印刷株式会社

ISBN978-4-15-210031-3　C0093　定価はカバーに表示してあります。